JN412024

판사 이한영

판사 이한영

1판 1쇄 발행 2026년 2월 9일

지은이 이해날

발행인 김성룡
매니지먼트 ㈜스마트빅/월하담
교정 심영미
표지 디자인 은디자인
본문 디자인 김민정

펴낸곳 도서출판 가연
주소 서울시 마포구 월드컵북로 4길 77, 3층
구입문의 02-858-2217
팩스 02-858-2219

ISBN 978-89-6897-144-0 04810

무너진 정의, 돌아온 판사, 확실한 형벌을 약속합니다

판사 이한영

5

이해날
장편소설

01

"30억?"

"네, 일단 30억이라고 했습니다."

"그 말은 더 낼 수 있다는 거잖아?"

"제가 뭐라고 말하기엔 가슴이 떨려서요."

남자 직원은 고려행복재단의 부장과 이야기하고 있었다.

부장이 손가락으로 책상을 툭툭 두들긴다.

"30억, 30억……. 큰돈이 한 사람에게 들어오면 위험하긴 하지만, 성사만 되면 오늘 룸살롱 갈 수 있겠네?"

"네? 흐흐, 이사장님이 좋아하실 것 같긴 합니다."

부장이 조용히 웃으며 미팅실을 향해 시선을 돌렸다.

유리로 된 미팅실은 안이 훤히 보인다. 그곳에서 기웃거리는 석정호가 부장의 눈에 들어왔다.

"저기 양아치처럼 생긴 놈이 대표라고?"

"네."

"투자자를 모을 사람처럼 보이지는 않는데?"

"돈 이야기하는데, 거만하더라고요. 투자회사라고 법인만 세워 놓고 술 파는 놈이 아닐까 싶어요."

어두운 세계에서 일하는 사람 중 번듯한 명함이 필요한 자가 유령회사나 가게를 만들어 놓는 예도 있다.

부장이 고개를 끄덕였다.

"어찌 됐든, 돈을 준다는데 고마운 사람이지. 일단 가서 심심하지 않게 세상 돌아가는 이야기 좀 하고 있어."

남자 직원이 다시 미팅실을 향해 갔다.

부장은 책상에 놓인 전화를 손에 든다.

"이사장님, 방금 양아치 같은 놈이 와서 30억 이상을 기부하겠다고 합니다."

–양아치?

"투자회사 대표라는데, 관상을 보면 그렇습니다."

–30억 이상?

"하는 말을 들어보면 더 뽑아낼 수도 있을 것 같습니다."

–항상 하던 방법으로 털어봐.

남자 직원이 미팅실로 들어왔을 때 석정호는 이한영과 통화하고 있었다.

"네, 회장님. 지금 기부하러 왔습니다."

석정호는 직원이 듣도록 일부러 회장이란 말을 사용하고 있다.

–술 마시자고 할 것 같아?

"네, 그렇게 해야죠."

–정말 양아치들이네.

"네, 저도 그렇게 생각합니다."

석정호가 휴대폰을 종료하며 직원을 바라봤다.

"아, 저희에게 투자해주시는 회장님이 계셔서요."

직원은 빙긋이 웃는다.

'회장은 개뿔, 조폭 두목이냐?'

석정호도 마찬가지로 웃는다.

'어서 술 마시자고 해. 나를 꾀어서 더 빼내야지?'

그렇게 생각하는 순간 부장이 안으로 들어왔다.

"안녕하십니까? 성 부장이라고 합니다."

테이블 위에 명함을 내려둔 그가 말을 잇는다.

"저녁 시간인데, 혹시 식사 안 하셨으면 같이 하실까요?"

석정호와 이순호는 부장 그리고 남자 직원과 함께 미팅실에서 일어섰다. 밖으로 나가던 이순호가 부장을 향해 조심스레 묻는다.

"저기, 저분은 누굽니까?"

"누구요?"

이순호가 가리킨 사람은 경리 한보담이다.

열심히 일하는 그녀를 보며 부장이 넉살맞게 답한다.

"회사 경립니다. 왜요? 마음에 드세요?"

"아뇨, 저보다는 우리 대표님이 저런 스타일을 좋아하셔서요. 항상 일만 하시던 분이라 그동안 연애도 못 해봤는데, 이제 결혼을 해야 할 나이 아닙니까? 그래서 여쭤보는 겁니다."

이순호의 말에 석정호가 장난스레 웃으며 그의 어깨를 툭 친다. 예정된 행동이었다.

"기부하러 와서 뭐 하는 짓이야?"

"아까도 계속 보고 계셨잖아요. 딱 대표님 스타일 아닌가요?"

석정호의 시선이 부장과 남자 직원에게 향했다.

"아닙니다. 아니에요. 이 친구가 농담한 거예요."

부장이 힐끗 석정호를 바라봤다.

일반 사람보다 훨씬 큰 키는 위압적으로 느껴진다. 게다가 얼굴은 그야말로 깡패상이다.

'양아치 주제에 우리 회사 경리를 눈여겨봤다는 거지?'

하지만 상대는 30억을 기부하겠다는 거물이다. 부장은 표정을 숨기며 웃고 있다.

'이런 놈을 구워삶기는 쉽지.'

이순호가 말했다.

"실례가 되지 않는다면 명함만 주고 와도 될까요?"

부장이 고개를 젓는다.

"아뇨, 그럼 같이 식사하죠."

"네?"

석정호는 물론이고 이순호도 놀랐다.

이한영의 1차 계획은 그녀에게 명함을 주며 작은 인연을 만드는 것이 시작이었다. 그런데 부장은 지금 당장 식사를 하자고 한다. 지금 이 자리는 경리와 아무 상관 없는 식사 자리다. 아무리 쓰레기 같은 회사라도 여직원을 빼서 동석한다는 것은 이해하기 어려웠다.

석정호의 시선이 이순호에게 향했다.

'어쩌냐?'

이순호는 석정호보다 눈치가 빠르다. 그가 넉살맞게 웃으며 입을 연다.

"아이고, 감사합니다. 우리 대표님이 부끄러움을 많이 타서요, 흐흐."

그날 밤, 이한영은 술이 얼큰하게 취한 석정호와 통화하고 있었다.

"뭐? 만나기로 했다고?"

–응.

"오늘 처음 본 거 아니야?"

–맞아. 내가 잘생겼대.

"너 안 잘생겼어."

–알아…….

이한영은 전화를 끊었다. 여전히 황당한 표정은 얼굴에서 지워지지 않고 있다.

송나연 기자의 정보에 따르면 한보담이라는 이름의 경리가 고려행복재단의 돈을 1년에 몇천만 원씩 빼 쓰는 것 같다고 했다. 현금이 오가고 자기들 멋대로 돈을 쓰는 회사이기에 가능한 일이다. 그래서 돈을 좋아할 사람이라 석정호에게 고급 정장도 입힌 것인데, 이렇게 빨리 일이 진행될 거라고는 예상하지 못했다.

이한영의 시선이 화이트보드로 향했다.

박광토 전 대통령의 사진이 보인다. 조금 있으면 착한 척, 선량한 척, 서민을 위하는 척했던 위선적인 가면이 벗겨질 시기가 다가온다.

* * *

박광토 전 대통령이 오늘 고아원을 방문했습니다. 아이들과 함께 오랜 시간을 보낸 박광토 전 대통령은 토사모 회원들과 함께…….

'토사모'는 박광토 전 대통령의 이름 마지막 글자를 딴 그의 지지 세력이다. 라디오에선 박광토 전 대통령에 관한 소식을 전하고 있다. 그뿐만 아니라 텔레비전과 포털사이트에도 박광토 전 대통령의 일정을 쉽게 볼 수 있다. 현 대통령에 관한 일로도 바쁜 언론이다. 게다가 언론은 박광토 전 대통령의 가면 속 얼굴을 잘 알고 있다. 그러면서도 눈치를 보며 쓸데없는 짓을 한다.

이한영은 라디오를 끄며 차를 주차했다. 도착한 곳은 한정식집 앞이다.

"한참 기다렸네요."

박철우 검사가 이한영의 옆에 섰다.

"죄송해요. 일이 좀 늦게 끝났어요."

이한영이 모자를 푹 눌러썼다. 그 모습을 보던 박철우 검사가 조용히 웃는다.

"그 모자가 이제 트레이드마크 같아요. 아세요?"

"그런가요? 들어가죠."

한정식집, 경리 한보담은 경직된 얼굴로 앉아 있었다. 석정호를 만날 줄만 알았는데, 이순호와 검은 양복을 입은 남자 그리고 모자를 쓴 삭막한 남자까지 보인다. 석정호의 모습을 보면 그야말로 거친 남자다. 정상적인 활동을 하는 사람처럼 느껴지진 않는다.

한보담은 자신이 깡패에게 잡혀갈까 봐 겁을 내고 있었다. 그녀가 굳어진 얼굴로 석정호를 향해 묻는다.

"이, 이분들은 누구세요?"

대답은 이한영이 했다.

"돈 좋아하시나 봐요?"

"네?"

"그동안 회사에서 빼먹은 돈이 상당히 많은 걸로 아는데요."

한보담이 빠르게 고개를 저었다.

"아뇨, 그런 일 없어요."

"다 알고 왔습니다. 부정하려 하지 마세요."

이한영의 싸늘한 눈빛에 한보담이 마른침을 삼켰다.

그 순간을 놓치지 않고 이한영이 입을 연다.

"횡령."

한보담은 움찔거렸다.

모자로 인해 그늘진 이한영의 눈빛은 그녀를 얼어붙게 하기에 충분했다.

"지, 진짜 안 했어요."

그때 옆에서 가만히 앉아 있던 이순호가 가방에서 서류봉투를 꺼내 테이블 위에 올렸다.

그녀의 시선이 서류봉투로 향한다. 그러자 이한영이 서류봉투의 내용물을 꺼내 올리며 사무적인 어투로 말한다.

"영장 청구서입니다."

"여, 영장 청구서요?"

"네."

한보담의 눈동자가 심각하게 떨리기 시작했다. 뉴스에서 영장이 청구됐다는 말만 들었지, 실제로 청구서를 보는 것은 처음이었다.

한보담이 지진이 난 것 같은 눈동자로 이한영을 보며 물었다.

"누, 누구세요?"

이번엔 박철우 검사가 품에서 신분증을 꺼내 보인다.

"검찰입니다."

검찰, 드라마나 영화에서 별것 아닌 사람으로 나오지만 실제로 마주하면 겁이 난다. 게다가 한보담은 회삿돈에 손댄 죄도 있다. 파르르 떨기 시작한 그녀는 숨을 제대로 쉬지 못한다. 급기야 주르륵 눈물도 흐른다.

그녀가 두 손을 들어 싹싹 빌기 시작했다.

"사, 살려주세요. 다시는 안 그럴게요. 한 번만 봐주세요. 회사 사람들이 돈을 막 쓰는 걸 보고……."

"저희가 필요한 게 있습니다."

"필요한 거요? 뭐든지 할게요. 뭐든지요."

"고려행복재단의 장부가 필요합니다. 세무서에 내기 위한 가짜가 아니라 진짜 장부요."

그 순간 한보담의 얼굴이 참혹하게 일그러졌다. 검찰도 무섭지만 고려행복재단의 사람들도 무섭다. 그녀는 경리, 재단의 비리가 어디까지 이어져 있는지는 모른다. 하지만 이렇게까지 해먹는데도 조용한 걸 보면 뒤에 꽤 큰 권력자가 있다는 걸 쉽게 예상할 수 있었다. 검사가 강한지, 그 뒤에 있는 권력자가 강한지 알 수 없는 그녀의 눈동자에 망설임이 일 수밖에 없었다.

그녀가 입을 열지 못하자 이한영은 다시 이순호에게 시선을 향했다. 그러자 이순호가 가방에서 다른 서류봉투를 꺼내 테이블 위에 올렸다.

방금 영장 청구서가 올라온 뒤다. 이번에 올라온 서류는 더 무시무시할 거라고 생각했나 보다.

한보담이 다급하게 입을 연다.

"정말 안 그럴게요. 다시는 안 할게요. 죄송해요. 정말 죄송합니다. 그런데 장부는 어려워요. 그거 가져가면 저 정말 죽을지도 몰라요. 다른 일이라면 무엇이든지 할게요. 제발요……."

이한영은 무심한 눈으로 서류봉투에서 서류를 꺼내 테이블 위에 올렸다.

"말레이시아 MM2H 비자 신청서입니다."

말레이시아 MM2H 비자는 10년 장기 체류 비자다. 약 8천200만 원을 말레이시아 은행에 예치해두고 월 약 270만 원의 소득을 증명할 수 있으면 비자가 발급된다.

그녀가 장부를 가져다준다면 안전을 보장하기 힘들다는 것을 이한영도 잘 알고 있었다. 상대는 박광토 전 대통령, 무시무시한 괴물이기 때문이다. 그래서 말레이시아로 떠나길 권하는 거다. 이 정도 안전장치는 정보 제공자에게 해줘야 할 일이었다.

"수사가 시작되면 한보담 씨의 이름은 빼드리죠. 한보담 씨는 2년 정도 말레이시아에서 생활하다가 오세요. 거주 기간에 필요한 돈은 마련해 드리겠습니다. 그리고 다녀온 후에는 지금의 월급을 받을 수 있는 회사도 소개해 드리겠습니다. 좋은 조건 아닌가요?"

분명 좋은 조건이다. 하지만 그녀는 여전히 망설인다.

그러자 이한영은 옆에 있는 영장 청구서를 들어 비자 신청서 옆에 내려 뒀다.

"선택하세요."

그녀가 할 수 있는 선택은 없었다.

* * *

불이 꺼진 사무실에서 복사기 돌아가는 소리가 들렸다.

모두가 퇴근한 시간에 한보담은 장부를 인쇄하고 있었다. 그녀의 입에서는 연신 한숨만 흐른다.

"내가 뭘 하는지……."

그때 그녀의 휴대폰에 진동이 울렸다. 석정호다. 그녀는 입술을 잘근 깨물며 휴대폰을 귀에 댔다.

"네, 지금 복사하고 있어요."

–회사 앞에 있으니까 천천히 하고 내려오세요.

"아뇨, 저 혼자 무거워서 못 들어요. 올라오셔야 해요."

–네, 그럼 끝나고 전화 주세요.

통화를 종료한 한보담이 휴대폰을 노려본다.

"양아치같이 생겼다 했더니, 어울리지 않게 형사였어?"

김사와 함께 앉아 있는 모습이 형사처럼 여겨졌나 보다. 그녀가 고개를 저었다.

"돈 많아 보여서 만나보려 했는데, 어휴……."

그때 그녀의 휴대폰이 다시 울렸다. 또 석정호다.

"네."

건물 밖에 서 있던 석정호의 눈은 다급했다.

"지금 이사장의 자동차가 지하 주차장으로 들어갔거든요?"

송나연 기자의 정보를 통해 이사장의 자동차 번호를 머릿속에 입력한 뒤였다.

—지, 지금요?

"네!"

부장이나 남자 직원이었다면 석정호가 나서서 그들을 멈추게 할 수 있었다. 하지만 이사장과 대면한 적은 없다. 석정호가 할 수 있는 일은 그녀를 빨리 대피시키는 일뿐이었다. 그런데…….

—이 서류, 어떻게 하죠?

그녀가 복사한 서류는 이미 산더미였다. 여성이 혼자 옮기기 힘들 정도다. 사무실에 들어온 이사장이 쌓인 서류를 보면, 그리고 서류를 확인한 후 장부라는 것을 알게 된다면 큰일이다.

석정호가 머리를 쥐어뜯었다.

"아오! 그거 혼자 들고 피하세요!"

—네? 이걸요?

"내가 일단 시간 벌 테니까, 그렇게 해요! 끝나면 문자 주고요!"

그 말을 끝으로 서둘러 차에 올라탄 석정호가 시동을 걸고 곧바로 지하 주차장을 향해 돌진했다. 코너를 꺾는 이사장의 차가 보인다. 석정호는 브레이크를 밟지 않고 이사장의 차를 그대로 들이박았다.

쾅!

잠시 차량이 부딪치며 시끄러웠던 지하 주차장이 고요해졌다.

석정호는 뒷목을 잡으며 차에서 내렸다. 그리고 운전석으로 향했다.

스르륵 문이 열린다.

석정호가 고개를 숙인다.

“괜찮으세요? 죄송합니다. 제가 깜빡 정신을 놓아서…….”

석정호의 말은 이어지지 못했다.

운전기사의 뒤에 이사장이 타고 있는 줄 알았는데, 정작 이사장은 조수석에 앉아 있다. 그리고 조수석 뒤 상석에는 박광토 전 대통령이 보였다.

석정호가 반사적으로 허리를 굽혔다.

“아, 안녕하십니까?”

석정호가 자신을 알아봤다고 생각했는지 박광토 전 대통령은 문을 열고 차에서 내린다. 그리고 석정호를 향해 걸어왔다.

“다친 곳은 없나요?”

“어, 없습니다!”

박광토 전 대통령은 석정호를 향해 부드러운 미소를 지었다.

“다행이네요. 그럼, 됐어요. 앞으로 조심히 운전하세요.”

사고를 낸 것은 석정호다. 당연히 가해자 역시 석정호다.

하지만 박광토 전 대통령은 진정으로 걱정한다는 눈빛을 보내고 있었다. 박광토 전 대통령이 석정호의 팔을 부드럽게 토닥이며 말을 이었다.

“덩치를 보니 큰일을 할 사람 같아요. 앞으로도 대한민국의 미래를 위해 열심히 일해주세요.”

박광토 전 대통령의 모습은 진심으로 상대를 위하고 있다. 물론 그것은 가식적인 연기였지만 지금도 국민의 사랑을 받는 이유 중 하나다.

박광토 전 대통령이 다시 차에 오르자 이사장이 기사를 보며 말한다.

“출발해.”

기사가 운전석의 창문을 닫고 액셀을 밟았다.

멍하니 있던 석정호의 머릿속에 순간적으로 경리 한보담이 떠올랐다. 아직 그녀에게 메시지가 오지 않았다. 그렇다는 것은 그녀가 사무실에 있다는 뜻이다. 이대로 이사장과 박광토 전 대통령이 사무실로 들어가게 되면 큰일이 난다.

막아야 했다. 석정호는 본능적으로 이동하는 차의 앞을 가로막았다.

"잠깐만요! 잠깐만요!"

이번엔 이사장이 차창을 열고 석정호를 본다.

"무슨 일이시죠?"

석정호가 어색하게 웃었다.

막상 차를 막아 세웠지만 이유는 없다. 그저 한보담이 일을 마칠 때까지 시간을 보내야 했다.

이사장이 다시 말한다.

"비켜주세요."

차창이 닫힐 때 석정호가 다급히 입을 열었다.

"그동안 박광토 대통령님을 정말 존경했습니다. 그래서 이렇게 만나뵌 것도 영광인데 사인을 받고 싶습니다!"

* * *

노래방.

늦은 시간에 갈 수 있는 한정식집도 없고 재단 근처에서 프라이빗한 대화를 나누기엔 노래방뿐이 없었다.

"봐."

석정호는 이한영을 향해 자신의 상의를 홀렁 벗었다. 러닝셔츠에 대통령 박광토라는 사인이 큼지막하게 보인다.

이한영이 배를 잡고 웃기 시작했다.

"그래서 러닝셔츠에 사인을 해달라고 한 거야?"

"시간은 보내야 했고 종이를 찾다가 없는 척하느라 어쩔 수 없었어……."

전 대통령의 앞에서 상의를 벗고 사인을 해달라는 석정호가 상상이 됐는지 이한영은 더 크게 웃었다. 석정호의 곰 같은 덩치의 등판을 봤을 때, 박광토 전 대통령의 표정이 어땠을지 궁금하기까지 했다.

석정호가 주섬주섬 휴대폰을 꺼내며 말을 이었다.

“사진도 찍었어.”

사진 속엔 박광토 전 대통령 옆에 서서 브이를 그린 석정호의 모습이 보인다. 이한영은 다시 배를 잡고 웃는다.

석정호가 한보담에게 시선을 돌렸다.

“보담 씨도 고생하셨어요.”

한보담의 옆으로 박스 여러 개가 포개져 있는 게 보인다. 저 많은 것을 혼자 낑낑대며 나른 것을 생각하면 그녀도 많은 고생을 했다.

한보담이 입을 연다.

“최근 3년간의 자료예요. 더 오래전 것은 저도 몰라요. 제가 들어오고부터 정리한 것이니까요.”

이한영이 말했다.

“보담 씨가 해외로 나간 후부터 검찰 수사가 시작될 거예요. 2주면 되겠죠?”

“2주요?”

“네.”

약점이 보였을 때 물어야 한다. 지체하면 늦는다.

한보담은 생각에 빠졌다. 장기간 해외로 떠나는 준비를 하기에 2주는 빠듯한 시간이어서다.

잠시 생각하던 그녀는 고개를 끄덕였다.

“네, 준비할게요.”

“회사에 사직서 낼 생각 하지 마세요. 어디를 가는지 누구에게도 이야기하지 마시고요. 앞으로는 이 휴대폰을 쓰시고요. 저희와는 이 휴대폰으로 연락될 겁니다. 그리고 말레이시아에 도착하면 저희와 약속된 사람이 보담 씨를 안내할 거예요."

"네."

상대는 박광토 전 대통령이다. 그녀의 흔적을 지워놓지 않으면 위험할 수도 있다.

한보담이 한숨을 내쉬며 휴대폰을 본다.

"지금 가진 휴대폰은 사용하지 말라는 거죠?"

"네."

"친구와도 연락하지 말고요."

"네."

잠시 망설이던 그녀가 휴대폰을 손에 쥐었다.

"알겠어요."

그녀도 이사장과 박광토 전 대통령이 함께 있다는 이야기를 들었다. 상대가 전 대통령인 만큼 위험성은 충분히 인식하고 있었다.

한보담과 할 이야기는 이제 끝났다. 하지만 그녀는 떠나지 않고 머뭇거린다. 잠시 고민에 빠졌던 그녀가 박스에서 서류 뭉치 하나를 빼낸 후 이한영에게 건넸다.

"이게 뭐죠?"

그녀가 손가락으로 계좌 번호 하나를 짚는다.

"매달 이 계좌에 전체 기부금의 10퍼센트를 보냈어요. 아마도 박광토 전 대통령에게 들어가는 돈이라고 생각해요. 이 계좌에 대해 부장이나 다른 사람에게 물어봤지만 아무도 모른다고 했었거든요."

말을 마친 그녀가 자리에서 일어섰다. 그리고 이한영과 석정호를 향해 고개를 숙인다.

"죄송합니다. 앞으로는 착하게 살겠습니다."

한보담이 떠났다.

그리고 그 자리엔 송나연 기자와 박철우 검사가 앉아 있었다.

송나연 기자가 문서를 들어 보며 미간을 찌푸렸다.

“저 그동안 없는 월급 쪼개서 기부 많이 했는데요……. 이 사람들 술값에 사용된 걸 보니까 마음이 안 좋아요. 기부한 게 아까워 죽겠어요.”

이한영이 고개를 저었다.

“모든 업체가 이런 것 아니니까 마음 상하지 마세요.”

이한영의 시선이 박철우 검사에게 향했다.

“검사님, 기소할 수 있겠어요?”

박철우 검사가 고개를 끄덕인다.

“충분하죠.”

이한영의 시선이 이번엔 석정호에게 향한다.

“휴대폰 줘봐.”

“휴대폰?”

이한영은 석정호가 박광토 전 대통령과 찍은 사진을 열어 박철우 검사의 휴대폰에 전송했다.

사진을 전송받은 박철우 검사가 크게 웃는다.

“전 대통령이랑 사진 찍고 석정호 씨 출세했네요. 어색한 표정 봐. 얼었어. 흐흐흐흐.”

석정호는 머리를 쥐어뜯었다.

“시간을 벌려면 어쩔 수 없었어요.”

그들이 한창 웃고 있을 때, 이한영이 사진의 한 부분을 손가락으로 짚었다.

“중요한 것은 여기요.”

자동차의 넘버가 찍혀 있다.

“이게 왜요?”

"고려행복재단 이사장의 자동차 넘버예요. 함께 있었다는 증거가 되겠죠?"

비리가 드러난 고위층의 행동은 항상 똑같다. 박광토 전 대통령은 모르쇠로 일관할 테고 이사장 역시 만나본 적이 없다고 주장할 게 확실하다. 그때 석정호와 찍은 사진에 나온 자동차의 넘버는 중요한 증거가 될 게 분명했다.

박철우 검사가 고개를 끄덕였다.

"이해했습니다."

이한영의 시선이 송나연 기자에게 향했다.

"기자님은 이 내용 쓸 수 있겠어요?"

송나연 기자는 잠시 망설인다. 그녀의 현 직업은 연예부 기자다. 게다가 그녀의 행동은 드림일보의 사장이 지켜보고 있다. 사장은 그녀가 눈에 띄는 행동을 하는 순간 법조팀의 사람들을 모두 구렁텅이에 밀어넣겠다며 협박하는 중이다. 함께했던 동료들이 자신 때문에 위험에 처하는 것은 정말 끔찍한 일이다.

하지만 송나연 기자는 힘차게 고개를 끄덕였다.

"써야죠. 제가 못 쓰더라도 다른 언론사의 기자들에게 부탁할게요."

"위험하거나 어려우면 하지 않아도 돼요."

"아뇨, 해야죠. 몰래, 안 들키도록 할게요. 걱정하지 마세요."

"장애가 많을 거예요."

"괜찮습니다. 전 기레기가 아니라 기자거든요."

송나연 기자는 애써 웃어 보인다.

잠시 뒤, 한보담이 가져온 박스는 모두 박철우 검사의 차 트렁크에 실렸다. 이제 각자 집으로 향할 시간이다. 가벼운 작별 인사를 나눈 후, 방향이 같은 이한영과 석정호는 함께 차를 타고 집으로 향했다.

한참 이동하던 중 석정호가 입을 연다.

"아까 내가 박광토 만나봤잖아?"

"응."

"멋있더라, 소탈해 보이고."

"그래?"

석정호가 고개를 끄덕인다.

"나쁜 사람인 것은 알고 있는데, 실제로 만나보니까 그런 생각이 하나도 안 들어. 키는 나보다 작은데도 더 큰 사람 같았어. 나도 모르게 굽실거리게 되더라고."

이한영이 슬쩍 웃었다.

"대통령까지 한 사람이야."

대통령의 자리는 단순히 능력이 뛰어나다고 앉을 수 있는 곳이 아니다. 능력은 물론이고 민심과 하늘이 도와야 한다. 당연히 평범한 사람이 아니고, 석정호에게는 크게 보일 수밖에 없다.

하지만 이한영은 하늘이 만들었던 대통령 박광토를 처절한 바닥으로 끌어내릴 생각이었다.

* * *

며칠 후, 윤슬혜 판사가 창밖을 보고 있었다.

"또 이렇게 한 살을 먹었네요. 연초에는 실감이 나지 않았는데, 이제 제가 한 살을 더 먹었다는 게 확실히 느껴져요."

차가운 바람은 그대로지만 달력은 한 장이 뜯어져 어느새 새로운 해의 1월 중반을 지나고 있었다.

윤슬혜 판사가 몸을 돌려 이한영을 본다.

"부장님은 결혼 안 하세요?"

"응, 안 해."

"연세가……."

이한영이 고개를 들어 윤슬혜 판사를 향했다.

"젊은 남자한테 나이를 연세라고 부르고 결혼 이야기하는 것은 실례라는 거 몰라?"

기록물을 보던 이소이 판사가 입을 연다.

"부장님뿐만 아니라 윤 판사님도 남자를 만나야 결혼을 하실 텐데, 매일 사무실에 계셔서……."

윤슬혜 판사가 고개를 저었다.

"우리 아빠도 맨날 그 소리 하셔. 그래서 남자 만날 수 있겠냐고."

퇴근이 빠르면 10시다. 남자는커녕 친구도 못 만난다.

"결혼이 스트레스이긴 하죠. 괜찮은 사람은 다 남자 친구가 있고."

윤슬혜 판사와 이소이 판사는 때아닌 연애 이야기로 잡담을 시작한다.

이한영은 그녀들의 목소리를 들으며 휴대폰을 손에 쥐었다. 박철우 검사에게 메시지가 와 있다.

—한보담 씨, 말레이시아 도착했답니다. 이제 시작합니다.

이한영이 휴대폰을 덮었다.

'시작이네…….'

박광토 전 대통령까지 들어가게 되면 강신진 지원장에게 정체를 들킬 가능성이 더욱 커진다. 하지만 그때는 강신진 지원장의 멱살을 쥘 수 있는 거리에 다가선 후가 될 것이다.

이한영이 휴대폰에서 시선을 옮길 때, 윤슬혜 판사가 입을 열었다.

"아, 부장님. 아빠가 한번 뵙고 싶어 하던데요."

윤슬혜 판사의 아버지 윤관호, 꽤 실력 있는 변호사로 정재계는 물론이고 법조계의 인맥도 화려하다. 서울에 있는 딸이 걱정됐는지 이곳에 자리 잡은 지 오래다.

그리고 이한영 역시 박광토 전 대통령을 끌어내리기 위해서는 윤관호 변호사를 만나야 했다.

"나도 한번 뵙고 싶었는데, 시간 언제 괜찮으신지 여쭤봐줘."

"아, 네. 지금 당장 전화해볼까요?"

"그럼, 땡큐지."

* * *

"이거 정말이야?"

"네."

"위험할 거 알지? 시민단체가 움직일 수 있어. 그럼 여론전에서 우리가 불리해."

그 시각, 박철우 검사는 부장 앞에 서 있었다. 부장의 손에는 고려행복재단의 사건이 들려 있다. 물론, 박광토 전 대통령에 관한 기록은 빠진 상태다. 저 안에 박광토 전 대통령이 들어가 있다면 시작부터 삐걱댈 게 당연해서다.

"여론이 무서워서 부정에 침묵한다면 검사 생활 그만둬야죠."

힐끗 박철우 검사를 본 부장이 천천히 고개를 끄덕이더니 서류를 책상 위로 툭 던졌다.

"해봐. 이왕 시작하는 것 뿌리까지 뽑도록 해. 다른 기부 업체들도 쑤셔 보고."

"알겠습니다. 바로 압수수색 준비하겠습니다."

내부자 정보만으로도 기소가 확실하다. 압수수색을 통해 증거가 추가로 나온다면 박광토 전 대통령까지 타고 올라갈 수 있다.

박철우 검사가 고개를 숙였다.

복도로 나온 박철우 검사가 휴대폰을 들어 이한영에게 전화를 걸었다.

"압수수색 영장과 이사장에 대한 구속영장 청구할 겁니다."

—고생하셨습니다. 저도 준비할게요.

"이거 끝나면 우리 둘 다 유배 갈 가능성 99퍼센트예요."

—전 대법원장님이 지켜줘서…….

"에이, 나 혼자 가겠네. 농사짓다가 쌀 좀 보내드릴게요. 흐흐."

부정적인 대화를 나누고 있지만 이들의 목소리는 밝았다. 거대한 권력자를 잡는 첫 단추가 잘 끼워졌기 때문이다.

통화를 종료한 박철우 검사가 휴대폰을 주머니에 넣으려 했다. 그런데 진동이 울린다. 부장검사다.

"네, 부장님."

—검사장님이 부른다.

부장의 목소리가 불길하게 느껴진다.

"검사장님이요?"

—올라가 봐.

검사장이 고려행복재단의 기록을 손에 들고 흔들었다.

"이걸 하겠다고?"

"네."

"덮어."

검사장은 가벼운 말과 함께 손에 들었던 기록물을 쓰레기 던지듯 툭 놓아둔다. 동시에 박철우 검사의 미간이 무섭게 일그러진다. 검사장의 표정을 보면 알 수 있다. 그는 이 재단에서 나오는 돈이 박광토에게 흘러간다는 것을 알고 있었다.

박철우 검사가 입을 열었다.

"더, 덮으라는 말씀이십니까?"

"그래."

"증거가 확실합니다. 무리 없이 잡아넣을 수 있습니다."

박철우 검사가 강한 시선으로 검사장을 쏘아봤다. 하지만 박철우 검사는 부부장이고 상대는 검사장이다. 상명하복의 문화가 있는 이곳에서 부부장 따위가 검사장을 상대로 눈을 부릅뜨는 것은 명백한 하극상과 같다.

검사장이 노기 어린 시선으로 그의 눈빛을 받아낸다. 잠시 두 사람 사이에 어떤 말도 없다. 적막만 가득할 뿐이다.

그리고 검사장이 손가락으로 박철우 검사의 옷을 가리키며 낮은 목소리로 말했다.

"옷을 벗고 싶나?"

"검사장님!"

"검사가 옷 벗을 각오로 덤벼들면 기소 못 할 사람이 없다는 말을 들어본 적이 있지?"

"……."

"그거 거짓말이야. 넌 아무것도 할 수 없을 거야. 옷만 벗을 뿐이야."

몸을 돌려 창가로 향한 검사장이 블라인드를 열고 찬 바람이 부는 밖을 본다. 그리고 말을 잇는다.

"이 추위에 옷을 벗고 세상에 나가면 얼어 죽을 거야. 자식도 있다고 들었는데 가족 생각을 해, 이 사람아."

"고려행복재단은 서민들의 돈을 받아 하룻밤 술값으로 사용하고 있습니다. 못 본 척하라는 말씀이십니까?"

검사장이 픽 웃으며 고개를 틀어 박철우 검사를 향했다.

"그거 생각해봤나? 우리가 내는 세금 역시 위에 있는 분들의 하룻밤 술값으로 나가는 경우가 많아. 주머니에도 들어가고 계집의 품에도 꽂히지. 기부 회사에서 돈을 갈취하는 것과 뭐가 다르지? 그게 우리나라의 시스템

이야. 이 나라의 시스템을 바꿀 자신이 없다면 여기서 멈춰. 네가 멈추지 않겠다면 난 이 나라의 시스템을 지키는 사람 중 하나로서 최선을 다해 너를 박살 낼 거야."

박철우 검사가 고개를 숙였다.

그 모습이 수긍하는 것으로 보였는지 검사장이 다가와 어깨를 토닥인다.

그런데 박철우 검사가 웃고 있다.

"어렴풋이 예상했습니다."

"뭘?"

"알고 계셨군요?"

박철우 검사의 허망한 웃음소리를 들으며 검사장은 몸을 돌려 책상으로 향해 명패를 손에 들었다.

"여기에 이름이 적히려면 어떤 길을 걸어야 한다고 생각하나? 보여도 눈을 감고 들려도 귀를 막아야 하지. 알고 있어도 입을 열어서 안 돼."

"……."

"박 부부장, 오랫동안 검사 생활 하고 싶으면 입 닫아."

그 시각…….

"송 기자, 미안해."

송나연 기자는 다른 언론사의 기자와 만나고 있었다. 그녀 역시 박철우 검사의 수사와 동시에 기사를 내기 위해 다른 업체에 부탁하고 있었다. 연예부 기자이며 사장의 관리를 받는 그녀가 드림일보에 기사를 실을 수 없기 때문이다.

"왜요? 왜 안 되는 건데요?"

송나연 기자는 급한 표정으로 물었다.

그런 그녀를 타 업체의 기자가 빤히 바라본다.

"송 기자, 솔직히 말해봐. 고려행복재단 뒤에 뭐가 있는 거야?"

"네?"

기자가 고려행복재단의 비리가 든 서류봉투를 손에 들며 다시 묻는다.

"이거 팀장이 오케이 하고 인쇄 준비 끝났던 거야. 우리 방송국과 연락해서 촬영 준비까지 모두 마쳤고. 그런데 위에서 그만두라는 지시가 내려왔어. 일개 기부 회사의 비리라면 위에서 움직이겠어? 절대 이럴 리 없잖아?"

송나연 기자의 표정이 찌푸려진다.

"……위에서 막혔다고요?"

"그래, 이 뒤에 뭐가 있는 거야?"

"박광토 전 대통령요."

타 업체 기자의 얼굴이 찌그러진다. 그가 서류봉투를 책상 위에 탁 던졌다.

"못 해. 모가지 날아가. 그리고 난 박광토 전 대통령 지지해. 뒤에서 뒷돈도 좀 받고 하는 것은 알고 있지만 그 정도도 안 받는 사람이 어디 있어?"

"기자님……."

"송 기자, 박광토 전 대통령은 지금 당장 대선에 나와도 다시 당선될 사람이야. 지금도 국민의 지지를 어마어마하게 받고 있어. 그런데 이런 기사를 써서 박광토 전 대통령까지 올라가 봐. 어떻게 될 것 같아? 우리 신문사 불매운동 일어나. 그러니까 송 기자도 안 될 아이템 가지고 끙끙 앓지 말고 다른 걸 알아봐."

* * *

"고맙다고 말해야 하나?"

"그래야죠."

"고맙네."

박광토 전 대통령의 서재다.

박광토 전 대통령이 술잔을 입에 대며 앞을 바라봤다. 그의 앞에는 강신진 지원장이 보였다.

중앙지검 검사장의 연락을 통해 고려행복재단의 사건을 알게 된 강신진 지원장은 지체하지 않고 언론사에 연락해 기사를 막았다. 이게 송나연 기자가 발로 뛰며 알리려 한 고려행복재단의 기사가 막힌 이유다.

강신진 지원장이 술잔을 입에 댄다. 오늘 그가 연락한 언론사는 모두 장태식 사장을 통해 만들어진 인맥들이었다. 그 사장들 역시 호락호락한 인물은 아니지만 강신진 지원장은 그들을 활용할 줄 알았다.

아니, 강신진 지원장에게 모든 사람은 똑같았다. 일명 당근과 채찍, 약점을 손에 쥔 채 협박하고, 부장판사 등을 통해 앓는 이를 뽑아주면 알아서 꼬리를 흔들었다. 자신들의 운명을 좌지우지할 사람으로 여기는 거다.

박광토 전 대통령이 빈 잔을 내려두며 입을 연다.

"한 달 후, 법관 정기 인사에서 중앙지방법원장으로 간다고?"

"네."

"고향으로 가는 기분이겠구먼?"

"거쳐 가는 과정일 뿐입니다."

"내가 해줄 게 있는가?"

강신진 지원장은 박광토 전 대통령의 비리를 막아줬다. 인생은 받은 만큼 줘야 하는 법, 받아먹기만 하다간 언제 치욕을 받을지 알 수 없었다.

강신진 지원장이 고개를 끄덕였다.

"마포경찰서 오종진 서장을 알고 계십니까?"

오종진 서장은 체포 직전 살해당한 서울서부지검 이종대 검사장의 친구다. 불법 성매매 업소와 마약 유통업자에게 뇌물을 받은 혐의 등이 있다. 그는 지금 2심을 기다리는 중이다.

강신진 지원장이 계속 말한다.

"오종진 서장은 2심에서 충격 발언을 내뱉을 겁니다."

"충격 발언?"

"망인이 된 이종대 검사장에게 뇌물 리스트가 있었던 거죠. 오종진 서장의 입에서 여야 등 현 대통령의 의견에 반하는 국회의원의 이름이 쏟아져 나올 겁니다."

더 듣지 않아도 알 수 있었다. 죽는 자는 말이 없다. 이종대 검사장에게 있다는 뇌물 리스트를 만드는 이는 강신진 지원장이다.

박광토 전 대통령의 입가에 스산한 미소가 스친다. 오종진 서장의 입에서 호명되는 순간 그 국회의원들은 죄가 있든 없든 죄인으로 낙인찍힐 게 분명하다. 국민은 냉정한 눈으로 사건을 보지 않기 때문이다. 그저 오종진 서장의 발언을 믿고 호명된 국회의원을 손가락질할 거다. 누명을 쓴 국회의원을 향해 앞에서는 서민을 위하는 척하면서 뒤에서는 온갖 뇌물을 받아 처먹었다고 욕할 게 뻔하다. 재판으로 이어져 증거 부족으로 끝난다 해도 국민은 믿지 않는다. 국회의원의 힘으로 증거 부족을 만들어냈다고 믿을 뿐이다.

그들은 보고 싶은 것만 보고 믿고 싶은 것만 믿는다. 그리고 결정적으로 국회의원을 불신한다. 그것을 언론이 막아줘야 하지만, 지금은 언론도 강신진 지원장의 편이다.

박광토 전 대통령의 눈에 앞으로의 미래가 훤히 보이는 것만 같았다. 그가 고개를 끄덕이며 입을 연다.

"저승사자의 명부가 자네에게 있구먼."

"네."

"그래서 내가 도와줘야 할 것은 뭔가?"

"놈의 입에서 백이석 대법원장의 이름도 나올 겁니다."

"백이석?"

박광토 전 대통령의 눈이 빛났다. 백이석 대법원장은 박광토 전 대통령도 잘 알고 있는 사람이다. 청렴하며 법으로 세상을 보는 사법부의 호랑이.

박광토 전 대통령이 강신진 지원장의 다음 말을 기다린다.

"일반 국민의 눈은 속일 수 있어도 판사들의 눈은 속이기가 힘들다고 생각합니다. 이번 스캔들로 백이석 대법원장을 내리고 제가 그 자리에 올라서도 쿠데타일 뿐이죠."

강신진 지원장은 백이석 대법원장 이후 자신이 대법원장에 오르길 바라고 있었다.

명분은 존재한다. 전 대법원장에 이어 백이석 대법원장까지 스캔들로 사법부를 시끄럽게 하고 떠나게 되면, 고인 물이 아닌 젊은 피로 개혁해야 한다는 바람이 불 거다. 물론 그 젊은 피는 강신진 지원장이다.

박광토 전 대통령이 무릎을 치며 웃기 시작했다.

"법원장을 정말 거쳐 가는 곳으로 만들 생각이구나. 하하하하하."

"백이석 대법원장에게 판사들이 납득할 수 있는 죄를 만들어주십시오."

그 말과 동시에 박광토 전 대통령의 웃음소리가 뚝 그쳤다. 그리고 그는 노인의 또렷한 눈동자로 강신진 지원장을 바라봤다.

"어렵지 않은 일이지."

강신진 지원장은 박광토 전 대통령의 집 밖으로 나왔다. 대기하고 있던 차가 그의 앞으로 다가와 멈춰 선다. 안에는 중앙지방법원의 부장판사가 운전석에 앉아 있다.

강신진 지원장이 뒷좌석에 오르자 부장판사가 묻는다.

"이야기는 잘되셨습니까?"

"응."

강신진 지원장은 간단히 대답했다.

부장판사가 다시 묻는다.

"박철우 검사와 송나연 기자는 어떻게 할까요?"

이번 고려행복재단의 사건으로 박철우 검사와 송나연 기자는 완벽히 수면 위로 올라섰다.

하지만 강신진 지원장은 고개를 흔든다.

"내버려둬. 반대 세력은 필요한 법이야. 숨어 있는 게 무서운 법이지 드러난 것은 문제가 되지 않아."

부장판사는 고개를 끄덕인다.

"알겠습니다."

차는 조용히 출발했다.

강신진 지원장이 휴대폰으로 메시지를 적는다. 받는 사람의 이름에 박철우 검사가 적혀 있다.

* * *

"씨발……."

박철우 검사는 옥탑방에 앉아 술잔을 털어내고 있었다.

이한영은 침묵하고 있다.

"젠장……."

박철우 검사가 다시 한숨을 내뱉는다.

그때 옥탑방의 문이 열리고 송나연 기자가 들어왔다. 이한영과 박철우 검사의 시선이 빠르게 그녀에게 향한다.

그리고 송나연 기자의 침울한 표정을 본 순간 이한영과 박철우 검사는 다시 침묵했다. 그녀 역시 성공하지 못한 것이다.

박철우 검사가 이한영을 보며 입을 열었다.

"전 대통령이라 해도 너무한 것 아니에요? 젠장, 잘못했으면 벌을 받아야지!"

그가 다시 술잔을 입에 털어 넣을 때, 이한영의 시선은 송나연 기자에게 향했다.

"언론사도 다 알고 있었나요?"

"그런 것 같아요. 위에서는 서로 다 알고 있던 모양이에요."

검찰의 윗선도 고려행복재단이 무엇인지 알고 있었다. 언론도 마찬가지다. 박광토 전 대통령이 몰래 행동한 게 아니라는 뜻이다. 서민들의 주머니에서 불쌍한 사람을 위해 나온 돈을 대놓고 챙기고 있었지만 누구도 나서지 않고 보고만 있었다는 거다. 모두가 한통속이다.

이한영이 고개를 저었다.

"기분이 별로네요."

박철우 검사가 입을 열었다.

"우리 검사장이 말하길, 이게 '시스템'이랍니다. 사람들이 죽도록 일한 것을 뒤에서 챙기는 것도 시스템이라니, 쓰레기 새끼……."

한참을 구시렁대던 박철우 검사는 메시지가 왔는지 휴대폰을 확인한 후 자리에서 일어섰다.

"마누라한테 연락 왔네요. 저는 먼저 일어나보겠습니다."

"조심히 가세요."

송나연 기자의 힘 빠진 목소리를 들으며 박철우 검사가 손을 흔든 후 옥탑방을 떠났다.

옥탑방엔 이한영과 송나연 기자만 남았다.

그녀가 물었다.

"이제 어떻게 해요?"

"힘을 빌려야죠. 혹시, 곽상철 의원이라고 아세요?"

곽상철 의원, 2선 의원으로 야당의 저격수이자 미친개라는 별명이 있는 사람이다. 여당 의원들에게는 최악의 욕을 듣고 있으며, 오종진 서장의 폭탄 발언의 명단에는 당연히 포함되어 있다.

일전에 이한영은 백이석 대법원장의 주선으로 곽상철 의원과 만나 오종진 서장의 계획을 알려준 적이 있었다.

이한영이 휴대폰을 귀에 댔다.

—아, 젊은 판사님?

"늦은 시간에 죄송합니다."

—아니에요. 말씀하세요.

"야당의 저격수라는 별명답게 총 한번 잡아보시겠습니까?"

수화기 너머에서 곽상철 의원이 한참을 웃는다.

—저격수보다는 미친개로 더 유명한대요. 그래, 총알은 뭐고 타깃은 누굽니까?

"총알은 고려행복재단, 타깃은 박광토 전 대통령입니다."

많이 놀랐는지 수화기 너머에서는 한동안 어떤 목소리도 흐르지 않았다. 하지만 곽상철 의원 역시 살기 위해선 움직여야 할 처지다. 그는 결국 고개를 끄덕였다.

옥탑방에서 나와 집에 앉아 있던 이한영은 늦은 시간이지만 자리에 눕지 않고 심각한 표정을 짓고 있다. 고려행복재단으로 송나연 기자와 박철우 검사가 완벽하게 드러났다. 장태식 사장 때는 사건의 수면 바로 아래에 있었다면, 이번엔 수면 위로 튀어 오른 것이나 마찬가지다. 노출되었고, 강신진 지원장은 언제든 쏘아 죽일 준비가 되어 있을 것이다.

이한영의 손이 툭툭 책상을 두들기기 시작했다.

그의 전생에서 박철우 검사는 의문의 교통사고로 사망했었다. 전생의 퍼즐을 맞춰보면 맞춰볼수록 그 수법은 장유린 부장이 사망했던 것과 같았다. 즉, 유성그룹 또는 강신진 지원장에게 살해당했다는 거다.

책상을 두들기던 이한영의 손이 멎었다.

"전생의 박철우 검사는 도대체 뭘 보고 있었을까? 지금의 박철우 검사는 뭘 하는 걸까?"

이한영의 시선이 책상 위의 휴대폰으로 향한다.

메시지가 보인다.

—박철우 검사, 강신진 지원장을 만나고 있음.

이한영은 석정호의 수하들에게 부탁해 박철우 검사와 송나연 기자의 주변을 가드하고 있었다.그 때문에 그들이 무엇을 하는지 눈에 보였다.

* * *

박철우 검사는 무겁게 한숨을 내뱉은 후 앞을 바라봤다.

집에 간다고 했던 그는 룸살롱 앞에 서 있었다. 잠시 어두운 눈으로 간판을 바라보던 그가 얼굴을 쓸어내렸다. 어두웠던 눈빛과 표정이 조금은 밝게 바뀐다. 그가 룸살롱 안으로 걸음을 옮겼다.

잠시 후, 박철우 검사 앞에 강신진 지원장이 앉아 있었다.

강신진 지원장이 박철우 검사를 보며 미소를 짓는다.

"앉지."

박철우 검사가 마주 앉자 강신진 지원장이 술병을 들어 빈 잔을 채운다.

"고려행복재단 사건, 박 부부장이라고 들었는데……."

"맞습니다. 막은 것은 지원장님입니까?"

"그렇지."

동시에 박철우 검사의 미간이 일그러졌다. 그리고 잠시 두 사람 사이에 어떤 대화도 오가지 않았다. 싸늘한 적막만이 내려앉았을 뿐이다.

먼저 입을 연 것은 박철우 검사다.

"분명 새로운 세상을 위해 힘써보자고 하셨습니다."

"그랬지, 지금도 그렇고."

그 말에 박철우 검사의 입술이 삐뚤어진다.

"지금도 그렇다고요? 전직 대통령의 비리를 덮어주는 것이 새로운 세상의 정의입니까?"

"과정에서 나타나는 작은 희생이야."

박철우 검사가 픽 웃었다.

"희생요?"

"박 부부장, 일반 대중은 몇 명이 모이든 세상을 바꿀 힘이 없어. 하지만 전직 대통령에게는 그 힘이 있지. 난 그 힘이 필요하고. 불가피한 희생이며 안타깝다고 생각해."

강신진 지원장의 말에 박철우 검사가 고개를 저었다. 그리고 더 할 말이 없다는 듯 자리에서 일어섰다.

"비리를 덮어 만들어진 세상, 보지 않아도 뻔하겠네요. 그 세상, 잠시나마 기대하고 있었지만 이제는 제가 막아내겠습니다."

쏘아대는 말이었지만 강신진 지원장은 느긋하게 등을 기대며 입을 연다.

"역사를 생각해봐. 새로운 국가가 탄생하던 시기에 권력자들과 타협하지 않은 적은 없었어."

"역사적으로 그랬으니까 지금도 그래야 한다는 말이 정당화된다고 생각합니까?"

"생각의 차이지."

박철우 검사는 더 할 말이 없다는 듯 몸을 돌렸다.

그의 뒤를 향해 강신진 지원장이 입을 연다.

"하나만 묻고 싶어. 자네가 함께 일하는 사람이 누구지?"

강신진 지원장의 눈은 처음으로 싸늘해져 있었다. 여차하면 사람을 갈기갈기 찢어 죽일 것 같은 눈빛이다.

하지만 박철우 검사는 담담히 답한다.

"없습니다."

“백이석 대법원장인가?”

“아뇨. 없습니다.”

강신진 지원장이 천천히 고개를 끄덕였다.

“그래, 그렇다고 하지.”

박철우 검사가 문고리를 잡는다.

그때 강신진 지원장의 말이 다시 이어졌다.

“고려행복재단은 덮어. 이것은 자네를 위한 말이야. 계속 수사를 강행하다가 다치는 것은 자네야. 손도 대지 못하고 죽고 말 거야.”

박철우 검사는 잠시 뭐라 입을 열려 했다. 하지만 입을 열지 않고 그대로 룸을 떠났다.

박철우 검사가 앉아 있던 자리엔 마시지 않은 술잔만 남아 있을 뿐이었다.

강신진 지원장이 의자에 등을 기대며 중얼댄다.

“휘어지지 않으면 부러질 수밖에 없는 것이 세상의 이치인데……. 곧은 나무를 부러뜨리는 것만큼 마음 아픈 일이 없는 것인데…….”

룸살롱을 벗어난 박철우 검사는 도로에 섰다.

그가 담배를 입에 물고 생각에 빠져든다. 강신진 지원장을 만난 것은 오래전이다. 그러니까, 이한영이 이성대 부장을 사기 쳤을 때였다. 당시 이성대 부장은 강신진 지원장을 찾아가 박철우 검사가 자신을 사기 쳤다고 지목했다. 당연하지만 강신진 지원장은 곧장 박철우 검사를 조사했다. 그런데 생각 이상으로 뛰어난 인물이었다.

강신진 지원장은 인재를 중요하게 생각하는 사람, 그는 사기당한 돈을 생각하지 않고 박철우 검사를 영입하기 위해 특유의 궤변을 쏟아냈다.

“자네가 원하는 검찰이 만들어지도록 해주지. 지금 있는 검사장, 총장, 법무부 장관까지, 난 모두 마음에 들지 않아. 썩은 놈들이야. 그놈들은 내게 토사구팽당할 거야! 미치광이 한번 도와주게. 내가 재물욕이 있다고 보나? 아니면 권력욕? 난 그런 생활에 관심 없어. 난 그저 바로잡힌 세상을 보고 싶을 뿐이야."

박철우 검사는 가만히 앉아 있었고, 강신진 지원장은 계속해서 말을 이어갔다.

"이 세상이 제대로 돌아가기 위해선 강력한 법이 필요해. 지위를 이용해 약자를 성폭행한 새끼가 5년! 잔인한 방법으로 아동을 성폭행한 개새끼가 고작 12년! 천억 원대를 탈세한 쓰레기가 집행유예! 그런데 배고파서 빵을 훔친 놈도 집행유예!"

박철우 검사도 검사 생활을 하며 불합리하다고 여겼던 생각들이다. 그것들이 강신진 지원장의 입에서 쏟아져 나왔다.

"감옥에 가면 달라지나? 사람을 죽이고 강간한 새끼들이 따듯한 방에서 칼로리에 맞춘 음식을 먹고 있어. 그뿐인가? 건강을 위해 운동까지 하고 있어. 그런데 밖에 있는 선량한 사람들은 가스비가 없어서 차가운 방에서 햄버거나 씹어 먹어! 그러면서 그 새끼들을 위해 세금을 내고 있어! 세금 낭비란 생각하지 않나?"

"……."

"이게 정상이라고 보나? 세상을 바꾸고 싶지 않아? 미치광이 한번 도와줘. 난 이 세상을 바꿔놓을 거야. 강력한 법만이 세상을 올바르게 만들 수 있어."

옛 기억을 더듬던 박철우 검사가 다시 담배를 입에 물며 씁쓸하게 웃었다. 잠시나마 강신진 지원장의 '정의'에 마음이 쏠렸다. 강신진 지원장이 가진 힘이라면 충분히 해낼 수 있다고 생각했다.

하지만 지금은 아니다. 박철우 검사의 눈엔 위선자처럼 느껴질 뿐이었다. 그가 조용히 입을 열었다.

“다행인 것은 있네.”

하나는 강신진 지원장 앞에서 이한영의 이름을 입 밖에 낸 적이 없다는 것이다. 이한영은 명확하게 강신진 지원장을 적으로 지목했고, 그 때문에 박철우 검사 역시 강신진 지원장을 완벽하게 믿지 않고 있었다.

박철우 검사가 씁쓸한 연기를 내뱉으며 고개를 들어 검은 하늘을 바라본다.

“당신 앞으로 구속영장을 선물해 주지.”

* * *

다음 날.

고려행복재단과 관련된 모든 사람들은 사건이 끝났다고 생각했다. 검찰은 물론이고 언론까지 막았으니 당연한 일이었다. 그들에겐 어제와 똑같이 평화로운 하루일 뿐이다.

고려행복재단의 이사장은 전화를 받고 있었다.

“네, 각하. 감사합니다. 앞으로도 열심히 하겠습니다.”

–열심히 하는 게 아니라 조심히 하도록 해.

“네, 알겠습니다.”

전화를 끊은 이사장이 깊은 한숨을 내쉬었다. 박광토 전 대통령에게 간밤에 일어났던 일을 듣고 나니 이마에 식은땀마저 솟아나고 있었다.

“씨발, 큰일 날 뻔했네.”

잠시 숨을 돌린 이사장이 책상 위의 벨을 꾹 눌렀다. 비서가 들어온다.

“부장 들어오라고 해.”

평소와 다른 날카로운 목소리에 비서는 재빨리 사무실을 떠났다. 그리고 잠시 후 부장이 안으로 들어왔다.

이사장이 무서운 눈으로 부장을 쏘아본다.

“한보담, 찾았어?”

한보담은 이한영의 일을 도와준 경리다.

부장이 난처한 얼굴로 고개를 저었다.

“죄송합니다. 휴대폰도 정지돼서…….”

“야, 이 새끼야. 어젯밤에 무슨 일이 있었는지 알아?”

부장은 당연히 모른다.

그가 묵묵히 있자 이사장이 책상 위에 있던 두꺼운 책을 들어 집어 던졌다. ‘쾅!’ 소리가 나며 부장의 얼굴에 책이 맞고 떨어진다.

곧이어 이사장이 큰 목소리로 말하기 시작했다.

“새끼야! 검찰에서 우리를 기소하고 언론에서 터뜨리려고 했어!”

“네? 검찰에서요?”

부장의 등에도 식은땀이 주르륵 흘렀다.

그동안 해먹은 돈만 수백억이다. 걸리는 순간 자신의 아들은 학교에도 가지 못할 것이고, 자신은 천하의 개새끼가 될 게 분명했다.

이사장이 부장을 노려보며 말을 이었다.

“누구 짓이겠어?”

바보여도 알 수 있다. 며칠 전부터 출근도 하지 않고 연락이 끊긴 경리 한보담이 고려행복재단의 비리를 넘기고 도주한 것이다.

부장이 고개를 숙였다.

“잡아 오겠습니다.”

“빨리!”

“네.”

부장이 밖으로 나갔다.

이사장은 의자에 앉는다.

“잡히기만 해봐. 죽여버릴 테니까.”

그의 눈에 분노가 가득 차올랐다.

이들은 분명 기부 회사의 사람들이다. 하지만 하는 언행은 깡패와 다르지 않았다.

그 시각, 야당의 브리핑실.

자리에 앉아 있던 기자들은 카메라를 설치하고 노트북을 여는 등 기사를 내기 위한 준비를 하고 있었다.

얼마 전, 청와대에서 야당에 대한 비판을 내뱉었다. 그리고 오늘은 야당에서 반박하는 날이었다. 여기까지는 의례적인 일이었기에 기자들의 표정은 평소와 다르지 않았다. 그런데 기자들의 앞에 선 사람은 야당의 대변인이 아니었다.

'미친개'라 불리는 곽상철 의원이다. 그가 앞에 서자 기자들의 눈이 반짝인다. 미친개 곽상철 의원은 거친 언행으로 주목받는 정치인이었다. 며칠 전에는 여당의 대표를 향해 '또라이'라며 삿대질을 하기도 했었다. 그의 말은 한마디 한마디가 기삿거리가 된다. 오늘은 또 어떤 막말로 조회수를 올려줄지, 기자들은 조용히 그의 입이 열리길 기대했다.

곽상철 의원이 입을 열었다.

"어려운 사람들을 돕는다는 고려행복재단이 비리를 저지르고 있었습니다."

기자들의 눈이 순간적으로 커진다.

"어?"

청와대의 비판을 반박하는 말이 아니라 뜬금없이 고려행복재단을 이야기하고 있다.

"며칠 전, 폐지를 주우며 수억 원을 기부한 강영범 할아버지를 기억할 겁니다."

곽상철 의원은 말을 이어갔고, 기자들은 멍한 눈을 껌뻑거리고만 있다.

"씨발, 뭐야?"

"고려행복재단? 어제 막힌 기사 아냐?"

곽상철 의원은 상관 않고 말을 이어간다.

"이 자료를 보면 그동안 고려행복재단이 기부를 받아 쓴 돈의 기록이 실려 있습니다. 희귀병에 걸린 아동을 돕겠다는 명목으로 사람들에게 돈을 걷은 고려행복재단은……."

그때…….

"곽상철 의원님, 그거 안 된다니까요!"

어디 있었는지 야당의 대변인이 다급히 달려와 곽상철 의원을 말린다.

곽상철 의원이 인상을 구기며 벼락같은 소리를 내지른다.

"그럼, 뭐가 되는데! 국회의원이 하는 짓이 뭔데!"

기자들의 시선이 뒤로 향했다.

그곳엔 생방송으로 돌아가는 카메라가 있었다. 그리고 카메라엔 곽상철 의원의 행동이 고스란히 잡히고 있었다.

곽상철 의원이 들고 있던 서류를 내리치며 외친다.

"고려행복재단! 여기에 기부했던 국민이 병신인 줄 알아?"

그 시각, 텔레비전을 보고 있던 박광토 전 대통령의 미간에 심줄이 솟아났다. 텔레비전 화면에서 곽상철 의원이 계속해서 말을 쏟아내는 중이다.

이들은 들어온 돈을 자신들의 주머니에 넣고 있었어요! 그리고 가장 의심스러운 것은 바로 이 계좌입니다. 매달 막대한 금액이 자동이체 되어 들어가고 있습니다. 이걸 왜 말 못 하게 하는데! 이 돈 받는 사람이 누구길래! 성역이냐? 씨발, 이따위 성역을 지키려고 국회의원 하는 거야? 그럼, 난 안 해! 씨빌!

박광토 전 대통령은 리모컨을 들어 텔레비전의 전원을 껐다. 텔레비전에서 고려행복재단의 소식이 알려졌지만 박광토 전 대통령의 표정은 변함이 없다. 이따위 스캔들은 조용히 넘어갈 수 있다는 자신이 있기 때문이다.

그가 휴대폰을 귀에 댔다.

"강신진 판사."

—네, 각하.

강신진 지원장의 목소리는 걱정스럽다.

하지만 박광토 전 대통령은 단호하게 입을 연다.

"고려행복재단의 일을 건드렸던 사람들의 정보를 알고 싶어."

당연히 그가 말하는 사람은 송나연 기자와 박철우 검사다.

—지금 당장 가지고 가겠습니다.

"아니야. 오늘 밤에 검찰총장과 중앙지검장, 그리고 언론사 사장을 대동해서 함께 오도록 해."

—알겠습니다.

전화를 끊는 바광토 전 대통령의 눈빛은 시리도록 차갑다.

그가 낮은 목소리로 중얼댄다.

"사자는 토끼를 사냥할 때도 최선을 다하지."

* * *

포털사이트의 실시간 검색어에 고려행복재단이 올랐다. SNS는 물론이고 어제만 해도 기사를 내길 꺼렸던 언론사들도 여론에 등을 떠밀려 빠르게 올리는 중이다.

그 시각, 이한영은 곽상철 의원과 통화하고 있었다.

—나 징계받았어요. 당직 자격정지 1년. 공천받을 때 불이익받겠네.

당직 자격정지란 당에서 부여한 직책을 맡을 수 없는 중징계다.

"죄송합니다."

—아니요, 괜찮아요. 이런 걸 해결하는 게 국회의원이잖아요. 이런 일

이라면 어떤 징계를 받아도 좋으니까 연락 주도록 해요.

곽상철 의원과 통화가 끝났다. 이어서 또 휴대폰이 진동을 울렸다. 이번엔 박철우 검사다.

–수사 시작됐습니다.

검찰 역시 여론에 밀렸다. 그들은 수사를 원하지 않았지만 어쩔 수 없이 칼을 빼들 수밖에 없었다.

"고생하십시오. 조심하시고요."

상대는 박광토 전 대통령이다. 위험할 수밖에 없다. 하지만 고려행복재단은 박광토 전 대통령으로 이어지는 동아줄과 같았다. 이한영은 이 기회를 놓칠 수 없었다.

전화를 끊은 이한영의 시선이 창밖으로 향한다. 창문에 박광토 전 대통령의 얼굴이 비치는 것만 같았다.

"사냥……."

이한영에게 박광토 전 대통령은 사냥감일 뿐이다. 그의 머리채를 잡아 법대에 올릴 것이다. 어느새 이한영의 눈에 보이는 박광토 전 대통령은 죄수복을 입고 피고인석에 앉아 있다.

이한영이 초췌한 표정의 전 대통령을 향해 손가락을 까딱까딱 움직였다.

"사형."

* * *

"검찰이 온다."

이사장의 말에 발칵 뒤집힌 고려행복재단의 직원들은 서류를 박스에 넣기 시작했다.

"CCTV 끄고 지금부터 눈에 보이는 것 다 담아!"

핸드 카트에 박스가 실리면 직원들은 곧장 엘리베이터를 타고 옥상으로 달려가 서류를 불에 태웠다.
"컴퓨터는 어떻게 할까요?"
"컴퓨터?"
컴퓨터에는 고객 명단 같은 중요한 자료가 많아 버릴 수는 없었다. 잠시 고민하던 부장이 단호하게 입을 열었다.
"퀵 불러서 집으로 보내! 그리고 근처 전자 제품 판매장에 가서 노트북 몇 개 사 들고 와!"
컴퓨터 역시 박스에 실리기 시작했다. 그러나 그걸로 끝이 아니었다.
"아래에 있는 휴대폰 매장에 가서 전부 새로 바꿔! 쓰고 있던 휴대폰은 알아서 숨기고!"
그 과정이 반복되고 있었다.
죄가 드러나는 것보다 증거인멸의 형량이 훨씬 적기 때문이다.

고려행복재단의 건물 앞으로 검찰에서 온 차량이 멈춰 섰다. 차에서 내린 수사관들이 일제히 건물을 향해 달려간다. 하지만 이미 정리는 끝난 뒤였다.
직원들 앞에 놓인 노트북은 새것이었고, 책상 서랍에 담긴 문서에는 중요한 것이 단 하나도 남아 있지 않았다.
박철우 검사가 이사장 사무실을 향해 걸어갔다.
느긋한 표정으로 책상에 앉아 있던 이사장이 고개를 틀어 박철우 검사를 본다.
"다 끝났습니까?"
"노트북이 새것이네요?"
"오래돼서 교체했습니다."
"문서는요?"
"요즘은 전자 결재를 사용하지 않나요? 저희는 환경을 위해 문서는 최소한으로 쓰고 있었는데요."

박철우 검사가 머리를 쓸어 넘기며 무서운 눈으로 이사장을 쏘아봤다.

"장난칩니까? CCTV도 고장 났다고 말하지 그래요?"

이사장이 빙긋이 웃는다.

"맞아요. 고장 났어요."

박철우 검사의 마음속에서 당장에라도 이사장의 목을 틀어쥐고 싶다는 생각이 솟구쳐 올랐다. 하지만 그는 법을 수호하는 검사다.

지이잉.

휴대폰 진동이 울리는 소리가 들렸다. 박철우 검사의 주머니다. 박철우 검사는 이사장을 노려보며 품에 손을 넣어 휴대폰을 빼냈다.

'송 기자?'

메시지가 와 있었다.

-직원들이 1층에 있는 휴대폰 매장에 드나들었고요. 컴퓨터는 퀵으로 보냈어요. 퀵 전화번호는…….

고려행복재단의 앞을 지키고 있던 송나연 기자는 직원들의 행동을 휴대폰 사진에 담았다. 그리고 컴퓨터를 옮기기 위한 퀵 기사가 건물 앞에 도착했을 때 기사에게 다가가 나중에 이용하겠다는 말과 함께 전화번호까지 받아냈다.

입가에 미소가 걸린 박철우 검사가 이사장을 보며 입을 열었다.

"오늘 내로 구속영장 나올 테니까 저녁엔 검찰에서 봅시다."

"그것도 괜찮겠네요. 그런데 압수수색 중이지만 밖에 나가서 담배 하나 태우는 것은 괜찮죠? 여기는 여직원도 있고 금연 구역이라서요, 흐흐."

이사장은 끝까지 능글거리고 있다.

"건물 밖으로는 나가지 마세요."

"그러죠. 알겠습니다."

그 말을 끝으로 박철우 검사는 몸을 돌렸다. 그리고 사무실에서 벗어나며 휴대폰을 손에 들었다.

"나야. 위에 보고하지 말고 압수수색영장 청구 준비하고 있어. 내용은 금방 보내줄게."

–보고하지 말고요?

후배 검사였다.

보고하는 순간 검사장에 의해 모든 게 막혀버린다. 이런 것은 선조치 후보고를 해야 한다.

"그래, 끊어."

통화를 종료한 박철우 검사는 곧장 이한영에게 전화를 걸었다.

"판사님, 부탁 하나 하고 싶은데요."

–말씀하세요.

"금방 압수수색영장을 청구할 겁니다. 군소리 없이 통과될 수 있게 영장 판사를 구슬려줄 수 있을까요?"

그 시각, 송나연 기자는 재단 건물의 옥상으로 올라가고 있었다. 밖에서 몰래 지켜보던 중 옥상에서 불길이 이는 것 같은 느낌을 받았기 때문이다. 문을 열고 옥상으로 올라간 그녀의 눈앞에 어마어마한 양의 문서가 불에 타고 있었다.

고려행복재단의 직원은 없었다. 그들은 불만을 내지른 후 자리를 떴다. 사무실에서 해야 할 일이 많이 남아 있었기 때문이다.

송나연 기자가 입고 있던 잠바를 벗었다. 그리고 다급히 달려가 잠바를 펄럭이며 불을 끄기 시작했다.

잠시 후 송나연 기자는 검게 변해버린 종이를 만져보고 있었다. 이미 대부분은 재로 변한 상태였지만 그녀는 포기하지 않았다. 조금이라도 남아 있을지 모를 정보를 찾기 위해 문서를 확인하는 중이다.

"찾았다."

정말 일부분이지만 '미녀 클럽 531만 원'이라고 적힌 영수증이 손에 들어왔다. 그녀는 휴대폰을 들어 사진을 찍은 후 증거물을 주머니에 넣었다. 그리고 콧노래를 부르며 종이를 더 확인해본다.

"또 찾았다."

이번엔 자필로 적힌 종이다. 다행히 모서리 부분만 타 있었다.

"어?"

제대로 알아보기 힘든 악필이지만 의미는 알 수 있었다.

신사옥 부지, 강남구 그린벨트 지역, 이남진.

"이남진?"

그녀는 휴대폰을 들어 '이남진'이라는 이름을 검색해봤다. 국토부 장관이다. 그녀의 시선은 다시 문서로 향했다.

공시지가 토지 수용, 1층 전부와 남은 토지는 VIP 차명.

송나연 기자의 눈동자가 떨려 왔다. 이들은 국토부 장관을 통해 강남의 그린벨트 지역을 공시지가로 수용하려 한다. 말이 수용이지 헐값에 던져 주고 강제로 빼앗겠다는 것이나 마찬가지다.

그 땅에 고려행복재단이 신사옥을 건설한다. 그리고 건물의 1층과 남는 땅은 VIP, 즉 차명을 통해 박광토 전 대통령에게 주겠다는 뜻이다. 이렇게 되면 그린벨트가 해지되는 순간 땅값이 폭등하는 게 당연하다. 이들은 이런 비열한 방식으로 재산을 증식하고 있었다. 그들에게 이런 방법은 갓난아기의 팔을 비트는 것처럼 어렵지 않은 일이었다.

송나연 기자는 서류를 휴대폰 사진에 담은 후 또 다른 서류가 남았는지 확인하기 시작했다.

순간, 끼이익. 문 열리는 소리가 들린다. 동시에 그녀는 손에 들고 있던 휴대폰을 화단 아래에 숨겼다. 그러고 나서야 시선을 천천히 뒤로 향했다.

담배를 입에 문 고려행복재단의 이사장이 그녀를 무서운 눈으로 쏘아보고 있다. 이사장이 그녀를 향해 뚜벅뚜벅 다가오며 묻는다.

"댁은 누구십니까? 행색을 보니 검찰은 아닌 것 같은데?"

"아…… 드림일보 송나연 기자입니다."

"기자면 남의 건물에 멋대로 들어와도 되는 겁니까?"

송나연 기자는 어색하게 웃으며 주춤주춤 일어섰다. 그녀가 불에 탄 종이를 손가락으로 가리키며 입을 연다.

"밖에서 봤을 때 불이 난 줄 알아서요."

"불이 났으면 소방관을 불러야지, 기자가 왜 와?"

이사장이 뚝 송나연 기자 앞에서 멈춰 섰다. 그의 손가락이 천천히 송나연 기자를 가리킨다.

"왜, 왜요?"

"손에 든 거 내놔."

"네?"

"죽고 싶지 않으면 내놔."

그의 눈빛엔 숱하게 사람을 상하게 한 것 같은 살기가 가득하다. 누가 봐도 기부 재단의 이사장이라 볼 수 없다.

송나연 기자의 시선이 옥상 아래를 향했다. 건물 앞으로 차들이 다니고 있어 시끄럽다. 그녀가 소리를 지른다고 해도 도와줄 사람은 없다.

다시 시선을 앞으로 한 그녀는 손에 든 문서를 이사장에게 건넸다. 문서를 손에 든 이사장의 입꼬리가 솟구쳐 올랐다.

"너 이거 봤지?"

"보긴 봤는데요. 무슨 글자인지 알 수가 없어서……."

"지랄하네."

* * *

그 시각, 이한영은 장유린 부장 앞에 서 있었다.

"영장?"

"네."

"이번엔 뭔데?"

"고려행복재단입니다."

박철우 검사는 영장이 조용히 처리되길 바라고 있었다. 그러려면 장유린 부장의 힘이 필요했다. 돈 때문인지 뭐 때문인지는 몰라도 영장 전담부에 있는 판사들이 그녀를 잘 도와주고 있었기 때문이다.

장유린 부장이 고개를 저었다.

"거긴 위험한데……."

위험은 당연히 인지하고 있었다. 고려행복재단의 끝에는 박광토 전 대통령이 있어서다.

그런데 장유린 부장의 입에서 나온 소리는 달랐다.

"거기 이사장이 누군지 알아?"

"이름만 알고 있습니다."

"그 새끼, 깡패야."

"네?"

고려행복재단 이사장인 강순철은 박광토 전 대통령의 지시를 받고 피를 만지던 사람이었다. 박광토 전 대통령이 청와대에 입성하며 그동안의 고생을 보상해준다고 한국문화진흥원장으로 신분 세탁에 성공했다. 하지만 개 버릇 남 못 준다고, 진흥원장으로 있으면서 국가 예산으로 뒷주머니를 챙기다가 걸리기도 했다. 그런 그가 지금은 기부 회사의 이사장으로 있는 거다.

장유린 부장이 입을 연다.

"고려행복재단을 건들고 있다면 그 뒤에 누가 있는 줄은 알고 있을 테고?"

"네."

"박광토 전 대통령이 뒤를 봐줄 정도의 깡패면 어떤 놈일 것 같아? 거기에 있는 직원의 대부분도 그 새끼 아래에 있던 깡패 새끼들이야."

이한영의 등에 식은땀이 흘렀다. 박철우 검사는 다른 검사 그리고 수사관들과 함께 있을 테니 문제 될 것이 없다. 하지만 송나연 기자는 다르다. 그녀는 혼자 있다.

장유린 부장이 입을 열었다.

"영장은 부탁해 둘게. 그런데 조심해. 권력을 등에 업은 깡패는 미친놈이나 마찬가지야."

말이 통하지 않는 미친놈은 상대가 검사나 판사라 해도 상관하지 않는다. 박광토 전 대통령이 언제까지고 자기들을 봐줄 거라고 생각하기 때문이다.

장유린 부장의 방을 떠난 이한영은 곧바로 휴대폰을 귀에 댔다. 당연히 송나연 기자에게 거는 거다. 머피의 법칙인지, 불길한 생각은 언제나 틀린 적이 없다. 통화 연결음만 이어질 뿐이다.

"좀 받아라!"

급기야…….

–전화를 받을 수 없어…….

이번엔 박철우 검사에게 전화를 걸었다. 하지만 박철우 검사는 검사장 등 고위직에게 연락이 올 것을 막기 위해 전화를 꺼두고 있있다.

—전원이 꺼져 있어…….

이한영은 석정호에게 전화를 걸었다. 다행히도 석정호는 전화를 받았다.

—어? 나 지금 은평구에 있는데…….

고려행복재단이 있는 곳은 강남이다.

도움받을 사람이 없다. 법원은 서초구, 이한영이 직접 간다고 해도 늦을 수 있다.

이한영의 얼굴이 일그러졌다.

"강남구, 강남구!"

그때 별안간 누군가의 얼굴이 머릿속을 스쳤다.

딱 한 명 있다.

* * *

송나연 기자는 옥상의 난간에 허리를 대고 서 있었다.

이사장은 그녀의 옆에서 건물 아래를 내려다보며 담배를 태우고 있다.

"압수수색 끝났나 보네."

검찰 차가 떠나는 게 보였다.

컴퓨터가 전달될 배송지를 전해 받은 박철우 검사가 그쪽으로 향하고 있었지만 이사장은 꿈에도 모르고 있었다. 그는 그저 아무것도 건지지 못하고 떠난 검찰이 우스울 뿐이었다.

이사장의 고개가 송나연 기자를 향해 틀어진다. 싸늘한 시선에 송나연 기자가 빠르게 입을 연다.

"저 기자에요. 지금 고려행복재단으로 시끄러운데, 지한테 이러면 더 불리한 것 모르세요?"

송나연 기자는 심장이 쿵쾅대는 것을 숨기며 애써 세 보이는 척 말했지만 이사장은 픽 웃을 뿐이었다.

"검찰이 압수수색을 하는데, 기자라고는 너 혼자 있어. 이게 무슨 뜻일 것 같아?"

언론이 침묵하고 있다는 뜻이다.

이사장이 말을 잇는다.

"내가 더 절망적인 이야기를 해줄까? 너 하나 실종된다고 해도 똑같아. 아무도 관심을 두지 않을 거야. 기부 회사의 비리에 신문사가 하나도 오지 않은 것처럼 네 죽음도 마찬가지야."

송나연 기자의 심장이 더 쿵쾅쿵쾅 뛰기 시작했다. 순간적으로 그녀의 머릿속에 곽순원의 손에 세상을 떠난 동료 기자가 떠올랐다. 동료 기자가 사망했을 때도 언론은 침묵했었다. 실종으로 처리했고, 누구도 동료 기자의 사건을 찾아내려 하지 않았다. 송나연 기자의 머릿속에 자신도 동료 기자처럼 되는 것이 아닐까 하는 생각이 스쳤다.

그때 문이 열리고 고려행복재단의 부장과 과장이 들어왔다. 두 사람이 이사장을 보며 고개를 숙인다.

"검찰은 갔습니다."

"문제 될 것은?"

"검찰이 직원들의 휴대폰도 가져갔지만, 아시지 않습니까? 저희 오늘 개통했습니다, 흐흐."

부장의 시선이 송나연 기자에게 향했다.

"그런데 이분은?"

이사장이 담뱃재를 툭툭 떨어뜨린다.

"시화호에서 수영하고 싶으신 분이다."

시화호는 면적만 56.5제곱킬로미터인 거대한 인공 호수로, 방조제 길이만 12.6킬로미터에 달한다. 넓은 공간과 인적이 뜸한 것을 이용해 유기된 시체가 심심치 않게 나타나는 곳이다. 즉, 송나연 기자를 죽이겠다는 말이었다.

이사장은 부장과 과장에게 그 말을 남기고 뒷짐을 진 채 옥상의 문으로 향했다. 그가 문을 연다. 그런데…….

"어?"

이사장 앞에 키가 훤칠하고 아름다운 여성이 서 있었다. 싸구려 술집 여자의 아름다움이 아니다. 대하기 어려운, 고위직에서 느낄 수 있는 기품이 존재한다.

그녀가 차가운 시선으로 이사장을 보고 있다.

"누, 누구세요?"

이사장은 그 여성보다 훨씬 나이가 많았지만 자신도 모르게 존댓말을 쓰고 있었다. 하지만 그녀는 대답하지 않는다. 대신 그녀의 뒤에 서 있던 남자가 입을 연다.

"에스로펌 유세희 본부장님입니다."

남자는 조세헌 변호사다.

유세희는 에스로펌의 경호팀 70명을 끌고 고려행복재단에 들어왔다.

그녀가 이사장을 보며 입을 열었다.

"비켜줄래요?"

02

미간을 확 일그러뜨린 이사장은 유세희를 향해 욕이라도 내뱉고 싶었다. 하지만 계단을 꽉 채운 경호원들이 그를 살벌한 눈빛으로 노려보는 중이다. 그가 욕을 내뱉는 순간 어떤 일이 일어날지는 보지 않아도 뻔했다.

'씨발.'

이사장은 비참한 표정과 함께 그녀가 지나갈 수 있도록 몸을 튼다.

그러자 유세희는 처음부터 이사장이란 존재가 없었다는 듯, 완벽하게 무시하는 표정으로 그의 옆을 스쳐 지나갔다.

'젠장.'

잠시 한숨을 내뱉은 이사장이 부장을 향해 입을 열었다.

"가지."

그는 그 자리를 떠나 계단을 내려가기 시작했다. 그 뒤를 부장과 과장들이 뒤따른다.

잠시 후 사무실로 들어온 이사장이 부장에게 반쯤 태워진 종이를 건넸다.

“없애.”

종이를 펼쳐 본 부장의 눈이 크게 떠진다. 그것은 사옥을 그린벨트 지역으로 이전하기 위해 논의했던 문서다.

부장이 떨리는 목소리로 입을 연다.

“호, 혹시 저 여자가 이걸 본 겁니까?”

“봤겠지.”

“검찰입니까?”

“기자야.”

있는 대로 얼굴이 일그러진 부장이 다급한 목소리로 말한다.

“이사장님, 가만히 놔둬서는 안 됩니다. 밖에 있는 애들 몇 명 시켜서…….”

이사장이 짜증 섞인 눈으로 부장을 쏘아봤다.

“새끼야, 머리가 있으면 생각을 해봐. 저 여자를 구하겠다고 에스로펌의 본부장이 왔어. 그런데 우리가 칼로 쑤셔봐. 어떻게 될 것 같아?”

에스로펌은 대한민국의 최대 로펌 중 하나다. 고려행복재단 따위의 규모로 비벼볼 수준이 아니었다. 송나연 기자를 어떻게 했다가는 고려행복재단이 쑥대밭이 될 수도 있었다.

상황 파악을 끝낸 부장이 깊은 한숨을 내뱉자 이사장이 손을 저었다.

“됐어. 별 탈 없을 테니까 그 종이나 처리해.”

이사장의 목소리는 자신감에 차 있었다.

송나연 기자가 종이에 적힌 내용을 바탕으로 기사를 쓴다면 골치는 아플 수 있지만 딱 거기까지였다. 강력한 증거가 될 문서가 부장의 손에 있기 때문이다.

부장이 고개를 숙였다.

"확실하게 소각하겠습니다."

그 시각, 옥상.

송나연 기자는 왼쪽 가슴에 손을 대고 가쁜 숨을 내뱉는 중이었다. 정말 죽을지도 모른다고 생각했는지 긴장이 쉽게 가라앉지 않는 모양이다. 아직도 오들오들 떨리는 다리가 눈에 보일 정도다.

송나연 기자가 고개를 들자 유세희가 입을 연다.

"또 뵙네요."

"감사합니다."

"다친 곳은 없나요? 병원으로 모셔다드릴까요?"

송나연 기자가 손을 저었다.

"아뇨, 없어요."

잠시 송나연 기자를 살피던 유세희의 시선이 조세헌 변호사에게 향했다.

조세헌 변호사가 경호원 한 명을 부른다.

"댁까지 모셔다드리세요."

"아, 혼자 갈 수 있는데요."

송나연 기자가 어색하게 웃으며 답하자 유세희가 다시 입을 연다.

"이한영 씨의 부탁이에요. 그러니까 댁까지는 안전하게 모실게요."

송나연 기자는 어쩔 수 없다는 듯 고개를 꾸벅 숙였다.

"그럼, 감사합니다."

유세희가 차에 오르자 조세헌 변호사가 운전석에 앉는다. 당연하지만 그녀의 운전기사는 조세헌 변호사가 아니다.

유세희가 창밖을 보며 입을 연다.

"오늘 제 기사가 되어줄 생각이신가요?"

"묻고 싶은 게 있어서요. 저 기자는 이한영 판사와 어떤 관계입니까?"

"소중한 사람이겠죠."

"아무렇지도 않으십니까? 저 기자를 구하려고 본부장님까지 오게 한 것을 보면……."

조세헌 변호사의 말이 이어지고 있었지만 유세희가 단칼에 끊어버렸다.

"네."

조세헌 변호사가 미간을 찌푸렸다. 이한영의 동료라고 하지만 송나연 기자는 분명 여자이기 때문이다.

조세헌 변호사가 다시 입을 연다.

"외람된 질문이지만, 본부장님은 이한영 판사와 결혼할 생각이 있으신 겁니까?"

지금까지 창밖만 보던 유세희의 시선이 처음으로 조세헌 변호사에게 향했다.

"왜 그런 질문을 하는 거죠?"

"전 본부장님이 고등학교에 다닐 때부터 봐왔습니다. 짧다고 할 수 없는 시간이죠. 제가 본 본부장님은 오빠 유진광, 언니 유하나보다 욕심이 많은 사람입니다. 유성그룹을 상대로 도박 같은 일을 벌이는 것도 그 욕심 때문이죠."

"그래서요?"

조세헌 변호사는 힘든 이야기를 꺼내려는지 잠시 머뭇거린다. 그리고 어렵게 입을 열었다.

"본부장님은 이한영 판사와 결혼할 것입니까?"

유세희는 대답하지 않았다. 그저 흥미로운 눈으로 조세헌 변호사를 보고 있을 뿐이다.

조세헌 변호사의 말이 이어진다.

"지금도 저는 이한영 판사와 본부장님의 체급이 맞지 않는다고 생각합니다."

이한영이 아무리 유능한 판사라고 하지만 유세희는 대한민국 최고 로펌 중 하나인 에스로펌의 후계다. 같을 수는 없었다. 그런데 유세희가 유성그룹을 손에 넣게 된다면 그때는 지금보다 그 차이가 더 벌어진다. 이한영은 고물상집 아들일 뿐, 냉혹한 현실이었다.

유세희는 시선을 창밖으로 옮기며 대답을 피한다.

"글쎄요……."

조세헌 변호사가 룸미러를 통해 유세희의 얼굴을 살피며 입을 열었다.

"그래도 전 이한영 판사를 응원합니다."

조세헌 변호사 역시 평범한 남자, 한 번쯤은 남자 신데렐라가 성공하는 것을 보고 싶은 마음이 있었다.

그들이 탄 차는 에스로펌을 향해 조용히 이동한다. 유세희는 창밖을 보며 생각에 빠져갔다. 그녀가 아버지의 뜻을 따랐다면 재벌 집안의 사람과 만나 결혼했을 것이다. 그럼 언론에 노출되거나 그들만의 파티에 나갔을 때 남편의 뒤에서 미소를 짓고 박수나 보내는 들러리가 되었을 게 분명하다.

그녀는 들러리가 아닌 주인공이 되고 싶었다. 언젠가 에스로펌을 손에 쥐었을 때 남편의 뒤에 서지 않고 그녀 자신이 무대에 올라 박수를 받고 싶었다. 그래서 적당한 명함은 있지만 조용한 사람, 판사라는 직업을 가진 남자를 생각했다.

그녀가 판사 명단을 손에 쥐고 넘길 때 유명한 대학 출신에 훤칠하게 잘생긴 사람도 있었고, 구색을 갖출 수 있는 적당한 집안의 자제도 존재했다. 그런데 많고 많은 판사 중에 하필이면 충남에 있는 이한영을 골랐다.

생긴 것도 그녀의 스타일이 아니었고 서울도 아닌 지방 판사, 아버지가 절대 허락해주지 않을 고물상집 아들내미…….

잠시 옛 생각을 이어가던 그녀가 작은 목소리로 중얼거린다.

"사랑이 아닌 운명……."

* * *

그날 밤.

박광토 전 대통령의 서재에 있는 긴 책상에 강신진 지원장을 비롯해 검찰총장과 중앙지검장 그리고 각 언론사의 사장이 앉아 있었다. 그중에 중앙지검장과 드림일보의 사장은 돌을 씹어 먹은 표정을 짓고 있다.

박광토 전 대통령의 손에 든 문서에 박철우 검사와 송나연 기자의 이름이 적혀 있었기 때문이다.

박광토 전 대통령의 싸늘한 시선이 중앙지검장에게 향했다.

"박철우라는 이 사람, 어떻게 할 건가?"

"서울에서 멀리 떨어진 곳으로 보내겠습니다."

"언제?"

이번 대답은 검찰총장이 대신 했다.

"한 달 안으로 준비하겠습니다."

박광토 전 대통령이 천천히 고개를 끄덕이며 시선을 드림일보 사장에게 보냈다.

"이 기자는 어떻게 할 건가?"

"연예부로 보내놨습니다. 엄포를 놓았으니 쓸데없는 짓은 하지 못할 겁니다."

"그래?"

"네."

그 순간, 박광토 전 대통령이 책상 위에 있던 재떨이를 집어 드림일보 사장을 향해 집어 던졌다. '쾅!' 소리와 함께 드림일보 사장의 이마에서 뚝뚝 피가 떨어진다. 난데없는 일에 모두 놀란 눈으로 박광토 전 대통령과 드림일보 사장의 얼굴을 번갈아 본다.

똑똑똑.

노크 소리와 함께 문이 열렸다. 들어온 사람은 고려행복재단 이사장이다.

박광토 전 대통령이 이사장을 보며 입을 연다.

"말해봐."

"오늘 검찰이 압수수색 할 때 기자 한 명이 몰래 잠입했습니다."

"그 기자가 어디 소속이고 이름은 뭐야?"

"드림일보 송나연 기자라고 밝혔습니다."

드림일보 사장의 얼굴이 딱딱하게 굳어간다.

'씨발, 분명 닥치고 있으라고 했는데…….'

박광토 전 대통령이 드림일보 사장을 향해 몸을 굽힌다.

"다시 묻지. 어떻게 할 건가?"

"법규상 해직 사유는 되지 않습니다. 편집실로 보내 회사 밖으로 나가지 못하게 하겠습니다."

지금껏 가만히 있던 강신진 지원장이 고개를 저으며 입을 열었다.

"서울에 있으면 좋지 않습니다. 드림일보 강원 지국으로 보내세요."

드림일보 사장이 한숨을 내쉰다.

"그렇게 하겠습니다."

박철우 검사와 송나연 기자에 관한 처분은 그렇게 끝났다.

박광토 전 대통령의 시선이 다시 이사장에게 향한다.

그러자 이사장이 입을 연다.

"오늘 특이한 일이 하나 있었습니다. 드림일보 송나연 기자의 입을 막으려 할 때, 에스로펌의 본부장이라는 사람이 경호원을 끌고 왔습니다."

"그 외에는?"

"압수수색에 관해선 총장님이나 검사장님이 더 잘 아시겠지만 그 외엔 없습니다."

박광토 전 대통령이 고개를 끄덕였다. 이사장은 정중히 고개를 숙인 후 서재를 벗어난다.

그러자 박광토 전 대통령의 시선이 앞에 앉은 사람들을 향했다.

"에스로펌의 본부장이라면 최근에 후계로 지목됐다는 계집애가 맞나?"

모두가 고개를 끄덕이자 박광토 전 대통령이 턱을 매만지며 중얼거린다.

"에스로펌이라면 고려행복재단의 뒤에 내가 있다는 것을 알고 있을 텐데, 나를 상대로 싸워보자는 건가?"

이들의 머릿속에 더 이상 고려행복재단의 일은 존재하지 않았다. 그저 하루의 해프닝으로 끝났다고 생각할 뿐이다.

검찰총장과 검사장, 언론사의 사장들은 에스로펌에 관해 저마다 한마디씩 하기 시작했다.

하지만 강신진 지원장은 입을 다문 채 깊은 생각에 빠져 있었다.

'에스로펌? 유세희 본부장?'

강신진 지원장이 이한영을 처음 만났을 때의 일이다. 그때 강신진 지원장은 지금은 감옥에 있는 김진한 부장에게 이한영의 뒷조사를 해 오도록 지시했었다.

—여자는?

강신진 지원장의 질문에 김진한 부장이 대답했었다.

—얼마 전에 에스로펌 막내딸과 소개팅을 했습니다. 하지만 딱 거기까지. 더 이상의 관계 유지는 없는 것 같습니다.

강신진 지원장은 그 뒤로 이한영에 관한 정보를 업데이트하지 않았다. 굳이 조사했던 것은 단 한 번, 그의 휴대폰 기록을 확인했을 뿐이다.

'알아봐야 할 일이 또 하나 생겼어…….'

그때 서재의 문이 다급히 열리고 박광토 전 대통령의 보좌관이 빠르게 들어왔다. 보좌관은 평소 여유 있기로 유명한 사람이다. 하지만 그의 표정은 망가져 있었다.

박광토 전 대통령이 미간을 찌푸리며 입을 연다.

"뭐야?"

"저, 그, 그러니까……."

"말해."

"법원에서 연락이 왔습니다. 각하에 대한 구속영장이 청구되었답니다."

서재의 공기가 살을 찢는 듯한 살기로 채워지기 시작했다.

* * *

—구속영장 청구했습니다.

"박광토에게 돈이 들어갔다는 통장 기록도 찾았나요?"

—당연하죠. 국민에겐 차명 쓰지 말라고 그렇게 말했으면서 정작 이놈들은 취미가 차명인가 봐요.

이한영은 박철우 검사와 통화하고 있었다.

오늘 낮, 송나연 기자에게 연락을 받은 박철우 검사는 퀵 기사가 배송하던 컴퓨터를 가로챘다. 퀵 기사가 해당 집으로 배송한 것은 컴퓨터와 비슷한 무게의 물건이 실린 박스였다.

박철우 검사는 컴퓨터가 배송될 직원의 집을 압수수색 할 수 있는 영장을 받기도 했다. 하지만 최대한의 기밀을 유지하기 위해 중간에 가로챈 것이다. 그 컴퓨터엔 고려행복재단의 모든 정보가 들어 있었다.

박철우 검사와 통화를 종료한 이한영의 시선이 송나연 기자에게 향했다.

"기자님도 준비됐죠?"

송나연 기자가 고개를 끄덕이며 휴대폰을 들어 보인다. 화면엔 고려행복재단 신사옥에 관한 문서 사진이 찍혀 있었다.

* * *

침묵으로 휩싸여 있던 서재에서 입을 연 것은 검찰총장이었다. 그가 자리에서 일어서며 입을 열었다.

"저와 중앙지검장은 먼저 일어나겠습니다."

"덮어."

"네, 걱정하지 마십시오."

박광토 전 대통령의 시선이 언론사 사장들에게 향한다.

"기자들 입단속시켜."

"알겠습니다."

마지막으로 박광토 전 대통령의 눈이 향한 곳은 강신진 지원장이다.

"영장 청구 막아."

"네."

그때 다시 벌컥 문이 열리고 보좌관이 또 들어온다. 이번에도 그의 표정은 좋지 않다.

박광토 전 대통령의 얼굴이 미치광이처럼 변해가기 시작했다. 보좌관이 책상 위에 휴대폰을 내려놨다. 포털사이트의 실시간 검색어가 보인다.

1위. 박광토

2위. 박광토 구속영장

3위. 박광토 고려행복재단

4위. 강남 그린벨트

5위. 박광토 차명 계좌

6위. 고려행복재단 신사옥

7위. 송나연 기자 SNS

8위. 박광토 구속

9위. 박광토 VIP

10위. 박광토 위선

박광토 전 대통령의 얼굴에 핏줄이 툭툭 솟아나기 시작하고 화를 참을 수 없는지 치아가 딱딱 부딪친다. 그가 책상에 손을 짚고 일어나 핏기 없는 얼굴로 자리에 있던 사람들을 쏘아봤다.

"죽여."

"……."

"송나연인지 뭔지 당장 죽여!"

하지만 바둥대는 모습일 뿐이었고, 그 자리에 있는 모두는 침묵했다. 그들은 박광토 전 대통령이 구속을 피할 수 없다는 것을 알고 있었다. 민심이 곧 천심이다.

모두가 조용하자 박광토 전 대통령은 그들의 표정을 눈에 담기 시작했다. 그들은 일그러진 표정으로 박광토 전 대통령의 눈을 피하고 있다.

오직 강신진 지원장만이 또렷이 마주할 뿐이다. 잠시 그를 보던 박광토 전 대통령이 웃기 시작했다.

"크크크, 크하하하하!"

한참을 미친 사람처럼 웃던 박광토 전 대통령이 뚝 웃음을 멈췄다.

"강 판사만 남고 다 나가."

사람들이 우물쭈물한다. 그러자 박광토 전 대통령의 벼락같은 호통이 내리쳤다.

"나가!"

잠시 후 서재에는 박광토 전 대통령과 강신진 지원장만 남아 있었다.

박광토 전 대통령이 입을 연다.

"난 외로움을 많이 타는 사람이지. 감옥에 가면 심심할 것 같은데, 자네가 말동무를 해줬으면 좋겠어."

박광토 전 대통령과 강신진 지원장은 서로의 비밀을 쥔 사람들이다. 그래서 방법을 내놓지 않으면 강신진 지원장과 같이 죽겠다는 뜻으로 한 말이다.

강신진 지원장이 픽 웃는다.

"감옥 말고 여기서 말동무를 하면 안 되겠습니까?"

"그것도 괜찮지. 하지만 여기서 대화를 하기는 쉽지 않을 것 같은데……."

눈빛이 차갑게 변한 강신진 지원장이 박광토 전 대통령을 향해 몸을 기울이며 낮은 목소리로 속삭였다.

"제가 각하를 위해 할 수 있는 일은 구속영장 발부를 최대한 늦추는 것입니다. 그동안 각하는 검찰 조사를 받겠다고 발표하시고 지지하는 사람들을 모아 여론을 움직이십시오."

"그리고?"

"전 그동안 재단 이사장의 재판을 최대한 빠르게 집행하도록 만들겠습니다. 재판만 잘되면 각하와 고려행복재단의 모든 관계는 끊어질 겁니다."

박광토 전 대통령이 고개를 끄덕이자 강신진 지원장의 말이 이어진다.

"마지막으로 백이석 대법원장을 제물로 삼으셔야 합니다. 그 사람은 법 외에는 보지 않습니다. 위험합니다."

그 시각, 휴대폰 화면을 바라보던 송나연 기자가 이한영을 향해 고개를 틀었다.

"댓글이 계속 달리고 있어요."

SNS를 통해 박광토 전 대통령과 고려행복재단의 일을 알린 그녀다. 원래도 온라인상의 인맥이 많았지만 지금 달리는 댓글은 예상을 넘어서고 있다.

화이트보드를 바라보던 이한영이 그녀 앞에 마주 앉았다.

"괜찮아요?"

그녀는 완벽하게 노출되었다. 어떤 위험이 다가올지 예상하기 힘들 정도다. 밝은 척하고 있지만 가늘게 떨리는 입술은 그녀의 불안감을 보여주고 있었다.

그녀가 두 손을 꾹 마주 잡으며 입을 열었다.

“많이 위험할까요?”

“네.”

“죽을 수도 있겠죠?”

이한영이 고개를 저었다.

“살아야죠. 그렇게 만들 거고요.”

송나연 기자가 억지로 미소 짓는다.

“판사님이 그렇게 말씀해주시니까 마음이 안정되네요, 히히.”

그때 옥탑방의 문이 열리고 석정호와 이순호가 들어왔다. 석정호가 송나연 기자를 향해 걱정스러운 표정을 짓는다.

“괜찮으세요?”

오늘 낮, 그녀는 재단 이사장 등에 의해 험한 꼴을 볼 뻔했었다. 하지만 언제 침울해 있었는지 모를 정도로 활기차게 답한다.

“넵, 괜찮아요.”

이한영이 이순호에게 입을 열었다.

“준비됐어?”

“네? 네.”

이순호가 품에서 부동산 계약서를 꺼내 건넨다. 이한영은 그 계약서를 송나연 기자 앞으로 밀어 둔다.

“강동구에 있는 오피스텔이에요. 아버지와 이곳에서 머물도록 하세요.”

송나연 기자는 왜 오피스텔로 가야 하는지 묻지 않았다. 그녀 역시 자신의 상황을 충분히 이해하고 있었기 때문이다.

그녀가 부동산 계약서를 손에 쥐며 물었다.

“출근은 어떻게 하죠?”

“해야죠. 그게 더 안전할 거예요.”

노출되어 있어서 오히려 안전하다. 그녀가 사람들의 시선을 받는 곳에 있다면 놈들이 할 수 있는 일은 기껏해야 욕을 내뱉는 것뿐이다.

송나연 기자가 떠났다.

옥탑방에는 이한영과 석정호 그리고 이순호가 남아 있었다.

이한영이 석정호를 향해 말했다.

"앞으로는 밤이 아니라 낮에도 경호 부탁해."

"응, 그래야지. 준비해 뒀어."

석정호는 담배를 입에 문다.

이한영의 시선이 이순호에게 향했다.

"묻어둔 돈을 슬슬 꺼내야 할 것 같아. 앞으로는 순호 네가 고생 좀 해야겠어."

* * *

다음 날, 세상은 발칵 뒤집혔다.

—고려행복재단 이사장이 구속되었습니다.

—박광토 전 대통령에 대한 구속영장이 청구되었습니다. 서울중앙지방법원과 중앙지검 앞에는…….

박광토 전 대통령을 지지하는 사람들이 모여들었다. 법원에서부터 검찰청까지 이어진 그들은 몇 명인지 가늠하기도 힘들 정도다. 마치 서초구 전체를 뒤덮은 것 같았다.

스피커에서 굵직한 목소리가 흘러나온다.

"박철우 검사는 역사의 죄인으로 남고 싶은가! 박광토 전 대통령님께 무릎 꿇고 사죄하라!"

동시에 수많은 사람들이 한목소리로 외친다.

"사죄하라! 사죄하라!"

중간중간 욕설도 들려왔다.

"죽어, 새끼야!"

"박철우, 개새끼! 나와!"

분명 박광토 전 대통령의 죄는 명백했다. 하지만 이들은 그 죄를 보지 않는다. 보고 싶은 것만 보고 있다. 이들은 따뜻한 미소를 보내줬던 박광토 전 대통령의 가식적인 미소만 기억하고 있었다.

블라인드 사이로 시위대를 보던 검사장이 몸을 돌려 박철우 검사를 향했다.

"미쳤어?"

"절차대로 진행했을 뿐입니다. 죄가 있었고 증거인멸의 우려가 있기에 구속영장을 청구했습니다."

"절차?"

검사장이 입술을 비틀며 박철우 검사 앞에 마주 섰다.

"미친 새끼야, 부장에게 보고도 하지 않고 퀵 기사의 배송 물품을 빼돌리는 게 절차야? 넌 위아래도 없어? 너 혼자 잘났지?"

"보고했으면 할 수 있었을까요? 막으셨을 것 같은데요."

비뚤어진 목소리에 검사장의 눈매가 무섭게 변한다. 하지만 박철우 검사는 상관 않고 말을 이었다.

"권력의 눈치를 보는 검찰, 여론을 신경 쓰는 검찰, 언론과 친분 쌓는 검찰, 부끄럽지 않으십니까?"

검사장이 낮은 음성으로 웃기 시작한다. 그렇게 한참이나 이어지던 음침한 웃음소리가 끝났을 때, 검사장이 박철우 검사의 가슴을 손가락으로 쿡쿡 찌르며 입을 열었다.

"검찰이 부끄럽냐고?"

검사장이 블라인드를 걷고 창문을 열어젖혔다. 그러자 시위대의 소리가 들려온다.

"박철우 검사는 숨지 말고 나와라! 떳떳하다면 앞에 나와 당당히 이야기하라!"

"박철우 나와!"

"너 같은 새끼가 검찰에 있으니까 검사가 욕을 먹는 거야!"

검사장이 싸늘한 시선으로 박철우 검사를 노려본다.

"너 때문에 부끄러워."

그리고…….

뉴스는 여전히 시끄럽다.

박광토 전 대통령은 자신은 고려행복재단이 있다는 것도 몰랐으며 모든 것은 정치적 음모라고 밝혔습니다. 하지만 국민의 한 사람으로서 검찰에 출석해 조사를 받겠다고 입장 표명을 했습니다.

이한영이 앞을 바라봤다.

윤슬혜 판사와 이소이 판사가 보인다.

"고려행복재단 이사장 강순철. 우리한테 왔어."

이한영의 말에 두 사람은 긴장된 표정으로 고개를 끄덕인다. 고려행복재단이 박광토 전 대통령과 이어져 있는 만큼 이들 역시 여론에서 벗어날 수 없기 때문이다.

"알고 있겠지만, 이번에도 쉽지는 않을 거야."

"또 인터넷에 우리 정보가 떠돌아다닐까요?"

"응."

윤슬혜 판사가 어색하게 웃는다.

"출근할 때 화장하고 와야겠네요."

"예쁘게 하고 와."

그의 시선이 이소이 판사에게 향한다.

"저도 괜찮아요. 얼굴이야 이미 팔렸는데요, 뭘……."

이한영이 굵직한 사건을 맡으며 그때마다 재판부의 이름과 성향 등이 인터넷에 떠돌고 있었다. 하지만 윤슬혜, 이소이 판사는 여론에 흔들리지 않았다.

이한영이 슬쩍 미소 지으며 손뼉을 탁 쳤다.

"그럼 윤슬혜 판사는 기록물을 토대로 박광토 전 대통령과 고려행복재단의 차명계좌를 확인해보고 다른 인물에게 돈이 들어간 것은 없는지 추적해봐."

"네."

"이소이 판사는 뇌물, 횡령, 사기 등 관련 판례와 법규 모두 모아 오고."

"네."

이들은 빠르게 움직이기 시작했다.

이한영의 시선이 창밖으로 향한다. 거리를 가득 메운 시위대가 보인다. 그들은 일제히 박광토 전 대통령에 대한 수사를 그만두고 영장 청구를 기각하라고 외치고 있다.

'속전속결…….'

상대는 박광토 전 대통령이다. 생각할 시간을 주지 않고 방아쇠를 당겨야 죽일 수 있다.

* * *

지금껏 보지 못한 취재진이 검찰을 채우고 있었다. 기자들 앞에 선 박광토 전 대통령이 느긋하게 미소 짓는다. 여유 있는 모습에 카메라의 플래시가 번쩍이며 터졌다.

박광토 전 대통령은 셔터 소리가 잠잠해지길 기다린 후 입을 열었다.

"성실히 조사받고 검찰이 오해했던 것이 무엇이었는지 풀도록 하겠습니다."

한 기자가 손을 든다.

"검찰이 밉지는 않으신가요?"

"밉긴요. 이들도 모두 대한민국의 발전을 위해 애쓰는 국민 아닙니까? 자기 할 일을 하고 있다고 생각합니다."

"내일 고려행복재단 이사장이 재판을 받습니다. 하실 말씀 없습니까?"

"죄를 지었으면 벌을 받을 테고, 그게 아니라면 나오겠죠, 하하하하."

검찰청의 건물 창문엔 전지가 가득 붙어 있었다. 기자들이 내부를 볼 수 없게 하기 위해서다.

검찰에 들어간 박광토 전 대통령은 소파에 앉아 있었다. 그의 앞에는 검사장이 보인다. 분명 죄인은 박광토 전 대통령이다. 그런데 검사장은 마주 앉지도 못하고 쩔쩔매고 있다.

박광토 전 대통령이 찻잔을 들며 입을 열었다.

"이 방, 녹음되나?"

"안 됩니다."

"영상은?"

"그런 것 없습니다. 편히 계시다가 가시면 됩니다. 죄송하지만 8시간 정도는 계셔 주셨으면 합니다."

"박철우라는 검사는 어떻게 됐어?"

"근신 중입니다. 지방으로 보낼 때까지 아무것도 못 하게 했습니다."

박광토 전 대통령이 찻잔을 내려놓으며 말한다.

"데리고 와."

"네?"

"박철우라는 그 검사, 내 앞에 데리고 와봐. 얼굴 한번 보고 싶어."

잠시 후 박철우 검사는 박광토 전 대통령 앞에 서 있었다. 물끄러미 박철우 검사를 보던 박광토 전 대통령이 입을 연다.

"관상이 좋아."

"감사합니다."

"물어보고 싶은 게 있어서 오라고 했어."

"말씀하십시오."

박철우 검사의 말투는 냉담하다. 하지만 박광토 전 대통령은 상관 않고 말을 잇는다.

"지금 근신 중이라지?"

"네."

"이다음에 어떻게 될지는 알고 있지?"

"산이나 바다로 가겠죠."

"서울에 남아 있게 해줄까?"

"……!"

소파에서 일어선 박광토 전 대통령이 박철우 검사 앞으로 다가가며 말한다.

"자식이 있다고 들었네. 어린 나이에 사는 지역이 계속 바뀌는 것도 좋지 않아. 서울에 자리를 잡았으면 계속 서울에 있어야 할 것 아닌가? 난 열정적이고 멈추지 않는 자네 같은 검사를 아주 좋아해. 그래서 자네가 서울에 남아줬으면 좋겠어."

박광토 전 대통령이 박철우 검사 앞에 섰다. 노인의 또렷한 눈빛은 가슴을 시리게 만들 정도다. 하지만 박철우 검사는 피하시 않는다.

박광토 전 대통령이 말을 이었다.

"열혈 검사가 노인네 잡아다 뭐 하는 건가? 나같이 곧 죽을 사람 말고 진짜 악당을 잡도록 해. 가난에 허덕이는 사람에게 고이율로 돈을 빌려주는 사채업자, 술집 아가씨의 등에 빨대를 꽂고 사는 포주, 잘못된 땅을 팔아먹는 기획부동산. 많지 않은가?"

"……."

"날 잡아봤자 국민의 삶에 도움이 될 것은 단 하나도 없어. 하지만 사기꾼, 깡패, 강간범 등을 잡으면 서민들의 실생활에 큰 도움이 되지."

박광토 전 대통령이 박철우 검사의 어깨를 꽉 쥐며 계속 말했다.

"날 도와. 난 자네같이 저돌적인 사람이 필요해. 그럼 난 자네의 앞길에 고속도로를 깔아주지."

그 순간, 박철우 검사의 귓가에 이한영이 했던 말이 스쳐 지나갔다.

-박광토 전 대통령이 거래하자고 하면 하세요. 오래 걸리지 않을 겁니다.

박철우 검사의 시선이 박광토 전 대통령에게 향했다. 그가 박광토 전 대통령을 향해 정중히 허리를 굽힌다.

"부탁드리겠습니다."

박광토 전 대통령은 인자한 노인의 모습으로 웃기 시작했다.

"그래 그래, 하하하하."

* * *

다음 날.

이한영이 법정 안으로 들어가자 꽉 채운 눈빛들이 그를 향해 집중한다.

대부분은 기자들, 그들의 시선이 찐득찐득 불쾌한 공기처럼 느껴졌다. 그들은 모두 박광토 전 대통령과 고려행복재단의 일을 잘 알고 있지만 세상에 알리지 않았다.

이한영을 보는 그들의 눈빛은 똑같다.

'넌 할 수 있을 것 같아? 너도 결국 침묵할 거야.'

하지만 그들은 모른다.

이한영은 다르다.

그의 싸늘한 시선이 고려행복재단 이사장 강순철에게서 멈췄다. 강순철도 고개를 들어 이한영을 바라본다. 순간 그는 간담이 서늘해짐을 느끼며 자신도 모르게 마른침을 삼켰다. 법대에 앉은 이한영이 악귀처럼 보였기 때문이다.

그리고 이한영의 낮은 음성이 흘렀다.

"지금부터 재판을 시작하겠습니다. 피고인 강순철."

본격적으로 재판이 시작됐다.

담당 검사는 박철우여야 하지만 지금 그는 근신 상태다. 대신 나온 공판 검사의 얼굴은 상당히 앳되다. 재판에 나온 게 이번이 처음이라고 한다.

이한영은 손가락으로 법대를 툭툭 치며 검사의 얼굴을 눈에 담았다.

'덩치가 큰 사건에 경력 없는 검사를 내보낸 이유는?'

쉽게 휘두를 수 있기 때문이다. 어린 검사일수록 정의감이 투철하지만 위에서 내려오는 압력에 약하기도 하다.

'정의감을 불쏘시개 삼아 재단의 이사장을 단죄하려 할 테고, 압력을 통해 박광토 전 대통령과 이 사건의 연관성이 없다고 만들려는 속셈인가? 만약 잘못된다고 해도 어린 검사의 치기 어린 실수였다고 변명할 수 있으니까?'

경력 없는 검사가 나온 것만으로도 검찰의 가증스러운 속셈은 이한영의 눈에 빤히 보였다.

검사는 자신의 역할을 확실히 수행하는 중이다.

"이번 달만 해도 피고인의 술값으로 4천여만 원이 나갔습니다. 이거 모두 기부금에서 빼서 쓴 것 맞죠?"

이사장 강순철은 힘없이 고개를 끄덕인다.

"네."

강순철 역시 자신이 모든 걸 떠안은 채 물속으로 뛰어들려고 애쓰는 중이다. 그래야 출소했을 때 박광토 전 대통령에게 귀여움을 받으며 떵떵거리고 살 수 있기 때문이다.

그들의 재판 과정을 보며 이한영은 픽 웃고 말았다.

'쇼하고 있네.'

이제는 어디까지 쓸데없는 짓을 할지 궁금하다.

그런 이한영의 모습을 변호사가 물끄러미 보고 있었다. 변호사의 세계에서 이한영은 어디로 튈지 모르는 사람이다. 그런 사람이 희미하게 웃고 있으니, 변호사의 등줄기에 소름이 돋아난다.

'웃어? 도대체 무슨 꿍꿍이가 있는 거야?'

하지만 이한영은 1차 공판 내내 어떤 말도 하지 않고 조용히 앉아 있었다.

그렇게 피고인신문 과정인 1차 공판이 끝났다.

그 시각, 교도소의 변호사 접견실.

"사는 건 어때?"

강신진 지원장은 김진한 부장을 만나고 있었다. 김진한 부장이 머쓱하게 웃으며 머리를 긁적인다.

"지낼 만합니다."

"내년에는 바깥공기를 마실 수 있을 거야. 일이 생각보다 빨리 진행되고 있어."

"감사합니다."

김진한 부장이 고개를 꾸벅 숙였다. 두 사람 사이에 이런저런 사는 이야기가 흘렀다.

그리고 김진한 부장이 묻는다.

"그런데 어쩐 일로……?"

강신진 지원장은 김진한 부장이 구속당한 후 단 한 번도 면회를 온 적이 없었다. 주변의 시선 때문이다. 그런 사람이 이유 없이 찾아올 리는 없었다.

강신진 지원장이 담배를 꺼내 김진한 부장 앞으로 밀었다. 그러자 김진한 부장은 담배를 입에 물고 자연스레 불을 붙였다.

뿌연 연기가 흐를 때, 강신진 지원장이 입을 연다.

"에스로펌의 막내딸과 이한영이 만난 걸 기억하나?"

김진한 부장은 고개를 갸웃거리며 옛 기억을 더듬은 후 답했다.

"잠깐 만났다가 관계를 이어가지 않은 것으로 기억합니다."

"그 뒤로는 자네도 모르는 거지?"

"네."

강신진 지원장이 고개를 끄덕인다.

"자네는 이한영을 어떻게 생각하나?"

김진한 부장은 강신진 지원장 이상으로 의심이 많은 사람이다. 강신진 지원장은 김진한 부장의 생각이 궁금했다.

김진한 부장이 묻는다.

"이한영은 왜 물어보시는 겁니까?"

"최근 상황이 복잡해. 자네도 알겠지만 장태식이 구속당했고 이번엔 각하의 위치도 흔들리고 있어. 그런데 그럴 때마다 이한영이 주변에서 얼쩡대고 에스로펌이 사건을 밀고 있어."

"이한영을 의심하시는 겁니까?"

"그래."

김진한 부장이 담배 연기를 내뱉으며 입을 열었다.

"이한영은 며칠 전에도 여기에 왔다 갔습니다. 주기적으로 면회를 오고 있지요. 그 덕에 바깥 돌아가는 일도 듣고 있고요."

"자네 면회를 온다?"

"이한영은 제가 지원장님께 충성한다는 것을 알고 있습니다. 그런데 이한영이 제게 자주 면회를 오는 것은……."

강신진 지원장이 단호하게 답했다.

"둘 중 하나겠지."

하나는 강신진 지원장이 이한영을 의심하는 게 단순히 오해였을 수도 있다는 것이다. 그리고 또 다른 하나는 이한영이 김진한 부장의 면회를 오는 이유가 그를 통해 강신진 지원장의 주변을 염탐했다는 거다.

강신진 지원장이 깊은 숨을 내쉬었다.

"내 기우였으면 하는데……."

김진한 부장이 조심스레 입을 연다.

"제가 에스로펌 변호사에게 전화를 해볼까요?"

"자네가?"

"그것 때문에 오신 것 아닌가요? 막내딸이 이한영과 연애를 하고 있다면 에스로펌 전체가 다 알고 있을 겁니다. 그런데 지원장님의 위치에서 남의 연애사를 물어보려고 전화하기는 좀 그렇지 않습니까?"

강신진 지원장이 크게 웃기 시작했다. 테이블마저 손바닥으로 탕탕 두들긴다.

한참을 웃던 그가 입을 연다.

"자네가 내 옆에 있었다면 난 더 빨리 원하는 자리에 올랐을 거야."

김진한 부장의 말이 정답이라는 뜻이다.

강신진 지원장이 품에서 휴대폰을 꺼내 테이블 위에 올렸다. 김진한 부장이 전화번호에 이어 스피커폰 버튼을 꾹 누른다. 잠시 통화 연결음이 흐른 뒤 상대의 목소리가 들렸다.

—강신진 지원장님, 안녕하십니까!

"오 변호사, 나 김진한이야."

—아이고, 부장님이셨군요. 지원장님이랑 같이 계신가 봅니다. 그간 안녕하셨어요? 면회를 가야 하는데, 시간이 빠듯하네요, 하하하.

변호사의 능글맞은 목소리가 지난 후, 김진한 부장이 낮은 음성으로 입을 열었다.

"물어볼 게 있어서 전화했는데……."

—거기서 전화하실 정도면 꽤 급한 일인가 보죠? 말씀하세요. 아는 건 죄다 말씀드리겠습니다.

"자네 회사 막내딸 말이야……."

—유세희 본부장이요?

"본부장이 됐나? 어쨌든 그 막내딸, 혹시 이한영 판사와 만나고 있나?"

—이한영? 이한영 판사? 중앙지법 이한영 부장 말이죠? 아니요. 그런 소식은 들은 적 없습니다. 유세희 본부장은 지금 후계 수업 때문에 바빠서 연애 생각이 없을걸요.

김진한 부장의 시선이 강신진 지원장에게 향했다. 강신진 지원장이 고개를 끄덕인다.

"끊어."

에스로펌, 유세희의 사무실.

"오동국 변호사에게 연락이 왔습니다. 서울 교도소에 있는 김진한 부장이 본부장님과 이한영 판사가 만나고 있는지 질문했다고 합니다."

조세헌 변호사의 말에 서류를 넘기던 유세희가 시선을 들었다.

"교도소에 있는 사람이요?"

"네."

"교도소에 있는 사람이 왜……?"

"일단 모른다고 잡아뗐다고 하니까 걱정하실 필요는 없을 겁니다."

유세희가 고개를 끄덕였다.

"다시 한번 변호사들 입단속시켜 주세요. 오동국 변호사한테는 금일봉을 전달해 주시고요."

"네, 그렇게 하겠습니다."

에스로펌의 모두는 유세희와 이한영의 관계를 알고 있다. 하지만 이미 말조심하라는 주의가 들어간 상태다.

* * *

며칠 후, 밤.

이한영은 강신진 지원장과 일식집에 앉아 있었다. 강신진 지원장이 만나자고 해서 나온 건데, 한참의 시간이 지나도록 강신진 지원장은 어떤 말도 하지 않는다. 그저 이한영을 빤히 보고 있을 뿐이다.

변호사는 거짓을 입에 담고 사는 사람들. 김진한 부장이 에스로펌 변호사를 통해 얻은 정보는 참고 사항일 뿐이지 답이 될 수는 없었다.

그래서 이한영을 마주 보고 숨겨진 뭔가를 찾아내려 했지만, 이한영의 뱃속에는 구렁이가 똬리를 틀고 있다. 알아낼 수 있는 것은 없었다. 두꺼운 가면을 쓴 상대를 마주했을 때, 강신진 지원장은 상대를 벼랑 끝으로 몰아붙여 가면을 벗겨낸다.

강신진 지원장이 이한영의 잔에 술을 기울이며 입을 열었다.

"청탁 하나 하지."

"말씀하십시오."

"고려행복재단 이사장 강순철 사건, 그거 타고 올라가면 박광토 전 대통령님까지 가게 돼. 알고 있지?"

"알고 있습니다."

담담한 목소리를 들으며 강신진 지원장이 빙긋이 미소 지었다.

"박광토 전 대통령님은 우리 모임의 회장이야. 그러니 강순철에게 무죄를 선고했으면 해."

무죄라는 말에 이한영의 표정에 처음으로 물음표가 새겨졌다.

강신진 지원장이 말한다.

"솔직히 말하면 그 재단에서 먹은 기부금, 우리 모임도 그 돈으로 운영되고 있어."

지금의 말은 당연히 거짓말이다.

모임은 유성그룹의 스폰을 받아 운영되고 있다. 하지만 거짓을 말하는 것은 모두 이한영의 생각을 알기 위해서다.

강신진 지원장은 이한영의 표정에서 시선을 떼지 않고 계속 말한다.

"박광토 전 대통령님으로 사건이 이어지면 자네도 나도 자유로울 수는 없어. 세상은 시끄러워질 거야. 뒷돈을 받은 판사와 검사, 고위직의 인물들까지 모두 스캔들로 얼룩지겠지. 자네와 나 역시 마찬가지고."

이한영은 강신진 지원장의 의도를 알고 있었다. '너도 모르게 똑같은 놈이 된 거야'라는 말로 궁지로 몰아세우는 거다. 이한영은 강신진 지원장이 원하는 대로 겁먹은 표정을 보인다.

"할 수 있겠나?"

"무, 무죄는 어렵다고 생각합니다. 하지만 5년 정도면 서로 납득할 수 있지 않을까요?"

강신진 지원장이 고개를 끄덕였다.

"5년. 그래, 5년. 그럼 다음 재판으로 이어질 때 집행유예로 마칠 수 있겠네. 하지만 가능성이 존재할 뿐이야. 위험해. 3년, 어떤가? 그러면 충분히 집행유예를 만들어낼 수 있을 것 같은데."

강신진 지원장의 말이 멎었다.

그는 이한영의 표정을 천천히 살필 뿐이다. 눈썹과 입술의 씰룩임, 볼살의 떨림, 눈동자의 흔들림과 동공의 크기까지 모두 눈에 담고 있다.

이한영이 고개를 끄덕였다.

"3년으로 하겠습니다."

"해주겠나?"

"하겠습니다."

"자네가 욕먹을 수도 있어. 희대의 사기꾼에게 3년만 준 쓰레기 판사라고."

그들이 앉은 공간이 서늘해지기 시작했다. 이한영은 가늘게 떨리는 손으로 술잔을 쥔다.

'이런 모습을 원하고 있지? 겁먹고 너에게 의지하는 여린 마음을 보길 원하는 거지? 보여줄게.'

이한영은 술을 입에 털어 넣었다. 그리고 고개를 숙인 채 깊은 한숨을 내뱉었다.

"욕먹는 것은 길어야 한 달이겠지요."

"그렇겠지."

"하지만 법원에서의 평판은 땅으로 떨어지겠죠?"

"그럴 거야."

이한영이 천천히 고개를 들었다.

"하지만 지원장님께서 법원장으로 오시면 해결해주시리라 생각합니다. 부탁드리겠습니다."

이한영의 눈동자에는 고려행복재단의 비리에 연루되는 것보다 세상의 비난을 받는 게 낫다는 생각이 보였다.

강신진 지원장의 눈썹이 꿈틀댄다.

'확실히 욕심이 있는 놈이야.'

생각을 마친 강신진 지원장이 조용히 웃으며 이한영의 잔을 채웠다.

"농담이야."

"네?"

"3년 내리라고 한 것 농담이라고."

"그게 무슨 말씀이십니까?"

"형량 마음대로 때려. 법대로 해야지. 자네가 어떻게 나오나 궁금해서 농담했을 뿐이야."

이한영은 긴장이 풀어진 듯 어색한 웃음을 지으며 숨을 돌렸다.

강신진 지원장이 묻는다.

"왜? 겁났나?"

"조금은 났습니다. 그동안 해놓은 걸 모두 잃어버릴 수 있다는 생각이 들어서요."

"대신 정말 부탁할 게 있어. 이번 재판으로 박광토 전 대통령님과 고려행복재단 사이의 연관성이 끊어졌으면 해."

"……."

"그러니까 재단 이사장을 시궁창으로 밀어넣고 박광토 전 대통령님은 구렁텅이에서 빠져나오시는 거지. 판사라는 직업을 가진 우리에게 그 정도는 어려운 일이 아니잖아. 내 말을 이해하겠나?"

이한영은 고개를 끄덕인다.

"알겠습니다."

강신진 지원장이 흐뭇한 미소를 지었다.

* * *

"내일이 2차 공판이지?"

"네."

"어찌 될 것 같나?"

"담당 판사 만나서 각하와 재단의 연관성을 모두 끊으라고 지시했습니다."

강신진 지원장은 박광토 전 대통령을 만나고 있었다.

박광토 전 대통령이 찻잔을 들며 답한다.

"믿을 만한 사람이고?"

"전 사람은 믿지 않습니다. 그 욕심을 믿지요. 욕심은 배신하지 않으니까요. 담당 판사는 욕심이 있는 놈입니다."

"재판 끝나면 밥이나 같이 먹어야겠군."

"영광으로 생각할 겁니다."

* * *

"재판부가 입정하십니다! 모두 자리에서 일어나주시기 바랍니다!"

법정에 있던 사람들이 자리에서 일어서자 이한영이 법대에 올랐다. 오늘도 기자들로 좌석이 꽉 차 있다. 멀리 강신진 지원장과 검찰총장 등도 보인다. 이한영의 시선이 강신진 지원장에게 향했다. 강신진 지원장은 가볍게 눈인사를 보낸다. 그 눈빛엔 '잘해'라는 지시가 담겨 있다.

이한영이 입을 열었다.

"고려행복재단에 대한 재판을 속개하죠. 먼저 증인신문을 시작하겠습니다."

그 말을 막 마쳤을 때, 법정의 문이 벌컥 열리고 남루한 노인이 들어왔다.

주변을 두리번거리던 노인이 피고인석에 앉은 강순철을 발견하고는 다급하게 달려온다.

"내 돈 내놔!"

그는 평생 폐지를 모아 번 돈을 전부 기부한 노인이었다. 그의 나뭇가지 같은 팔은 눈으로 보기에도 거칠거칠하다. 인생을 살아오며 제대로 입지도, 먹지도 못한 것 같다. 그러니 자신이 낸 돈이 술값으로 들어갔다는 소식을 들었을 때 미치지 않은 게 다행이다.

노인은 시뻘겋게 변한 눈동자의 눈으로 강순철을 향해 뛰어갔다. 하지만 법정 경위에게 가로막힌다. 노인의 애처로운 목소리만 법정을 채웠다.

"놔! 놔라! 놓으라고! 저놈이 내 평생의 꿈을 짓밟았어! 저놈은 여기서 죽어야 해!"

"할아버지, 여긴 법원이에요!"

경위들이 팔을 붙잡았지만 노인은 발버둥을 친다. 그는 자신이 어렵게 산 만큼 불우한 학생들이 잘 살기를 바라고 있었다. 그래서 평생을 모아 기부한 것인데, 그 꿈이 갈기갈기 찢기고 만 것이다.

"놔! 놔!"

노인은 경위들에 의해 질질 끌려가고 있었다.

그때 이한영의 목소리가 울렸다.

"경위, 잠깐만요."

경위가 멈추자 이한영이 말을 잇는다.

"강영범 할아버지, 맞죠?"

판사의 입에서 자신의 이름이 불리자 노인이 눈을 껌뻑였다.

"네? 맞습니다."

"법으로 해결해드리겠습니다. 법을 믿으세요."

이한영의 말에 팔짱을 끼고 있던 강신진 지원장이 조용히 웃기 시작했다.

'법을 믿어라?'

지금 재판은 사회적으로 관심이 많기에 방청석엔 기자들이 가득했다. 이한영이 노인에게 한 발언은 곧바로 세상에 퍼질 게 분명하다. 그럼 감성에 약한 사람들은 이한영을 '참' 판사라며 응원할 것이다.

'사람들을 모을 줄 아는 놈이야.'

강신진 지원장은 이한영을 어떻게 활용할지 생각하기 시작했다.

'어릴 적 불량아였지만 지금은 사람들을 위하는 판사. 콘텐츠가 괜찮아. 김윤혁과 함께 사법부의 얼굴로 만들어 내보이면 사람들은 우리를 신뢰하게 될 거야.'

강신진 지원장에게는 대법원장에 오를 계획이 있다. 하지만 그가 그 자리에 앉으면 사법부는 다시 한번 태풍 속으로 들어가게 될 것이 분명하다. 서열에 민감한 사법 조직에서 강신진 지원장의 경력이 대법관들보다 부족하기 때문이다. 대법원장에 오르는 것은 사법 쇄신이라는 명목하에 가능하지만 대법관들의 반발을 누르기는 쉽지 않은 일이었다. 그때 필요한 게 사람들의 지지다.

'내가 대법원장이 되며 사법부가 정상화되었다는 믿음, 바뀔 수 있다는 가능성, 그걸 보여주기 위해 이한영과 김윤혁을 전면에 내세우고…….'

강신진 지원장의 생각은 계속해서 미래의 청사진을 향해 갔다.

'대법관과 지방 법원장을 내 사람들로 채우면…….'

강신진 지원장이 주먹을 꽉 쥐었다.

'앞으로 3년. 그럼 사법부는 완벽히 내 손에 들어올 거야. 그다음에는…….'

그의 입에 잔잔한 미소가 실린다. 조금만 있으면 자신이 원하는 세상을 만들어낼 수 있다. 그의 시선이 법대를 향했다.

재판은 계속 이어지고 있었다.

검찰이 증인을 압박하는 중이다.

"증인, 기부받은 돈을 어떻게 썼는지 알고 있는 만큼 구체적으로 증언해주시겠습니까?"

증인은 고려행복재단의 사무직 직원이었다. 그가 긴장된 눈으로 이곳저곳을 두리번대며 입을 연다.

"회식을 많이 했고요. 직원들끼리 소문으로 들은 것으로는 대표나 부장들, 과장들이 따로 통장을 만들었다는 이야기가 있었어요."

"따로 통장을 만들었다고요?"

"네."

"통장을 만들었다는 이야기가 구체적으로 무엇이죠?"

"그러니까 월급 외에 돈을 더 받았다는 거죠. 친척이나 이웃 등의 통장을 사용해서요."

다음 증인이 등장했다. 고려행복재단 사건이 터지며 함께 걸려든 고아원의 원장이었다.

검사가 다시 앞에 선다.

"증인, 이 사건과 관련해서 지금 구속 중이죠?"

고아원 원장은 고개를 숙였다.

"네."

"고려행복재단의 임직원과 어떤 식의 거래를 했습니까?"

"저희는 고려행복재단으로부터 정기적으로 달마다 5천만 원의 기부를 받았어요."

"그래서요?"

"그러면 3천만 원은 다시 돌려줬습니다."

"어떻게 돌려줬죠?"

젊은 검사의 눈은 고아원 원장을 찢어버릴 듯 노려본다.

고아원 원장이 그의 시선을 피하며 입을 연다.

"고려행복재단의 임직원 가족들이 온라인 쇼핑 업체를 만들었거든요. 우리는 그쪽에서 물건을 사는 거죠."

"물건은 오고요?"

"아뇨, 안 받고요."

"물건을 사는 척 다시 돈을 건네줬다는 거네요?"

"네, 그렇게 하기도 하고 그냥 줄 때도 있었고요."

검사가 자신의 책상으로 걸어가 서류를 갖고 다시 원장 앞에 섰다. 그리고 서류를 보이며 입을 열었다.

"여기 있는 계좌로 보낸 겁니까?"

"네."

검사가 몸을 돌려 이한영을 향했다.

"이상입니다."

이한영은 검사의 손에 들린 서류를 물끄러미 보고 있었다. 저 안에는 분명 박광토 전 대통령의 계좌도 들어 있다. 하지만 검사는 박광토 전 대통령에 대한 이름은 단 한 번도 거론하지 않았다. 오로지 임직원들의 차명계좌라고 우기고 있을 뿐이다.

이한영의 시선이 방청석으로 향했다. 재판을 지켜보는 기자들은 이한영을 보며 눈으로 말하고 있다.

'우리만 침묵하는 것 같아? 너도 똑같아. 어차피 권력 앞에서 힘이 없는 것은 너희나 우리나 마찬가지잖아?'

이한영의 시선이 기자들을 지나 강신진 지원장에게서 멎었다. 검사가 원하는 대로 판을 놔두는 이한영을 보며 강신진 지원장을 고개를 끄덕인다.

'잘하고 있어. 모든 죄는 이사장이 짊어지고 가게 해. 어려운 일이 아니야.'

이한영의 시선은 강신진 지원장의 옆에 앉은 검찰총장에게 향했다. 그 역시 재판이 뜻대로 흘러간다고 여겼는지 만족한 얼굴이다.

이한영의 입에서 작게 한숨이 흘렀다. 이대로 재판이 끝나면 세상은 박광토 전 대통령을 여전히 멋진 대통령으로 기억할 거다. 그러면 그를 고발했던 박철우 검사와 송나연 기자는 세상의 모든 비난을 받으며 마녀사냥을 당할 게 분명하다.

'본질은 사라지고 거짓은 진실이 되고…….'

이 자리에 앉아 있는 대부분의 사람들은 거짓된 세상을 만드는 데 앞장서는 자들이다.

법정엔 여전히 불쾌한 공기가 가득하다. 이한영의 시선이 마지막으로 남루한 노인에게 향했다. 법정에 뛰어 들어와 난동을 피웠던 노인.

전 재산을 기부하고 지금도 어렵게 사는 노인. 이 법정에서는 그 노인만이 간절하게 진실을 원하고 있었다.

검찰총장이 자리에서 일어서며 강신진 지원장에게 말했다.

"길어질 것 같은데, 잠시 나가서 담배 하나 태우겠습니까?"

"좋지요."

강신진 지원장과 검찰총장은 법정 밖으로 나가 야외 휴게실에 섰다.

검찰총장이 입을 연다.

"중앙법원장이 되기까지 일주일 남았나요?"

"네, 그렇게 됐습니다."

"지원장에게는 지나가는 관문일 뿐이겠죠?"

강신진 지원장은 대답 대신 고개를 끄덕였다.

검찰총장이 묻는다.

"젊은 나이에 대법원장이 되면 그다음은 무엇입니까?"

"글쎄요."

강신진 지원장은 고개를 들어 하늘을 본다. 대답하고 싶지 않다는 뜻이다.

그러자 검찰총장이 입을 연다.

"난 다음 단계로 장관 자리에 앉고 싶어요."

강신진 지원장의 시선이 그의 얼굴로 향한다.

검찰총장이 손을 폈다가 주먹을 쥐며 말을 이었다.

"검찰총장, 대한민국 검찰청의 정점, 손에 쥔 어마어마한 권력, 장관급의 대우. 이 자리에 선 것만으로 무한한 영광이죠. 하지만 실제 장관은 아닙니다."

검찰이 법무부 소속이며, 법무부에는 법무부 장관이 존재하기 때문이다.

검찰총장이 말을 잇는다.

“그래서 장관을 한번 해보고 싶습니다. 도와주시겠습니까?”

강신진 지원장은 현직 대통령과 왕래하고 있고 박광토 전 대통령과도 깊은 관계가 존재한다. 게다가 유성그룹의 차기 후계라는 장태식 사장과도 친밀하며 언론사의 사장단, 각 정당의 고위 인물들과도 손잡고 있다.

강신진 지원장의 모습은 아직은 호랑이를 뒤에 세운 여우와 같다. 하지만 미래를 보면 모든 권력을 품을 태산이다. 권력가들은 박광토 전 대통령 이후 대한민국의 실권은 강신진 지원장이 가져갈 것이라고 예상했다. 이것은 국민이 알 수 없는 수면 아래의 정치다.

검찰총장도 마찬가지로 강신진 지원장의 언질이 있으면 장관 자리에 가는 게 어렵지 않다고 생각하고 있었다.

“제가 원하는 것은 법무부 장관까지입니다. 그다음은 욕심이 없어요. 그릇도 되지 않는다고 생각하고요.”

자신이 어느 자리에 가든 강신진 지원장의 앞길을 막지 않겠다는 뜻이다.

강신진 지원장이 고개를 끄덕인다.

“나중에 식사라도 같이 하죠.”

밥을 함께 먹자는 것에는 손잡겠다는 의미가 있다.

검찰총장이 활짝 웃었다.

“좋습니다.”

이들의 세상이 되기 위해서는 아직 박광토 전 대통령이 무너져서는 안 됐다. 그의 권력을 강신진 지원장이 온전히 이어받을 때까지 박광토 전 대통령이 그 자리에 있어야 하기 때문이다.

재판은 계속되고 있었다.

검사와 변호사가 번갈아 가며 증인을 압박한다.

자리로 돌아온 변호사가 고려행복재단 이사장의 귀에 속삭였다.

“어제 검사와 자리를 가졌습니다. 그래서 10년을 구형하기로 약속했습니다."

"10년요?"

"네."

강산이 변한다는 시간이다. 절대 짧지 않다. 혼자 모든 걸 짊어지고 가겠다고 맹세했지만 두려운 것은 어쩔 수 없었다.

변호사의 목소리가 이어진다.

"오늘 공판 끝나고 선고 공판 전에 판사하고 자리를 갖겠습니다. 이한영 판사가 변호사들 사이에 어디로 튈지 모른다고 소문나 있지만 이번은 각하께서 뒤에 있으니 어쩔 수 없을 겁니다."

"네."

10년이라는 말을 들어서 그런지 이사장의 목소리엔 힘이 없었다.

변호사가 입을 연다.

"1심에서 7년, 2심에서 5년 이하의 형을 받는 게 목표입니다. 각하께서도 이사장님이 모든 걸 떠안고 가시는데 오래 들어가 있는 것은 마음에 걸린다고 하셨습니다."

이사장의 눈이 반짝인다.

"5년 이하요?"

"네."

"그럼 3년도 가능하겠네요?"

"2심을 최대한 미뤄서 이 사건이 국민의 눈에 벗어난다면 충분할 겁니다."

이사장의 입에서 긴장 빠진 한숨이 흘렀다.

"부탁드립니다."

변호사의 시선이 이한영에게 향했다.

'우리 뒤에는 각하가 계셔. 판사 따위가 함부로 나댈 수 없어. 저 미친놈이 1차와 2차에서 입을 꾹 닫고 있는 것만 봐도 알 수 있어. 입을 나불댔다

가 어떤 꼴을 당할지는 머리가 있으면 잘 알고 있겠지.'

법정의 문이 열리고 강신진 지원장과 검찰총장이 다시 들어와 앉았다. 막 검사의 증인신문이 끝났을 때다.

이한영이 입을 열었다.

"증인 조사를 마치죠."

이제 검사의 구형과 변호인, 피고인의 의견 진술만 남았을 뿐이다. 증인 조사가 끝난 이상 재판은 더 볼 것도 없었다.

검찰총장이 다시 일어선다.

"각하께 탈 없이 잘 끝났다고 연락드리고 오겠습니다."

"네, 그러세요."

강신진 지원장의 말에 검찰총장은 법정을 벗어나기 위해 문으로 향했다. 검찰총장이 문고리를 막 잡는 순간 문이 벌컥 열렸다. 앞에 선 남자를 본 검찰총장의 눈빛이 일그러진다.

"너…… 너!"

박철우 검사였다.

그가 검찰총장을 향해 허리를 굽혔다.

"중앙지검 박철우 검사입니다."

검찰총장은 낮지만 강력한 목소리로 말한다.

"너 근신 중 아니야? 이 시간에 왜 기어 나와!"

"총장님께서 일개 부부장의 근신도 알아주시고, 감사합니다. 그런데 저 오늘부로 근신 풀렸습니다."

박철우 검사는 박광두 전 대통령에게 충성한다고 말했다. 그 덕에 근신이 일찍 풀리게 된 것이다. 박철우 검사는 다시 고개를 숙인 후 검찰총장을 지나 법대로 향했다. 그의 눈빛이 심상치 않다. 세상이 덤벼도 맞서 싸우겠다는 분노가 가득하다.

강신진 지원장이 자리에서 벌떡 일어선다. 하지만 이곳은 법정이다. 기자도 깔려 있다. 박철우 검사의 어깨를 잡고 말리고 싶지만 그럴 수가 없었다. 검찰총장도 마찬가지다. 그저 문 앞에 서서 박철우 검사를 노려보기만 할 뿐이다.

기자들은 심상치 않은 분위기를 느꼈다. 그들의 시선이 모두 박철우 검사에게 집중된다.

박철우 검사가 법대 앞에 섰다.

"존경하는 재판장님, 서울중앙지방검찰청 박철우 검사입니다. 절차에 어긋나는 것을 알지만 중요한 증거가 있어 찾아왔습니다."

박철우 검사 대신 재판에 선 젊은 검사의 표정엔 핏기가 사라져 있었다. 윗선에서 박철우 검사의 말은 무조건 듣지 말라고 지시받았다. 하지만 이렇게 찾아와버리면 그가 할 수 있는 것이 없다. 같은 검사가 가져온 증거를 받지 않겠다고 말할 수도 없는 노릇이기 때문이다. 그렇기에 지금부터는 판사의 재량에 달렸다고 할 수 있었다.

이한영이 입을 연다.

"증거요? 어떤 거죠?"

박철우 검사의 시선이 피고인석에 앉은 이사장 강순철에게 향했다. 무섭게 타오르는 눈빛에 이사장은 시선을 피한다.

박철우 검사의 무거운 목소리가 법정을 누르기 시작했다.

"고려행복재단 이사장 강순철은 박광토 전 대통령을 만난 적도 없다고 주장했습니다. 박광토 전 대통령 역시 같은 주장을 했고요."

박철우 검사가 휴대폰을 꺼내 들었다.

"이 휴대폰에 박광토 전 대통령과 강순철 이사장이 함께 있었던 것을 증명할 사진이 있습니다."

고려행복재단의 경리에게 부탁해 자료를 빼내던 날, 석정호가 일부러 자동차 사고를 내고 찍었던 사진이다.

법정은 술렁이기 시작했다.

"사진?"

"그럼 지금까지 주장은 전부 무효가 되는 거잖아?"

"박광토 전 대통령, 정말 구속당하는 거야?"

검사가 옷 벗을 각오를 하면 그 누구라도 법정에 세울 수 있다. 박철우 검사는 그 각오를 했다.

강신진 지원장은 이한영을 쏘아봤다.

'채택하지 마! 채택하면 안 돼!'

아직은 박광토 전 대통령이 무너져서는 안 된다. 강신진 지원장에게는 그가 필요하다.

'절차에 어긋난 증거야! 받지 않아도 뭐라 할 사람은 없어! 여기 있는 기자도 모두 닥치고 있을 거야!'

그리고 마침내, 이한영이 입을 열었다.

"가지고 오세요."

지금껏 여유롭던 강신진 지원장의 얼굴이 갈라지기 시작했다.

법정의 모니터에 석정호와 박광토 전 대통령이 나란히 서 있는 사진이 걸렸다. 사진만 본다면 어떤 문제도 없다. 평소 사람 만나기를 좋아하는 박광토 전 대통령의 모습일 뿐이다.

이한영의 시선이 박철우 검사에게 향했다.

"이 사진의 어디가 이상하다는 거죠?"

"사람이 아니라 뒤에 보이는 자동차의 번호판을 봐주십시오. 그 번호판은 고려행복재단의 법인 리스 자동차입니다."

그 한마디에 법정이 적막해졌고 방청석에 앉은 기자들의 표정이 똑같아졌다. 모두가 입을 벌리고 동공이 확대된 채 멍하니 앉아 있었다. 그들의 표정은 말하고 있다.

'저 검사 미친 거야? 박광토 전 대통령을 건들다니…….'

'아니야. 이제 박광토 전 대통령은 끝났어. 저런 증거가 나온 이상 어쩔 수 없잖아.'

'끝나긴, 상대는 박광토야. 아직도 엄청난 지지를 받고 있다고.'

'지지를 받으면 뭐? 변명거리도 없는데, 뭐라고 변명할 거야? 국민이 병신이 아닌 이상 우연이라고 말해도 믿어줄 사람은 없어.'

기자들도 혼란스럽다.

이한영 역시 당황한 표정을 연기하며 강신진 지원장을 향해 시선을 돌렸다.

강신진 지원장은 굳은 표정으로 서 있었다. 박광토 전 대통령을 통해 권력을 손에 쥐려던 계획 하나가 사정없이 어그러지고 있기 때문이다.

이한영은 뱃속에서부터 터져 나오는 웃음을 숨기며 강신진 지원장에게 눈빛을 보냈다.

'어떻게 하죠?'

강신진 지원장은 대답하지 않았다. 그는 무거운 한숨을 내뱉더니 몸을 돌린 채 법정을 빠져나간다. 그 뒤를 검찰총장이 빠르게 붙었다. 이제 법정에 권력자는 없었다. 지금껏 사실을 외면했던 기자들과 전 재산을 기부한 노인만이 앉아 있을 뿐이었다.

멍석이 깔린 거다. 지금부터 일어나는 일에 대해 누가 뭐라고 토를 달아도 이한영은 '제가 살기 위해 어쩔 수 없었습니다'라는 변명을 지껄일 수 있었다.

이한영의 시선이 이사장에게 향했다.

"피고인."

이사장이 억지로 고개를 들어 마주한다.

"저 차는 피고인 전용 차였지요?"

"……네."

"피고인은 박광토 전 대통령을 알지 못한다고 주장했는데, 어떻게 된 것인지 설명해주겠습니까?"

"……."

"피고인, 박광토 전 대통령을 알고 있었습니까?"

이한영의 질문에 이사장은 입술을 움찔거렸지만 열지는 못했다. 어떤 말도 할 수 없는 거다.

빠져나갈 변명거리를 생각하던 이사장이 갈라진 목소리로 입을 연다.

"저 사진 기억납니다."

"말해보세요."

"재단의 일이 급해서 퇴근 후 다시 들어간 적이 있습니다. 그때 박광토 전 대통령님과 저 남자가 길을 막고 사진을 찍고 있었어요. 개인적으로 박광토 전 대통령님을 지지하고 있어서 사진을 다 찍을 때까지 조용히 기다렸던 일이 있습니다."

"그뿐입니까?"

"네."

사진 속의 남자, 석정호가 증인석에 앉아 '저기서 사고가 났는데, 박광토 전 대통령님이 계시더라고요'라고 증언해도 상관없다. 어차피 블랙박스와 CCTV의 저장 기간은 지났기 때문이다.

이사장이 입을 연다.

"박광토 전 대통령님이 왜 거기에 계셨는지는 저도 모릅니다."

"모른다고요?"

"전 박광토 전 대통령님과 저를 엮으려는 검찰의 의도가 궁금할 뿐입니다. 정말 정치적인 이유인가요?"

그러자 박철우 검사의 목소리가 울렸다.

"존경하는 재판장님, 추가 증거를 하나 더 제출해도 되겠습니까?"

이사장의 다급한 시선이 박철우 검사에게 향했다.

'추가 증거?'

박철우 검사는 어떻게든 박광토 전 대통령을 박살 내려는 눈빛으로 서류봉투를 들어 올렸다. 그 서류봉투가 불길하게 보인다.

이사장은 오랜 시간 깡패로 지내며 검찰과 마주했던 사람이다. 그의 본능이 어떻게든 추가 증거를 막으라고 외치고 있었다.

이사장이 빠른 목소리로 변호사에게 말했다.

"막아야 해요. 저 검사, 막아야 해요."

변호사도 느꼈다.

그가 쾅, 책상을 내리치며 벌떡 일어섰다.

"이의 있습니다! 절차에 어긋난 증거입니다! 인정할 수 없습니다!"

변호사는 시뻘겋게 충혈된 눈으로 이한영을 쏘아본다.

하지만 이한영은 담담하다.

"참고만 하겠습니다."

"재판장님!"

변호사의 목소리가 커졌다.

이한영의 눈빛은 점차 냉담해진다.

"변호인, 제가 증거를 인정한다고 말을 꺼낸 적이 한 번이라도 있습니까?"

"……!"

"참고 사항일 뿐이라고 했잖아요? 그리고 이 사건은 박광토 전 대통령이 아니라 고려행복재단 이사장에 관한 재판입니다. 참고만 하겠다는데, 막으려는 이유를 모르겠네요."

"……."

"제가 알아서 합니다."

상대는 법정의 왕이라 불리는 판사다. 뭐라 할 수 없다. 입술을 꾹 깨문 변호사의 눈동자가 분노로 물들며 파들파들 떨리고 있었다.

하지만 이한영은 그의 눈동자를 외면하며 박철우 검사에게 고개를 돌렸다.

“증거 제출하세요.”

박철우 검사는 이한영을 향해 고개를 숙였다.

“감사합니다.”

그리고 그가 공판 검사 앞에 섰다. 공판 검사는 박철우 검사보다 한참 후배다. 하지만 노골적으로 불만을 내보이며 미간을 찌푸리고 있다.

박철우 검사가 서류봉투를 건네며 입을 열었다.

“왜? 이번 사건 잘 해결해서 위로 올라가고 싶었어? 그런데 내가 다 된 밥에 똥을 싼 것 같아?”

공판 검사는 대답하지 않았다. 하지만 불만의 눈빛은 여전했다.

박철우 검사가 다시 입을 연다.

“넌 왜 검사가 됐어? 권력이나 돈을 갖고 싶어서? 그렇다면 당장 그만 둬. 그런 생각으로 검사 짓을 하는 사람의 끝은 모두 똑같으니까.”

“똑같다고요?”

박철우 검사가 고개를 끄덕이며 흘끗 피고인석을 향했다.

“결국은 동료들에게 잡혀 온갖 치욕을 당하며 피고인석에 앉게 되겠지.”

공판 검사의 시선도 피고인석으로 향한다. 그곳엔 고려행복재단의 이사장이 앉아 있다. 며칠 전만 해도 돈을 펑펑 써대며 세상을 다 가진 것처럼 행동했던 그는 비참한 몰골로 고개를 숙이고 있었다.

박철우 검사가 공판 검사에게 건넨 서류봉투를 손가락으로 툭 치며 입을 열었다.

“저렇게 되고 싶지 않으면 최소한의 정의는 지키도록 해.”

공판 검사는 대답하지 않는다.

박철우 검사가 계속 말을 이어간다.

“현실적인 이야기를 해줄까? 이 증거를 봐. 박광토 전 대통령은 끝이야. 그 라인은 다 갈아엎어지겠지. 신임 검사는 어느 줄을 잡아야 위로 올라갈 것 같아?"

공판 검사의 눈에 욕심이 차오른다.

"아, 알겠습니다."

박철우 검사는 공판 검사에게 증거에 관해 간략히 설명한 후 방청석으로 이동했다. 증거를 가지고 왔지만 그는 이 재판에서 철저한 제삼자이기 때문이다.

이한영은 손에 올라온 증거를 펼쳐 봤다. 이미 알고 있던 사실이다. 하지만 모른 척 묻는다.

"기록에 적힌 계좌가 꽤 많은데요. 이게 뭐죠?"

공판 검사가 무거운 한숨을 내뱉으며 입을 열었다.

"첫 번째 계좌부터 설명하겠습니다. 개설한 사람은 서종훈, 고등학교 2학년으로 행복고아원에 있는 원생입니다. 두 번째 계좌는 이미성, 성움고아원에 있는 원생으로 중학교 3학년입니다. 세 번째 계좌는……."

공판 검사의 입에서 나온 계좌의 숫자는 총 여든세 개였다.

계좌가 나올 때마다 이사장의 얼굴은 허옇게 질려가고 있었다.

"저, 저걸 어떻게……?"

상황을 모르는 변호인이 이사장에게 다급히 묻는다.

"저 계좌가 뭐예요?"

"씨발, 씨발, 씨발……."

이사장은 지옥에 떨어진 표정으로 욕만 내뱉고 있을 뿐이다.

"뭐냐고요!"

변호인이 강하게 물었지만 마찬가지였다.

그때 검사의 설명이 시작됐다.

"고려행복재단은 장학금이라는 명목으로 학생들에게 돈을 지급했습니다. 하지만 계좌에 적힌 그 학생들은 모두 실종자입니다."

변호사의 눈빛이 사정없이 흔들렸다.

'시, 실종자?'

다 듣지 않아도 어떤 일이 벌어졌는지 머릿속에 그려지고 있었다.

변호사가 이사장을 향했다.

"뭐예요? 실종자라니!"

이사장은 변호사의 질문에 답은 하지 않고 고개를 숙인 채 머리를 쥐어뜯는다.

"다 끝났어! 씨발, 다 끝났다고! 저 개 같은 검사 새끼, 죽여버릴 거야!"

검사의 목소리는 계속되고 있었다.

"실종자의 통장에 들어간 돈. 그런데 그 통장의 카드를 박광토 전 대통령의 집에서 일하는 가정부가 사용했습니다."

여기까지 말한 검사는 잠시 입을 닫았다.

찬물이 쏟아진 것 같은 법정엔 습기로 가득한 것처럼 찝찝한 느낌이 채워지고 있었다.

검사가 몸을 돌려 이사장을 향했다. 이사장은 여전히 머리를 쥐어뜯고 있다.

검사가 묻는다.

"피고인, 실종자들의 통장에 매달 10억씩 나눠서 넣었던 이유가 뭡니까?"

"모, 몰라요."

"그 돈을 박광투 전 대통령의 집에서 일하는 가정부가 사용한 이유가 뭐예요!"

"몰라요! 나는 모른다고요!"

* * *

-고려행복재단 이사장 강순철 씨의 2차 공판이 열렸습니다. 이 재판에서 박광토 전 대통령의 개입이 드러난 것으로 확인되었습니다.

–검찰은 법원의 허가를 받아 공소장 변경을 하겠다고 발표했습니다.

–박광토 전 대통령이 매달 10억 이상의 돈을 받은 것으로 조사되었습니다.

–검찰은 이 돈이 뇌물인지 아니면 고려행복재단의 실질적 소유주가 박광토 대통령인지를 확인하기 위해…….

–검찰은 법원에 박광토 전 대통령의 구속영장을 다시 신청했습니다.

–박광토 전 대통령의 집 앞에 지지자 수천 명이 몰려…….

아나운서의 다급한 목소리가 세상에 울리고 있었다. 눈치를 보던 언론들은 누가 먼저랄 것 없이 박광토 전 대통령에 관한 사건을 보도하는 중이다. 이 상황에서 목소리를 내지 않으면 국민의 시선에 권력의 앞잡이로 보이기 때문이다.

그 시각, 서재에 있던 박광토 전 대통령은 커튼을 살짝 열어 창밖을 보고 있었다. 집 앞에 지지자 수천 명이 모여 앉아 박광토 전 대통령의 이름을 연호하는 게 보인다. 뉴스가 나가자마자 전국 각지에서 몰려든 사람들이다.

잠시 지지자들을 보던 박광토 전 대통령은 커튼을 내리며 몸을 돌렸다.

보좌관이 보였다.

"내가 고려행복재단과 관계가 있다는 증거가 드러났다고?"

"검찰에서 계좌를 입수한 모양입니다."

"그게 박철우고?"

"네."

"허 참."

박광토 전 대통령은 어이없는 미소를 지으며 소파로 걸어가 앉았다.

"내가 방심하고 있었나 봐."

얼마 전 박철우 검사를 만난 적이 있었다. 그 자리에서 박철우 검사는 충성을 맹세했지만 박광토 전 대통령이 그걸 순순히 믿을 위인은 아니었다.

박광토 전 대통령은 단지 자신을 너무 과신하고 있었던 것뿐이다.

"일개 부부장 따위가 나를 어떻게 할 수는 없다고 생각했거든. 검사장도, 심지어 총장도 할 수 없는 일이니까."

보좌관은 대답 없이 박광토 전 대통령의 목소리를 들었다.

그의 목소리가 계속 이어진다.

"강신진에게 전화는 왔나?"

보좌관의 표정이 어려워진다.

박광토 전 대통령이 고개를 저으며 입을 연다.

"말해봐. 뭐라고 해?"

"……구속은 피하기 어렵다고 말했습니다. 구치소로 찾아가겠다고……."

박광토 전 대통령은 얼굴이 일그러짐과 동시에 테이블에 놓여 있던 재떨이를 들어 거칠게 집어 던졌다. '쾅!' 소리와 함께 재떨이가 텔레비전에 부딪힌다.

그때 전화벨이 불길하게 울렸다. 박광토 전 대통령과 보좌관의 시선이 전화기로 향한다.

"받아봐."

보좌관이 마른침을 삼키며 수화기를 손에 들었다.

—죄송합니다. 구속영장이 발부되었습니다. 5분 후에 언론에 발표될 겁니다.

보좌관의 얼굴이 참혹하게 일그러진다.

그 표정을 본 박광토 전 대통령은 전화 내용이 어떠했는지 묻지 않았다. 듣지 않아도 알 수 있었기 때문이다. 박광토 전 대통령은 느긋하게 소파에 등을 기댔다.

"와인 한 잔 가지고 와. 다음을 생각해야겠어."

잠시 후 테이블 위로 와인 잔이 놓였다. 하지만 박광토 전 대통령은 와인에 손대지 않는다. 조용히 보고 있을 뿐이다. 그리고…….

딩동.

마침내 초인종 소리가 울렸다. 박광토 전 대통령을 데려가기 위해 검찰에서 사람들이 온 것이다. 이어서 서재의 문이 열리고 박철우 검사가 들어왔다. 박철우 검사가 박광토 전 대통령을 향해 고개를 숙인다.

"같이 가주셔야 하겠습니다."

와인을 바라보던 박광토 전 대통령의 시선이 천천히 박철우 검사에게 향했다. 그의 목소리가 낮게 흐른다.

"나라는 사람과 싸우는 게 무섭지 않은가?"

"네, 안 무섭습니다."

"지금부터는 목숨을 걸어야 할지도 몰라."

"검찰을 향한 협박은 박광토 씨에게 불리할 수 있습니다. 자중해주십시오."

박광토 전 대통령이 픽 웃는다.

"박광토 씨, 박광토 씨라……. 날 그렇게 부르는 사람을 만나는 게 몇 년 만인지 모르겠어. 재밌군."

"그럼, 일어나시지요."

박광토 전 대통령이 손을 저었다.

"와인 한 잔만 마시고 가지. 앞으로 싸워야 할 시간이 짧지 않은데, 이 정도 시간은 괜찮지 않은가?"

"아뇨, 20년 후에 드십시오."

20년 동안 나오지 못하게 만들어준다는 말이었다.

시간을 주지 않고 집행하겠다는 박철우 검사의 뜻에 수사관들이 박광토 전 대통령 앞에 선다.

사람 좋은 척, 가식으로 살아왔던 박광토 전 대통령의 표정이 갈기갈기 찢어지고 있었다.

박광토 전 대통령이 자택에서 나와 검찰 차량으로 향하고 있습니다. 박광토 전 대통령의 지지자들은 눈물을 흘리며…….

기자의 목소리가 세상으로 뿌려질 때, 박철우 검사 뒤에 선 박광토 전 대통령은 검찰 차로 걸어가고 있었다. 몹시 피곤해 보이는 그의 얼굴을 본 지지자들이 목 놓아 '박광토'라는 이름을 외친다.

"박광토!"

"박광토!"

하지만 박광토 전 대통령은 눈길 한 번 주지 않았다. 그저 차로 걸어갈 뿐이다. 수사관에 의해 차의 문이 열렸다. 작게 한숨을 내쉰 박광토 전 대통령이 차에 오르기 위해 몸을 굽혔다. 그러자 지지자들의 설움 섞인 목소리가 더 커진다.

박광토 전 대통령이 몸을 돌려 지지자들을 향했다. 그러자 지금껏 울분과 설움으로 시끄러웠던 자택 앞이 단 한순간에 조용해진다. 지지자들은 박광토 전 대통령의 음성을 놓치지 않기 위해 숨소리마저 조심하고 있었다.

박광토 전 대통령은 지지자들을 향해 애써 미소를 지어 보였다. 그리고 손을 들어 흔든다.

“아무 일 없을 겁니다. 이 사건은 모두 조작된 것이니까요. 걱정하지 마시고 집에 가서 푹 쉬고 계세요. 여러분들이 대한민국의 주인입니다.”

이 모두는 박광토 전 대통령의 계획된 행동이었다. 비록 정치적 음모에 의해 구치소로 끌려가지만 지지자들을 믿고 자신은 깨끗하기에 걱정하지 않는다는 뜻…….

이런 모습을 보았으니 이제 지지자들은 박광토 전 대통령의 무죄를 위해 더 목소리를 높일 것이다. 그 말을 끝으로 박광토 전 대통령이 차에 오르자 서럽게 울던 지지자들의 목소리는 피를 토하듯 바뀌었다.

“안 돼!”

“각하! 각하가 죄가 없다는 것은 세상 모두가 알고 있습니다! 우리가 꼭 증명할게요!”

급기야 모든 울분이 박철우 검사를 향해 쏘아지기 시작했다.

“박철우 너 개새끼! 죽여버릴 거야!”

“정치 검사 박철우, 개새끼! 죽어!”

“네 딸이 걱정되지 않아?”

“미친 새끼야!”

박철우 검사는 그들의 목소리를 한 귀로 흘리며 차량에 오른다.

창밖을 보던 박광토 전 대통령이 시선을 돌려 앞에 앉은 박철우 검사를 향했다.

“저들이 두렵지 않은가?”

박철우 검사가 대답하지 않자 박광토 전 대통령이 말을 잇는다.

"세상은 법대로 되지 않아. 법만 믿고 설친 자네는……."

하지만 박철우 검사는 그의 말을 가차 없이 끊어버렸다.

"박광토 씨, 구치소로 가겠습니다."

박광토 전 대통령의 표정은 돌을 씹어 먹은 것처럼 더러워졌다.

* * *

넓은 식탁에 서른 명 가까운 사람들이 모여 앉아 있었다. 검찰총장, 법무부 장관 등 고위직과 각 언론사 등의 사장들 등 박광토 전 대통령의 사람들이다. 그들은 누구 하나 입을 열지 않는다. 침울한 침묵 속에서 앉아 있을 뿐이다.

그들은 실력으로 그 자리에 오르지 않았다. 그저 살아 있는 권력이라 불리던 박광토 전 대통령의 바짓가랑이만 잡고 살아온 인생이다. 그런데 자신들을 이끌었던 박광토 전 대통령이 구속되었으니 앞으로의 길을 헤쳐 나갈 게 막막하기만 했다. 자신의 인생을 남에게 맡겼던 자들의 결과, 이런 자들이 대한민국을 쥐락펴락하니 아쉬울 따름이다.

드르륵.

미닫이문이 열리고 강신진 지원장이 들어섰다. 장관과 차관 등도 있었지만 강신진 지원장은 자연스레 상석에 앉는다. 하지만 누구도 불평하지 않았다. 나약한 그들은 이제 강신진 지원장의 바짓가랑이를 잡을 생각이었다.

강신진 지원장은 잠시 어떤 말도 없이 앉은 사람의 면면을 살폈다. 자신이 이 자리에 앉는 걸 불편해하는 자가 있는지 확인하려는 거다. 그리고 누구도 불만이 없다는 것을 확인한 후 입을 열었다.

"총장."

검찰총장이 강신진 지원장과 시선을 마주쳤다.

"말씀하십시오."

"국민이 특별검사를 요구하겠죠?"

특별검사란 검찰의 공정성을 기대할 수 없다고 생각될 때, 일정 기간 이상의 법조 경력을 가진 변호사를 특별검사로 임명하는 제도다.

변호사는 정권의 영향력 아래에 있지 않기 때문에 밝히기 어려운 죄를 찾아낼 수 있다는 장점도 있다. 하지만 수사에 들어가는 어마어마한 비용 그리고 대상과 범위의 제한을 받지 않는 무차별적인 수사 때문에 비효율적이라는 비판도 받는다.

상대는 박광토 전 대통령이다. 수많은 지지자들이 있지만 반면에 반대 세력도 존재한다. 당연히 반대 세력에서 특별검사를 요구할 게 분명했다.

검찰총장이 고개를 끄덕였다.

"그럴 것 같습니다."

"그 전에 박광토 각하를 타깃으로 한 특별팀을 만들도록 하세요."

"특별팀요?"

특별팀은 외부 인력이 아닌 검찰 자체의 인원으로 충당할 수 있다. 당연히 검찰총장의 영향력 아래에 있게 되어 이들의 마음대로 수사를 이끌어 나갈 수 있게 된다.

강신진 지원장이 말을 이었다.

"국민은 각하를 조사하기 위한 '특별'한 조직이 만들어졌다는 것만으로도 의심하지 않을 겁니다."

그제야 이해한 검찰총장이 고개를 끄덕였다.

강신진 지원장이 계속 말한다.

"특별팀에 판사 한 명을 지원하겠습니다. 검사뿐만 아니 판사까지 있으면 국민은 더 신뢰할 겁니다."

"알겠습니다."

강신진 지원장의 시선이 언론사 사장들에게 향했다.

"사장님들의 역할이 큽니다. 사건은 객관적으로 보도하시되 각하의 인간적인 면을 항상 넣어주세요."

"인간적인 면요?"

사건을 사실로 나열하면 재미가 없다. 흥미 위주의 세상에서 통하지 않는다. 하지만 인간적인 면은 사람들의 감성을 자극한다. 그가 아무리 악당이라 하여도 '착한 사람'이라는 이미지가 붙으면 여론은 벌 떼같이 일어날 거다. 죄를 저질렀던 연예인이 예능 프로그램에 출연하는 것 한 번으로 면죄부를 갖는 것, 정치도 다를 바 없었다.

밤중 회동이 끝났다.

강신진 지원장이 돌아간 후 자리에 있었던 사람들은 삼삼오오 모여 담배를 태우고 있었다.

한 언론사 사장이 입을 연다.

"강신진 지원장을 믿어도 괜찮을 것 같지 않아요? 이 상황에서도 냉정을 유지하는 게 대단하네요."

검찰총장이 고개를 끄덕였다.

"그럼요. 만약에 각하가 나오지 못해도 지원장 덕에 우리 모임은 건사할 것 같습니다."

* * *

이한영은 화이트보드에 있던 박광도 전 대통령의 사진을 뜯어냈다. 그리고 쓰레기통에 던져 버렸다.

'남은 것은 셋.'

이한영은 분명 '셋'을 생각했지만 화이트보드엔 유성그룹 장용현 회장과 강신진 지원장, 두 사람의 사진만 붙어 있을 뿐이다. 이한영이 생각하는 또 다른 한 사람은 화이트보드에 붙어 있지 않다. 바로 유세희다.

'이제…….'

복수의 끝과 세상을 더럽게 했던 자들의 말로가 보인다. 그 끝은 그들에게 지옥일 것이며 일어설 수 없는 절망이 될 것이다.

똑똑똑.

노크 소리가 들렸다. 고개를 틀어 보니 문에 기대선 박철우 검사가 검은 비닐봉지를 흔들고 있다.

"소주?"

"바쁜 것 아니에요?"

"오늘은 전 대통령님 잠자리만 봐드렸고요. 내일부터 철야가 시작되겠죠?"

박철우 검사는 안으로 들어와 테이블 위에 검은 비닐봉지를 펼쳤다. 안에는 편의점에서 산 곱창과 소주 네 병이 보인다.

이한영이 편의점 곱창을 전자레인지에 넣자 박철우 검사가 입을 열었다.

"석정호 씨, 위험하지 않겠어요?"

고려행복재단과 박광토 전 대통령의 연관성을 입증하는 증거에 석정호의 얼굴이 노출되었다. 게다가 석정호는 강신진 지원장의 사무실을 드나드는 중이다.

"위험하겠죠. 하지만……."

이한영이 몸을 돌려 박철우 검사를 향했다.

이한영의 눈빛은 복잡하다. 그에겐 누구보다 걱정되는 게 박철우 검사다. 박철우 검사는 놈들의 수장인 박광토 전 대통령을 끌어내렸고 누구보다 강신진 지원장의 눈에 띄고 있기 때문이다. 그리고 이한영의 전생처럼 역사가 흘러간다면 박철우 검사는 이유를 알 수 없는 교통사고로 조만간 사망한다.

박철우 검사가 고개를 저었다.

"난 괜찮아요. 슈퍼맨 검사인데요."

이한영과 박철우 검사 사이에서 술이 한 잔 두 잔 비워지기 시작했다.

박철우 검사가 담담한 목소리로 입을 연다.

"나 강신진 지원장하고 몇 번 만났습니다."

"네."

담담한 목소리에 박철우 검사가 눈을 동그랗게 떴다.

"알고 있었어요?"

"네."

"어떻게요?"

"궁예니까요."

"허 참."

박철우 검사는 픽 웃으며 담배를 꺼내 입에 문다.

이한영은 종이컵에 물을 받아 재떨이로 만들어 그의 앞에 놓았다. 여기서 태우라는 뜻이다.

박철우 검사가 담배에 불을 붙인다. 그의 입에서 한숨처럼 연기가 흘러나왔다.

"미안해요."

강신진 지원장의 옆에 있었던 것을 사과하는 거다. 담담한 목소리지만 진심이 묻어 나왔다.

"괜찮습니다."

"판사님에 관한 것은 지원장에게 말한 적 없어요."

"그럴 것 같았어요."

박철우 검사가 종이컵에 재를 떨며 말을 이었다.

"강신진 지원장은 정의를 앞세워 자기 욕심을 채우는 사람이었어요. 그래서 말 나온 김에 하나 물어봅시다. 판사님의 정의는 무엇입니까?"

세상에서 가장 무서운 정의는 힘 있는 자의 독선이다. 자신이 정의라고 생각하는 순간 다른 생각을 지닌 사람은 악이 되기 때문이다.

박철우 검사가 계속 말한다.

“이대로 가면 판사님은 사법부의 정점에 설지도 몰라요.”

상대가 강신진 지원장이나 유성그룹 장용현 회장이라 그렇지 이한영 역시 이미 어마어마한 힘을 가지고 있었다. 현 대법원장의 라인을 타는 최연소 부장판사이며 정치권과도 맞닿아 있다. 재력은 말할 것도 없다. 그뿐만 아니라 에스로펌의 후계와도 만나는 사이고, 그 누구보다 날카로운 통찰력도 가졌다. 아직은 어리지만 이런 사람이 성장해서 독선적인 정의를 생각하면 세상은 어떻게 변할지 알 수 없었다.

박철우 검사의 또렷한 눈빛을 마주하던 이한영이 고개를 끄덕였다.

“저도 자신만의 정의로 보일 수 있겠죠?”

“네.”

“조심해야겠네요. 법을 해석하는 것도, 새로운 판례를 만들어내는 것도 더 신중해야겠네요.”

“권력은?”

이한영이 슬쩍 웃는다.

“솔직히 관심 없어요. 법 위에 산다고 생각하는 인간들이 꼴 보기 싫을 뿐이죠.”

“그건 나도 마찬가집니다. 법으로 먹고산다는 사람들이 법을 어기는 게 말이 됩니까?”

“나중에 내가 개인의 욕심으로 죄를 짓는다면 검사님이 잡아가세요. 얌전히 손목 내밀게요.”

박철우 검사가 픽 웃으며 담배 연기를 길게 내뿜는다.

“그럴 일은 없어야죠.”

그때…….

“금연 장소! 벌금 10만 원!”

언제 들어왔는지 송나연 기자가 박철우 검사를 손가락으로 지목하며 목소리를 높였다.

박철우 검사가 민망하게 웃으며 담배를 비벼 끈다.

“죄송해요. 누가 안 온다고 생각해서요, 흐흐.”

송나연 기자가 담배 연기를 빼기 위해 창문을 열며 박철우 검사를 흘겨볼 때, 이한영의 휴대폰에 진동이 울렸다.

‘강신진 지원장?’

현 시각은 밤 11시 50분.

특별한 일이 있지 않는 한 이 시간에 전화할 사람이 아니다. 이한영은 미간을 찌푸리며 자리에서 일어나 밖으로 나간다.

“이한영입니다.”

–바쁜가?

“고려행복재단 이사장에 대한 재판은 죄송합니다. 갑작스레 증거가 들어와서…….”

이한영은 고려행복재단 이사장의 재판에서 사건과 박광토 전 대통령을 엮어 끌어내린 일등 공신이다. 청탁과 반대로 행동했으니 사과를 한 것인데…….

강신진 지원장의 목소리가 묘하게 들떠 있었다.

–아니야, 아니야. 그건 어쩔 수 없는 일이지. 그걸 탓하고 싶은 생각은 없어.

‘탓하지 않는다고?’

–검찰에서 박광토 전 대통령에 대한 특별팀을 만들 거야. 내가 중앙지방법원장으로 가면 자네를 그 특별팀에 파견하고 싶어. 길어야 석 달, 오래 걸리지는 않겠지. 검찰 조직의 생리를 눈으로 볼 수 있으니 자네에게도 좋은 기회가 될 거야.

"감사합니다."

이한영은 통화를 종료했다.

하지만 그는 옥탑방으로 들어가지 않고 서울의 불빛을 바라봤다. 차가운 바람이 불어왔지만 그의 눈빛은 겨울바람보다 더 서늘했다.

'특별팀…….'

강신진 지원장의 계략은 '특별팀'이라는 단어만으로 간파되었다. 국민의 눈과 귀를 속이려는 얄팍한 속셈이다. 그리고 그들이 그렇게 행동할 것은 이미 예상했었다.

'그런데 그 자리에 나를 넣겠다고?'

이한영은 고려행복재단 이사장의 재판으로 더욱 의심받을 거라고 생각하고 있었다. 그런데 가장 의심 가는 이한영을 그 자리에 보내겠단다.

'도대체 무슨 생각이지?'

강신진 지원장은 바보가 아니다. 분명 어떤 꿍꿍이를 숨기고 있다.

"안 추워요?"

송나연 기자의 목소리에 이한영은 생각을 멈추고 고개를 틀었다. 송나연 기자가 들어오라고 손짓하고 있다.

"들어갈게요."

이한영은 다시 옥탑방으로 들어갔다.

테이블에 앉자 송나연 기자가 잔을 채우며 입을 연다.

"맞다. 저 강원도로 발령 났어요."

드디어 불합리한 발령이 내려왔다. 하지만 그녀의 목소리는 밝다.

이한영이 물었다.

"강원도요?"

"넵! 그래도 다행인 것은 한 달 뒤라는 거예요. 그때까지는 최선을 다해 서포트 하겠습니다."

박철우 검사가 씁쓸하게 웃는다.

"난 어디로 떨어지려나? 유배는 확실한데 어디로 갈지 감이 안 잡히네."

송나연 기자가 고개를 획 돌려 박철우 검사를 본다.

"검사님도 유배 가세요?"

"안 가겠어요, 이 난리를 치고 있는데?"

"그럼 강원도로 오세요! 아는 사람 없어서 외로울 줄 알았는데, 다행이네요. 히히."

"내가 강원도로 가게 되면 촌집 하나 얻어서 같이 술이나 마실까요?"

"좋아요!"

박철우 검사와 송나연 기자가 잔을 부딪쳤다. 그렇게 세 사람은 한 잔 두 잔 술이 들어간다.

술을 마시던 송나연 기자가 이한영을 향해 물었다.

"그런데 표정이 왜 그러세요?"

강신진 지원장에게 전화를 받은 이후 표정이 좋지 않았나 보다. 박철우 검사도 고개를 끄덕끄덕하고 있다.

이한영이 작게 한숨을 내뱉었다. 적어도 두 사람에게 속일 이야기는 아니었다.

"강신진 지원장에게 전화가 왔어요. 검찰에서 박광토 전 대통령을 상대로 특별팀을 구성하겠다고 하네요. 공정성을 위해 법원에서 판사 한 명을 지원한다는데……."

"그게 판사님이에요?"

"네."

박철우 검사가 턱을 매만졌다.

"이번 재판을 그런 식으로 했는데, 판사님을 선택했다고요? 이유를 모르겠네요. 강신진 지원장은 판사님을 믿을 수 없을 텐데……."

이한영도 의문인 점이었다.

잠시 생각에 빠진 이한영을 향해 박철우 검사가 입을 연다.

"판사님의 충성심을 시험해보려는 것 아니에요?"

"아닐 거예요."

이미 몇 번의 시험이 있었다. 그때마다 강신진 지원장의 눈에 이한영이란 사람은 애매하게만 보였을 거다.

박철우 검사가 말한다.

"판사님도 대단하긴 하지만 강신진 지원장의 입장에서 생각해보면 전혀 위협되지 않는 존재잖아요? 그러니까 박광토 전 대통령이 구속되었다고 해도 몇 번 더 시험해볼 수 있지 않을까요?"

강신진 지원장에게 이한영은 언제든 죽일 수 있는 피라미다. 몇 번 실수를 저질렀다고 지금 당장 죽일 필요는 없다.

박철우 검사의 말도 일리가 있지만 이한영은 고개를 저었다.

"특별팀은 박광토 전 대통령의 무죄를 만들어내기 위한 편법이에요. 그런 중요한 일에 저를 시험해보는 미련한 짓은 하지 않을 거예요. 자칫 정보가 새서 계획이 어긋날 수도 있으니까요."

"그럼 뭐죠?"

박철우 검사의 미간도 찌푸려진다.

이한영은 다시 복잡한 생각으로 빠져들었다. 그때…….

"강신진 지원장이 박광토 전 대통령을 완벽히 없애려는 것 아닐까요?"

송나연 기자의 말에 이한영과 박철우 검사의 시선이 그녀에게 향했다.

그녀가 입을 연다.

"강신진 지원장은 정상에 서고 싶은 사람이잖아요. 그것도 누구의 손도 타지 않는 완벽한 정상……. 강신진 지원장에겐 박광토 전 대통령이 구속된 것이 기회가 아닐까요?"

이한영이 고개를 끄덕였다.

"……그럴 수도 있겠네요."

가능성은 크다.

강신진 지원장은 특별팀까지 만들어 박광토 전 대통령을 구제하려는 것처럼 이미지를 만들어내고 있다. 하지만 이한영이라는 변수가 등장하여 모든 계획이 망가진다면 강신진 지원장은 떳떳하게 그들의 수장 자리에 앉을 수 있게 된다.

'지금의 강신진은 박광토의 대리인일 뿐이야. 하지만 박광토가 없어지면 그 자리를 차지할 수 있어. 어떤 노력도 하지 않고 자연스레 그 권력을 흡수하는 거지.'

박철우 검사가 입을 열었다.

"강신진의 힘이 강해지겠네요. 지금보다 더……."

모두는 입을 열지 않았다. 서늘한 분위기만 이어질 뿐이었다.

그날 밤.

늦은 시각이었지만 이한영은 벽에 등을 기댄 채 창밖을 보고 있었다. 그의 머릿속은 온통 강신진 지원장으로 채워져 있다.

'전생보다 빨라.'

강신진 지원장의 권력은 전생과 달리 어마어마한 속도로 커지는 중이다.

'나 때문인가?'

이한영은 장태식 사장과 박광토 전 대통령을 끌어내리면 강신진 지원장의 힘이 약해질 거라고 생각했었다. 하지만 잘못된 생각이다. 그들의 힘은 온전히 강신진 지원장에게 향하고 있다.

'이대로 간다면 전생보다 더 커지겠지?'

강신진 지원장은 아직 젊다. 무궁한 가능성을 품고 있다. 그가 지금의 힘을 지닌 채 성장까지 한다면 전생보다 더 거대한 악마가 될 게 분명하다. 그럼, 대한민국은 단 한 사람의 손에 좌지우지되는 나라가 된다.

반드시 막아야 한다.

이한영의 입에서 낮은 한숨이 흘렀다.

'약점이 있을까?'

문제는 혐의가 없다는 거다. 그는 자신이 만져야 할 피를 다른 사람의 손에 옮겼다. 직접 개입하지 않고 간접적으로 세상을 움직였다. 꼬리를 잡으면 끊고 도망가는 도마뱀처럼 자신의 죄는 철저히 숨긴 채 살아왔다.

살인마 곽순원이나 박광토 전 대통령, 장태식 사장 등이 그의 죄를 낱낱이 진술하면 혐의가 드러날 수도 있겠지만 그럴 가능성은 희박하다.

'어떻게 해야지?'

잠시 고민을 이어가던 이한영은 픽 웃으며 고개를 저었다.

긍정적으로 생각해야 한다. 비관적인 생각은 사람을 절망으로 빠뜨릴 뿐이다. 긍정적으로 보면 강신진 지원장의 권력은 완성되지 않았다. 아직은 흐트러뜨리면 형체가 사라지는 모래성일 뿐이다. 딱딱히 굳어 바위가 되고 산이 되기 전에 처리하면 그만이다.

'시간은 있어. 충분해.'

* * *

―검찰에서 특별팀을 구성했습니다. 수사의 공정성을 위해 법원과 변호사협회에서 각각 한 명의 판사와 변호사를 지원하기로 했습니다.

―박광토 전 대통령에게 도움을 받은 사람들이 중앙지검 앞을 에워쌌습니다. 박광토 전 대통령은 언제나 약자의 편에…….

언론은 이제 지지자들이라 하지 않고 도움을 받은 사람들이라 말하고 있다. 단어를 두고 장난치는 것이지만 그 파급력은 컸다. 사람들의 머릿속에 박광토 전 대통령은 '선한 사람'이라는 이미지가 확실히 부여되기 때문이다. 게다가 언론은 사건에 관한 내용은 최대한 간략하게 알리고 그동안 해왔던 봉사나 업적 등을 실제 보도했다. 국민의 눈과 귀가 되어야 할 언론이 편파적인 보도를 하고 있으니 여론이 제대로 형성될 리 없었다.

그 시각, 이한영은 점심시간을 이용해 서초구의 한 건물 앞에 섰다.

'YK로펌'이라 적힌 건물, 윤슬혜 판사의 아버지 윤관호 변호사의 사무실이다.

"우리 슬혜가 방해만 하는 것 아닌지 걱정이에요."

윤관호 변호사는 서글서글한 눈매로 미소를 지으며 이한영을 맞았다.

"아니요. 윤슬혜 판사 덕에 수월하게 일을 하고 있습니다."

"집에서 보면 아직도 철부지 딸인데, 밖에서 판사를 하고 있다니 항상 걱정만 하고 있어요."

잠시 이런저런 인사말이 오간 뒤 윤관호 변호사가 찻잔을 들며 물었다.

"그래, 어쩐 일입니까?"

이제 본론으로 들어가야 한다.

"박광토 전 대통령의 사건 때문입니다."

동시에 윤관호 변호사의 서글서글했던 눈빛이 굳어진다. 박광토라는 이름 석 자에서 나오는 힘을 알고 있어서다.

하지만 이한영은 상관 않고 말을 이었다.

"검찰에서 특별팀을 구성한다는 것은 알고 계시죠?"

윤관호 변호사는 대답하지 않았다.

이한영의 말이 이어진다.

"그건 무죄를 만들어내는 과정입니다."

역시 윤관호 변호사는 입을 열지 않는다.

다시 이한영이 말한다.

"법을 어긴 사람을 법을 수호하는 사람들이 구제해주기 위해 애쓰고 있어요."

윤관호 변호사의 입에서 작게 한숨이 흘렀다.

"그래서요?"

"도움을 받고 싶습니다."

"일개 변호사가 무엇을 할 수 있습니까?"

"변호사님은 정계의 인물들과 선이 닿아 있다고 알고 있습니다."

"그래서 정계의 인물들에게 특별팀의 진실을 알리고 박광토 전 대통령을 무너뜨리는 데 일조하라는 겁니까? 이한영 부장, 정계에 있는 사람들은 바보가 아니에요. 그들도 특별팀이 어떤 의미인지 잘 알고 있어요. 그런데 왜 가만히 놔두겠습니까?"

"선거 때문이겠죠."

아이러니하게도 박광토 전 대통령은 구속당한 후에 이미지가 더 좋아졌다. 현 대통령에 대한 불만이 박광토 전 대통령을 정치의 피해자로 만들어내고 있었기 때문이다. 이런 시점에 박광토 전 대통령과 맞서는 것은 정계의 인물들에게 다가올 선거를 포기하라는 것과 같았다.

"잘 알고 계시네요. 정계의 사람들은 움직이지 않을 겁니다."

하지만 이한영은 포기하지 않는다.

"그럼, 정계의 인물들이 움직이면 변호사님도 도와주실 수 있겠습니까?"

"이한영 부장님!"

"대답해주십시오."

이한영의 또렷한 눈빛에 윤관호 변호사는 작은 한숨을 내뱉었다.

그러자 이한영의 말이 이어진다.

"윤슬혜 판사는 곧 단독이 됩니다. 금방 부장이 되고 합의부 재판을 맡게 되겠죠. 그때도 세상이 지금과 같다면, 거대 권력자가 피고인석에 앉아 있게 된다면, 윤슬혜 판사는 어떤 판결을 내려야 할까요?"

윤관호 변호사가 입술을 꾹 깨물었다. 세상의 모든 아버지는 자신의 인생보다 자식의 인생을 걱정하는 법이다.

이한영이 계속 말했다.

"윤슬혜 판사가 권력을 이기지 못하고 옳지 못한 판결을 내려도 상관없으십니까?"

윤관호 변호사가 고개를 저었다.

"나에게 무엇을 어쩌라는 겁니까?"

"박광토 전 대통령의 사건에 검찰 주도의 특별팀이 아니라 진정으로 공정한 특검이 발의되었으면 합니다."

"제가 그걸 어떻게 합니까?"

이한영은 기다렸다는 듯이 종이 한 장을 꺼내 테이블에 올렸다.

윤관호 변호사의 시선이 테이블로 향한다.

"뭡니까?"

"초선 및 재선 의원 중 이번 선거에서 공천을 받지 못할 사람들의 명단입니다."

"이 사람들을 회유해 달라?"

"자리를 만들어주십시오."

미친개라고 불리는 야당의 곽순철 의원에게 부탁할 수도 있는 일이었지만 그는 별명답게 적이 많다. 사람을 회유하는 자리에서 함께하기는 어려웠다.

윤관호 변호사가 입을 열었다.

"이 사람들을 움직이려면……."

"돈이 필요하겠죠."

"네."

"있습니다, 돈."

그는 이한영에게 얼마가 있는지 묻지 않았다. 이 정도로 알아 왔다면 자금은 충분하리라 본 것이다.

그리고 두 사람 사이에 대화가 사라졌다. 윤관호 변호사는 한참이나 이한영의 눈을 바라본다. 어떤 생각을 하고 있는지 확인하려는 거다.

한참을 그렇게 있던 윤관호 변호사는 이내 고개를 절레절레 저으며 창가로 걸어가 블라인드를 걷어 젖힌다. 창밖으로 서울중앙지검이 보인다.

"검찰이라는 집단과 싸워서 이길 수 있다고 생각합니까?"

"네."

단호한 대답에 윤관호 변호사의 시선이 다시 창밖으로 향한다.

"더러운 놈들과 싸우려면 우리도 손에 오물을 묻혀야 해요. 난 내 딸이 살아갈 세상을 위해 할 수 있다고 하지만 부장님은 뭐가 아쉬워서 그런 겁니까?"

"판사니까요."

당연한 대답이다.

윤관호 변호사가 한참을 웃기 시작했다. 그러더니 뚝 웃음을 그치고 고개를 끄덕였다.

"좋아요. 해봅시다."

* * *

"검찰에서 특별팀을 구성했습니다."

강신진 지원장은 구치소에서 박광토 전 대통령을 만나고 있었다.

"내가 궁금한 것은 과정이 아니라 결과야. 언제쯤 나갈 수 있나?"

"아직은 각하를 지지하지 않는 사람들이 극렬히 반대할 겁니다. 여론을 보고 움직이겠습니다."

박광토 전 대통령이 강신진 지원장을 쏘아봤다.

"난 입이 무거운 사람이 아니야. 게다가 수감 중이기까지 하니 잃을 것도 없는 사람이지. 하지만 자네는 잃을 게 많잖아? 자네가 장태식 사장에게 용돈을 받고 있다는 말이 언제 튀어나올지 몰라."

"알겠습니다. 최대한 빨리 해결하겠습니다."

박광토 전 대통령이 고개를 저었다.

"난 두루뭉술한 말을 좋아하지 않아. 그럼 시간을 두는 게 좋겠지? 첫 재판이 열리기 전까지 해결하도록 해. 그러지 않으면 난 재판에서 모든 것을 자백할 거야. 우리 모임의 정체와 강신진 너의 비리까지, 모두!"

"알겠습니다."

강신진 지원장의 담담한 목소리에 박광토 전 대통령이 슬쩍 웃으며 손을 흔들었다.

"담배나 두고 가게."

강신진 지원장은 테이블에 담배를 올려 둔 후 자리에서 일어나 박광토 전 대통령에게 고개를 숙였다. 그렇게 강신진 지원장이 변호사 접견실을 떠났다. 접견실엔 변호사와 박광토 전 대통령만 남아 있었다.

박광토 전 대통령이 변호사를 향해 입을 연다.

"난 저놈을 믿지 못하겠어. 수고스럽더라도 자네가 계속 신경을 써줬으면 좋겠어."

변호사가 고개를 숙인다.

밖으로 나온 강신진 지원장은 자신의 차 앞에 서 있었다. 차 문을 열려던 그가 몸을 돌려 구치소 건물을 향한다.

"박광토……."

강신진 지원장의 입술이 뒤틀리기 시작했다.

"지금 내 위에 서 있다고 생각하겠지? 1심 재판? 병신 같은 새끼, 그 전에 넌 죽게 될 거야."

강신진 지원장의 눈이 피렇게 빛났다.

강신진 지원장의 차가 주차장을 떠났다.

그러자 어둠 속에서 박철우 검사가 모습을 드러낸다. 멀리 사라지는 강신진 지원장의 차에 집중되어 있던 그의 시선이 휴대폰으로 향한다.

거기엔 강신진 지원장이 구치소에서 나오는 사진이 찍혀 있었다.

* * *

"어쩐 일로 연락을 다 하셨습니까?"

윤관호 변호사와 여당 의원 김중성이 한정식집에 앉아 있었다. 김중성은 초선 의원으로 다음 선거에서 공천을 받지 못할 게 분명한 사람이다. 그래서 그는 윤관호 변호사의 연락을 받은 후 모든 일을 제쳐두고 달려 나왔다.

윤관호 변호사는 각 당의 고위직 의원들과 스스럼없이 지내는 사람이었다. 김중성 의원은 윤관호 변호사와 친분을 쌓는다면 다음 공천의 가능성이 열릴지도 모른다고 생각했다.

하지만 이어진 윤관호 변호사의 말은 그의 예상과 달랐다.

"검찰에서 특별팀을 조직했다고 합니다."

"네? 갑자기 특별팀은 왜……?"

"특별팀의 목표는 박광토 전 대통령의 무죄를 만들어내는 걸 겁니다."

"……그래서요?"

김중성 의원의 눈빛이 어그러진다. 이어지는 이야기가 심상치 않았기 때문이다. 그리고…….

"전 무죄가 아니라 유죄를 만들어보고 싶습니다."

김중성 의원의 눈동자가 커졌다.

"유죄요? 지금 무슨 말씀을 하시는지 알고 계시죠? 상대는 대한민국의 권력이라 불리는 박광토 전 대통령이에요! 그런데 유죄를 물었다가는……."

이어지던 김중성 의원의 목소리가 작아졌다. 생각해보니 이상해서다.

'왜 나한테 이런 말을 하는 거지?'

몇 번 얼굴을 본 적은 있지만 단둘이 대면하는 것은 처음이다. 이런 중요한 이야기를 꺼낼 만큼의 친분은 없었다.

김중성 의원이 더듬더듬 묻는다.

"그런데 그런 말씀을 왜 제게……?"

"전 특별팀이 아니라 특검이 필요하다고 생각합니다."

특검을 발의하는 방법은 두 가지다. 법무부 장관이 검찰총장의 의견을 듣고 발의하는 것과 국회가 본회의를 통해 의결하는 것이다.

법무부 장관은 박광토 전 대통령의 사람이니 기대할 수 없다. 다음 공천을 위해 몸을 사리는 일반 국회의원들도 마찬가지다. 그래서 공천 탈락이 확실한 의원들을 섭외하는 중이었다.

김중성 의원의 미간이 찌푸려졌다. 이제야 윤관호 변호사가 만나자고 한 이유를 알 것 같아서다.

"어차피 공천 탈락이 확실한 놈이니 특검을 발의하고 화려하게 타 죽으라는 말입니까? 전 그럴 힘이 없습니다."

"의원님은 국회의원이잖아요. 할 수 있습니다."

"위험해요. 박광토 전 대통령님의 주변에 몰려든 사람 중엔 고위직들만 있는 게 아니에요. 깡패도 있고 양아치도 있어요."

"깡패가 무섭습니까?"

"법 없이 사는 놈들은 무서운 법이죠. 그런데 그보다 더 무서운 것은 법 위에 사는 사람들이죠."

김중성 의원의 눈빛은 절대 하지 않겠다는 의지가 확고히 보인다. 그때 미닫이문이 열렸다. 말을 하던 김중성 의원의 시선은 자연스레 문으로 향한다. 두 남자가 보였다. 바로 석정호와 이순호다.

윤관호 변호사와 김중성 의원이 어떤 말도 하지 않았지만 두 사람은 성큼성큼 들어와 테이블에 앉는다.

김중성 의원이 물었다.

"누구요?"

석정호는 대답 대신 이순호를 향해 눈짓했다. 그러자 이순호가 손에 들고 있던 가방을 테이블 위에 놓는다.

"공공칠가방에는 5만 원권으로 1억이 들어갑니다."

가방에 1억이 들어 있다는 소리다.

김중성 의원의 입에서 낮은 목소리가 흘렀다.

"너희 누구야?"

그 말에 석정호가 입을 연다.

"순호야."

이순호는 자리에서 일어나 밖으로 나갔다.

잠시 후 다시 방으로 들어온 이순호는 처음 놓았던 가방 위에 두 개의 가방을 겹쳐 놓았다.

이제 3억이다.

김중성 의원의 눈빛이 삐뚤어진다.

"지금 뭐 하는 겁니까!"

석정호가 담담히 입을 연다.

"순호야."

이순호는 다시 밖으로 나간다.

이번에도 그의 손에는 가방 두 개가 들려 있다.

이제 5억…….

김중성 의원의 시선이 윤관호 변호사에게 향했다.

"변호사님! 이 사람들 누굽니까!"

하지만 윤관호 변호사는 대답 대신 찻잔을 들어 입에 댄다.

그때 다시 석정호의 목소리가 들린다.

"순호야."

이순호는 또 밖으로 나갔다. 그리고 이번에도 가방을 쌓아 올린다.

이제는 7억이다.

김중성 의원의 눈빛이 당장에라도 석정호와 이순호를 갈기갈기 찢어버릴 것처럼 변한다.

“뭐 하는 놈들이야!”

석정호가 손가락으로 가방을 툭 건드리며 입을 연다.

“뇌물입니다.”

“미, 미친 새끼들이!”

“부족합니까? 그럼, 더 챙기겠습니다. 순호야.”

이순호가 또 일어서려 할 때, 김중성 의원이 먼저 몸을 일으켰다.

그가 노기 어린 시선으로 윤관호 변호사를 노려보았다.

“변호사님이 이런 사람인 줄 몰랐습니다. 특검을 발의하기 위해 뇌물을 먹이려고 하는 겁니까? 박광토를 잡으려고 또 다른 죄를 만드는 겁니까? 그게 박광토와 뭐가 달라요? 똑같아지는 겁니다. 이게 정상이라고 생각합니까? 내가 의원 배지를 단 것은 이번이 처음이자 마지막이겠지만 부끄럼 없이 살아왔습니다. 변호사님의 이런 생각 때문에 사람들이 국회의원을 쓰레기로 생각하는 거예요!”

싸늘한 분위기가 이어졌다. 하지만 윤관호 변호사는 말없이 찻잔을 들어 입에 댈 뿐이다.

느긋해 보이는 태도가 더 마음에 들지 않았나 보다. 도깨비처럼 얼굴을 일그러뜨린 김중성 의원이 몸을 돌리며 말을 잇는다.

“솔직히 변호사님과 친분을 쌓으면 공천을 받을 수 있지 않을까 생각하기도 했습니다. 하지만 변호사님 같은 분과 친분을 쌓고 싶지는 않네요. 그럼 안녕히 계십시오.”

그가 벌컥 미닫이문을 열었다. 그리고 밖으로 나가려 하는데, 문 앞에 또 다른 남자가 서 있다.

김중성 의원이 앞에 선 남자를 쏘아보며 입을 연다.

"넌 또 누구야?"

"서울중앙지법 이한영 판사입니다."

"이, 이한영?"

알고 있던 이름이다. 언론에 자주 노출되며 큼직한 사건을 해결하는 판사. 그런데 그 뒤로 노인 한 명이 모습을 드러냈다.

"잘들 계셨는가?"

박주호 전 대법관이다. 그는 백이석 대법원장의 친구이며 사법부를 떠난 후에는 자유롭게 등산을 즐기는 사람이기도 하다. 하지만 사법부에 미치는 박주호 전 대법관의 영향력을 의심하는 사람은 없다. 이름이 알려진 판사에 박주호 전 대법관까지…….

그때 윤관호 변호사가 일어나 박주호 전 대법관에게 허리를 굽혔다.

"그동안 안녕하셨습니까?"

"서울에 왔으면서 연락 한번 없는가?"

"죄송합니다."

두 사람의 인사말이 도란도란 흘렀다.

하지만 상황을 이해할 수 없던 김중성 의원은 이러지도 저러지도 못한 채 멍하니 서 있을 뿐이다.

이한영이 방으로 들어가며 김중성 의원에게 입을 연다.

"5분만 시간을 주시겠습니까?"

김중성 의원이 다시 자리에 앉았다.

이한영이 테이블에 놓인 가방을 보며 입을 연다.

"순호야, 이 가방 의원님 이름으로 고아원에 기부하도록 해."

"전액요?"

"응."

이순호가 고개를 끄덕이자 이한영의 시선이 석정호에게 향한다.

"정호는 SNS에 작업해서 의원님이 남몰래 기부했다는 것을 알리도록 하고."

석정호도 고개를 끄덕인다.

이한영의 시선이 마지막으로 김중성 의원에게서 멈췄다.

"무례를 범해서 죄송합니다. 돈에 흔들리는 사람인지, 아니면 단순히 겁이 났을 뿐인지, 의원님의 생각을 알고 싶었을 뿐입니다."

"제가 이 돈을 받았다면 어떻게 하려고 했습니까?"

이한영은 잠시의 시간도 두지 않고 바로 말한다.

"검사에게 신고하려고 했습니다."

"네? 그럼 지금 이 자리에 있는 윤관호 변호사님과 이 두 분은 어떻게 하고요? 뇌물을 준 사람으로 같이 잡혀갔을 텐데요?"

"이런 건 흔하지 않습니까? 뇌물을 준 사람은 없는데 받은 사람만 있는 사건, 뇌물을 받은 사람은 없는데 준 사람만 있는 사건."

순간 김중성 의원은 등골이 오싹해짐을 느꼈다. 분명 정중히 말하고 있지만 이한영의 눈빛이 사람처럼 느껴지지 않아서다. 현 세상을 무너뜨리기 위해서라면 무슨 짓이든 하려는 악마처럼 보인다.

'무슨 젊은 사람의 눈빛이…….'

김중성 의원은 과학적 근거가 없는 것을 믿지 않는 사람이다. 하지만 이한영의 눈빛을 보는 순간 저 눈빛이라면 박광토 전 대통령과 싸워볼 수도 있겠다고 생각하고 말았다.

이한영이 말을 잇는다.

"죄송하지만 의원님과 변호사님이 하시는 말씀을 엿듣고 말았습니다. 그런데 저는 실패를 생각하지 않습니다. 성공만을 생각합니다."

"성공하면 뭐가 달라지죠?"

"박광토 전 대통령의 가면 뒤에 숨겨진 본모습이 드러나면 주변에 있던 날파리들이 가장 먼저 도망칠 겁니다. 그 사람들이 박광토 전 대통령의 옆에 있는 이유가 신념이나 이념이 아닌 이득이기 때문이죠."

"……."

"맹렬한 지지자들 역시 실망할 겁니다. 그럼 의원님은 박광토 전 대통령이라는 거대 권력자와 싸운 열혈 의원으로 기억되겠죠."

이한영이 테이블에 놓인 가방을 손가락으로 툭 치며 계속 말했다.

"박광토 전 대통령의 진실을 알리기 위해 앞장선 의원, 고아원의 어려운 아이들을 위해 돈을 기부한 의원. 그럼 의원님은 어떻게 될까요?"

단번에 이름을 알릴 수 있다.

그럼 공천도 걱정할 필요가 없다. 당에서 달려와 선거에 나가 달라고 매달리게 될 거다.

이한영의 목소리가 느긋하게 흘렀다.

"계속해서 이상적인 세상을 만들기 위해 국회에 남아 계실 수 있습니다."

김중성 의원의 눈동자가 흔들린다. 욕심이 깃든 거다.

그 순간, 윤관호 변호사가 입을 연다.

"사람들이 선거 때가 되면 누굴 뽑을지 고민하는 이유가 무엇이겠습니까? 진정으로 국민을 위하는 후보가 없어서예요."

박주호 전 대법관도 말한다.

"늙은이가 한말씀 드린다면, 싸워야 쟁취할 수 있는 게 있어요. 지금 우리가 누리는 자유도 피를 흘려 싸웠던 분들의 희생이 있었기 때문에 가능한 거죠. 이 늙은이는 후대 사람들을 위해 싸워볼 생각을 하고 있어요."

마지막으로 이한영이 입을 연다.

"특검이 발의될 수 있게 도와주십시오."

그 말을 끝으로 잠시 어떤 말도 흐르지 않았다. 김중성 의원은 대답 대신 긴장된 한숨만 내쉴 뿐이다. 그렇게 한참이 지난 후 김중성 의원이 어렵게 입을 열었다.

"알겠습니다."

* * *

김중성 의원을 시작으로 이한영과 윤관호 변호사는 공천 탈락이 확실한 의원들을 만나기 시작했다.

그리고 중앙지방법원.

강신진이 중앙지방법원장이 되었다. 화려한 취임식을 마친 그의 사무실에 이한영과 김윤혁이 서 있었다. 다른 인사들을 만나고 마지막으로 부른 사람이 이한영과 김윤혁이다.

책상에 앉아 두 사람의 얼굴을 살피던 강신진 법원장이 조용히 미소 지으며 입을 연다.

"다시 이곳에서 얼굴들을 보니까 반가워."

이한영과 김윤혁이 고개를 숙였다.

"축하드립니다!"

강신진 법원장이 손을 저었다.

"자네들한테 그런 인사 받으려고 부른 거 아니야. 소파에 가서 앉지."

소파의 테이블에 찻잔이 놓였다.

강신진 법원장이 찻잔을 손에 들며 입을 연다.

"김윤혁 판사, 이제 단독 딱지 떼고 합의부로 가야지?"

"네? 하, 합의부요?"

"동기인 이한영 판사가 부장인데 아직 단독으로 있으면 좀 민망하지 않나? 조만간 힘써보지."

김윤혁에겐 간절히 기다렸던 이야기다. 그가 자리에서 벌떡 일어나 허리를 굽힌다.

"감사합니다!"

"그런데 해줘야 할 일이 있어."

"말씀하십시오."

"국토부 장관 딸이 폭행 사건으로 재판을 받을 거야. 하이힐로 상대방 머리를 때렸대. 상대는 혼수상태고. 그 사건, 김윤혁 판사에게 배정되도록 하지."

"무혐의로 할까요?"

강신진 지원장이 고개를 저었다.

"집행유예로 가."

"알겠습니다."

사람을 유일하게 심판할 수 있는 직업이 판사다. 그들이 단 한 사람에 의해 좌지우지되고 사리사욕을 위해 재판을 하다 보면 세상은 권력과 돈을 가진 자들의 천국으로 변하게 된다.

강신진 법원장과 김윤혁은 분명 그 사실을 알고 있었다. 하지만 이들은 죄책감을 느끼지 못하는지 밝은 얼굴로 이야기하는 중이었다.

강신진 법원장의 시선이 이한영에게 향했다.

"이한영 부장, 장태식 사장의 재판을 맡으면서 검찰의 특별팀에 지원 나갈 수 있겠나?"

"조금 바쁘겠지만 장태식 사장의 재판은 그동안 준비해 두고 있었습니다. 괜찮습니다."

강신진 법원장이 고개를 끄덕이며 말을 잇는다.

"그래, 그렇게 해."

이한영의 머릿속이 차갑게 변하기 시작했다.

'뭐지? 장태식 사장의 재판에 청탁은 없는 건가? 내 마음대로 하라는 거야?'

잠시 생각에 빠진 이한영이 입을 연다.

"형은 어떻게 할까요?"

"이번 판결은 전적으로 이한영 부장에게 맡기지만, 이왕이면 중벌을 내렸으면 좋겠어. 내가 법원장이 되고 처음 시작하는 굵직한 사건이잖나? 사람들은 유성에 대해 좋은 감정이 없지. 통쾌한 판결, 재벌이라 해도 중앙지법에 온다면 어쩔 수 없다는 이미지를 만들어줬으면 해."

이한영은 강신진 법원장의 말 한마디 한마디를 머릿속에 새겨 놓고 해석하고 있었다.

'반신반의하던 게 확실해졌어. 강신진은 박광토와 장태식을 버리고 혼자서 정점에 설 생각인 거야. 그런데 어떻게? 박광토와 장태식은 강신진의 약점을 쥐고 있을 텐데…….'

생각을 멈춘 이한영이 시선을 들어 강신진 법원장의 눈을 향했다.

"……!"

이한영의 머릿속에 느낌표가 새겨졌다.

말을 이어가던 강신진 법원장 역시 차가운 눈빛으로 이한영을 관찰하고 있었다.

순간 이한영의 머릿속에 프레드릭 니체의 말이 떠올랐다.

프레드릭 니체는 말했다.

—그대가 오랫동안 심연을 들여다볼 때, 심연 역시 그대를 들여다본다.

'나를 보고 있었어?'

이한영은 강신진 지원장의 의심이 커져 있다는 걸 알고 있었다. 그 덕에 관리는 항상 하는 중이었다. 강신진 지원장이 이한영의 눈빛에서 읽을 수 있는 감정은 없다.

문제는 역사의 강줄기가 변했다는 거다.

이한영의 개입으로 현 세상은 전생과 전혀 다르게 흘러가는 중이다. 전생에서의 박광토 전 대통령은 마지막까지 국민에게 좋은 이미지로 남았으며 천수를 누리다가 사망했다. 장태식 사장 역시 마찬가지다. 그는 이한영이 사망했을 때까지도 강신진 법원장의 옆에서 권력을 나누고 있었다.

'하지만 지금은…….'

박광토 전 대통령과 장태식 사장을 찍어 누르며 강신진 법원장 혼자 모든 걸 독식하려 하고 있다. 그는 말 그대로 괴물이 되어가고 있었다.

'괴물은 괴물답게 지옥으로 가야지.'

그리고 이한영 역시 박광토 전 대통령과 장태식 사장을 가만히 놔둘 생각은 없었다. 철저하게 박살 낼 생각이다.

지금은 강신진 법원장의 뜻을 따르며 정보를 얻을 때다.

"말씀드릴 게 있습니다."

"뭐지?"

"지난번에 유성그룹 장용현 회장님을 만나뵌 적이 있습니다."

강신진 법원장의 눈썹이 꿈틀댄다.

"그래서?"

"5년으로 형을 내리지 않으면……."

이한영은 강신진 법원장에게 장용현 회장이 한 협박에 대해 이야기했다.

당시 장용현 회장은 장태식 사장의 재판 결과가 뜻에 맞지 않으면 공장과 계열사를 하나씩 해외로 빼겠다는 엄포를 놓았다. 대한민국의 3분의 1이 유성그룹의 밥을 먹고 산다고 해도 과언이 아닌데, 정말 그렇게 된다면 대한민국의 경제는 큰 타격을 입을 수밖에 없었다.

강신진 법원장이 픽 웃는다.

"이한영 부장, 장용현 회장은 재력을 갖고 있지만 우린 무엇을 가졌는지 알고 있나? 우린 공권력을 가지고 있어. 재벌 회장이나 되는 사람이 대법원장님이나 법원장을 놔두고 왜 자네를 불렀을 것 같나?"

"공권력이 두렵기 때문입니까?"

강신진 지원장이 이한영을 향해 천천히 몸을 굽히며 섬뜩한 목소리로 입을 열었다.

"그래, 그들은 공권력을 두려워하기 때문에 정치권의 권력과 손잡는 거야. 우리가 가진 공권력이 그들의 목을 겨누는 순간 끝장이라는 것을 알고 있으니까."

"……."

"하지만 정치권의 권력이 누구 손에 있는 것 같나? 장용현 회장 하나 잡는 것은 문제도 되지 않아."

강신진 지원장은 이한영을 쏘아본다. 그의 눈빛은 말하고 있다.

'기회가 있을 때 쓸데없는 짓 그만두고 내 말이나 잘 들어. 장용현 회장도 문제가 되지 않는데, 너 따위는 한순간에 목을 비틀어버릴 수 있어.

오늘 법원장에 취임한 강신진 법원장이다. 즐거워야 할 날이지만 사무실에는 뼛속까지 시린 찬 바람이 불고 있었다.

이한영은 겁먹은 듯한 표정을 지었다. 장태식 사장을 잡을 때 장용현 회장을 막아주겠다니, 이한영이 노린 본연의 목적은 달성했기 때문이다.

이한영이 고개를 숙였다.

"장태식 사장에게 중형을 내리겠습니다."

그 말에 강신진 법원장이 천천히 몸을 뒤로 빼며 소파에 등을 기댔다.

* * *

이한영은 법원장실에서 나와 복도를 걷고 있었다. 그의 머릿속은 강신진 법원장이 눈빛으로 던진 말로 가득 찼다.

—너 따위는 한순간에 목을 비틀어버릴 수 있어.

이한영이 슬쩍 웃는다.

'목을 비틀어? 닭 모가지를 비틀어도 새벽은 오는 법이야. 그 새벽은 너에게 지옥일 테고…….'

그때 이한영의 옆에서 나란히 걷던 김윤혁이 조심스레 입을 열었다.

"계속 법원장님과 싸울 생각을 하는 건 아니지?"

이한영은 대답 대신 김윤혁을 무끄러미 바라봤다.

김윤혁이 말을 잇는다.

"네가 몰라서 그러는 것 같아 말해주는데, 박광토 전 대통령이 구속되면서 법원장님께 그 힘이 모였어."

"그래서?"

김윤혁이 한숨을 내쉬며 고개를 젓는다.

"한영아, 지금까지는 내가 네 말을 들었는데, 앞으로는 좀 어려울 것 같아."

걸음을 멈춘 이한영이 고개를 틀어 김윤혁을 향했다.

김윤혁이 입을 연다.

"내가 병원에서 꾀병을 부릴 때 녹음된 음성 파일을 네가 공개했다고 치자. 그걸 누가 믿을 것 같아? 언론도 법원장님의 손에 있어. 그 사람들은 침묵할 거야. 인터넷에 올리겠다고? 그럼, 뭐? 목소리만 나오잖아? 그게 내 목소리인 줄 어떻게 알아?"

"그래서?"

"그래, 조금 난처해질 수는 있겠지. 하지만 그게 전부야. 법원에서 내 평판 알지? 많은 판사들이 난 절대 그럴 일을 하지 않을 사람이라고 대변해줄 거야."

이한영이 픽 웃었다.

"머리 많이 썼네?"

"그러니까 그만하자. 나도 지금까지 있었던 일은 법원장님께 보고하지 않을게."

"네 생각이 그렇다면……."

이한영은 고개를 끄덕인 후 김윤혁을 스쳐 자신의 사무실을 향해 걸어갔다.

그러자 뜻대로 됐다고 생각했는지 김윤혁의 입가에 미소가 걸린다. 그의 시선이 이한영의 뒷모습으로 향한다.

'병신 새끼, 이제야 말귀를 알아듣네.'

김윤혁이 깊은 한숨을 내뱉었다.

십 년 묵은 체증이 내려간 표정이다.

'내가 잠시 네 뒤에 머물러 있었지? 설마 언제까지나 그럴 거라고 생각한 것은 아니지? 그렇게 생각하고 있었다면 진짜 병신이지. 이제 시작이야. 넌 앞으로 내 발아래 깔려서 살아야 할 거야.'

그때 김윤혁의 앞으로 한 판사가 지나간다.

"김윤혁 판사님, 오늘 기분 좋아 보이시네요?"

"그래 보이나요? 하하, 좋은 일이 있을 것 같아서요."

김윤혁은 평소처럼 사람 좋은 미소를 지어 보였다. 그리고 드디어 자신의 사무실을 향해 걷기 시작했다. 어찌나 기분이 좋은지 콧노래마저 흐르고 있다.

잠시 그렇게 걷던 김윤혁이 몸을 틀어 법원장실을 향했다.

'법원장님께는 이한영에 관한 것을 언제 밝혀야 하나? 법원장님 성격에 반드시 숙이려고 하겠지? 그래, 이한영도 칼 한번 맞아봐야지? 아니지. 그 전에 이한영 저 새끼가 나한테 했던 것처럼 좀 가지고 놀아? 그것도 괜찮겠네, 크크크.'

김윤혁은 피부가 하얗다. 눈빛은 짙고, 언제나 웃음기 있는 얼굴은 사람들에게 호감을 준다. 사람들에게 이한영과 김윤혁 중 착한 사람이 누구냐고 물어본다면, 백이면 백 김윤혁을 선택할 거다. 하지만 겉모습일 뿐이다. 그의 속은 시커멓게 썩어 있었다.

그 시각, 이한영은 자신의 사무실로 들어갔다.

이소이 판사가 서둘러 이한영의 앞으로 다가온다.

"부장님, 드릴 말씀이 있는데요."

어떤 말을 할지 예상됐다.

이소이 판사의 아버지는 유성전자의 하청을 받는 중소기업 사장이었다. 그는 오랜 시간을 들여 기술을 개발했는데, 유성전자에서 그 기술을 공개하지 않으면 하청을 주지 않겠다고 협박했다. 결국 이소이 판사의 아버지는 기술을 공개했고, 그 이후 유성전자에서는 터무니없는 이유로 그를 산업스파이로 고소해버렸다. 그 재판의 판사가 강신진 수석 부장이었고, 이소이 판사의 아버지는 교도소에서 사망했다. 힘없는 중소기업의 씁쓸한 현실이었다.

그런데 그 강신진이 법원장으로 왔으니 이소이 판사의 마음이 쉼 없이 흔들리는 게 당연하다.

"들어와."

이한영은 책상 옆에 있는 자신의 방으로 향했다. 그 뒤를 쫓아 들어온 이소이 판사가 문이 닫히자마자 입을 열었다.

"예전에 장유린 부장의 말을 듣고 부장님을 감시하다가 걸렸을 때요. 부장님의 말을 따르면 강신진 법원장의 옆에 있게 해준다고 하셨잖아요. 옆에서 지켜보다가 기회가 되면 찌르라고요."

"그랬지."

"저 강신진 법원장의 옆에 있고 싶어요."

그녀에겐 진짜로 강신진을 찔러 죽일 수 있다는 살기가 느껴지고 있었다. 순간, 그녀를 물끄러미 보던 이한영의 머릿속에 한 가지 생각이 스쳤다.

'이소이를 강신진과 대적하게 하고 위험에 빠뜨리면?'

강신진 법원장의 결정적인 혐의를 만들어낼 수 있다. 하지만 이한영은 그 생각을 마친 순간 등에 소름이 끼치는 걸 느꼈다.

'이소이를 위험에 빠뜨리자고?'

다치는 문제가 아니라 정말 죽을 수도 있다. 강신진 법원장과 대적하기 위해서라면 무슨 일이든 다 할 수 있다고 마음먹은 이한영이다. 하지만 타인을 위험으로 몰아넣는 짓까지 생각한 적은 없다.

'괴물과 싸우며 나 역시 괴물이 되어가는 건가?'

이한영의 입에서 한숨이 흘렀다.

법으로 사는 사람인 이상 그런 일까지 하고 싶지는 않아서다. 잠시 생각을 추스른 이한영이 이소이 판사를 보며 입을 연다.

"강신진이 지옥의 벼랑 끝에 섰을 때, 네가 밀게 해줄게."

이소이 판사가 옆에 서는 것은 어렵다. 그녀의 정보를 강신진이 모를 리가 없어서다.

이소이 판사도 그걸 아는지 고개를 푹 숙였다.

"꼭 부탁드리겠습니다."

현실적으로 봤을 때 부장판사인 이한영이 법원장인 강신진을 끌어내리는 것은 불가능하다. 하지만 이소이 판사는 믿는가 보다. 그녀 역시 알게 모르게 지금까지 이한영이 힘 있는 자들을 무너뜨리는 것을 봐왔기 때문이다.

그때 이한영의 휴대폰에 진동이 울렸다. 오바른 판사다.

–전화했어?

사무실에 들어오기 전에 이한영은 오바른 판사에게 연락했다. 그러나 바빴는지 전화를 받지 못한 그가 이제야 다시 연락을 준 거다.

"어, 부탁할 게 있어서."

* * *

김윤혁은 아직 사무실에 앉아 있었다.

그의 입에서는 연신 웃음소리가 터져 나온다. 이한영의 속박에서 풀려난 것이 그만큼 기쁜 모양이다.

"아, 병신 새끼."

이런저런 욕을 내뱉어도 혼자 사용하는 사무실이라 누가 들을 것도 없다.

"어떻게 요리해야 재밌을까? 어떻게 죽여줘야 할까?"

그렇게 말을 이어가던 김윤혁이 갑자기 '쾅!' 손에 있던 볼펜을 책상에 찍어버렸다.

"쉽게 죽으면 아깝잖아? 청산가리라도 먹여서 위가 타들어가는 고통을 느껴야지, 크크크크."

김윤혁은 그동안 몇 수 아래라고 생각했던 이한영에게 끌려다닌 게 몹시 분했다. 그래서 이번 일을 기회로 이한영을 철저히 밟을 생각을 하고 있었다.

강신진 법원장은 이한영보다 김윤혁을 믿고 있다. 정말 믿는 사람만 모이는 모임에도 이한영이 아닌 김윤혁을 끌고 갈 정도다.

"그런 내가 강신진 법원장님께 이한영의 배신을 알리면?"

똑똑똑.

한참을 즐겁게 있는데, 노크 소리가 들린다. 김윤혁은 입에 걸렸던 미소를 지우며 입을 연다.

"네, 들어오세요."

그의 목소리는 언제나처럼 부드럽다. 그런데 문이 열리고 들어온 사람은 이한영이다.

김윤혁이 책상에 앉은 채 다리를 외로 꼬며 이한영을 올려다본다. 철저하게 이한영을 무시하는 표정이다.

"왜?"

"아, 네가 지원장님께 보고할 수도 있다는 말을 했잖아?"

김윤혁이 손을 저었다.

"한영아, 난 너와 달라. 보고 안 한다고 말했잖아. 내가 죽을 때까지 가져갈게."

"그래?"

"그래."

김윤혁이 씁쓸한 시선으로 창밖을 보며 말을 잇는다.

"아, 부탁할 게 하나 있는데."

이한영이 벽에 어깨를 기댄 채 답한다.

"어떤 거?"

"너 맡은 사건 중에 평성전자 사장이 노조원을 폭행한 것 있잖아?"

"응, 그런데?"

김윤혁이 외로 꼬았던 다리를 풀며 자리에서 일어선다. 그리고 앞으로 다가와 이한영의 어깨를 툭툭 치며 말한다.

"내가 평성전자 사장이랑 좀 아는 사이거든. 집행유예나 무죄는 아니더라도 3년 정도로 형량을 낮출 수 있을까?"

이한영이 고개를 저었다.

"그건 계획된 폭행이었어. 그리고 그 노조원은 곧 사망할지도 몰라. 난 살인미수 아니면 살인으로 보는데?"

김윤혁이 어이없다는 듯 고개를 저었다.

"한영아, 부탁이라고 말했지만 부탁이 아닌 거 알잖아? 네가 말은 그렇게 했지만 입이 간지러워서 언제 법원장님께 입을 열지 몰라. 술이라도 한 잔 마시면 취해서 말할 수도 있고. 무슨 말인지 알지? 넌 그냥 시키는 대로 하면 되는 거야, 병신아."

김윤혁의 입꼬리가 재수 없게 올라간다.

이한영이 고개를 저으며 입을 열었다.

"윤혁아, 내가 했던 말 기억 못 해?"

"네가 했던 말?"

"내가 말했잖아, 개처럼 꼬리 치면서 나를 따르라고. 너에게 선택권은 없다고. 그럼 한동안은 행복할 거라고."

김윤혁의 미간에 심줄이 솟아난다.

"끝까지 잘난 척하지? 내가 지금 당장 법원장님께……."

이한영이 휴대폰을 들어 올렸다.

기사가 보인다.

김윤혁 판사, 사법부의 영웅이 되고 싶어 꾀병을 부렸다

김윤혁의 얼굴이 덜컥거리기 시작했다.

"씨발, 미쳤어? 어차피 녹음이야. 네가 이런 걸 제보해 봤……!"

김윤혁의 말은 이어지지 못했다.

이한영이 스크롤을 내리자 또렷하게 그의 얼굴이 찍힌 사진이 보였기 때문이다. 김윤혁과 함께 병원 생활을 했던 오바른 판사가 찍은 거다. 김윤혁의 입술이 파르르 떨리기 시작했다.

이한영은 계속해서 스크롤을 내린다. 다른 사진이 보인다. 그동안 김윤혁이 뇌물을 받았던 통장 기록들이다.

"이, 이걸 어떻게……?"

"너에 관한 것은 계속 조사하고 있었지. 내가 널 믿을 수 없잖아?"

그 순간, 김윤혁이 무릎을 꿇었다. 그리고 이한영의 바짓가랑이를 잡는다.

"하, 한영아, 사, 살려줘! 원본을 언론에 알린 거 아니지? 그럼 아직은 법원장님이 도와줄 수 있을 거야. 그러니까 살려줘! 한영아, 미안! 앞으로 내가 개처럼 꼬리 흔들게!"

이한영이 대답하지 않자 김윤혁은 손을 비비기 시작한다.

"한영아, 제발, 부탁이야. 제발……. 그게 아니면 나 법원장님께 다 말하고 너랑 같이 죽을 거야!"

"아, 그렇게 해. 지금 당장 연락해봐."

김윤혁이 휴대폰을 들어 강신진 법원장의 번호를 눌렀다. 하지만 신호음만 들린다. 강신진 법원장은 전화를 받지 않는다. 급기야…….

-전화를 받을 수 없어…….

이한영이 차가운 눈으로 김윤혁을 내려다보며 입을 열었다.

"어쩌냐? 강신진은 지금 청와대에 있어. 그래서 네 전화 받을 시간이 없을 거야."

"뭐?"

"그리고 하나 더, 앞으로도 강신진은 네 전화를 받지 않을 거야. 충신으로 알려졌던 김진한이 교도소에 있지만 면회를 간 것은 딱 한 번이었거든. 그런데 하물며 네 연락을 받을까? 너도 사람 좋은 척하고 다니니까 알잖아? 이미지를 쌓는 사람이 범죄자와 거리를 둔다는 것."

김윤혁의 얼굴은 이미 사람의 몰골이 아니었다. 피폐했고 간절했다. 가뜩이나 허연 피부는 창백함을 넘어 핏기가 싹 빠진 것처럼 보인다.

김윤혁이 다시 손을 비벼대기 시작했다.

"한영아, 제발……. 원본만 돌려줘, 제발!"

"아, 원본? 검찰에 넘겼어."

그때 들고 있던 이한영의 휴대폰이 울렸다. 이한영이 휴대폰을 귀에 댄다. 수화기 너머의 목소리를 들은 이한영이 김윤혁을 보며 입을 연다.

"영장도 발부됐네."

"……!"

"재판에서 보자. 넌 피고인. 난 재판장. 넌 사형. 개새끼야."

그때 문이 열리고 박철우 검사와 몇몇 수사관들이 안으로 들어왔다. 그 뒤로는 한순간이었다. 자신의 마지막을 예상한 김윤혁은 이한영의 바지를 잡고 울고불고 난리를 치기 시작했다.

"한영아, 제발! 제발! 너 할 수 있잖아! 네가 다 조작이었다고 말해주면……!"

하지만 들려온 이한영의 목소리는 차갑다.

"돈을 받고, 여자를 받고, 차를 받고, 집을 받고! 넌 죄인으로 기억될 거야."

"한영아! 한영아!"

이한영은 그의 시선을 외면했다. 그러자 표정을 일그러뜨린 김윤혁이 책상에 놓인 기록물을 집어 던지기 시작했다.

"씨발!"

기록물은 벽과 바닥에 사정없이 내팽개쳐졌다.

박철우 검사가 한숨을 내뱉는다.

법원에서 판사를 검거하는 일이라 최대한 조용히 해결하려 했지만 김윤혁의 난동을 계속 지켜볼 수는 없어서다.

그가 입을 연다.

"연행하죠."

그 말에 수사관들이 달려가 김윤혁의 양팔을 붙잡았다. 김윤혁은 허공을 향해 바동바동 다리를 차기 시작한다. 얼마나 세게 흔드는지 구두가 벗겨지고 있다. 수사관들은 말 그대로 김윤혁을 질질 끌고 가기 시작했다.

"놔! 놔! 씨발! 나 판사야! 판사라고! 검사 새끼가 감히! 한영아, 제발! 제발 좀! 좀! 우리 동기잖아!"

문을 벗어나 복도에서도 그의 절규 어린 목소리가 들려온다.

"놓으라고! 한영아!"

김윤혁의 목소리는 그렇게 점차 작아졌다. 그리고 그 소리가 더 들려오지 않게 되었을 때 박철우 검사가 이한영을 향했다.

그리고 뭐라 말을 하려 했다. 하지만 이한영의 표정에 입을 열지 않고 몸을 돌려 문을 나섰다.

탁, 문이 닫혔다.

김윤혁의 사무실에는 이제 이한영만이 홀로 있었다. 적막한 사무실, 바닥에 떨어진 서류가 없었다면 방금의 난동이 거짓이었다고 생각될 정도다. 잠시 사무실을 죽 둘러보던 이한영은 눈을 감았다.

전생에서의 마지막이 선명히 기억된다. 구치소에서 마주했던 김윤혁을 향해 이한영이 말했었다.

—너 그리고 강신진, 그 외의 개새끼들. 죽어서도 심판한다.

그 말에 김윤혁이 답했었다.

—얼마든지.

이한영은 눈을 떴다.

그의 눈에 살기가 가득하다.

"하나는 끝났고……."

이한영의 시선이 김윤혁의 책상으로 틀어졌다. 사냥감 하나 잡은 것으로 감상에 젖어 있을 시간은 없다. 아직 해야 할 일이 있다.

이한영은 김윤혁의 책상 서랍을 열어 뭔가를 찾기 시작한다. 강신진 법원장과 김윤혁의 사이에 남아 있을 단서. 단 하나, 아니 작은 흔적이라도 찾는 거다.

* * *

짝!

뺨 맞는 소리가 거칠게 들렸다. 강신진 법원장이 오바른 판사의 뺨을 때린 거다. 오바른 판사의 얼굴에 손바닥 자국이 붉게 올라왔다. 하지만 오바른 판사는 흐트러짐 없이 열중쉬어 자세로 서 있었다.

강신진 법원장이 죽일 것 같은 눈으로 오바른 판사를 노려보며 입을 연다.

"내가 법원장으로 와서 처음으로 받은 연락이 내 아래 판사의 구속이어야겠어? 동료를 보듬어주지 못하고 오히려 총을 쏴대?"

"……."

"오바른, 난 동료애가 없는 새끼를 제일 싫어해. 그건 바로 너야. 중앙지법에 네가 남아 있을 자리는 없을 거야."

그날 밤, 오바른 판사는 맥주를 손에 쥐었다.

"세 대 맞았어. 폭행으로 고소할까? 흐흐흐."

그의 앞에는 이한영이 앉아 있었다.

"괜찮아?"

"기분은 좋네."

김윤혁의 사건을 외부로 알리고 원본을 검찰에 넘긴 것은 모두 오바른 판사가 한 일로 되어 있었다. 그가 모든 것을 뒤집어쓴 거다.

오바른 판사가 맥주를 단번에 마신 뒤 이한영을 본다.

"내가 왜 뒤집어썼는지는 알지?"

이한영이 고개를 끄덕인다.

"알아."

오바른 판사가 장난스레 웃으며 말한다.

"난 1등이잖아. 산골에 내려가도 금방 다시 올라올 거야. 하지만 넌 1등도 아니고 대학도 별로야. 그러니까 여기서 미끄러지면 다시는 올라오지 못하지. 그래서 이 형님이 나서준 거야."

끝까지 잘난 척이다. 하지만 본심은 아니다. 오바른 판사는 자신이 강신진과 싸워 이길 수 없다는 것을 잘 알고 있었다. 하지만 이한영이라면 가능하고 생각했다. 그래서 이한영을 남겨둔 채 스스로 폭탄을 끌어안고 뛰어든 거다.

오바른 판사가 입을 연다.

“강신진 같은 놈이 법원장으로 있으면 판사라는 직업이 쪽팔리잖아? 그러니까…….”

오바른 판사는 말끝을 흐렸다. 하지만 그 뒤에 이어질 말이 무엇인지는 알고 있다. 강신진 법원장을 철저하게 무너뜨려 달라는 뜻이다.

이한영이 입을 열었다.

“인간은 날개가 없어. 위로 올라가면 올라갈수록 떨어질 때 많이 아플 거야.”

“강신진이 떨어지면 되게 아프겠네, 흐흐흐. 그런데 김윤혁 책상에서 찾은 것은 없어?”

이한영이 고개를 끄덕였다.

김윤혁의 책상을 뒤졌지만 나온 것은 없었다. 이한영에게 감시당한다는 것을 알게 된 김윤혁은 사무실에 무엇인가를 남겨두는 멍청한 짓을 하지 않고 있었다.

오바른 판사가 맥주잔을 들며 말한다.

“천천히 해. 급하면 체하는 법이래.”

두 사람의 잔이 부딪쳤다.

* * *

–서울중앙지법 김윤혁 판사가 뇌물을 수수한 혐의로 구속되었습니다.

–검찰은 사법부의 영웅이라 불렸던 김윤혁 판사가 그동안 청탁을 받아 재판을 했으며 성 상납을 받았다고…….

아나운서의 목소리로 시작된 김윤혁 사건은 어느새 포털사이트의 실시간 검색어까지 차지했다.

인터넷 댓글 반응 역시 뜨겁다.

—김윤혁 판사가?

—위선이네.

—이게 대한민국 현실입니다.

—판사는 개뿔…….

강신진 법원장은 김윤혁 사건을 조용히 처리할 힘이 있었다. 하지만 그는 그렇게 하지 않았다.

강신진 법원장의 시선이 앞으로 향했다. 긴 테이블에 사람들이 가득 앉아 있는 게 보였다.

강신진 법원장이 입을 연다.

"각하에게 쏟아졌던 국민의 관심이 김윤혁에게 돌려지도록 언론에서 힘써주셨으면 합니다."

강신진 법원장은 김윤혁 사건도 이용하고 있다. 그가 박광토 전 대통령을 위해 이만큼 열심히 하고 있다는 걸 알리려는 거다.

언론사 사장들이 고개를 끄덕인다.

"그런데 법원장님은 괜찮겠습니까? 중앙지법의 일이잖아요?"

강신진 법원장이 고개를 젓는다.

"괜찮습니다. 각하를 위해 이 정도의 희생은 오히려 영광이라고 생각합니다."

"그럼 내일 1면도 김윤혁으로 하겠습니다."

강신진 법원장은 각 고위직의 신뢰를 얻기 위해 애쓰는 중이다. 그가 다시 입을 열었다.

"며칠 전에 각하의 면회를 갔어요. 그런데 이런 말씀을 하십니다. 재판을 받지 않고 그 전에 나오게 해달라고요. 그러지 않으면……."

모인 사람들은 마른침을 삼켰다. 만약 박광토 전 대통령이 입을 뻥끗하는 순간 모두의 목이 날아가기 때문이다.

잠시 말끝을 흐린 강신진 법원장이 이내 픽 웃으며 고개를 저었다.

"안에 계시니까 심적으로 힘드신 모양입니다. 각하가 그럴 분이 아니라는 것은 모두 알고 계시지 않습니까? 우리가 할 일은 재판 전에 각하를 빼드리는 거죠."

하지만 의도적으로 뱉어진 말이다. 강신진 법원장은 사람들의 마음속에 불길한 씨앗을 남겨둔 채 자리에서 일어선다.

"그럼 맛있게 드시고 가십시오. 저는 일이 있어서 먼저 들어가 보겠습니다."

그 시각.

박철우 검사와 이한영은 어느 아파트에 와 있었다.

김윤혁의 집이다. 강신진 법원장과 김윤혁의 연결 고리, 사무실에 흔적이 없다면 집에 남아 있을 가능성이 컸다.

박철우 검사가 머리를 헝클며 입을 연다.

"이렇게까지 해야 해요?"

"네."

단호한 대답에 박철우 검사가 고개를 들어 아파트를 올려다본다.

"햐, 높다. 좋은 데서 살았네요. 그런데 여긴 보안이 좋을 텐데 어떻게 들어가려고요?"

이한영이 주머니에서 카드 키를 꺼내 보인다.

"김윤혁 책상 서랍에서 찾았어요."

"용의주도하시네요, 알았어요. 문 따고 들어가는 것도 아닌데 가보죠.

그런데 어떤 걸 찾는 거예요?"

"김윤혁은 강신진에게 용돈을 받아 썼을 가능성이 커요. 통장이나 연결된 카드 같은 게 있을 거예요."

"가능성?"

"네."

박철우 검사가 고개를 저었다.

"확률은요?"

"50퍼센트 정도?"

"있을 수도 있고 없을 수도 있다는 거네요?"

"네."

"허 참, 알았어요. 일단 확인해보죠."

두 사람은 아파트로 향했다.

김윤혁의 집은 32층. 문 앞에 선 이한영이 도어록에 카드 키를 대자 '삑' 소리와 함께 문은 손쉽게 열린다.

두 사람은 안으로 들어갔다.

"검사님은 저쪽 방, 저는 이 방을 확인할게요."

박철우 검사는 침실, 이한영은 서재로 향했다. 서재의 책상 서랍에도 특별한 것은 없었다.

이한영의 시선이 책장으로 옮겨졌다. 꽤 많은 책이 보인다.

'혹시 책에?'

책에 통장을 끼워 뒀을 수도 있다. 그러나 책을 펼쳐 보던 이한영은 곧 그만뒀다. 서재에는 수백 권의 책이 꽂혀 있었다. 이걸 하나씩 확인하기 위해서는 시간이 부족하다.

'손쉽게 손에 닿으면서도 손님들이 왔을 때 건들지 않을…….'

김윤혁의 성격을 토대로 어떤 책에 숨겨 뒀을지 생각하는 거다. 이한영의 시선이 책장의 가장 아래로 향했다.

'손님으로 온 사람들의 손이 가지 않는 곳.'

무릎을 꿇고 책을 죽 훑던 이한영이 책 한 권을 손에 쥐었다. 톨스토이의 ≪부활≫이다. 펼쳐 보니 통장 하나가 보인다.

'있어. 제2 금융권? 정다운은행? 명의는 서정열.'

통장 기록을 확인하자 다달이 3천만 원씩 들어온다. 이런 곳에 통장을 숨겨둔 것, 차명을 통해 돈을 받는 것을 보면 정상적인 거래는 아니다.

'이 통장을 통해 강신진에게 용돈을 받는 것인가?'

아직은 모른다. 하지만 확인해볼 필요는 있다. 이한영은 휴대폰을 들어 통장의 사진을 찍었다.

"나온 거 있어요? 침실에는 아무것도 없네요."

박철우 검사가 문에 어깨를 기대고 말한다.

이한영이 고개를 끄덕였다.

"네, 찾은 것 같아요."

그 말에 박철우 검사가 이한영의 앞으로 온다. 그리고 통장을 물끄러미 바라본다.

"이거예요?"

"확인해봐야죠."

이한영은 다시 통장을 책에 넣고 있던 자리에 꽂았다. 박철우 검사가 의아한 표정으로 이한영을 본다.

"잉? 찾았으면 가져가야죠."

이한영이 휴대폰의 화면을 보이며 사진을 찍었다는 걸 알렸다.

"혹시나 다른 사람이 와서 통장을 회수하려고 했을 때 이 자리에 통장이 없으면 꼬리를 끊고 도망갈 거예요. 우리는 도마뱀이 꼬리를 끊지 않도록 조심해야 하잖아요."

두 사람은 자리에서 일어섰다. 이제 이 자리를 벗어날 시간이다. 그 때…….

삑삑삑삑.

도어록의 비밀번호를 누르는 소리가 들렸다. 동시에 이한영과 박철우 검사의 얼굴이 일그러졌다.

이한영이 다급히 속삭였다.

“옷방!”

아파트는 방 세 칸으로 되어 있었다. 김윤혁은 각각 침실, 옷방, 서재로 사용 중이다. 침실과 서재는 숨을 곳이 없지만 옷방은 다르다. 돈을 많이 받아먹은 김윤혁답게 연예인만큼이나 많은 옷으로 방이 채워져 있었다. 이한영과 박철우 검사는 재빨리 옷방으로 달려가 몸을 숨겼다.

현관문 열리는 소리가 들린다. 들어온 사람은 강신진 법원장이다. 현관에 선 그가 물끄러미 아래를 본다. 어지럽게 놓인 신발이 보인다. 이한영과 박철우 검사의 신발이다.

“정리 좀 하고 살지.”

다행히 강신진 법원장은 큰 뜻을 두지 않고 집으로 들어왔다.

그는 서재로 향한다. 그리고 곧장 몸을 숙여 통장을 넣어둔 책을 손에 쥔다. 강신진 법원장은 이 책에 통장을 넣어 김윤혁에게 줬다. 그리고 이곳에 보관하라는 지시까지 내렸다. 어떤 일이 벌어졌을 때 자신이 회수하기 편하게 하기 위해서였다. 그는 이런 사소한 것까지 조심하고 준비하고 있었다.

책을 펼친 강신진 법원장은 통장을 품에 넣는다. 그리고 몸을 돌려 서재를 빠져나왔다. 다시 복도로 향하던 그가 몸을 멈칫거린다. 그의 시선이 다시 현관에 어지럽게 놓인 신발로 향한다.

‘다른 것을 보면 정리를 잘하고 사는 놈인데, 신발을 이렇게 두고 집을 떠났다고?’

강신진 법원장의 시선이 이한영과 박철우 검사가 숨은 옷방으로 향한다. 그가 옷방을 향해 성큼성큼 걷기 시작했다. 그리고 문을 확 열어젖혔다. 다행스럽게도 많은 옷에 가려져 이한영과 박철우 검사는 보이지 않았다.

하지만 안으로 들어온 강신진 법원장은 서늘한 눈으로 옷방을 둘러보기 시작했다. 순간 강신진 법원장은 훅, 옷 안으로 손을 넣어본다. 아무도 없다. 다시 다른 곳으로 이동해 또 손을 찔러 넣는다. 그렇게 이한영과 박철우 검사가 있는 곳까지 그는 손을 넣고 옷을 젖혀 보며 이동하고 있었다.

이한영과 박철우 검사는 입을 꽉 다문 채 다가오는 강신진 법원장의 손을 기다렸다. 그때…….

강신진 법원장의 휴대폰에 진동이 울렸다. 그는 옷을 젖히는 걸 그만두고 휴대폰을 들어 귀에 댔다.

"장유린 부장, 오랜만이야."

–같은 건물에 있으면서 인사도 못 드렸네요.

강신진 법원장은 옷을 젖혀 확인하는 걸 그만두고 밖으로 나갔다. 잠시 후 현관에서 문 닫히는 소리가 들렸다.

이한영과 박철우 검사의 입에서 긴장이 풀린 한숨이 흐른다. 박철우 검사가 말한다.

"어휴, 죽는 줄 알았네요."

이한영도 희미하게 웃었다.

그의 손에 들린 휴대폰엔 장유린 부장에게 보낸 메시지가 떠올라 있었다.

–강신진 법원장에게 전화. 부탁.

이한영이 장유린 부장에게 메시지를 보내자 그녀가 곧장 응답한 거다.

옷방을 빠져나온 이한영은 다시 서재로 들어갔다. 그리고 통장이 들어 있던 책을 확인했다. 역시 없다. 강신진 법원장은 그 통장을 가져가기 위해 왔던 것이다.

이한영의 입가에 미소가 걸린다.

'잡았다, 꼬리.'

이제 추적해서 위로 올라가면 된다.

그 끝에 있을 강신진 법원장의 목을 꺾을 날이 손을 뻗으면 닿을 것만 같았다.

04

"술은 이한영 부장이 사."

"비싼 거 시키셔도 됩니다."

장유린 부장이 자주 오는 단골 술집.

이한영은 장유린 부장 옆에 앉아 있었다.

며칠 전, 이한영이 김윤혁의 집에 갔을 때 강신진 법원장이 갑작스레 찾아왔다. 그때 이한영은 장유린 부장에게 메시지를 보냈고, 그녀는 강신진 지원장에게 전화를 걸어 이한영이 들키지 않도록 도움을 줬다.

그가 지금 술을 사는 이유다.

장유린 부장이 술잔을 채우며 힐끗 이한영을 본다.

"무슨 짓을 했던 거야?"

이한영은 대답 대신 자신의 휴대폰을 그녀에게 건넸다. 장유린 부장이 이한영의 휴대폰을 손에 들어 본다. 김윤혁의 집에서 찍은 통장의 사진이 화면에 보인다.

“정다운은행? 이게 뭐야?”

“강신진 법원장이 김윤혁에게 용돈을 주는 통장 같아요. 추측하기로는 장태식 사장과 강신진 법원장의 연결 고리 같기도 하고요.”

장유린 부장이 픽 웃는다.

“날 보여준 이유는 이걸 알아봐 달라는 거지?”

“부탁드립니다.”

장유린 부장은 유성그룹 장용현 회장의 혼외 자식이다. 그 때문에 장용현 회장에게는 없는 사람 취급을 받지만 실세들과는 연락하고 지낸다. 장용현 사장의 뒷조사를 하기엔 그녀만 한 사람이 없었다.

장유린 부장이 조용히 미소를 그린다.

“장용현을 완전히 보내버릴 수 있겠네.”

“네.”

“좋아, 알아봐줄게. 그 사진, 내 휴대폰으로 전송해놔.”

장유린 부장이 술을 한잔 입으로 넘기고 다시 힐끗 곁눈질로 보며 입을 연다.

“안 무서워?”

“어떤 게요?”

“상대는 유성과 강신진 법원장이잖아.”

“그런데요?”

“그 사람들은 언제나 가장 간단한 길을 찾아. 그리고 그 사람들은 사람을 상대할 때 가장 쉬운 방법이 살인이라고 생각해. 죽은 자는 말이 없고, 역사는 살아 있는 사람의 입으로 이어지는 법이니까. 그 사람들은 망설이지 않고 그 길을 선택하는 거지.”

유성의 장용현 회장이나 강신진 법원장은 자신의 이득을 위해 타인을 살해하는 데 익숙한 자들이다.

장유린 부장이 말을 잇는다.

"나는 유성을 갖고 싶다는 목표, 장태식을 찢어 죽이고 싶다는 목적이 있어. 하지만 이한영 부장은 아니잖아? 단순히 정의를 위해 그 괴물 같은 사람들과 싸우는 거야?"

"판사잖아요."

가장 명쾌한 대답이지만 이해할 수 없는 답이기도 하다.

장유린 부장이 어이없다는 표정으로 고개를 젓자 이한영은 슬쩍 웃으며 손에 잔을 쥐었다. 그리고 술을 입으로 넘기며 잠시 생각에 빠졌다.

'강신진이 선택하는 가장 쉬운 방법이 살인이라고?'

알고 있었지만 다시 한번 생각하게 하는 말이었다.

* * *

며칠 후.

서울중앙지방법원에 검은색 고급 차량이 들어서기 시작했다. 일사불란하게 내린 운전기사들이 뒷문을 열어젖히고 고개를 숙인다. 내린 사람은 장관과 차관들이다. 법무부 장관을 비롯해 국토부 장관, 차관 등 대한민국을 움직이는 사람들이 서울중앙지방법원에 와 있었다.

흔치 않은 소식은 한창 일을 하던 이한영의 귀에도 들려왔다. 도서관에 가서 재판의 자료를 찾아온 이소이 판사가 입을 열었다.

"부장님, 지금 장관들이 와 있다는데요?"

"장관?"

이한영이 고개를 틀어 보자 그녀가 고개를 끄덕인다.

"네, 모두 법원장실로 들어갔대요."

이한영은 잠시 하던 일을 멈추고 자리에서 일어나 창가로 향했다.

'장관들이 대낮에 찾아왔다고?'

지금까지 강신진 법원장은 한발 물러서서, 어둠 속에서 그들을 움직였고 세상을 호령했다. 그런데 대낮에 장관들이 찾아왔다는 것은 이제 모습을 드러낼 수밖에 없다는 뜻이다.

이한영의 시선이 하늘로 향했다.

구름이 밀려가듯 박광토 전 대통령의 세상은 끝나가고 강신진 법원장의 세상이 오고 있었다.

'장관들이 찾아왔다는 것은…….'

무엇인가 큰 결단이 필요하다는 거다.

'이들에게 큰 결단이 뭘까?'

이한영의 눈에 박광토 전 대통령이 구속된 이후 세상의 흐름이 보이기 시작했다. 평범한 방법으로 박광토 전 대통령이 빠져나올 방법은 없다. 그의 죄는 명백하며 세상 사람들이 모두 알고 있다. 그럼 무리수를 둘 수밖에 없고, 잡음이 흐를 수밖에 없다.

'게다가 강신진은 박광토가 나오는 걸 원하지 않을 거야. 박광토를 제외한 다른 사람들이 행복하려면…….'

이한영은 더 깊은 생각으로 빠져갔다. 그리고 작은 목소리로 입을 연다.

"가장 쉬운 방법이 살인……."

법원장실.

테이블에 앉은 장관들과 강신진 법원장의 분위기는 어두웠다. 어떤 사람도 입을 열지 않고 눈치만 보는 중이다.

침묵을 뚫고 강신진 법원장이 입을 열었다.

"말씀하세요. 무슨 일로 오신 겁니까? 장관님들이 이렇게 오실 정도면 예삿일은 아닌데요."

하지만 대답은 없었다.

또 침묵이다. 시계의 초침 소리가 들릴 정도의 적막 속에서 법무부 장관이 힘겹게 입을 열었다.

"박광토 각하를 어떻게 해야 할지 상의하러 왔습니다."

"각하를 어떻게 하다뇨?"

강신진 법원장은 모른 척 물었다. 하지만 그는 이미 이들이 찾아왔을 때부터 모든 의도를 간파한 상태였다. 얼마 전 강신진 법원장이 이들을 만났을 때, 그는 이렇게 말했다.

―각하의 면회를 갔어요. 그런데 이런 말씀을 하십니다. 재판을 받지 않고 그 전에 나오게 해달라고요. 그러지 않으면…….

강신진 법원장은 이들의 마음속에 의도적으로 불안의 씨앗을 심어둔 것이다. 이들의 미래는 박광토 전 대통령이 입을 놀리는 순간 사라지기 때문이다. 이들은 아직 더 떵떵거리고 살고 싶어 하며 조금이라도 손해 보는 것을 끔찍이 싫어한다. 그러니 박광토라는 늙은이에 의해 자신들의 미래가 산산이 부서질 수도 있다는 생각을 한 순간부터 잠을 제대로 잘 수 없었을 것이다.

법무부 장관이 한숨을 내쉬며 입을 연다.

"그때 법원장께서 가신 후 우리끼리 이야기를 했습니다."

법무부 장관은 길게 말을 이었지만 그의 입에서 나온 이야기는 간단했다. 박광토 전 대통령은 이제 위험인물이다. 우리가 살기 위해서는 박광토 전 대통령이 죽어야 한다.

"……법원장께서는 어떻게 생각하십니까?"

쾅!

그 순간 강신진 법원장이 테이블을 주먹으로 치며 일어섰다.

"지금 무슨 말을 하는 겁니까!"

앞에 앉은 사람들은 장관들이지만 강신진 법원장은 상관 않고 벼락같은 호통을 내리쳤다. 완벽한 하대다. 그리고 단번에 박광토 전 대통령의 처단을 결정하는 것은 모양이 좋지 않기 때문에 하는 의도된 행동이었다.

법무부 장관이 자리에서 일어섰다.

"법원장, 이제 우리와 함께 갈 사람은 법원장입니다. 큰일을 하려면 마음이 아프더라도 어쩔 수 없이 선택해야 하는 것이 있기 마련입니다. 우리도 각하 덕에 여기까지 살아온 사람들인데, 이런 생각을 하기까지 얼마나 고민했겠습니까? 하지만 각하가 우리에 대해 말하기 시작해보세요. 그럼 이 나라가 어떻게 될 것 같습니까? 완벽히 정지되고 말아요. 수십 년 동안 이룩해온 경제가 단번에 후퇴되고 말 겁니다."

"……."

"게다가 외교는 어떻게 하고요? 전직 대통령과 고위 관료가 언론사와 손잡았다는 스캔들이 터지면 나라의 위신은 바닥으로 떨어질 겁니다. 큰 결정을 해야 할 때입니다. 각하의 아래에 있던 여당과 야당 의원들 역시 동의한 일이에요. 이제 법원장의 결정만 남았습니다!"

법무부 장관은 피를 토하는 목소리로 말했다.

강신진 법원장은 대답 없이 몸을 돌려 창가로 섰다. 표정을 보지 못하는 그들은 강신진 법원장의 얼굴이 일그러져 있다고 생각했다. 하지만 강신진 법원장의 입에는 미소가 걸려 있었다.

'이 나라가 내 손에 들어오고 있어. 조금만, 앞으로 조금만 더 시간이 주어진다면 내가 원하는 세상을 만들 수 있어.'

그날 밤.

강신진 법원장은 한정식집에 앉아 있었다. 그의 앞에는 각 법원의 부장판사가 보인다.

강신진 법원장이 입을 연다.

"매달 3천만 원씩 줬던 금액을 5천만 원으로 올리지."

돈을 더 준다는 말에 싫어할 사람은 없다. 부장판사들의 표정이 밝아진다.

한 부장판사가 입을 연다.

"그렇게 많이 주셔도 괜찮습니까?"

강신진 법원장이 고개를 끄덕였다.

"이제 우리가 원하는 세상, 모든 사람들이 강력한 법을 지키는 세상이 목전으로 다가왔어. 다들 알겠지만 산을 오르다 보면 정상 직전이 가장 힘든 법이지."

숨어 있던 반대 세력이 튀어나올 것이고, 긴장이 풀어졌을 때 의도치 않은 실수가 나올 것이다.

강신진 법원장이 말을 이었다.

"마지막까지 모두 힘내주기 바라네. 그 세상이 오면 자네들의 통장에 들어가는 돈은 지금의 두 배가 될 거야."

그럼, 매월 '1억'이라는 돈이 통장에 찍힌다는 거다. 부장판사들은 미소를 숨길 수가 없었나 보다. 모두 기분 좋게 술잔을 들어 올렸다.

강신진 법원장이 술잔을 손에 들고 입을 열었다.

"조만간 박광토 전 대통령이 구속적부심사를 청구할 거야. 담당 판사는 허가해주도록 해."

구속적부심사, 법원이 적법성과 필요성을 심사하여 구속된 사람을 석방하는 제도다. 검사가 법원에 재판을 청구하기 전에 신청할 수 있다. 검찰에서는 불구속 상태로 피의자를 조사해야 하기에 달가운 일이 아니다.

담당 부장판사가 고개를 숙였다.

"알겠습니다."

"박광토 전 대통령님을 지지하지 않는 사람들에게 욕 좀 먹을 수 있어."

담당 부장판사가 대수롭지 않다는 듯 웃는다.

"욕 안 먹고 거지 되는 것보다 돈 받고 욕먹는 게 낫죠, 흐흐흐."

강신진 법원장이 다시 잔을 크게 들어 올리며 입을 열었다.
"그럼, 마시지."

* * *

—박광토 전 대통령이 석방되었습니다. 법원은 증거인멸과 도주 등의 우려가 없으며 이에 따라 구속이 적법하지 않다고 판단했습니다.
—구치소 앞으로 박광토 전 대통령에게 도움을 받았던 사람들과 지지하는 사람들이 모여 환호를 보내고 있습니다.
—검찰은 법원의 판단에 유감이라는 표현을 하며…….

그날 밤.
박광토 전 대통령은 술을 마시고 있었다.
"고생들 했어."
한강이 한눈에 보이는 호텔의 레스토랑이다. 각 고위층이 모이는 자리라 그런지 오늘 레스토랑의 일반인 출입은 금지되어 있었다.
박광토 전 대통령 앞에는 강신진 법원장을 비롯해 여야의 의원들, 각 장관, 언론사의 사장들 등이 모두 보였다. 약 서른 명이 넘는 인원이다.
박광토 전 대통령의 시선이 검찰총장에게 향했다.
"앞으로 조사는 어떻게 할 텐가?"
"사람들에게 알리기는 해야 하니까 두 번 정도만 출석해주시면 됩니다."
"재판은?"
"적절히 눈치 보다가 기소유예로 가겠습니다."
재판까지 가지 않겠다는 말이다.
박광토 전 대통령이 무릎을 치며 크게 웃는다.
"좋아, 좋아. 그렇게 해야지. 그래야 너희들의 목이 그 자리에 달려 있을 수 있지. 하하하하!"

엘리베이터 옆에 임시로 마련된 흡연장.

검찰총장이 담배를 물며 입을 연다.

"기소유예가 아니라 공소권 없음이라고 말할 걸 그랬나? 곧 죽을 노인네잖아요?"

피의자가 사망할 경우 '공소권 없음' 처분이 내려진다.

앞에 섰던 야당 의원이 픽 웃는다.

"한동안 세상이 시끄러워지겠습니다. 총장님도 강압수사를 했다고 욕 좀 드시겠어요."

검찰총장이 고개를 저었다.

"세상의 비난은 슈퍼맨 검사가 가져갈 겁니다. 각하를 끌어내린 게 박철우잖아요. 언론사하고도 그렇게 말을 맞췄어요. 그쪽에 박철우 검사의 가족 신상까지 전부 넘겼으니까 앞으로 쓸 기사가 엄청 많을 겁니다, 흐흐."

이들은 박광토 전 대통령을 자살로 위장해 살해할 생각을 하고 있었다. 그리고 그 죽음을 책임질 사람으로 박철우 검사를 선택했다.

야당 의원의 시선이 위로 향한다.

"이 위의 VIP 객실이 각하의 저승길인가요?"

"돌아가시면 많이 슬플 것 같습니다."

밤 12시가 되어서야 석방을 축하하는 연회가 끝났다.

박광토 전 대통령의 시선이 지금껏 조용히 앉아 있던 강신진 법원장에게 옮겨졌다.

"강 판사가 제일 고생한 거 알아. 나중에 식사 한번 하지."

강신진 법원장이 허리를 굽힌다.

"그동안 고생하셨습니다."

"그래 그래."

박광토 전 대통령이 자리에서 일어나 레스토랑을 벗어났다. 그 옆으로 법무부 장관이 따라붙는다.

"엘리베이터와 각 방의 CCTV는 꺼뒀습니다. 그리고 객실에 사람 하나 넣어뒀습니다."

박광토 전 대통령은 그 말을 여자를 넣었다는 뜻으로 생각했는지 묘하게 웃는다.

레스토랑을 빠져나온 박광토 전 대통령이 엘리베이터 앞에 섰다. 그 뒤로 서른 명의 사람들이 자리했다. 엘리베이터의 문이 열리고 박광토 전 대통령이 안으로 오르자 모든 사람들이 허리를 굽히며 한목소리로 입을 열었다.

"편히 쉬십시오!"

"조심히들 들어가. 내일부터는 바쁠 거야. 나한테 모욕을 줬던 놈들을 하나하나 없애야지."

그 말을 끝으로 엘리베이터의 문이 스르륵 닫혔다.

동시에 모여 있던 사람들의 눈빛이 시퍼렇게 변했다. 서늘한 살기가 가득한 가운데 법무부 장관이 몸을 돌렸다.

"경호원은요? 확인했겠죠?"

대답은 검찰총장이 했다.

"각하는 외도할 때 경호원을 집에 보냅니다. 로비에 한 명 있는 정도고, 정상적인 경호는 내일 아침이나 돼야 시작될 거예요."

법무부 장관이 다시 묻는다.

"휴대폰은?"

기획재정부 장관이 박광토 전 대통령의 휴대폰을 품에서 꺼내 보였다.

"아까 술 마실 때 슬쩍했습니다."

법무부 장관이 고개를 끄덕이며 입을 열었다.

"그럼 이제 우리는 우리의 일을 마무리해야죠? 이 일을 영원히 묻어두기 위해 각서라도 써두는 게 어떨까요? 자신의 치부를 적어두면 확실하게 배신하지 못할 것 같은데요."

한 나라의 대통령이었던 사람을 살해하려는 일에 서른 명에 가까운 사람들이 모였다. 단 한 명이라도 양심선언을 하면 이들은 한순간에 끝을 보게 된다. 그건 막아야 했다.

하지만 강신진 법원장이 고개를 저었다.

"각서를 쓴다는 것은 오늘의 흔적을 남겨둔다는 겁니다. 그것은 그것대로 위험할 수 있어요."

서로 믿고 가자는 말이다. 하지만 이곳에 있는 사람들은 서로를 절대 믿을 수 없었다.

여당 의원이 입을 연다.

"그래도 뭐라도 남겨놔야 하지 않을까요?"

강신진 법원장이 조금은 착잡한 표정으로 말한다.

"이 호텔의 CCTV는 돌아가지 않고 있어요. 누가 이 자리에 있었던 일을 말한다고 해도 혼자만의 주장일 뿐, 증거는 없는 겁니다. 그래도 꼭 뭔가를 남겨둬야 합니까?"

"사람은 믿을 수 없지만 각서는 믿을 수 있으니까요."

사람들은 고개를 끄덕이며 한마디씩 한다.

"들어갈 때와 나올 때가 다르다는데, 믿을 수 없지요."

"우리가 믿을 수 있는 사람들은 아니잖아요?"

그러자 강신진 법원장이 고심하는 표정으로 입을 열었다.

"이런 말씀을 드리고 싶지 않지만, 전 각하께 여러분의 비리를 들어 알고 있습니다."

그 순간 소란스러웠던 음성이 사라지고 차가운 공기가 밀려 들어왔다. 모두 서늘한 눈빛으로 강신진 법원장을 쏘아본다. 자신의 비리를 알고 있는 사람이 껄끄러운 것은 당연하다.

강신진 법원장은 모두의 눈빛을 담담히 넘기며 말한다.

"하지만 걱정하지 마세요. 여러분을 비리로 협박할 생각은 전혀 없습니다. 이 말씀을 드린 것은 배신자의 처단은 제게 맡겨 달라는 뜻일 뿐입니다. 그러니 믿어주십시오."

강신진 법원장이 사람들을 향해 허리를 굽혔다. 하지만 모두는 입을 열지 못하고 눈치만 본다.

그때 검찰총장이 나섰다.

"강신진 법원장이라면 믿을 수 있죠."

그게 시작이었다. 이번엔 법무부 장관이 말한다.

"그래, 다른 사람은 몰라도 강 법원장이라면 믿어야죠."

"우리도 믿어요. 강 법원장, 앞으로 열심히 하세요."

그들의 목소리를 들으며 강신진 법원장이 허리를 바로 세웠다.

"믿어주셔서 감사합니다."

이들의 마음속에 박광토 전 대통령은 이미 없었다. 박광토 전 대통령의 사후에 얼마만큼의 이권을 어떻게 챙겨야 하는지에만 관심이 쏠려 있는 상태다. 그런 상태에서 강신진 법원장이 누군가 배신할지도 모른다는 고민을 해결해주었으니 자신들의 비리를 안다고 해도 흔쾌히 넘어가는 거다.

국토부장관이 엘리베이터 버튼을 누르며 말한다.

"내일 아침 뉴스가 기대되네요."

강신진 법원장은 조용히 고개를 들어 위를 본다.

이 위는 VIP실, 박광토 전 대통령이 들어간 객실이다. 지금쯤 박광토 전 대통령은 죽어가고 있을 거다.

'죄송합니다. 이 모든 것은 더 나은 대한민국을 위해섭니다. 당신은 거름으로 남을 겁니다. 모두가 당신을 욕할 때, 난 당신을 기억하겠습니다. 명복을 빕니다, 박광토 각하.'

* * *

그 시각, 박광토 전 대통령은 창백하게 굳은 표정으로 서 있었다.

"너, 너희는 누구야?"

박광토 전 대통령은 여자가 있다고 생각하며 기분 좋게 방으로 들어갔다. 하지만 그를 기다리고 있던 건 여자가 아니라 여덟 명의 시커먼 사내들이었다.

긴장감으로 물든 눈빛을 숨기지 못한 박광토 전 대통령이 다시 묻는다.

"누구냐고!"

대답은 들려오지 않았다. 소파에 앉아 있던 검은 양복을 입은 남자가 턱짓을 할 뿐이다. 그러자 멈춰 있던 사내들이 박광토 전 대통령을 향해 저벅저벅 다가갔다.

반사적으로 주춤주춤 뒤로 물러서던 박광토 전 대통령의 시선이 천장으로 향했다. 천장의 샹들리에에는 넥타이로 만들어진 교수대가 보인다. 그것이 누구를 위한 것인지는 묻지 않아도 충분히 알 수 있었다.

박광토 전 대통령의 눈동자가 사정없이 떨리기 시작했다. 그뿐만 아니라 손도, 발도 덜덜덜 떨려 온다.

그의 고개가 틀어졌다. 여차하면 문을 열고 밖으로 도망갈 생각을 한 것이다. 하지만 문 앞에는 이미 한 사내가 팔짱을 낀 채 가로막고 있었다.

진퇴양난, 도망칠 곳은 없었다. 이대로 죽음을 맞이해야 할 뿐이다. 박광토 전 대통령이 떨리는 목소리로 입을 열었다.

"누, 누가 보낸 건가? 자네들, 내가 누군지 알고 이러는 건가?"

그 말에 소파에 앉아 있던 검은 양복의 사내가 웃기 시작했다.

"미치겠네. 대통령이라서 다를 줄 알았는데 똑같네. 너 지금 우리가 무섭냐?"

한국말이지만 억양이 다르다.

"외, 외국인인가? 조선족? 돈이 필요한가? 얼마를 받았든 두 배를 주겠네. 아니면 세 배!"

절규의 목소리가 흘러나왔다.

하지만 검은 양복의 사내는 고개를 저으며 이죽거리는 목소리로 말했다.

"우리도 나름대로 프로야. 돈은 받을 만큼 받았고 더 얻어낼 마음은 없어."

"여, 역사의 죄인이 되고 싶은가!"

"난 이 나라 역사랑 아무 상관 없어, 병신아."

"사, 살려줘."

분명 돈은 필요 없다고 말했는데 박광토 전 대통령은 품에서 지갑을 꺼내 5만 원권 다발을 내보였다.

박광토 전 대통령의 옆에 있던 남자가 그의 손에서 돈을 빼앗아 든다.

그러자 검은 양복의 사내가 입을 연다.

"그 돈 줬으니까 선택하게 해줄게."

사내의 손가락이 창밖으로 향했다.

"떨어져서 죽을래?"

이번엔 그 손가락이 천장의 샹들리에로 향한다.

"매달려서 죽을래?"

사내들에겐 어떤 말도 통하지 않는다는 걸 알았는지 박광토 전 대통령의 얼굴에서 핏기가 사라졌다. 허옇게 질린 박광토 전 대통령의 얼굴을 본 검은 양복의 사내가 킬킬대며 말을 이었다.

"둘 다 서울의 경치를 보면서 죽는 것은 똑같을 것 같은데. 어서 선택해."

"살려줘."

"아, 씨발. 말 많네."

"사, 살려주세요."

검은 양복의 사내는 귀찮다는 듯 손을 저었다.

그 순간 남자들이 박광토 전 대통령의 사지를 잡는다. 박광토 전 대통령은 발버둥을 쳐봤지만 노인의 힘이 장정들의 힘을 당할 수는 없다. 질질질, 창가로 향할 뿐이다.

검은 양복의 사내가 입에 담배를 물고 불을 붙인다. 뿌연 연기가 객실을 채우기 시작한다.

박광토 전 대통령의 몸은 사내들의 힘에 이끌려 샹들리에에 묶인 넥타이를 향하고 있었다. 그리고 박광토 전 대통령의 얼굴이 넥타이로 만들어진 올가미에 들어가는 순간 사내가 말한다.

"죽여."

사내들이 손을 놨다.

"컥!" 하는 소리와 함께 박광토 전 대통령이 허공에서 바동거린다. 눈동자는 벌겋게 핏발이 섰고 입에서는 침이 주르륵 흐른다.

박광토 전 대통령은 손으로 목을 잡고 넥타이를 풀기 위해 애썼지만 그럴수록 넥타이는 그의 목을 더 죄어들어 갔다.

"컥, 컥! 컥!"

고통으로 가득한 소리가 객실을 울리며 한 사람이 죽어가고 있다. 하지만 사내들은 관심 없다는 표정으로 검은 양복을 입은 사내의 지시만 기다릴 뿐이다.

검은 양복의 사내가 느릿하게 담배를 빨아들인 후 몸을 일으켰다.

"가자. 배 올 시간이다."

그가 앞서자 검은 양복의 뒤로 일곱 명의 사내들이 따라붙었다. 그 때…….

광! 광! 광!

문에서 거친 소리가 들려왔다.

노크 소리가 아니다. 문을 부술 것 같은 소리다.

순간 문 앞에 선 검은 양복의 사내와 남자들의 표정은 일그러진다.

"뭐야?"

동시에 '꽈앙!' 부서지는 소리가 들렸다. 문이 완전히 박살 난 것이다. 그리고 끼이익 문이 열렸다.

그들의 눈에 두 남자가 보인다. 곰 같은 얼굴로 손에 도끼를 쥔 석정호와 1.5리터 페트병을 손에 든 이한영이다.

이한영의 눈에 남자들은 보이지 않았다. 오로지 천장에 매달려 바동거리는 박광토 전 대통령만이 보일 뿐이다. 다행히 늦지 않았다.

"부탁해."

이한영은 그 말을 남기고 남자들을 스쳐 박광토 전 대통령을 향해 성큼성큼 걸어갔다.

검은 양복을 입은 사내가 어이없다는 듯 웃기 시작했다.

"미치겠네. 야, 저 새끼 잡아."

그 말에 한 남자가 이한영을 막기 위해 몸을 틀었다. 그 순간 석정호가 튀어나가 몸을 튼 남자에게 사정없이 주먹을 뻗었다.

그리고 '한순간'이었다. '꽈직!' 뼈가 부러지는 둔탁한 소리와 함께 남자는 반대편 벽에 부딪혔다. 그리고 떨어지더니 의식을 잃고 축 늘어져버린다.

석정호가 남자들을 보며 무표정한 얼굴로 입을 연다.

"다음."

괴물 같은 힘, 호락호락한 상대가 아니라는 걸 알았나 보다. 검은 양복의 사내와 남자들의 품에서 시퍼런 회칼이 꺼내진다.

샹들리에의 흔들리는 불빛에 칼날이 번쩍일 때, 검은 양복의 사내가 입을 열었다.

"경호원?"

석정호는 대답하지 않았다.

사내는 픽 웃는다.

"병신 새끼."

그 말에 남자들이 석정호를 향해 달려들었다.

이한영은 막 박광토 전 대통령을 끌어내렸다.

"컥! 컥!"

박광토 전 대통령은 정신 차리지 못하고 있다. 붉게 물든 목을 손에 쥐고 한참을 컥컥거린다. 그러다가 이한영을 본다.

"자네는 누군가?"

"그건 나중에 이야기하죠."

이한영은 박광토 전 대통령을 뒤로하고 몸을 돌렸다.

아직 석정호가 남자들과 싸우는 중이다. 남자들은 거침없이 칼을 휘둘렀고, 석정호는 가까스로 피하고만 있었다.

"도망치는 꼴 봐라."

"당당하게 들어오더니. 킬킬킬."

"죽어, 새끼야!"

"셋 죽이면 돈 더 받아야 하는 거 아니에요?"

그때 한 남자가 휘두른 칼이 석정호의 팔을 스쳐 지나갔다. 석정호의 팔이 붉게 물든다. 그리고 비틀거리는 석정호의 배에 검은 양복의 발이 꽂혀 들어갔다. '퍽!' 소리와 함께 석정호는 인상을 구기며 거친 숨을 토해낸다.

그 모습을 물끄러미 보던 박광토 전 대통령이 조심스레 입을 열었다.

"빠져나가기도 쉽지 않을 것 같은데……."

박광토 전 대통령의 표정은 다시 굳어지고 있었다. 그만큼 상황은 좋지 않았다.

이한영은 가져왔던 페트병을 손에 쥐었다. 그리고 싸움이 한창인 곳을 향해 걸어갔다.

다가오는 이한영을 발견한 검은 양복의 사내가 입술을 뒤튼다.

"너도 뒈져라."

그러더니 이한영을 향해 달려오기 시작했다. 그 순간 이한영이 손에 들고 있던 페트병을 흔들었다. 안에 있던 액체가 검은 양복의 사내에게 쏟아진다. 이상한 냄새를 맡은 사내의 얼굴이 구겨진다.

"너 이 새끼, 이거 뭐야? 뭐냐고!"

이한영이 품에서 지포 라이터를 꺼내며 답했다.

"시너야. 오다가 페인트 가게에서 샀어."

그 순간 검은 양복의 사내는 굳은 것처럼 멈췄다.

이한영이 말을 잇는다.

"시너가 휘발유보다 폭발성이 강한 것은 알지? 그게 정말인지 확인하고 싶으면 움직이든가."

이제는 검은 양복의 사내뿐만 아니라 다른 사내들도 모두 동작을 멈춘 상태였다. 이한영이 손에 쥔 페트병에는 아직 시너가 절반이나 남아 있었기 때문이다.

떨리는 눈으로 이한영의 눈빛을 살피던 사내가 침을 꿀꺽 삼켰다. 저런 눈을 가진 사람은 제정신이 아니다. 진짜로 불을 붙일 수도 있다.

이한영이 검은 양복의 사내를 향해 다가가며 입을 연다.

"칼 놔."

검은 양복의 사내는 망설인다. 칼을 들지 않고서는 석정호를 이길 수 없다는 걸 알기 때문이다. 그렇다고 라이터를 손에 쥔 이한영을 공격할 수도 없다. 자칫 떨어진 라이터가 바닥의 시너와 닿았을 때 어떤 일이 일어날지 예상할 수 없어서다.

그 순간 이한영의 벼락같은 호통이 떨어졌다.

"놔!"

* * *

다음 날.

이른 아침에 일어난 강신진 법원장은 소파에 앉아 리모컨을 들어 텔레비전을 틀었다.

뉴스가 나온다.

강신진 법원장은 다리를 외로 꼬며 아나운서의 목소리에 집중했다.

어젯밤, 박광토 전 대통령을 살해하려던 일당 여덟 명이 체포되었습니다. 석방 후 호텔의 레스토랑에서 지인들과 술을 마신 박광토 전 대통령은…….

강신진 법원장의 눈이 일그러진다.

'뭐지? 살았다고?'

그때 강신진 법원장의 휴대폰에 진동이 울렸다. 발신 번호는 박광토 전 대통령이다.

휴대폰을 향해 뻗어 가던 강신진 법원장의 손이 직전에서 멎는다. 망설이는 거다. 잠시 더 진동이 울린 후에야 강신진 법원장은 휴대폰을 귀에 댔다. 그리고 가식적인 목소리로 입을 열었다.

"네, 강신진입니다. 지금 뉴스 봤습니다. 다행이십니다."

하지만 들려온 목소리는 냉담했다.

–깜짝파티 고마웠네.

"각하, 혹시 저를 의심하시는 겁니까?"

–나도 깜짝파티를 해주고 싶은데, 어떻게 생각하나?

"각하! 그, 그게 무슨?"

삑. 소리와 함께 통화가 종료됐다.

강신진 법원장의 시선이 다시 텔레비전으로 향했다.

……일당은 박광토 전 대통령의 경호원들에 의해 제압당했습니다.

지금껏 느긋하던 강신진 법원장의 눈에 처음으로 초조함이 깃들었다.

* * *

박광토 전 대통령의 서재.

박광토 전 대통령은 휴대폰을 내려두며 앞을 향했다. 그의 앞에는 이한영이 앉아 있다.

"자네 말대로 엄포를 놨어. 이러면 되는가?"

"네."

"이유가 뭐지?"

"본질을 가리기 위해서입니다."

"본질?"

박광토 전 대통령의 눈에 의문의 빛이 떠오르는 것을 보며 이한영이 말을 이었다.

"호텔의 CCTV 등 모든 기기는 멈춰 있었습니다. 잡힌 남자들은 누구에게 청부받았는지 모른다고 잡아떼고 있죠. 게다가 대통령님의 세력은 강신진 법원장에게 붙어버렸습니다. 이런 상황에 강신진 법원장과 그 사람들에게 벌줄 수 있다고 생각하십니까?"

박광토 전 대통령은 아무것도 할 수 없다는 것이 본질. 그리고 사실은 언제나 아픈 법이다.

하지만 박광토 전 대통령은 그 사실을 인정하기 싫었나 보다.

"노망난 늙은이라고 손가락질을 받겠지. 그런데 난 놈들의 비리를 알고 있어."

"강신진 법원장도 대통령님의 비리를 알고 있습니다."

"이한영!"

박광토 전 대통령의 입에서 큰 소리가 터졌지만 이한영은 담담하게 말을 이었다.

"서로 총만 겨누고 있어요. 누구도 방아쇠를 당길 수 없는 상태죠. 방아쇠를 당겼다가 상대의 총알 역시 내 심장에 박힐 것을 아니까요."

박광토 전 대통령이 입을 열면 강신진 법원장도 입을 연다. 그러면 숨겨진 비리가 터지는 것이고, 박광토 전 대통령은 더 큰 중형을 받을 수밖에 없다. 이러지도 저러지도 못하는 상황이다.

"시간이 가면 갈수록 강신진 법원장은 대통령님이 알고 있던 비리를 모두 지울 겁니다. 그럴 능력이 있는 사람이니까요. 그럼 총을 든 사람은 오직 강신진 법원장뿐입니다. 대통령님의 총은 장난감이 되어버리는 거죠."

박광토 전 대통령이 주먹을 꽉 쥔다. 그의 주름진 손이 부들부들 떨린다.

하지만 이한영은 상관 않고 계속 말했다.

"그래서 본질을 가렸습니다. 강신진 법원장은 조심성이 많은 사람이에요. 엄포를 들은 이상 대통령님께 숨겨진 세력이 있는지 확인해보려 할 겁니다. 그때까지는 법원장의 행동에 제동이 걸릴 테고……."

"이게 언제까지 가능하리라 보나?"

"길지 않겠죠."

"그럼 강신진이 모든 걸 알아본 후 내게 남은 것이 없다고 판단할 때는?"

"결국 재판에 넘겨져 실형을 받을 겁니다. 국민에게 조롱거리가 되고 대통령님께서 거느렸던 세력에게 치욕을 받겠죠."

이한영의 말에 박광토 전 대통령은 자신의 미래를 봤나 보다. 그의 눈에 절망감이 깃들고 있다.

그때를 놓치지 않고 이한영이 말을 이었다.

"실형은 피할 수 없습니다. 하지만 강신진 법원장과 그 세력을 끌고 들어갈 수는 있습니다."

박광토 전 대통령의 주름진 눈이 이한영을 향했다.

"물귀신을 하라는 건가? 강신진이 비리를 지우기 전에 지금 당장 놈들의 치부를 털어놓고 함께 죽으라는 건가? 난 그렇게는 못 해. 그렇게 했다가는 내 어깨에 짊어져야 할 죄만 더 커져!"

이한영이 고개를 저었다.

"전 대통령님께 비리를 폭로하라는 말을 한 적이 없습니다."

"그럼 다른 방법이 있다는 건가?"

박광토 전 대통령이 자신의 형을 늘리면서까지 비리를 말하는 것은 애초에 기대조차 하지 않았던 일이다. 고개를 끄덕이는 이한영의 눈빛은 자신에 차 있었다.

그러자 박광토 전 대통령은 허망한 웃음을 흘린다. 그 웃음소리가 커지더니 책상까지 치며 한참을 웃는다.

"재밌군, 재밌어. 강신진을 내 옆방에 넣어줄 수 있겠나? 그럼 내가 자네 손을 잡지."

이한영이 자리에서 일어나 허리를 굽혔다.

"큰 결정 감사드립니다."

"그래, 내가 할 일은 뭐지?"

"마포경찰서 서장 오종진을 기억하십니까?"

"오종진?"

살인범 곽순원에게 죽은 검사장의 친구로, 지금 2심을 기다리고 있다.

"오종진을 만나주십시오."

* * *

세상은 박광토 전 대통령에 관한 이야기로 시끄러웠다.

"박광토가 죽을 뻔했대."

"원한 있는 사람들이 죽이려고 했다며?"

정치인이 누군가에게 테러를 당하면 그 지지도가 높아지기 마련이다.

하지만 언론은 테러를 시도했던 남자들을 박광토 전 대통령에게 원한이 있는 사람으로 바꾸어 놓았다. 그 효과는 대단했다.

"박광토가 되게 나쁜 놈이래. 그래서 죽이려고 했다는데?"

"원래 정치하는 놈들이 다 똑같지, 뭐."

"앞에서는 착한 척, 뒤에서는, 씨발……."

"구속 풀어준 판사가 누구야?"

박광토 전 대통령의 이미지는 산산이 부서지는 중이다.

그 시각, 법원의 야외 휴게실에 이한영과 박철우 검사가 서 있었다.

박철우 검사가 캔커피를 건네며 말한다.

"석정호 씨는 괜찮아요?"

"몇 군데 찢어져서 꿰매기는 했는데, 큰 이상은 없는 것 같아요."

박철우 검사가 픽 웃으며 고개를 저었다.

"확실히 곰이야, 곰."

박광토 전 대통령을 살해하려던 놈들과 싸운 석정호는 지금 병원에 입원해 있다. 큰 상처는 아니지만 잠시 지켜보자는 말에 침대에 누워 있는 중이다.

박철우 검사가 캔커피를 입에 대며 말한다.

"아, 지도 박광토 전 대통령의 특별팀으로 들어갑니다."

"특별팀요?"

"네, 이걸 좋아해야 하는지 싫어해야 하는지 모르겠네요. 날 유배 보내려고 했던 놈들이 갑자기 박광토를 잡아넣으라고 재촉하고 있어요. 그놈들 말 듣는 건 싫은데, 박광토 잡는 건 또 마음에 들고. 허 참."

검찰총장과 검사장도 발등에 불이 떨어졌다. 단숨에 박광토 전 대통령의 목을 치지 못하면 오히려 당할 수도 있으니 당연한 일이다. 그 때문에 지금껏 단순 조사만 하던 특별팀이 본격적으로 움직이기 시작했다.

박철우 검사가 힐끗 이한영을 보며 말한다.

"판사님도 특별팀이죠? 그런데 중앙지검에서 한 번도 못 봤네요?"

"아, 바빠서요."

가봤자 제대로 된 조사도 하지 않을 테니, 가기 싫어서 안 가는 거다.

박철우 검사가 픽 웃으며 종이 하나를 건넨다.

"박광토를 테러하려던 놈들요. 계속 찔러보고는 있는데 누가 청부했는지는 정말 모르는 것 같네요."

꼬리를 자르는 데 능숙한 강신진 법원장이다. 당연히 최악의 순간을 생각하고 놈들에게 자신의 정체를 밝히지 않았을 거다.

박철우 검사의 말이 이어진다.

"연락을 받았다는 연락처도 조사해봤지만 당연히 대포였고요."

이것 역시 예상했다.

이한영이 건네받은 종이를 들어 보인다.

"그럼 이건요?"

"착수금 5억, 성공 보수 5억에 동남아로 밀항하는 배를 알아봐주겠다고 약속했나 봐요. 그건 돈을 보낸 통장의 계좌 번호요. 물론 대포 통장이지만, 한번 보세요."

이한영이 종이를 펼쳐 본다.

"정다운은행?"

그들에게 돈을 보낸 곳은 정다운은행이었다. 그러니까 김윤혁의 집에서 찾았던 통장과 같은 곳이다.

박철우 검사가 입에 담배를 물며 말한다.

"냄새가 나지 않아요?"

강신진 법원장과 장태식 사장의 돈이 있는 곳. 의혹이 확실한 사실로 굳어지고 있다.

이한영이 고개를 끄덕이자 박철우 검사가 말을 잇는다.

"뭐가 나오는지 은행 한번 털어볼까요?"

그때 이한영의 휴대폰에 진동이 울렸다.

장유린 부장이다.

"네, 부장님."

—정다운은행에 대해 조사해 달라고 했지?

그날 밤, 이한영은 장유린 부장과 만났다. 그녀가 자주 가는 바의 룸이다.

장유린 부장이 테이블 위에 서류봉투를 내려 두며 말했다.

"정다운은행에 대해 조사한 거야. 읽어봐. 반은 추측이고 반은 사실이야."

이한영이 서류를 꺼내 넘기기 시작하자 장유린 부장이 말을 잇는다.

"몇 년 전, 장태식이 해외에 돈을 투자한 적이 있어. 하지만 투자받은 회사는 페이퍼컴퍼니지. 다음엔 그 페이퍼컴퍼니가 호주에 있는 캐피털 회사에 투자했어. 호주의 캐피털 회사는 일본의 대부업체에 투자했고."

투자받은 일본의 대부업체는 곧바로 정다운은행의 지분을 확보했다.

이한영이 물었다.

"그럼 이 모든 회사가 장태식 사장의 것인가요?"

장유린 부장이 고개를 저었다.

"그건 확실하지 않아. 하지만 분명한 건 장태식은 처음 투자한 페이퍼컴퍼니에서 어떤 이득도 챙기지 않았다는 거야."

장태식 사장은 탐욕스러운 인간이다. 이득 없는 일에 나설 사람이 절대 아니다.

이한영은 서류를 한 장 더 넘겼다. 그러자 장유린 부장이 살짝 미소를 그리며 말한다.

"정다운은행의 사장이 바뀌고 대출이 늘었지? 그런데 대출받은 사람들이 누군지 알아? 노숙자, 행불자 등등."

이한영의 입술이 뒤틀렸다.

"쓰레기네요."

일본 대부업체의 손에 들어간 정다운은행은 곧바로 사장을 교체했다. 그리고 이자를 높게 준다는 명목으로 사람들이 돈을 갖다 바치게 했다. 0.1퍼센트의 이자를 더 준다는 말은 하루를 열심히 살아가는 사람들에게 매력적이기 때문이다. 물론 그 돈은 노숙자나 행불자 등의 이름으로 통장을 만든 강신진 법원장과 장태식 사장이 마음껏 대출을 받아 사용하고 있었다.

기관의 조사나 은행이 망해도 상관없었다. 여러 투자처를 돌며 빙빙 꼬아놨기에 이들의 이름이 거론되기는 어려운 일이어서다.

장유린 부장이 말한다.

"내가 알아봐 줄 수 있는 것은 여기까지."

"감사합니다."

"아냐."

장유린 부장의 표정이 묘하다.

분명 뭔가 알고 있는데, 더 말하지 않는 듯했다.

'뭐지?'

이한영은 천천히 그녀를 살폈다.

'뭔가를 알고 있는데, 숨기는 이유?'

이한영의 머릿속은 깊은 생각으로 빠져들었다.

'장유린 부장은 유성그룹을 손에 넣는 게 인생의 목표야. 그럼 장용현 회장과 거래할 수 있을 정도의 무엇일까?'

장태식 사장의 재판이 목전으로 다가왔다.

'혹시 장태식을 걸고 거래하는 건가?'

이한영의 시선이 다시 서류봉투로 향했다.

'분명 반은 추측이고 반은 사실이라고 말했지? 그럼 말하지 않은 나머지

반이 있다는 걸까?'

여기까지 생각을 마친 이한영이 고개를 들어 장유린 부장을 향했다. 장유린 부장은 웃고만 있다. 무엇을 물어보든 대답해줄 분위기가 아니다.

그녀가 자리에서 일어섰다.

"그럼 이만 가자."

먼저 룸을 나서는 장유린 부장의 얼굴이 점점 굳어지며 차갑게 변해갔다.

* * *

그 시각, 박광토 전 대통령은 구치소의 주차장에 서 있었다. 박광토 전 대통령이 앞에 선 사내를 보며 입을 연다.

"조력자가 자네였나?"

"조력자라기보다는 제가 도움을 받고 있습니다."

'야당의 미친개'라 불리는 곽상철 의원이다. 위아래가 없는 성격 탓에 박광토 전 대통령과의 사이는 당연히 좋지 않았다.

박광토 전 대통령이 말한다.

"이런 일이 아니면 자네와 내가 만날 리가 없지. 어쨌든 이 일을 하는 동안은 잘 부탁하네."

"잘 모시겠습니다. 이 일을 하는 동안은……."

곽상철 의원이 몸을 앞으로 돌리며 박광토 전 대통령을 안내했다.

그리고 잠시 후, 마포경찰서 오종진 서장과 박광토 전 대통령 그리고 곽상철 의원이 변호사 접견실에 앉았다.

박광토 전 대통령의 방문에 오종진 서장은 어쩔 줄을 몰라 하고 있었다. 구치소에 있는 오종진 서장이 알고 있는 정보는 박광토 전 대통령이 테러를 당해 죽을 뻔했다는 게 전부다. 그 테러를 강신진 법원장 등이 사주했는지, 박광토 전 대통령의 세력이 없어졌는지까지 알 수는 없다. 그래서 오종진 서장에게 대한민국 권력의 정상은 박광토 전 대통령이었다.

박광토 전 대통령이 품에서 담배를 꺼내 테이블에 놓았다. 오종진 서장이 눈치를 본다.

"태워."

"감사합니다."

오종진 서장은 담배를 입에 물고 몸을 돌려 불을 붙인다.

뿌연 연기가 흐를 때 박광토 전 대통령이 입을 연다.

"2심에서 자네 친구가 만들었다는 장부를 공개할 거라고?"

오종진 서장은 강신진 법원장의 지시를 받아 2심 재판에서 가짜 뇌물 장부를 공개하기로 되어 있었다. 그리고 그 뇌물 장부에는 맞은편에 앉은 곽상철 의원도 포함되어 있다.

잠시 곽상철 의원의 눈치를 보던 오종진 서장이 고개를 끄덕인다.

"아, 네. 그렇게 되어 있습니다."

박광토 전 대통령의 입가에 스산한 미소가 맺힌다.

"그 장부, 내가 만들어도 되겠나? 읽는 것은 자네가 하게."

"네?"

상황을 이해 못 한 오종진 서장이 선불리 대답하지 못하고 눈만 깜빡인다.

그러자 곽상철 의원이 입을 연다.

"오종진 씨, 지금 당신 앞에 각하와 다이렉트로 연결되는 동아줄이 내려온 거예요. 중간에 강신진 판사를 거치지 않고 바로 각하와 연락할 수 있다는 거죠."

박광토 전 대통령이 말한다.

"이런 말을 하기 그렇지만 난 이번에 구속까지 당하는 치욕을 맛봤어. 이건 내 아랫놈들이 일을 못하기 때문이야. 그래서 자네의 도움을 받아 아랫놈들을 물갈이하고 싶어."

"……!"

"자네가 유능한 변호사와 함께한다면 길어야 5년이면 나올 수 있을 것 같은데, 출소 후 나와 함께 일하는 것은 어떤가?"

"가, 각하……."

"도와줄 텐가?"

밖의 상황을 전혀 모르는 오종진 서장의 판단은 당연히 전 대통령을 따르는 것이었다. 그가 자리에서 일어나 허리를 굽힌다.

"무엇이든 맡겨만 주십시오."

박광토 전 대통령이 할아버지 같은 인자한 웃음을 지으며 입을 열었다.

"며칠 후에 장부를 만들어서 다시 오지."

그 장부에 적힐 첫 번째 이름은 강신진 법원장이 될 것이다. 그리고 두 번째는 법무부 장관, 세 번째는 검찰총장…….

* * *

며칠 후 밤.

송나연 기자는 차에 앉아 한 사람을 지켜보고 있었다. 그 사람은 강신진 법원장에게 지시를 받아 살인범 곽순원을 살해하려는 의사다.

그런데 잠시 딴생각을 하는 순간 편의점으로 들어갔던 의사가 보이지 않는다.

"어? 어디로 간 거지?"

그녀는 두리번거리며 의사의 행적을 찾기 시작했다. 하지만 보이지 않는다.

그때 똑똑똑, 조수석 쪽 창문에서 소리가 들렸다. 차는 도로에 아무렇게나 주차된 상태다. 그녀의 차를 두들길 사람은 없다.

'걸렸나?'

송나연 기자의 눈이 심각하게 떨려온다. 상대는 의사이면서도 서슴없이 사람을 죽일 수 있는 자다. 만약 감시하고 있다는 게 들킨다면 어떤 위험이 닥칠지 알 수 없었다.

그녀의 시선이 천천히 조수석 창문을 향해 이동했다. 그런데…….

"어?"

낯익은 실루엣, 박철우 검사가 보인다. 빙긋 미소를 그린 박철우 검사가 문을 열고 들어와 앉으며 햄버거를 내민다.

"드세요."

"어, 어, 잠깐만요."

박철우 검사가 어떻게 그녀의 차를 찾았는지 묻고 싶었지만 지금은 우선 의사를 찾아야 했다.

"왜요, 왜?"

"의사가 사라져서요."

"의사?"

박철우 검사도 눈을 크게 뜨고 밖을 본다. 먼저 찾은 것은 박철우 검사다. 그가 손가락으로 건물 뒤편을 가리키며 말한다.

"저기 나오네요."

도로변으로 나온 의사는 편의점에서 산 물건을 차에 넣고 다시 몸을 돌려 그 옆의 꽃집으로 향한다.

그러자 박철우 검사가 다시 입을 연다.

"감시한 지 오래됐죠? 나온 거 있어요?"

"지금까지는 병원 사람들과 내연녀만 만나고 있어요. 강신진 법원장이랑도 연락하지 않는 것 같고요."

"내연녀도 있고, 팔자 좋네요."

"그런데 검사님은 여기 어쩐 일이세요?"

"저녁을 뭘 먹어야 하나 돌아다니다가 기자님 차를 봤거든요."

"지금 저녁 식사를 하시는 거예요?"

"조사해야 할 놈들이 많아서요, 흐흐."

시각은 밤 10시를 훌쩍 넘기고 있었다.

박철우 검사는 고개를 끄덕이며 햄버거를 뜯어 한입 베어 문다.

"기자님도 식전이죠? 드세요."

"감사합니다."

햄버거를 먹으며 두 사람의 말소리는 사라졌다.

잠시 후, 박철우 검사가 입을 연다.

"강원도에 가면 한동안 못 보겠네요?"

드림일보 사장의 눈 밖에 난 그녀는 강원도 발령이 확정된 상태다. 유배를 가는 것이지만 그녀는 밝게 말한다.

"놀러 오세요. 방 세 칸짜리 아파를 임대할 거라 가족분들이랑 오셔도 불편하지 않을 거예요."

"가면, 연애는 끝?"

"연애요?"

뜬금없는 질문에 송나연 기자가 눈을 동그랗게 뜨자 박철우 검사가 대수롭지 않게 말한다.

"이한영 판사 좋아하잖아요?"

순시간에 얼굴을 붉힌 그녀가 손을 저으며 답한다.

"판사님은 결혼할 사람이 있잖아요. 완전 예쁜 분."

"잉? 지난번에 물어보니까 그분이랑은 결혼 생각이 없는 것 같던데요."

"정말요?"

"응."

송나연 기자가 다시 고개를 흔든다.

"그래도 안 돼요. 안 돼, 안 돼. 그러니까 그냥 모른 척해주세요. 알았죠?"

박철우 검사가 픽 웃으며 조수석의 문을 연다. 그는 이제 다시 검찰로 들어가야 할 시간이다.

"네, 알겠어요. 그럼, 잠복근무 파이팅!"

"파이팅!"

박철우 검사가 떠났다.

홀로 남은 차 안은 적막하다. 멍하니 있던 송나연 기자가 고개를 흔든다.

"안 돼, 안 돼."

그리고 잠시 후, 의사가 밖으로 나와 차에 올라탔다. 그의 자동차가 출발하자 송나연 기자도 그 자동차의 뒤를 쫓기 시작했다.

박철우 검사는 검찰로 돌아가지 않고 길에 서 있었다. 의사의 차를 지켜보던 그는 휴대폰을 들어 의사의 차를 사진 찍는다. 그리고 차가운 시선으로 휴대폰 화면을 넘겨 본다. 화면엔 강신진 법원장이 박광토 전 대통령을 면회하기 위해 구치소에 갔던 사진이 보인다. 또 화면을 넘기자 이번엔 강신진 법원장이 법무부 장관 등과 만나는 사진이 있다.

박철우 검사가 조용히 입을 연다.

"강신진……."

* * *

다음 날, 이한영의 휴대폰에 진동이 울렸다.

"네, 이한영입니다."

윤슬혜의 아버지 윤관호 변호사다.

–특검 통과될 것 같다네요. 분위기 좋답니다.

이한영과 윤관호 변호사는 그동안 국회의원을 만나고 다니며 특검을 발의해달라고 부탁해 왔다. 공천을 받지 못할 의원들이기에 힘이 부족하지만 머릿수로 밀어붙이기 위해서였다.

그리고 최근 박광토 전 대통령의 여론이 나빠졌다. 그래서 국민의 인기로 먹고사는 국회의원들은 너 나 할 것 없이 찬성표를 던지는 모양이다.

특검의 장점은 '성역 없는 수사'다. 제대로만 된다면 박광토 전 대통령이나 강신진 법원장이 숨기고 있는 비리까지도 탈탈 털어낼 수 있었다.

통화 종료 버튼을 누르는 이한영의 시선은 서늘하게 빛나고 있었다. 조금씩 강신진 법원장의 최후가 될 무대가 만들어지는 중이다. 이한영은 그 무대에서 강신진 법원장이 절대 빠져나갈 수 없는 덫을 계획하고 있었다.

이한영의 시선이 달력으로 옮겨졌다. 붉은 동그라미, 장태식 사장의 재판이다.

'내가 해야 할 일은…….'

이한영은 다시 휴대폰을 손에 쥔 후 박철우 검사의 번호를 찾았다. 통화 연결음이 흐른 후 박철우 검사의 목소리가 들린다.

—박철우입니다.

"지금 괜찮으세요?"

—지금 갈까요?

박철우 검사와 함께 강신진 법원장의 비밀이 숨겨진 정다운은행을 찾아가 보기로 약속되어 있었다.

정다운은행은 높은 빌딩 중 1, 2, 3층을 사용하고 있었다.

1층은 일반 창구, 2층은 VIP실, 3층은 사무를 보는 공간이다.

이한영과 박철우 검사는 모자를 눌러쓴 채 창구에 앉아 있었다. 영장 없이 은행에 와서 확인할 수 있는 것은 없다. 하지만 현장을 눈으로 확인하는 것과 책상에 앉아 생각만 하는 것은 전혀 다른 일이다.

제1 금융권이 아니지만 다른 은행보다 적금 금리가 1퍼센트나 높아서 그런지 꽤 많은 사람들이 보인다. 그 덕에 아무것도 하지 않고 의자에 앉아만 있어도 어떤 의심을 받지 않을 수 있었다.

박철우 검사가 이한영에게 서류를 건네며 입을 열었다.

"오기 전에 이것저것 조사해봤는데요. 여기 사장이 김진철이라고 하거든요? 그런데 이 사람이 유성쇼핑 전무였네요."

이한영은 은행 사장 김진철에 관한 인적 사항이 적힌 서류를 넘겨 보기 시작했다. 장유린 부장에게는 듣지 못한 정보다.

이한영의 눈이 살짝 찌푸려진다.

'이런 간단한 정보를 모를 리가 없었을 텐데, 왜 말해주지 않은 거지?'

분명 사장 김진철로부터 이어지는 뭔가가 있다는 거다.

'장유린 부장은 이걸 통해 장용현 회장과 뭔가를 거래하려 하고 있어. 도대체 뭐가 있길래…….'

이한영의 생각은 점차 더 깊어지기 시작했다.

'내게 말해줄 수 없는 이유. 그것은 내가 그 정보를 통해 장태식의 목을 쳐버리면 거래가 성사되지 않기 때문에…….'

하지만 아직 알 수 있는 정보는 없다. 이한영이 박철우 검사에게 서류를 다시 건네며 말했다.

"김진철 사장에 대한 걸 조금 더 자세히 알아볼 수 없을까요? 사돈에서 팔촌까지 싹 긁어모았으면 하는데요."

고개를 끄덕인 박철우 검사가 창구를 보며 말한다.

"그리고 저기 3번 창구에 앉은 분, 이 은행에서 유일하게 사장이 바뀌었지만 계속 일하고 있는 사람이에요. 다른 사람은 전부 그만뒀는데 혼자 남아 있네요."

"저분의 기록도 부탁드려요."

"어려운 일은 아니죠."

그제야 이한영은 은행을 둘러보기 시작했다.

곳곳에 CCTV가 보인다. 그런데 1층에서 2층의 VIP실로 향하는 계단에는 CCTV가 없다.

'강신진과 장태식의 얼굴을 보호하기 위해?'

이한영은 고개를 저었다. 그 두 사람은 직접 사기 대출을 받기 위해 은행으로 올 인물들이 아니다. 여기까지 생각하자 이한영의 머릿속은 빠르게 회전하기 시작했다.

'강신진 법원장이 노숙자 등의 명단을 장태식 사장에게 건네면, 장태식 사장은 그 명단을 누군가에게 줄 거야. 그럼 그 누군가는 그 명단을 이곳에서 대출을 심사하는 사람에게 건넬 테고…….'

이한영이 박철우 검사에게 시선을 틀었다.

"검사님, 이 은행의 사장 김진철과 대출 심사하는 사람의 통화 기록을 부탁해요. 그리고……."

"그리고요?"

이한영은 강신진 법원장의 통화 기록을 알려달라고 말하려다가 말았다. 장태식 사장이 구치소에 있는 이상 불법 대출은 강신진 법원장을 통해 이뤄질 게 분명하다. 하지만 그런 일을 정상적인 휴대폰으로 사용할 리는 없었다. 당연히 대포폰을 사용하고 있을 거다.

"아니요. 나머지는 나중에 부탁드릴게요."

일단 강신진 법원장이 사용하는 대포폰을 찾아내는 게 우선이다. 강신진 법원장은 법을 잘 알고 있는 사람이며 그만큼 잘 이용할 줄 안다. 완벽한 증거를 들이밀지 않는 이상 어떻게든 빠져나올 것이다.

그리고 그는 판사다. 정치인 등은 국민의 심판을 받아 낙선 또는 사직을 하지만, 판사는 탄핵이나 금고 이상의 형벌이 아니면 파면되지 않는다. 강신진 법원장을 박살 내기 위해서는 다시는 일어설 수 없게 짓밟는 수밖에 없었다.

이한영이 자리에서 일어선다.

"그만 가죠."

"다 보셨어요?"

"네."

이한영은 박철우 검사보다 한발 앞서 은행 창구를 벗어났다. 그의 머릿속은 여전히 복잡하다.

'강신진은 대포폰을 어디에 숨겨 뒀을까…….'

* * *

그날 밤.

이한영은 박광토 전 대통령의 서재에 앉아 있었다. 박광토 전 대통령이 이한영 앞으로 노트를 내민다.

"자네가 적도록 해."

마포경찰서 오종진이 2심에서 외칠 사람들의 명단을 적으라는 거다.

박광토 전 대통령이 빙긋이 웃으며 말한다.

"내 목숨을 구해준 보답이야. 자네 마음에 들지 않는 사람의 이름을 모두 적어도 좋아."

오종진 서장의 입에서 이름이 불리면 그것이 사실이든 거짓이든 정치인의 정치생명은 끝난다. 그리고 고위 관료들도 난처해질 수밖에 없다.

박광토 전 대통령이 말을 잇는다.

"첫 장에는 강신진의 이름이 적혔으면 좋겠어. 가장 얄미운 놈이야."

말을 마친 박광토 전 대통령은 입을 꾹 다물고 이한영을 바라본다. 노인의 또렷한 눈동자는 이한영의 모든 것을 파악하려 하고 있었다.

이한영은 그의 시선을 뒤로하며 물끄러미 노트를 바라봤다.

'내가 적으라고?'

박광토 전 대통령은 분명 인자한 할아버지의 미소를 그리며 웃고 있다. 하지만 앞에 놓인 노트는 독이다. 그것도 맹독. 직접 적는 순간 이한영의 필체가 남겨진다. 그리고 그것은 고양이에게 생선을 맡기듯 박광토 전 대통령에게 이한영의 약점을 넘겨주는 것이나 마찬가지다. 박광토 전 대통령은 이 순간에도 이한영을 꾀어 자신이 살 방법을 찾고 있었다.

이한영은 노트를 그의 앞으로 밀었다.

"대통령님께서 적으시는 게 맞다고 봅니다."

"이 일은 이한영 판사가 시작했어. 자네가 끝을 보는 게 옳다고 생각하지 않나?"

박광토 전 대통령은 끝까지 인자한 미소를 지우지 않으며 속으로는 이한영의 멱을 쥐고 싶어 한다.

하지만 이한영의 뱃속에도 능구렁이가 앉아 있다.

"전 대통령님 아래에 있던 세력을 모두 알고 있지 못합니다. 그리고 대통령님이 만드신 세력입니다. 끝은 대통령님께서 보시는 게 맞다고 생각합니다."

박광토 전 대통령은 대답하지 않았다. 대신 이한영을 또렷이 바라볼 뿐이다.

그리고 이한영의 눈빛에서 절대 하지 않겠다는 의지를 봤는지 크게 웃으며 노트를 손에 들어 자신의 앞으로 가져간다.

"그렇게 하지."

"감사합니다."

박광토 전 대통령이 손가락으로 노트를 툭툭 두들기기 시작했다.

"그런데 내가 이 노트에 자네와 나를 잡아넣었던 검사와 판사의 이름을 적으면 어쩌려고 그러나?"

박광토 전 대통령의 입가에서 인자한 할아버지의 미소는 지워진 지 오래다. 오로지 이한영을 잡아먹으려는 괴물의 눈빛만 남아 있다.

하지만 이한영은 담담히 답한다.

"그럼 전 강신진 법원장에게 대통령님의 비리를 듣고 그 비리를 찾아내려 하겠죠."

박광토 전 대통령의 눈빛이 일그러진다. 그의 입에서 위협적이고 강압적인 목소리가 흐르기 시작한다.

"그래서 내가 중형을 받게 하겠다?"

"네."

"지금도 두 얼굴의 박광토라고 치욕을 받고 있는데, 더 큰 모욕을 받게 하겠다?"

"네."

서늘한 두 시선이 허공에서 부딪혔다. 서재의 공기는 눈빛보다 더 냉랭하게 변하는 중이다.

이한영이 박광토 전 대통령의 눈빛을 받으며 노트를 손가락으로 가리켰다.

"전 대통령님께서 죄 있는 자의 이름만 적을 거라고 믿습니다."

박광토 전 대통령이 고개를 저으며 입을 연다.

"자네와 조금만 더 일찍 만났으면 어땠을까 싶어……."

박광토 전 대통령은 이제야 이한영을 알게 된 것이 아쉬웠다. 조금이라도 먼저 이한영을 만났다면 지금 같은 치욕은 받지 않았을 거라는 생각이 들어서다.

잠시 한숨을 내뱉은 박광토 전 대통령이 노트를 펼친다. 그리고 거침없이 강신진의 이름을 적어 넣는다. 이어서 법무부 장관, 국토부 장관 등 각 장관의 이름이 적히고 있다. 노트에 적히는 것만으로 한 사람의 인생이 뒤틀리는 순간이다.

그중엔 박광토 전 대통령과 오랜 시간 함께했던 사람도 있었고, 행복한 인생을 살라며 주례를 봐준 사람도 있었다. 그들의 인생을 끝장내는 거다. 아무리 비리가 있고 자신을 죽이려 했던 사람들이라 해도 마음이 편할 수는 없었다. 하지만 박광토 전 대통령은 망설이지 않고 그들의 이름을 적어 내려간다.

그리고 '탕!' 소리와 함께 박광토 전 대통령이 노트를 덮었다. 모든 이름이 다 적힌 순간이다.

박광토 전 대통령이 천천히 고개를 들어 이한영을 향한다. 그의 눈빛은 살기가 가득했다.

"죄 있는 자만 적었네."

이한영은 자리에서 일어나 허리를 굽혔다.

"감사합니다."

"마흔에 정계에 들어가고 대통령까지 되었어. 오물을 뒤집어쓰기도 했고 피를 묻히기도 했지. 하지만 모든 것은 이 나라를 위해서였어."

박광토 전 대통령이 노트를 툭툭 두들기며 말을 잇는다.

"여기에 적힌 녀석들과 나는 이 나라, 대한민국을 위해 온갖 일을 다 한 사람들이야. 그래, 처음은 국가를 위해서였어. 하지만 욕심이 생긴 거야. 국가가 아니라 더 큰 돈과 권력을 생각하게 된 거지. 욕심이 아니었다면 나도, 이 녀석들도 지금과 달랐을 거야."

이한영은 잠자코 박광토 전 대통령의 말에 귀를 기울였다. 박광토 전 대통령이 날카로운 시선으로 이한영을 쏘아본다. 그리고 묵직한 음성으로 다시 입을 열었다.

"그래서 묻고 싶네. 자네는 어떻게 할 건가?"

"……어떻게 하다뇨?"

"대한민국의 정점이라고 했던 내 권력이 강신진에게 흐르고 있어. 하지만 강신진은 곧 무너질 테고 갈 곳을 잃은 권력은 자네에게 모이게 될 거야."

이한영은 고개를 저었다.

"전 아직 어립니다. 권력이 제게 모일 리는 없다고 생각합니다."

박광토 전 대통령의 입술이 비틀린다.

권력에 나이는 상관없다. 힘을 쥐는 순간 권력에 붙어사는 인간들은 날파리처럼 똥과 오줌을 가리지 않고 모여들기 때문이다.

박광토 전 대통령이 입을 연다.

"거짓말, 넌 다 알고 있잖아?"

이한영이 대답하지 않자 박광토 전 대통령의 묵직한 음성이 이어진다.

"네 옆으로 국회의원들이 모이기 시작했어. 국회의원은 그 누구보다 권력을 탐하는 자들이야. 그들이 어떤 냄새를 맡았다고 생각하나?"

"제게도 똥 냄새가 나고 있나요?"

"그래, 그러니까 나 같은 꼴이 되지 않으려면 욕심을 경계해. 국민의 위에 서려 하지 말고 국가를 위해서 살아. 그게 공무원이고, 그러라고 국민이 월급을 주는 거니까."

박광토 전 대통령은 자신의 세력이었던 사람들의 이름을 적어 넣으며 그들의 마지막을 봤다. 그것은 비참하게 재판에 세워져 조롱당하는 모습이다.

박광토 전 대통령은 그들의 마지막을 생각하며 최후마저 떠올리고 말았다. 그래서 지난 인생이 후회되나 보다. 조금만 더 잘할걸, 조금만 더 욕심을 부리지 말걸……. 하지만 후회는 이미 늦었다. 시간이 갈수록 낭떠러지로 가까워지는 중이다.

박광토 전 대통령이 입을 연다.

"짐승이 되지 말고 사람이 되도록 해. 그리고 후회 없는 인생을 살게."

이한영은 다시 한번 자리에서 일어나 박광토 전 대통령을 향해 허리를 굽혔다.

"명심하겠습니다."

* * *

며칠 후 밤.

이한영과 박철우 검사 그리고 송나연 기자가 옥탑방에서 모였다.

송나연 기자가 말한다.

“의사는 병원과 내연녀의 집만 오가고 있어요. 그 외에 다른 일은 없고요. 자기 집에 가는 것은 딱 두 번 봤어요. 결혼기념일에도 집에 안 가고 내연녀 집으로 가던데요?”

세상엔 참 이상한 사람이 많다.

박철우 검사가 한심한 듯 고개를 저을 때, 송나연 기자가 말을 이었다.

“내연녀는 대학원생이고요. 월세나 생활비 그리고 자동차 등을 지원받고 있어요.”

송나연 기자의 보고가 끝났다.

이한영의 시선이 박철우 검사에게 향했다. 그러자 박철우 검사가 두 사람에게 서류를 건네며 입을 연다.

“은행 사장 김진철과 대부업 심사를 보는 직원의 통화 기록이에요. 그리고 이것은 두 사람의 신상요. 사돈에 팔촌까지 싹 쓸어 왔습니다.”

이한영이 서류를 받아 읽기 시작했다. 최근 3개월 동안 통화 기록이 겹치는 경우는 없다. 아마 회사 내에서 연락을 취하는 모양이다.

이한영은 머리를 쓸어 넘겼다. 그들의 신상을 확인해봤지만 장유린 부장이 숨기고 있는 게 무엇인지 알 수 없다.

‘도대체 뭐지?’

그때 박철우 검사의 휴대폰에 진동이 울렸다. 그가 전화를 받으며 입을 연다.

“어, 왜?”

–부부장님, 조사해보라고 했던 정다운은행의 김진철 있잖아요?

후배 검사의 목소리다.

“응, 그런데?”

–오늘 태국으로 출국했습니다.

박철우 검사의 시선이 이한영에게 향한다.

"김진철이 출국했다는데요?"

"네?"

"재산을 전부 정리해서요……. 회사에는 어떤 말도 하지 않은 것 같은데 도대체 뭐죠?"

도망친 거다.

순간 이한영의 머릿속에 장유린 부장이 스친다.

'장유린 부장이 김진철에게 무엇인가를 알아내고 출국시킨 건가? 회사에 알리지도 않고 도망칠 정도로 급한 것?'

그때 이한영의 휴대폰이 장유린 부장에게 온 메시지로 진동이 울렸다. 이한영이 천천히 휴대폰을 들어 올린다.

—내가 숨기고 있는 게 있다는 것은 알지? 힌트 줄게. 답은 성경이야.

'성경?'

사장 김진철의 도주와 함께 난데없이 온 메시지, 힌트는 성경.

이한영은 미간을 찌푸린 채 곧바로 통화 버튼을 눌렀다. 그녀가 무슨 생각을 하는지 확인할 필요가 있었다. 하지만 전화를 받지 않는다. 통화 연결음만 이어질 뿐이다.

박철우 검사가 물었다.

"무슨 일 있어요?"

이한영이 한숨을 내뱉으며 고개를 저었다.

"아뇨. 없어요. 계속 회의하죠."

그 시각.

장용현 회장의 집.

끝이 보이지 않는 긴 복도를 장유린 부장이 걷고 있었다. 그녀가 향하는 곳은 장용현 회장의 서재다.

서재 앞에 서자 장용현 회장의 비서가 고개를 숙인다.

"기다리고 계십니다."

"네."

비서가 문을 연다.

문이 열리는 소리에 넓은 서재의 끝에 앉아 있던 장용현 회장이 고개를 든다. 장유린 부장을 보는 그의 표정엔 어떤 감정도 느껴지지 않는다. 아버지와 자식이라고는 느낄 수 없는 사무적인 눈빛이다.

장유린 부장은 그런 시선에 익숙해 보인다. 살짝 허리를 굽힌 후 장용현 회장 앞으로 다가선다.

"말씀드릴 게 있어서 왔어요."

장용현 회장은 대답하지 않았다. 그저 처음과 같은 표정으로 장유린 부장을 보고 있다.

장유린 부장이 입을 열었다.

"정다운은행, 알고 계시죠? 사장이 김진철이네요. 전 장태식이 김진철 사장을 통해 무슨 짓을 했는지 알고 있어요. 꽤 유능한 브로커였더라고요, 김진철 사장. 그런데 김진철 사장이 참 입이 가벼워요. 협박 몇 개에 자기가 살자고 주인을 물더라고요."

"그래서?"

"김진철 사장은 대통령 선거는 물론 지방선거와 총선까지 개입하고 방산 비리에도 참여했어요. 박광토 전 대통령에게 줬던 돈이 약 2천500억. 현 대통령에게 준 돈이 지금까지 800억. 그 덕에 재개발 땅이나 국가사업을 선점해서 그 이상의 수익을 내기는 했죠."

장용현 회장의 표정은 바뀌지 않는다. 여전히 냉담하다.

"그걸 네가 알고 있다고 해서 바뀌는 게 뭐지?"

"바뀌는 것은 없겠죠. 서민들은 언제나 그렇게 당하는 게 당연한 거고,

장사꾼은 이득을 위해 관료에게 돈을 주는 게 당연한 거니까요."

장용현 회장이 고개를 저었다.

"본론을 말해."

"그룹을 주셨으면 해요. 그럼 입 닫고 있을게요."

장용현 회장의 표정이 처음으로 변했다. 그가 서슬 퍼런 눈으로 웃기 시작한다. 눈은 웃고 있지 않지만 입은 올라간 모습이다. 그리고 고압적인 목소리로 입을 연다.

"미쳤구나."

평소였다면 이쯤에서 물러났을 장유린 부장이다. 하지만 이번은 다르다.

"이왕 미친 것, 조금만 더 말해볼까요? 난 그 모든 일을 회장님께서 장태식에게 지시했다는 것도 알고 있어요."

"뭐라?"

장용현 회장의 얼굴이 처음으로 굳어졌다.

장유린 부장은 들고 있던 서류를 테이블 위에 올렸다.

"이건 방산 비리를 승낙했던 결재 파일. 여기 회장님의 사인이 보이죠?"

서류가 다음 장으로 넘어간다.

"이건 차명계좌를 통해 불법 선거 자금을 건넸던 것, 그리고 이것은……."

"그만."

장용현 회장이 눈을 부릅뜨고 장유린 부장을 노려본다. 악마와 같은 눈동자다.

하지만 장유린 부장은 장용현 회장의 눈빛과 목소리에 위축되지 않는다.

"지분이 없어도 좋아요. 회장 자리에 앉게 해주세요. 그래서 장태식 그 개 같은 새끼가 출소했을 때 앉을 곳이 없게 만들어주세요. 그럼 내 입은 조용히 닫혀 있을 거예요."

"네 입이 열리면?"

"회장님은 감옥에 가겠죠. 장태식도 없고 회장님도 없는 유성그룹. 남아 있는 회장님의 잘난 자식들은 유성을 갖기 위해 싸울 거예요. 그러다 서로의 비리를 넘기고 폭로하며 한 명, 한 명 감옥에 갈 거예요. 죽는 사람이 나올 수도 있겠네요. 그 뒤는 뻔하지 않나요? 유성그룹의 주인은 회장님의 핏줄이 아니라 다른 사람으로 바뀌게 될 거예요. 내가 그렇게 만들 거예요."

"네가 할 수 있다고 생각하나?"

"회장님은 저를 우습게 보고 있지만, 전 고등법원 판사예요."

고등법원 판사는 차관급이다. 절대 만만히 볼 수 있는 상대가 아니다. 게다가 그녀는 장용현 회장의 핏줄이라는 이유로 유성그룹의 이사진과 국회의원들도 상당히 많이 알고 있다.

그녀가 테이블에 놓인 서류를 손가락으로 쿡쿡 찌르며 말을 잇는다.

"제 눈앞에 명확한 증거가 있어요. 그 증거는 회장님을 가리키고 있고요. 난 언제든 이 증거를 언론에 알리고 검찰을 움직여 회장님을 소환하고 구속할 수 있어요. 구속 다음은 실형이겠죠. 이 정도면 못해도 12년. 판사가 된 이후 처음으로 올바른 일을 해볼까 고민하고 있는데, 어떻게 생각하세요?"

"장유린!"

급기야 큰 소리가 터져 나왔다.

장유린 부장도 밀리지 않는다.

"회장님이 할 수 있는 것은 두 가지 중 하나를 선택하는 것뿐이에요. 구속되든지 아니면 날 후계로 결정하든지!"

장용현 회장의 두 눈은 붉어져 있었고 양손은 부들부들 떨리기 시작했다.

장유린 부장은 그의 표정을 상관 않고 입을 연다.

"대한민국 경제 어쩌고저쩌고하는 소리는 하지 마세요. 난 나라가 망하든 말든 상관하지 않으니까. 내가 원하는 것은 장태식과 그 형제들의 파멸일 뿐이니까. 그 새끼를 완전히 죽여 놓지 않으면 내 마음이 편치 않으니까!"

장유린 부장의 눈빛은 살벌했다.

장용현 회장이 참고 있던 분노의 숨을 내뱉는다.

"생각해보지."

"좋은 결정 부탁드릴게요."

장유린 부장은 장용현 회장에게 허리를 굽혔다. 지금껏 쏘아대던 말과 달리 예의 바른 행동이다. 그리고 그녀는 몸을 돌려 서재를 빠져나갔다.

그녀가 사라지자 장용현 회장이 책상 위의 벨을 눌렀다. 그러자 문이 열리고 비서가 들어온다.

"부르셨습니까?"

"술 가져와."

"네?"

"술 가져오라고!"

바로 비서가 술을 들고 왔다.

장용현 회장은 붉게 충혈된 눈동자로 술을 마시기 시작했다.

* * *

이한영은 송나연 기자 그리고 박철우 검사와 함께 아직 옥탑방에 있었다. 그들의 회의는 계속되는 중이다.

이한영이 말한다.

"마포경찰서 오종진의 2심이 다음 주로 잡혔어요. 거기서 강신진 등이 돈과 향락을 받았다고 입을 열 거예요."

박철우 검사가 벌떡 일어서며 급하게 입을 연다.

"결정된 거예요?"

"네."

이한영이 손목을 들어 시간을 확인하며 말을 이었다.

"박광토 전 대통령님이 지금 구치소에서 오종진을 만나고 있을 겁니다."

박철우 검사가 주먹을 불끈 쥐었다.

"됐네요."

이한영이 고개를 저었다.

"이걸로 강신진 법원장을 끌어내릴 수는 없어요."

오종진의 증언은 거짓이다. 당연히 증거가 없으니 죄인의 자백일 뿐이다.

박철우 검사가 말한다.

"하지만 강신진의 세력이 큰 타격을 입을 것은 분명하잖아요?"

많은 사람들은 거짓을 믿을 것이다. 고위 관료나 정치인에 대한 신뢰도가 떨어진 세상에서 그들이 뇌물을 받는 게 일상적이라고 생각하기 때문이다. 그 덕에 거짓은 신뢰를 얻게 될 것이고 이름이 호명된 사람들은 큰 비난에 휩싸이게 될 거다.

"그리고 거짓을 진실로 만들기 위해서 검사님이 그 사람들을 수사하면 됩니다. 비리를 찾아내고 정말 나쁜 놈이었다는 걸 밝혀야죠."

박철우 검사가 고개를 끄덕인다.

"당연히 그래야죠. 당연히……."

송나연 기자가 손뼉을 쳤다.

"이제 회의도 끝난 것 같은데, 맥주 마시죠!"

그때 그들의 휴대폰이 일제히 울리기 시작했다. 이 자리에 있는 사람들은 판사와 검사 그리고 기자다. 동시에 울리는 휴대폰이 불길해 보인다.

05

모두의 휴대폰을 동시에 울리게 한 것은 메시지다.

—부고, 장유린 본인. 빈소 서울유성병원 장례식장.

이한영의 표정이 일그러졌고, 박철우 검사의 미간은 찌푸려졌다. 송나연 기자는 말없이 이한영을 보고 있었다.

* * *

장유린 부장은 교통사고로 사망했다.

블랙박스를 확인해본 결과, 차가 갑작스럽게 출발하며 벽을 들이받은 것이다. 급발진 사고였다. 그녀가 타던 자동차는 유성그룹에서 나온 세단, 사망 장소는 그녀의 집 앞이었다.

다음 날.

장유린 부장의 장례는 한 층 전체를 빌려 사용할 정도로 화려했다. 복도에서부터 계단을 지나 현관까지 이어져 내려오는 화환과 끊이지 않는 조문객은 그녀가 얼마나 많은 인맥을 만들어 왔는지 보여주었다.

그리고 검은 양복을 입은 이한영이 장례식장 앞에 섰다. 하지만 들어가지 않고 건물만 올려다본다.

'전생에서도 장유린 부장은 사망했었어.'

당시엔 차가 가드레일을 들이받고 낭떠러지로 떨어지며 사망했었다. 의문의 교통사고였지만 이한영은 그 살해범이 장태식 사장일 것이라고 확신하고 있었다. 하지만 이번 생에서의 장유린 부장은 급발진으로 사망했다.

'지금 장태식은 구치소에 있어. 그래서 죽음을 피해 갈 수 있다고 생각했는데, 사람의 생사는 내가 개입해도 바꿀 수 없다는 건가?'

여기까지 생각한 이한영은 고개를 저었다.

'앞뒤가 맞지 않아.'

동기인 오바른 판사 역시 죽을 운명이었지만 이한영의 개입으로 계속해서 삶을 살아갈 수 있었다.

이한영은 주머니에서 휴대폰을 꺼냈다. 장유린 부장이 보냈던 메시지가 보인다.

ㅡ내가 숨기고 있는 게 있다는 것은 알지? 힌트 줄게. 답은 성경이야.

'성경……. 도대체 무슨 일이 있었던 거야?'

생각을 이어가 보지만 알 수 있는 것은 없었다. 이한영은 한숨을 내뱉으며 계단을 올라 장례식장으로 향했다.

빈소 앞에 도착하자 장유린 부장의 어머니가 삶을 포기한 눈동자로 앉아 있는 게 보인다. 장 부장의 아버지인 장용현 회장은 당연히 없다. 장용현 회장이 배다른 자식인 그녀를 세상에 숨기고 있어서다. 그래서 그녀의 어머니에겐 장유린 부장밖에 없었다.

안으로 들어간 이한영은 절을 하고 향을 꽂으며 영정 사진을 바라봤다.

'도대체 뭘 숨기고 있던 겁니까? 내게 준 힌트란 것은 무엇입니까?'

이한영이 몸을 돌려 장유린 부장의 어머니에게 향했다.

"장유린 부장과 고등법원에서 함께 생활했던 이한영이라고 합니다. 많이 속상하시겠지만……."

말을 이어갈 수 없었다. 장유린 부장 어머니의 눈에는 어떤 희망도 보이지 않았다.

이한영은 그녀의 어머니를 통해 전생에서 자신이 죽었을 때를 떠올렸다. 그때 이한영의 어머니도 지금 장유린 부장 어머니의 눈과 같았을 거다. 이한영은 고개를 숙였다.

이한영이 빈소를 나올 때 장유린 부장의 어머니는 마련된 의자에 앉아 다시 멍하니 영정을 보고 있었다.

그녀가 중얼댄다.

"그렇게 복수하고 싶다고 하더니, 하지도 못하고……."

장유린 부장이 복수하고 싶어 했던 대상은 유성그룹. 그녀는 유성그룹을 치기 위해 수단과 방법을 가리지 않았다. 하지만 그 끝은 어이없는 죽음이다.

조문실을 나온 이한영의 시선이 객실로 향했다. 많은 판사와 검사들이 보인다. 그중에서 이한영의 시선이 멈춘 곳은 강신진 법원장이다. 낮은 소리로 웃으며 밀담을 나누는 그의 모습……. 장유린 부장은 분명 강신진 법원장의 사람이었다. 하지만 강신진 법원장의 표정은 전혀 슬퍼 보이지 않는다. 오히려 홀가분해 보인다.

'정말 쓰레기구나…….'

이한영의 옆으로 한 남자가 섰다.

"저, 저기……."

이한영이 고개를 틀자 낯익은 얼굴이 서 있다. 일전에 장유린 부장의 지시로 이한영을 감시했던 건물주였다. 그는 지시를 받아 움직였지만 그녀에게 연정을 품고 있기도 했다. 얼마나 많이 울었는지 눈이 퉁퉁 부어 있는 게 보일 정도다.

그가 설움을 참으며 입을 연다.

"자, 잠시 이야기를 해도 될까요?"

이한영과 남자가 빈소를 스쳐 밖으로 향한다. 그 모습을 강신진 법원장이 보고 있었다.

이한영과 남자는 흡연장에 섰다.

남자가 떨리는 손으로 담배를 꺼내 입에 문다.

"유린이는 저에게 오려고 그랬어요. 그러니까 언제나 기분이 나쁘면 저를 찾아왔거든요. 그러면 같이 술을 먹고 옆에 있어 주는 게 제가 하던 일이니까요."

"기분 나쁜 일요?"

고개를 끄덕인 남자가 초조한 표정으로 말을 이어간다.

"그게 뭔지는 모르겠어요. 그런데 제게 온다고 하기 전에 한 말이 있어요. 자기가 죽으면 이한영 판사님께 전해 달라고……. 그때는 그게 평소 하는 장난인 줄 알았는데, 지금 생각해보니 유언 같았어요."

'유언? 장유린 부장은 무슨 짓을 하고 있었길래 자신이 죽을 거란 걸 예상했던 거야?'

남자의 말이 이어질수록 이한영의 표정은 냉랭해졌고 머릿속은 그보다 더 차가워졌다. 지금은 장유린 부장의 죽음을 안타까워할 때가 아니다. 그녀가 남긴 것을 확인해야 할 때다. 머리가 차가워지니 입에서 나오는 목소리는 사무적이다.

"그게 뭐죠?"

"힌트는 집이라고 했어요. 집 비밀번호는 09171025. 제가 들은 것은 여기까지예요."

이한영의 눈썹이 찌푸려졌다.

'집? 성경?'

집과 성경의 힌트는 단순하다. 집에 있는 성경 책을 확인해보라는 의미다. 그것을 이한영과 남자에게 나누어 이야기한 것은 혹시 모를 제삼자의 개입을 피하기 위한 것이었다.

이한영이 고개를 끄덕였다.

"알겠습니다. 감사합니다."

남자는 부어오른 눈으로 이한영을 보며 말한다.

"전 머리가 나빠서 잘 모르지만, 하나는 확신할 수 있어요. 이건 사고가 아니에요. 살인이에요."

"저도 그렇게 생각해요."

이한영은 곧장 장례식장을 떠나기 위해 몸을 움직였다.

그 뒷모습을 보며 남자는 다시 담배를 입에 문다. 손은 떨리고 있고, 연기를 내뱉는 그의 눈에서는 하염없이 눈물이 쏟아져 내린다. 그때…….

"라이터 좀 빌릴 수 있을까요?"

남자의 시선이 목소리를 향했다. 강신진 법원장이 담배를 입에 대고 있다.

"아, 네."

남자가 주머니를 뒤져 라이터를 꺼내 내밀었다.

강신진 법원장이 불을 붙이며 묻는다.

"장유린 부장의 남자 친구였다고요?"

"네? 네."

"장유린 부장이 마지막에 뭐라고 했습니까?"

심상치 않은 강신진 법원장의 목소리에 남자는 고개를 들어 상대의 표정을 살폈다. 강신진 법원장은 언제든 부숴버릴 수 있는 장난감을 앞에 둔 사람처럼 웃고 있었다.

남자의 본능이 위험을 알린다.

'이 사람에게 말해서는 안 돼! 위험해!'

남자는 자신도 모르게 주춤주춤 뒤로 물러섰다. 하지만 멀리 가지 못한다. 언제 나타났는지 중앙지검의 검사장에게 가로막혔기 때문이다.

강신진 법원장이 손가락으로 남자를 가리키며 말한다.

"검사장님, 장유린 부장의 살해 용의자 같아요."

"요, 용의자라뇨! 아니에요! 말도 안 돼요! 급발진이라고 했잖아요!"

강신진 법원장이 웃음을 지우지 않고 묻는다.

"용의자가 되고 싶지 않다면 말해보세요. 장유린 부장이 마지막에 뭐라고 했습니까?"

남자는 입을 꾹 다물며 고개를 숙였다. 말할 수 없다는 뜻이다.

그러자 강신진 법원장이 말한다.

"검사장님, 수고롭겠지만 아래 검사들을 불러서 체포 좀 해주세요."

"그러죠."

공권력의 무서움이다. 어떤 죄가 없어도 이들은 사람을 잡아 조사할 수 있다. 그리고 일은 일사천리로 진행되었다. 장례식장에 있던 몇몇 검사가 내려왔고 남자는 힘없이 끌려가 버렸다.

그렇게 잠시 후, 강신진 법원장과 검사장만 흡연장에 남게 되었다. 강신진 법원장이 말한다.

"긴급체포로 묶어둘 수 있는 시간 안에 저놈이 뭘 들었는지 확인해야 합니다.”

긴급체포로 사람을 잡아둘 수 있는 시간은 48시간이다.

검사장이 담배 연기를 내뿜으며 픽 웃는다.

“48시간이라……. 빠듯한데요. 쌍팔년도식 방법을 써야 할까요?”

남자는 조사실에 끌려와 있었다.

맞은편에 앉은 검사가 테이블 아래로 손을 넣자 ‘딸칵’ 소리가 들린다. 조사 중의 음성과 영상이 저장되지 않도록 차단한 거다.

검사가 입을 연다.

“네가 죽였냐?”

습한 목소리에 남자가 겁먹은 표정으로 고개를 저었다.

“미, 민주국가에서 이래도 되는 거예요? 내가 SNS에 당한 것을 모두 올리면……!”

“올려, 병신아.”

남자의 얼굴이 딱딱하게 굳어갔다.

검사가 남자 앞으로 몸을 기울인다.

“넌 지금 판사를 죽인 용의자로 여기에 와 있는 거야. 일반 사람도 아니고 판사를!”

“제가 유린이를 죽이다뇨! 제 휴대폰을 확인해보면 알 거예요! 유린이가 사고를 당할 때 전 집에 있었어요!”

남자는 끝까지 자신의 무죄를 주장했지만 검사의 입술은 비틀어지고 있다.

“잘 들어. 우리가 그렇다면 그런 거야. 넌 판사를 죽였어. 그렇지? 그게 아니라면 네가 장유린 부장에게 무엇을 들었는지 토해내. 그건 믿어줄게.”

남자는 오늘 좋아하던 사람을 잃었다. 하지만 슬픔을 추스르기도 전에 검찰에 끌려와 버렸다. 더러운 세상이다.

남자는 눈을 감은 채 고개를 숙인다.

그 모습에 검사가 픽 웃는다.

"묵비권?"

* * *

이한영은 장유린 부장의 아파트에 들어와 있었다.

한강이 한눈에 보이는 대형 평수의 아파트지만 소파 앞 테이블과 구석에 놓인 술병으로 어지럽게 느껴진다.

서재로 들어간 이한영은 책등에 손을 대고 죽 스치며 제목을 확인하기 시작했다. 이한영의 손가락이 성경 앞에서 멎는다. 꺼내 보자 군데군데 종이가 접혀 있다.

'이걸 남긴 건가?'

이한영은 종이를 꺼내 펼쳤다.

'이, 이건?'

유성그룹 장용현 회장과 장태식 사장이 저지른 비리의 증거다. 방산 비리부터 탈세까지 온갖 더러운 일이 적혀 있다. 그리고 장용현 회장의 서명, 필체는 숨길 수 없다. 장용현 회장을 끝장낼 수 있는 확실한 증거다. 하지만…….

'지금 이걸 사용할 수 있을까? 사용한다고 해도…….'

장용현 회장은 그룹 전체를 움직여 막으려 할 거다. 필체 조사를 조작할 테고, 모든 증거 역시 조작이었다고 주장할 게 분명하다.

돈만 있으면 귀신도 부릴 수 있다고 했나. 세상에 돈으로 할 수 없는 게 있다면, 그것은 돈이 부족하기 때문이란 말도 있다.

'장용현 회장이 필사적으로 움직이면 절대 이길 수 없어. 이것으로는 부족해. 그런데 이걸 장유린 부장은 몰랐을까?'

그녀 역시 알고 있었을 거다.

'그런데 내게 이걸 맡긴 이유는 뭐지?'

이한영은 잠시 눈을 감고 천천히 생각해보기로 했다.

'장유린 부장은 이 문서를 들고 장용현 회장을 협박했을 거야. 아마도 장용현 회장의 화를 돋우고 감정을 흔들며 자신은 이 문서를 공개할 수 있다고 말했겠지.'

이한영의 머릿속에 장유린 부장과 장용현 회장의 다툼이 보이는 듯했다.

'잠깐, 그런데 장유린 부장은 정말 이 증거를 사용할 수 있었을까?'

아무리 고등법원 판사라고 해도 상대는 굴지의 유성그룹 회장 장용현이다.

'그럼, 일부러 장용현 회장의 감정을 흔들어둔 거야?'

이한영은 눈을 뜨고 자신의 휴대폰으로 시선을 향했다.

'죽을지도 모른다고 생각한 게 아니라 죽을 것을 알고 있었다면?'

생각을 바꾸니 모든 게 맞아떨어지기 시작했다. 그녀는 장용현 회장에게 살해당하려고 일부러 도발한 거다.

'살인범으로 장용현 회장을 지목하고 증거를 제출한다면…….'

유성그룹에서 장씨 가문은 끝장이다.

이한영의 입에 슬픈 미소가 걸렸다.

"수단과 방법을 가리지 않는다고 생각했더니……."

자신의 어머니를 버려둔 장용현 회장과 어린 나이에 자신을 겁탈했던 장태식 사장에게 복수하기 위해 장유린 부장은 목숨까지 걸었다.

"나도 어쩔 수 없는 상황이 되면 이렇게까지 해야 할까?"

잠시 생각에 빠졌던 이한영은 고개를 저었다. 지금 해야 할 일은 생각이 아니라 움직이는 거다. 곧바로 휴대폰에서 박철우 검사의 번호를 찾아 통화 버튼을 눌렀다.

―네, 판사님.

"지금 어디세요?"

–잠깐 밖에 나와 있어요. 왜요?

"장용현 회장의 자택에서부터 장유린 부장의 집까지 이동하는 경로의 모든 CCTV를 확인해주세요. 그리고 장유린 부장의 차에서 블랙박스를 확인하고 싶은데요."

–잉? 왜요? 급발진 사고 아녜요?

"네. 아닌 것 같아요."

이한영은 박철우 검사와 통화를 종료했다. 그런데 곧바로 다시 진동이 울렸다. 이번에도 박철우 검사다. 그의 목소리가 다급하다.

–폐차장!

"네?"

–바로 폐차 들어갔대요! 유가족 측에서 유성에 항의할 생각도, 검사할 필요도 없다고……!

"그래서 폐차됐나요?"

–몰라요! 이 새끼들이 전화를 안 받네요! 아직 안 했을 수도 있으니까 일단 폐차장으로 가볼게요!

"저도 가겠습니다. 제가 더 가깝겠네요."

이한영은 성경 책에 있던 서류를 가방에 넣었다.

그리고 책을 덮으려고 보니 한 번도 읽지 않은 것 같은 책의 한 구절에 밑줄이 그어져 있었다.

그 여자의 죄는 하늘에까지 닿았고, 하나님께서는 그 여자의 불의한 행위를 기억하신다.

'이건 뭐지?'

하지만 계속 생각하고 있을 시간은 없었다. 지금은 일단 폐차장으로 달려가는 게 우선이다. 이한영은 성경을 서가에 꽂아 넣고 바로 밖으로 달려나갔다.

엔진이 폭발할 것 같은 소리가 차 내부를 울리며 RPM 게이지는 붉은 곳에서 한계를 알리고 있었다. 하지만 이한영은 상관 않고 액셀을 깊이 밟으며 힐끗 시간을 확인했다.

늦어서는 안 된다.

장유린 부장이 목숨을 걸며 만들어낸 협의다.

휴대폰에 진동이 울린다. 이한영이 핸들에 있는 통화 버튼을 눌렀다.

"네, 이한영입니다."

—판사님, 어디쯤이에요?

"30분 후면 도착할 것 같아요. 검사님은요?"

—나도 비슷하게 도착할 것 같은데, 판사님이 더 빠르겠네.

"폐차장은 통화됐나요?"

—아뇨, 끝까지 전화를 안 받아요. 계속 전화해볼 테니까, 도착하면 연락 주세요.

박철우 검사와 통화를 끊고 이한영은 액셀을 더 깊이 밟아 눌렀다. 그 때…….

'쾅!' 소리가 들렸다.

앞서가던 차 두 대가 충돌한 것이다. 그리고 사고 난 차가 도로에서 획 돌며 이한영의 차 앞으로 날아오듯 다가왔다.

이대로면 연쇄 추돌 사고가 난다. 이한영은 핸들을 비틀며 브레이크를 강하게 밟았다. 끼이이이익! 타이어가 지면에 끌리는 소리가 거칠게 들린다. 하지만 피하는 것은 무리였다.

쾅! 둔탁한 소리가 울렸다.

그 시각.

폐차장의 직원은 장유린 부장의 자동차 번호판을 뜯어 절단한 후 지게차를 이용해 차를 옮기고 있었다. 얼마나 크게 사고가 났는지 유리창은 모두 파손되었고, 보닛은 형체를 알아볼 수가 없다.

직원은 타이어 등 그나마 쓸 만한 것을 능숙하게 해체하고 차량 내부로 시선을 향한다. 이제 CD플레이어 등 오디오 장비와 블랙박스를 뜯을 차례다.

그런데 직원의 뒤에 선 사장이 고개를 저었다.

“놔둬.”

“네?”

“내버려두라고.”

오디오 장비와 블랙박스는 중고로 쉽게 팔 수 있어 폐차장에서 반기는 물건이다. 그런데 뜯지 말라니 이상했나 보다. 직원이 고개를 틀어 물끄러미 사장을 바라본다. 사장의 표정이 좋지 않다.

“왜 그러세요?”

“블랙박스하고 오디오는 건들지 말고 적당히 해체해서 압축기에 넣어.”

“왜요?”

사장이 턱짓을 했다. 그곳에 검은 양복을 입은 남자가 보인다. 직원이 남자를 보며 눈을 깜빡이자 사장이 속삭이듯 말한다.

“중앙지검에서 온 검사야. 그러니까 시키는 대로 해.”

“중앙지검요?”

“그래, 어휴…….”

검사라는 말에 직원은 마른침을 꿀꺽 삼켰다. 직원의 시선이 다시 자동차로 향한다.

‘도대체 무슨 사연이 있는 차길래…….’

* * *

이한영의 차는 도로에 멈춰 있었다.

굉음을 내던 엔진은 조용했고, 비상등만이 깜빡거리며 소리를 내고 있었다. 사고를 낸 가해자 차의 운전자가 미안한 표정으로 이한영을 향해 다가온다.

"저, 저기, 괜찮으세요?"

이한영이 깊은숨을 내쉬며 몸을 살폈다. 다행히 다친 곳은 없었다. 순간 긴장했는지 뒷목이 욱신거릴 뿐이다.

이한영은 차에서 내려 사고가 난 부분을 확인했다. 트렁크까지 우그러져 있다. 이한영의 시선이 가해자에게 향했다.

"다친 곳 있으세요?"

"아뇨, 전……."

"그쪽 분은?"

또 다른 피해자도 다친 곳은 없다며 고개를 끄덕인다.

가해자가 입을 연다.

"정말 죄송합니다. 일단 보험회사를 부르고 사고가 난 것에 대해선 전부 보상해 드리겠습니다."

그런데 이한영은 그의 말을 듣지 않고 자신의 차로 향했다.

"저분이 안 다치셨으면 됐어요."

"저기요?"

이한영은 가해자의 목소리를 뒤로하고 액셀을 밟는다. 차가 이동하며 주저앉은 범퍼가 땅에 긁히는 소리가 난다. 하지만 그런 것을 신경 쓸 시간이 없었다.

장유린 부장의 차는 지게차에 실려 압축기로 향하고 있었다. 압축기로 들어가면 완벽한 고철이 되고 만다.

지켜보던 검사가 사장에게 입을 열었다.

"이제 다 끝난 겁니까?"

"네, 이제 끝났습니다. 얇게 압축될 겁니다."

그 말과 함께 지이이잉, 압축기가 천천히 내려오기 시작했다. 압축기가 차량에 닿는다. 그리고 꾹 눌리려는 순간…….

"멈추세요."

낯선 목소리에 사장과 검사의 시선이 틀어졌다.

"당장 멈추라고!"

이한영이다.

그 목소리가 컸는지 압축기를 움직이던 직원은 정지 버튼을 눌러버렸다. 압축기가 움직이던 소리가 사라지자 폐차장은 조용해졌다.

검사가 픽 웃으며 이한영을 본다. 그리고 비웃음으로 가득한 목소리로 묻는다.

"거기, 누구세요?"

"그쪽은?"

"중앙지검 황상용 검사인데요. 그쪽은 누군데 지금 이걸 막는 겁니까?"

신분증을 당당히 내밀고 있지만 처음 듣는 이름이다.

검사가 많으니 일일이 얼굴과 이름을 알 수는 없다. 하지만 앳된 얼굴을 보아 최근 임관한 것 같다.

이한영은 상대를 스쳐 압축기를 향해 성큼성큼 걸어갔다. 말다툼하고 있을 시간이 없었다.

검사에게는 그 모습이 자신을 무시하는 것으로 느껴졌나 보다. 그가 거칠게 이한영의 어깨를 잡아당기며 고압적인 목소리로 말했다.

"누구냐고, 새끼야."

이한영이 어이없다는 듯이 한숨을 내뱉으며 고개를 돌릴 때 익숙한 목소리가 들렸다.

"새끼? 너 지금 새끼라고 그랬냐?"

박철우 검사다.

지금껏 거들먹거리던 황상용 검사의 신체가 빠르게 경직된다. 그가 다급히 고개를 숙인다.

“부부장님, 여긴 어쩐 일로……?”

“됐고. 너 여기로 가라고 시킨 게 누구야?”

“네?”

“누구냐고…….”

박철우 검사가 신임 검사를 윽박지르기 시작했다.

이한영은 두 사람을 뒤로하고 압축기에 있는 장유린 부장의 차로 향했다. 다행히 블랙박스는 멀쩡히 남아 있었다. 그런데…….

‘없어?’

메모리카드가 들어 있지 않다. 누군가가 먼저 빼 갔다는 뜻이다.

이한영의 눈이 차갑게 변한다.

‘블랙박스를 함께 폐차하면서 메모리카드는 빼돌렸다고? 이유가 뭐지?’

이한영은 가방에서 장갑을 꺼내 착용한 후 블랙박스를 뜯어냈다. 그리고 다시 박철우 검사 앞으로 다가왔다. 그러자 여전히 차렷 자세로 있던 신임 검사가 말한다.

“죄송합니다. 몰라뵀습니다.”

이한영이 한심한 눈으로 신임 검사를 바라본다.

“우린 공무원이잖아요. 상대가 누구든 깍듯하게 대해야 한다고 생각하는데요.”

“죄송합니다!”

검사가 됐다고 세상 모든 권력을 얻은 것처럼 행동하는 사람은 꼭 있다. 황상용 검사 역시 그런 부류인 듯하다.

이한영은 박철우 검사를 향해 몸을 틀며 손에 들고 있던 블랙박스를 보였다.

"메모리카드가 없어요."

"잉? 없다고요?"

"네. 폐차하면서 블랙박스도 같이 없어진 것처럼 보인 후 메모리카드를 빼 간 이유가 뭘까요?"

박철우 검사는 이한영의 말을 한 번에 알아들었다. 그 메모리카드를 가지고 있다면 장용현 회장과 거래할 수 있기 때문이다. 그리고 그럴 수 있는 배짱을 가진 남자는 단 한 명뿐이다.

이한영이 가방에서 장갑을 하나 더 꺼내 박철우 검사에게 건넸다. 박철우 검사가 장갑을 착용하자 이한영은 그제야 블랙박스를 그의 손에 옮긴다.

"지문 확인해주세요."

"네."

"저, 알고 있습니다."

차렷 자세로 있던 황상용 검사의 말에 이한영과 박철우 검사의 시선이 동시에 그에게 향했다.

박철우 검사가 말한다.

"알고 있다고? 뭘?"

"메모리카드 가져간 사람요."

"누군데?"

"검사장님입니다. 그리고……."

이제 막 임관한 검사를 검사장이 불러 특별 임무라며 폐차장에 가도록 지시했다. 임무를 받고 검사장실에서 나오던 황상용 검사는 검사장의 통화 소리를 들었다.

"상신? 뭐 그런 이름의 법원장에게 메모리카드를 넘긴다고 했습니다."

박철우 검사가 고개를 저었다.

"그게 언제야?"

"오늘 낮입니다."

이한영이 허탈한 목소리로 말했다.
“이미 넘어갔겠네요.”
장유린 부장의 장례식장에 강신진 법원장과 검사장이 함께 있었다. 이미 그의 손에 넘어간 것은 확실하다.
이한영이 자신의 차로 향하자 박철우 검사가 손에 들고 있던 블랙박스를 황상용 검사에게 건네며 말한다.
“너 써.”
누구 손에 있는 걸 알고 있는 이상 지문 검사는 무의미하다.
박철우 검사가 말을 잇는다.
“그리고 검사장님께는 블랙박스랑 차가 완전히 폐차되는 걸 확인했다고 보고하고.”
“네, 알겠습니다.”
대답을 들은 후 이한영의 뒤를 따라가려던 박철우 검사가 발을 멈추고 다시 황상용 검사를 본다.
“그런데 너, 검사장 지시 안 따르고 내 말을 들어도 되는 거냐?”
황상용 검사가 뒷머리를 북북 긁으며 조심스레 입을 열었다.
“검사장님은 얼마 후면 은퇴할 분이지만 부부장님은 제가 부부장이나 부장이 되었을 때 차장이나 검사장이 되실 분이라고 생각했습니다.”
박철우 검사가 어이없는 미소를 그렸다.
“사회생활 잘하겠네. 그럼, 마무리하고 들어가.”

* * *

이한영은 박철우 검사와 함께 옥탑방에서 마주 앉아 있었다.
박철우 검사가 입을 연다.
“강신진의 사무실을 확인하는 게 어때요? 내가 밖으로 유인할 테니까 판사님이 들어가서 확인해보세요. 내가 이전에 강신진에게 붙어 있었던 적도 있고, 불러낼 건수는 많으니까 통할 거예요."

이한영이 고개를 저었다.

"위험해요, 보는 눈도 많고. 그리고 만약 사무실에 없으면? 다음은 집인가요? 그럼 더 위험해요. 그리고……."

이한영은 강신진 법원장이 집이나 사무실에 무엇인가를 숨겨 뒀다고 생각하지 않았다. 이한영이 아는 강신진 법원장은 남을 못 믿고 이용만 하려는 사람이다. 언제 뒤통수를 맞을지 모른다고 생각할 텐데, 빤히 남이 알 수 있는 곳에 숨겨 둘 리가 없었다. 하루나 이틀, 잠시 보관해 둘 때나 사무실을 이용할 거다.

'전혀 다른 곳……. 나라면 어디에 숨길까? 나라면 이 옥탑방을 이용할 거야. 또는 차명을 통해 새로운 집을 임대해서 숨겨 두겠지. 차명? 차명이라…….'

이한영이 생각에 빠져 있을 때 박철우 검사는 담배를 입에 물었다. 순간 이한영이 고개를 들어 박철우 검사를 본다.

"왜요? 담배 피우지 마요?"

"아뇨."

이한영은 박철우 검사에게 뭔가를 말하려다가 말았다. 그것은 강신진 법원장이 무엇인가를 숨길 만한 장소다. 바로 살인범 곽순원의 집이다. 화재 복구는 되었지만 살인범과 시신이 있던 곳이라 매수하려는 사람은 없을 것이다. 그리고 기분이 나쁘다는 이유로 주변을 지나는 사람도 많지 않을 게 분명하다. 뭔가를 숨기기엔 아주 적당한 장소이며 가능성도 컸다. 하지만 이한영은 이 일을 박철우 검사에게 말하지 않기로 했다.

죽음을 벗어난 줄 알았던 장유린 부장이 사망했다. 이한영의 전생에서 박철우 검사 역시 사망했었다. 그리고 그 시기는 점차 다가오는 중이다. 이런 상황에 박철우 검사 앞에 애써 위험을 가져다 놓고 싶지는 않았다.

박철우 검사는 어떻게든 살린다. 이한영은 박철우 검사가 불의를 못 참는 검사로서 계속해서 검찰에 남아주기를 바라고 있었다. 그리고 박철우 검사는 이한영이 현생을 살며 만나게 된 소중한 사람 중 하나다.

'반드시…….'

살린다.

'일단 곽순원의 집을 확인해봐야겠어.'

* * *

다음 날 밤, 살인범 곽순원의 집.

사람이 살지 않는 집은 서늘한 기운만 남아 있었다. 그리고 곳곳에 남은 화재의 흔적으로 곽순원의 집은 더 을씨년스럽게 느껴졌다.

그곳에 비밀번호가 눌리는 소리와 함께 현관문이 열리더니 강신진 법원장이 들어왔다. 집 안에 흉흉한 기운이 가득했지만, 강신진 법원장은 불도 켜지 않고 거실을 가로질러 갔다.

그가 들어간 곳은 곽순원의 침실. 붙박이장을 여니 금고가 놓여 있다. 강신진 법원장이 금고를 열자 메모리카드와 가득 쌓인 서류가 보인다. 그는 다른 것은 손대지 않고 메모리카드를 손에 쥐었다.

우우웅. 진동이 울리는 소리가 들린다.

그가 휴대폰을 귀에 댄다.

"네, 검사장님."

—장유린 부장 살해 용의자 있잖아요? 자백받았습니다.

살해 용의자란 장유린 부장을 좋아하던 건물주다.

"쉽지 않았을 텐데 고생하셨습니다. 그래, 뭐라고 합니까?"

—글쎄요. 이게 무슨 말인지 모르겠어요. 힌트는 집이란 말만 했다는데요.

'집?'

검사장이 말을 잇는다.

—이게 뭘까요?

"글쎄요. 장유린 부장의 집에 한번 가봐야겠네요."

강신진 법원장은 통화를 종료한 후 몸을 돌렸다.

그 시각, 이한영은 석정호 그리고 한 남자와 함께 곽순원이 사는 아파트 아래에 서 있었다.

석정호가 남자의 어깨에 팔을 두르며 말한다.

"이놈이 집 문 따는 데에는 최고 전문가야. 고장 내지 않고 열 수 있대."

잠겨 있을 곽순원의 현관문을 열기 위해 부른 사람이었다.

이한영이 남자를 보며 고개를 숙인다.

"부탁드립니다."

"뭘요, 흐흐."

세 사람은 엘리베이터 앞에 섰다.

버튼을 누르자 엘리베이터가 1층을 향해 내려온다. 그리고 그곳에는 강신진 법원장이 타고 있었다.

엘리베이터가 숫자를 바꾸며 내려오기 시작한다.

이한영은 1층에 서 있고, 강신진 법원장은 엘리베이터 안에 타고 있다.

5층, 4층…….

이제 조금만 더 있으면 1층이다. 그리고 1층에서 멈춘 엘리베이터의 문이 스르륵 열린다.

강신진 법원장이 앞을 바라본다. 낯선 그림자가 보인다. 아파트 입주민이다. 그 자리에 이한영과 석정호 등은 없었다. 강신진 법원장은 입주민을 스쳐 주차장으로 향했다.

이한영과 석정호는 긴장된 표정으로 비상계단에 서 있었고, 함께 온 남자는 비상계단의 창문을 통해 밖을 확인하고 있었다. 혹시 강신진 법원장이 창문을 보더라도 남자의 얼굴을 모르기 때문이다.

남자가 고개를 돌려 이한영과 석정호를 향한다.

"갔어요."

석정호가 가슴을 쓸어내린다.

"갔어?"

"네, 지금 차 출발했어요."

"와…… 씨발, 진짜 큰일 날 뻔했네."

남자가 장난스럽게 웃는다.

"타이밍 죽이죠?"

석정호가 남자의 옆구리를 쿡 찌른다.

"타이밍 죽이다가 진짜 죽게 생겼다."

두 사람이 킬킬대며 농담을 이어가자 이한영은 귀에 대고 있던 전화기를 향해 입을 열었다.

"감사합니다."

박철우 검사다.

엘리베이터가 내려올 때 박철우 검사로부터 전화가 왔었다. 그는 다른 아파트의 동에 강신진 법원장의 차가 주차되어 있다는 걸 이한영에게 알렸다.

"그런데 검사님은 어쩐 일로 여기에……."

이한영은 일부러 이 장소를 알리지 않았다. 전생을 통해 미래를 알고 있기에 박철우 검사가 위험에 빠지는 것을 원치 않아서다.

—이쪽에 사건이 있었거든요. 경찰서에 왔다가 현장이나 들를까 해서 겸사겸사 온 거죠.

"사건요?"

—네, 사건요.

"알겠습니다."

평소의 목소리로 말했지만 이한영의 얼굴은 차갑게 굳어져 있었다. 박철우 검사는 기업 쪽 사건을 담당하고 있다. 그런데 아파트에서 기업 관련 사건이 벌어질 가능성은 거의 존재하지 않는다.

'거짓말을 하고 있어…….'

박철우 검사 역시 강신진 법원장이 뭔가를 숨길 장소로 곽순원의 집을 생각했다는 뜻이다. 하지만 이한영은 모른 척 입을 열었다.

"알겠습니다. 그럼, 연락드릴게요."

이한영은 전화를 끊고 석정호와 남자를 향해 고개를 틀었다.

"올라가죠."

이한영과 통화를 종료한 박철우 검사는 손에 들고 있던 휴대폰의 화면을 넘기기 시작했다.

사진이 보인다. 강신진 법원장이 곽순원의 아파트로 들어가는 모습이 찍혀 있다. 한 장을 더 넘기자 강신진 법원장이 차에 오르는 사진이 화면에 보인다.

휴대폰을 주머니에 쑤셔 넣은 박철우 검사가 담배를 입에 문다.

"조만간 잡아줄게. 이 세상 최고의 악은 위선이라고 하더라. 그것도 자신만이 정의라고 생각하는 새끼의 위선."

뿌연 연기가 흐른다.

박철우 검사의 눈엔 시커먼 독기가 잔뜩 올라 있었다.

* * *

곽순원 집의 현관에 서 있던 이한영은 주변을 둘러보고 있었다. 혹시

CCTV나 몰래카메라가 설치되어 있지는 않은지 확인하는 중이다.

"여긴 CCTV 없어요. 아까 확인했는데, 거실과 현관 쪽 차단기가 내려가 있었거든요."

석정호와 함께 온 남자가 알려준다. 문을 따고 남의 집에 들어간 경험이 많은지 거침없이 안으로 향한 남자가 방 한쪽을 가리킨다.

"두꺼비집을 보면 저쪽 방에만 전기가 연결되어 있다는 걸 알 수 있어요."

이한영과 석정호의 시선이 남자의 손을 따라갔다.

침실이다.

석정호가 남자를 향해 묻는다.

"그럼 저 방은 CCTV가 있는 거야?"

"모르죠. 확인해봐야죠."

남자는 자전거 마스크를 얼굴에 뒤집어쓰고 방으로 향한다.

CCTV가 있어도 좀도둑처럼 보이기 위해서다. 그리고 방에 들어간 남자가 잠시 후 입을 연다.

"CCTV 없습니다. 하지만 제일 짜증 나는 금고가 있네요."

이한영과 석정호가 방으로 들어갔다. 붙박이장 안에 커다란 금고가 보인다. 남자가 금고를 손으로 가리키며 말을 잇는다.

"여기에만 전기가 연결되어 있던 게 이거 때문이네요. 최신형인데요, 열려고 하면 상대의 휴대폰에 상태 알림 메시지가 뜨고 경보음이 울리면서 우리 모습이 전부 동영상으로 녹화돼요. 또 경찰이 출동할 수도 있고요."

석정호가 고개를 갸웃거리며 묻는다.

"전선을 뽑아버리면 되는 거 아니야?"

"정호 형님은 주먹만 잘 쓰지 이런 건 잘 모르나 보네요. 당연히 안에 보조 배터리가 들어 있죠."

두 사람이 말을 이어가는 동안 이한영은 금고 앞으로 다가갔다. 커다란 크기만큼 무게도 상당해 보인다.

"열 수는 있어요?"

"네."

"시간은?"

"5분 정도. 어떻게 할까요? 딸까요? 얼굴이 팔린다고 해도 마스크 쓰고 하니까 상관없는데요."

"잠시만요."

이한영은 잠시 생각에 빠졌다.

'곽순원의 집에 금고까지 설치해서 숨겨야 할 것은…….'

당연히 강신진 법원장에게는 중요한 물건일 것이다. 어쩌면 지금 당장 강신진 법원장을 지옥에 보내버릴 증거가 있을 수도 있다.

'5분…….'

시간이 어중간하다.

5분이면 경찰이 출동할 수 있는 시간이다. 만약 주변에 경찰차가 대기하고 있다면 그 시간은 더 촉박해진다.

이한영의 입에서 작게 한숨이 뱉어졌다.

'급할수록 천천히…….'

그리고 이한영은 몸을 돌려 남자를 향했다.

"금고의 주인이 열려고 할 때 비밀번호를 확인할 수 있는 최적의 몰래 카메라 실치 장소가 어딜까요?"

비밀번호를 알고 있다면 1분도 걸리지 않는다. 경찰이 출동하든, 강신진 법원장의 휴대폰에 알림이 뜨든 상관없다.

남자가 잠시 생각에 빠진다.

"상대에게 절대 들키지 말아야겠죠? 그러면서도 잘 보일 수 있고, 언제 올지 모르니까 전원 공급도 계속되어야 하고……. 맞죠?"

"네."

남자가 손을 들어 올린다.

전등이 있는 곳이다.

"저기죠."

* * *

강신진 법원장은 무표정한 얼굴로 손에 든 메모리카드를 만지고 있었다. 그렇게 한참 동안 있던 강신진 법원장이 메모리카드를 리더기에 꽂았다. 그리고 노트북에 연결한다. 노트북 화면에서 블랙박스에서 촬영된 영상이 흐르기 시작한다.

영상은 장용현 회장의 집에서 나온 그녀가 자신의 아파트 주차장에 도착한 시점에서 시작되었다. 장유린 부장은 차에서 내려 자신의 집으로 향한다. 그렇게 그녀가 화면에서 완벽히 모습을 감추자 두 남자가 자동차 앞에 섰다. 장용현 회장의 비서와 어떤 남자다.

선명하게 찍힌 그들의 얼굴을 보는 순간 강신진 법원장의 주먹이 꽉 쥐어졌다. 이것이 그가 장유린 부장의 블랙박스를 손에 넣으려던 이유다.

화면은 계속되고 있었다. 남자는 이 분야의 전문가인 모양이다. 능숙하게 차의 보닛을 열고 뭔가를 만지고 있다. 잠시 후, 보닛을 닫은 남자가 조수석으로 걸어간다. 차 문을 열어 블랙박스의 메모리카드를 삭제하기 위해서다. 하지만 그는 문을 열지 못했다. 망을 보던 비서가 깜짝 놀라 표정관리 되지 않는 얼굴로 남자를 바라봤기 때문이다. 비서의 입 모양은 정확히 말하고 있다.

'장유린 나왔어! 가야 해!'

비서와 남자는 블랙박스를 남겨둔 채 황급히 그 자리를 떠났다.

그리고 장유린 부장이 나타났다. 그녀의 표정은 어두웠지만 비서와 남자가 무엇을 했는지는 전혀 알지 못하고 있었다. 차에 오른 그녀가 어디론가 전화를 한다.

혹시 내가 죽으면…… 며칠 전에 이야기한 대로 이한영 판사에게 전해줘. 알았어. 일단 갈게. 술집에 있어.

화면을 멈춘 강신진 법원장이 손가락으로 테이블을 툭툭 치기 시작했다.

'이한영?'

그러고 보니 검찰에 끌려간 남자가 장유린 부장의 장례식장에서 이한영에게 뭔가를 말했었다.

"그 남자가 한 말은……."

남자는 이한영에게 '힌트는 집이다'라는 말만 전했다고 한다.

'이한영은 그 말만 듣고 모든 것을 이해했을까?'

강신진 법원장의 눈동자가 의문으로 채워지며 점점 더 깊은 생각에 빠져들었다.

'장유린은 장용현 회장에게 뭔가 협박했어. 그리고 자신이 죽을지도 모른다는 것을 예상했지. 그 바통을 이한영에게 넘겼을까? 힌트는 집이라는 말로?'

책상을 툭툭 두들기던 강신진 법원장의 손가락이 멎었다.

'장용현 회장을 상대하려면 단번에 칼을 찔러 넣어야 한다는 것은 장유린도 알고 있었을 거야. 그럼 난해한 힌트를 주지 않았겠지. 이한영은 사전에 들은 말이 있어. 그 장소가 집이란 것만 몰랐을 뿐이야. 그런데 이한영이 왜 장유린을 돕는 거지?'

여기까지 생각한 강신진 법원장의 입에서 낮은 웃음소리가 흘렀다. 지금까지 이한영의 의도가 무엇인지 예상할 수 없었던 강신진 법원장이다. 하지만 지금 그 의도가 눈에 보이는 것만 같았다.

'장유린이 유성을 얻게 되면 일부를 떼어 준다고 했을 거야. 이한영은 가난하게 자라난 만큼 돈에 대한 궁핍함을 알고 있어. 그 간절함은 다른 놈들보다 강할 거야. 장유린이 그걸 이용한 것이고.'

강신진 법원장은 한참이나 웃었다.

답답했던 머리가 확 밝아지는 느낌을 받은 거다.

물론 이한영은 강신진 법원장에게 전생의 복수를 하기 위해 움직이는 중이다. 하지만 강신진 법원장이 아무리 뛰어나다 해도 그런 생각을 할 수는 없었다.

그렇게 한참 웃던 강신진 법원장은 다시 노트북으로 시선을 옮겼다. 그리고 영상을 재생한다.

장유린 부장이 시동을 걸고 있다. 그리고 그 뒤는……. 차가 엄청난 속도로 달려 주차장의 기둥에 박히는 장면. 비명과 차가 박살 나는 끔찍한 소리만 들릴 뿐이다. 그렇게 영상이 끝났다.

인연이 있던 사람이 죽는 장면이었지만 강신진 법원장의 입가엔 여전히 희미한 미소를 그려져 있었다. 그녀의 죽음에서 어떤 감정도 느껴지지 않는 모양이다.

강신진 법원장이 휴대폰을 귀에 댔다.

"회장님, 강 판사입니다. 회장님이 가지고 싶어 하는 걸 제가 가지고 있습니다. 직접 드리고 싶은데, 언제가 좋을까요?"

전화를 끊은 강신진 법원장이 의자에 등을 기대고 느긋하게 천장을 본다. 박광토 전 대통령의 일로 인해 골치가 아프던 중이었다. 하지만 장유린 부장이 사망하며 그에게 동아줄이 내려왔다. 유성그룹 장용현 회장과 손잡고 자신이 가진 힘을 이용하면 박광토 전 대통령의 문제는 해결할 수 있다. 어쩌면 유성그룹까지 손에 쥘 기회일지도 모른다.

강신진 법원장의 시선이 창밖으로 향한다.

"죄악이 많은 세상, 하늘은 내 편이야……."

강신진 법원장의 얼굴이 악마처럼 보인다.

* * *

이한영의 사무실.

책상 위에 기록물이 산더미처럼 높이 쌓여 있다. 윤슬혜, 이소이 판사는 열심히 읽고 밑줄을 그으며 일하는 중이다. 그때 이한영의 책상 위 전화기가 벨을 울린다.

윤슬혜 판사가 전화를 받는다.

"윤슬혜 판사입니다."

—나, 법원장이야.

"안녕하십니까?"

이한영이 없는 중 법원장에게 전화가 왔다. 윤슬혜 판사의 얼굴이 딱딱히 굳어진다. 그리고 수화기 너머에서 예상했던 말이 전해졌다.

—이한영 부장 바꿔.

"아, 지금 자리에 없습니다."

—어디 갔지?

"잠깐 은행에 볼일 보러 간다고 했습니다."

—언제 나갔지?

윤슬혜 판사의 시선이 시계로 향했다.

나간 것은 두 시간을 훌쩍 넘기고 있었다. 하지만 그녀는 진실을 말하지 않는다. 이미 어떻게 입을 열어야 할지 지시를 받은 상태다.

"10분쯤 됐습니다."

—돌아오면 전화하라고 해.

"알겠습니다."

전화를 내려둔 윤슬혜 판사가 긴장된 숨을 내쉬며 휴대폰을 손에 든다. 이한영에게 전화를 걸기 위해서다.

"어디세요? 방금 법원장님께 전화가 왔어요."

그리고 그 시각, 강신진 법원장은 보안실에 있었다. 그가 휴대폰을 내려두며 입을 연다.

"20분 전부터 법원 입구와 주차장 출구."

직원은 CCTV의 화면을 찾아 재생한다. 빠른 배속으로 영상을 넘겼지만 이한영은 보이지 않는다.

강신진 법원장이 말한다.

"한 시간 전."

역시 이한영은 없다.

"두 시간 전."

마찬가지다.

"세 시간 전."

그제야 이한영의 차가 법원을 빠져나가는 게 확인됐다.

"됐어. 그만 일들 보도록 해."

강신진 법원장은 몸을 돌려 보안실을 빠져나갔다. 복도에 선 그가 휴대폰을 귀에 댄다. 전화를 거는 상대는 이한영이다.

"어딘가?"

–볼일 보고 법원으로 가는 중입니다. 거의 다 왔습니다.

강신진 법원장의 입술이 휘어진다. 하지만 목소리는 평범하다.

"사무실 들르지 말고 바로 법원장실로 오도록 해."

–네, 알겠습니다.

강신진 법원장은 전화를 끊었다. 휘어졌던 입술은 뒤틀리고 있었다.

'거짓말을 하고 있어?'

하지만 기분은 나빠 보이지 않는다.

제대로 이한영을 이용할 수 있다는 생각이 든 거다. 만약 자신의 말을 듣지 않는다고 해도 상관없다. 그에게 이한영 정도는 마음에 들지 않는 순간 언제든 짓밟고 교체할 수 있는 카드일 뿐이었다.

* * *

“근무시간에 어디를 나갔다 왔지?”

이한영은 강신진 법원장 앞에 서 있었다.

“죄송합니다. 잠시 은행 볼일이 있어서 나갔다 왔습니다.”

“은행 볼일? 어떤?”

“집을 사느라 대출받은 게 있는데, 더 싼 이자가 나왔다고 해서…….”

“이자가 몇 퍼센트였는데?”

평소 강신진 법원장은 이렇게까지 꼬치꼬치 묻는 스타일이 아니다. 하지만 오늘은 이상했다.

이한영이 조심스레 입을 연다.

“왜…… 그러십니까?”

“은행 볼일이 두 시간이 넘게 걸리나?”

걸렸다.

이한영은 상황을 벗어나기 위해 빠르게 생각을 시작했다. 하지만 어설픈 변명은 오히려 역효과를 부를 수도 있다는 판단을 내렸다.

“죄송합니다.”

“어디에 갔었나?”

이한영은 잠시 강신진 법원장의 눈동자를 살폈다. 먹잇감을 앞에 둔 포식자의 눈이다. 풀숲에 앉아 먹잇감의 행동을 관찰하며 목을 뜯을 순간을 기다리고 있다.

‘뭘 알고 있는 거지?’

분명 뭔가를 알게 된 것이다. 하지만 이한영은 강신진 법원장이 알게 된 것이 무엇인지 모른다.

‘설마, 곽순원 집에 간 것을 알고 있나?’

이한영은 입을 꾹 닫았다. 이럴 때 먼저 입을 열면 안 된다. 호통을 듣더라도 기다리며 상대의 의도를 파악하는 게 우선이다. 자칫 먼저 움직였다가 상대에게 간과 쓸개까지 내줄 수도 있는 일이다.

이한영이 입을 다물고 있자 강신진이라는 이름의 포식자가 움직인다. 강신진 법원장의 음성이 묵직하게 이한영을 향해 날아온다.

"장유린에게 들은 게 뭐야?"

"네?"

"장유린과 만나던 남자가 살인 용의자로 검찰에 잡혀 있어. 그 남자가 자네에게 뭔가 말해줬다고 하던데?"

말을 마친 강신진 법원장은 다시 이한영을 관찰하기 시작한다. 먹잇감을 앞에 두고 주변을 맴도는 것이다.

이한영이 작게 한숨을 내뱉었다.

'남자가 알고 있는 것은 힌트가 집이라는 말뿐이야. 강신진도 검찰에서 들어서 알고 있을 게 분명해. 그런데 내게 이 질문을 하는 이유는 힌트가 아니라 정답을 원하기 때문이야.'

정답은 집에 있는 성경 책이다. 하지만 이미 그 안에 있던 내용물은 이한영의 손안에 들어온 상태다.

'안에 뭐가 있는지까지 알고 있을까?'

이한영은 가만히 강신진 법원장을 바라봤다. 그리고 확신했다.

'모르고 있어.'

강신진 법원장은 한정된 정보를 가지고 질문을 통해 이한영의 입을 열려 하는 게 분명하다. 알고 있다면 찌르듯 물어봤을 거다.

이한영이 빠르게 고개를 숙이며 입을 열었다.

"죄송합니다. 사실 은행이 아니라 장유린 부장의 집에 갔다 왔습니다."

강신진 법원장의 눈빛에 만족스러운 감정이 떠오른다. 자신의 예상이 맞았다고 생각하기 때문이다. 강신진 법원장이 착각에서 헤엄친다면 이한영에겐 나쁘지 않은 일이었다.

이한영이 계속 말을 이었다.

"장유린 부장이 집에 있는 성경 책을 확인해 보라고 했습니다. 그래서 확인해 봤는데…… 아무것도 없었습니다."

"없다?"

다시 허리를 편 이한영이 말을 이어간다.

"네, 성경 구절에 밑줄이 그어져 있었는데, 그게 무엇을 뜻하는지는 모르겠습니다."

강신진 법원장의 미간이 살짝 찌푸려졌다. 장유린 부장이 유성그룹 장용현 회장을 타깃으로 했다면 직관적인 힌트를 놔뒀을 거라고 생각했다.

'그런데 구절에 밑줄이 그어져 있다고?'

강신진 법원장의 머릿속은 혼란으로 채워지고 있었다. 그가 책상을 툭 툭 치기 시작했다.

'거짓? 아니면 진실?'

그가 다시 이한영을 본다. 거짓된 말을 하는지 아니면 진실을 이야기하는지 확인하는 것이다.

이한영은 그의 눈빛을 피하지 않고 그대로 맞서 넘긴다.

'더 혼란스러워해라. 고민하고 또 고민해라. 그리고 잘못된 결정을 내려라. 제발…….'

강신진 법원장이 입을 연다.

"어떤 구절이었지?"

"죄송합니다. 기억나지 않습니다."

기억하고 있었지만 굳이 말해줄 필요는 없었다.

강신진 법원장이 고개를 끄덕이며 묻는다.

"왜 자네에게 힌트를 남겼을 것 같나?"

이한영은 작게 한숨을 쉬며 이번에도 강신진 법원장이 원하는 답을 내뱉었다.

"장유린 부장은 혹시라도 자신에게 무슨 일이 생기면 제가 움직여줄 거라고 생각했을 겁니다."

"이유는?"

"장유린 부장이 유성그룹을 차지하면 제게 건설을 준다고 했었습니다. 그래서……."

사람은 보고 싶은 것만 보고, 믿는다. 그래서 이한영은 강신진 법원장에게 그가 믿고 싶은 말을 해줬다.

더 혼란스러워지도록, 그리고 더 확신을 가질 수 있도록…….

강신진 법원장이 크게 웃으며 자리에서 일어선다.

"이한영 부장!"

"네, 법원장님."

"사람에게는 그릇이라는 게 있어. 자네의 그릇은 아주 크지만 아직이야. 더 여물어야 해. 지금 큰 욕심을 내다가 넘쳐흐르면 더러워질 뿐이야."

"명심하겠습니다."

강신진 법원장이 이한영의 눈동자를 또렷이 보며 말을 잇는다.

"용돈이 필요하면 말해. 내가 자네에게 용돈 하나 못 줄 사람으로 보이나? 자네에게도 조만간 통장 하나 만들어 주지. 조금 더 여물 때까지는 내가 주는 용돈으로 만족하도록 해."

이한영은 허리를 굽혔다.

"감사합니다."

강신진 법원장은 이한영을 의심하고 있었다. 하지만 지금 그 의심이 다른 쪽으로 흐르기 시작했다. 강신진 법원장은 이한영을 '돈의 노예'라고 판단하고 있다.

이한영이 주먹을 꽉 쥔다.

* * *

그날 밤, 강신진 법원장은 장유린 부장의 집 서재에 서 있었다. 망설임 없이 성경 책을 꺼낸 그는 책갈피의 줄이 끼어 있는 곳을 펼쳐 밑줄이 그어진 구절을 찾았다.

그 여자의 죄는 하늘에까지 닿았고, 하나님께서는 그 여자의 불의한 행위를 기억하신다.

강신진 법원장의 눈이 찌푸려졌다.

'뭘 의미하는 거지?'

다른 곳을 넘겨 봤지만 한 번도 읽지 않은 것처럼 깨끗할 뿐이다.

'그 여자의 불의한 행위를 기억한다? 이게 도대체 무슨 말인가?'

그 시각.

이한영은 석정호와 집 근처 놀이터 등나무에 앉아 있었다. 예전에는 많은 아이들이 뛰놀던 곳이지만 이제는 술병만 뒹굴고 있다.

석정호가 캔맥주를 입에 대며 말한다.

"아까 전화가 왔는데, 강신진이 다시 오라고 하더라?"

강신진 법원장은 이한영을 의심하면서부터 석정호와도 거리를 두고 있었다. 하지만 이한영의 목표가 유성그룹의 돈이라고 생각해서 그런지 석정호를 다시 주변에 두려 했다.

강신진 법원장은 언제나 인재를 원하는 사람이다. 특별하기만 하다면 그게 깡패든, 양아치든, 걸인이든 상관하지 않고 언제나 곁에 두려 한다.

석정호가 말을 이었다.

"며칠 후에 유성호텔로 나오라던데?"

"유성호텔?"

이한영은 고개를 천천히 끄덕였다.

'강신진이 장용현 회장을 만나려 하는구나.'

강신진 법원장은 장유린 부장의 블랙박스 메모리카드를 손에 넣었다. 그걸 통해 장용현 회장을 협박하고 박광토 전 대통령의 문제를 해결하려 들 것이다.

여기까지 생각한 이한영이 슬쩍 웃었다. 박광토 전 대통령의 문제를 해결하려 해도 이미 늦었기 때문이다. 박광토 전 대통령의 역할은 마포경찰서 오종진 서장에게 가짜 뇌물 명단을 만들어 건네는 것이었다. 그런데 이미 뇌물 명단은 전해졌고, 강신진 법원장을 향한 박광토 전 대통령의 분노를 덮기는 어렵다. 게다가 장용현 회장과 박광토 전 대통령은 쉽게 만나 쉽게 거래하는 사람들이 아니다. 그 준비 과정만 해도 시간이 걸린다. 그 전에 오종진의 재판이 열릴 것이다.

석정호가 묻는다.

"어떻게 해? 유성호텔로 가?"

이한영이 석정호의 어깨에 팔을 두르며 걱정 가득한 목소리로 입을 연다.

"무리는 하지 마. 혹시라도 위험하면 도망쳐."

가라는 말이다.

석정호가 곁눈질로 이한영을 본다.

"위험한 곳일까?"

강신진 법원장이 상대하려는 사람은 유성그룹의 장용현 회장이다. 장유린 부장이 사망했듯이 위험을 동반하는 일이었다. 그래서 강신진 법원장은 최소한의 대비책으로 석정호 등 어깨들을 불러 모으는 것이다.

이한영이 입을 열었다.

"싸움이 날 수도 있어. 그때 강신진을 보호하려고 하지 마."

석정호가 픽 웃는다.

"도망쳐야지. 그래야지. 그래야 살아서 효도도 하고, 너와 이렇게 맥주도 마시지."

두 사람의 캔맥주가 부딪친다.

맥주를 마신 석정호가 잠시 고개를 들어 별이 없는 검은 하늘을 본다.

"좋다, 흐흐."

잠시 그렇게 있던 석정호가 시선을 옮기며 입을 연다.

"맞다. 아까 연락이 왔는데, 곽순원의 집에 몰래카메라를 설치했대. 기계로 확인하지 않는 이상 절대 못 찾을 거라던데?"

"아, 땡큐."

"그런데 강신진 금고에는 뭐가 있는 거야? 물방울 다이아몬드라도 있나?"

이한영이 슬쩍 웃으며 고개를 저었다.

"고작 물방울 다이아몬드로 만족할 사람이 아니야."

강신진 법원장은 더 큰 욕심이 있는 사람이다.

* * *

며칠 후 밤.

늦은 시간이었다.

강신진 법원장은 유성호텔의 레스토랑 엘리베이터에 타고 있었다. 장용현 회장을 만나기 위해서다.

그가 레스토랑 입구에 서자 장용현 회장의 비서가 허리를 굽힌다.

"오셨습니까?"

강신진 법원장은 가볍게 고개를 숙인 후 주변을 둘러봤다. 레스토랑에는 아무도 없었다. 심지어 직원도 보이지 않는다.

"잠시 실례하겠습니다."

비서가 작은 바구니를 내민다.

강신진 법원장은 시계를 풀고 휴대폰을 꺼내 바구니에 담은 후 양팔을 벌렸다. 비서는 탐지기를 들고 강신진 법원장의 몸을 훑은 후 아무것도 없다는 것을 확인한 뒤 입을 열었다.

"기다리고 계십니다."

비서는 강신진 법원장보다 한발 앞서 걷기 시작했다. 그 뒤를 강신진 법원장이 쫓으며 시선을 창밖으로 향한다. 레스토랑의 창은 통유리로 되어 있었다. 그 덕에 서울의 야경이 한눈에 들어온다.

야경을 보던 강신진 법원장의 입가에 잔잔히 미소가 걸렸다. 고아로 자라며 부럽게만 보던 서울의 불빛이다. 저 불빛 어디에도 그가 머물 곳은 없었다. 하지만 이제 손을 뻗으면 저 모든 불빛을 손에 쥘 수 있다.

'이제 거의 다 왔어.'

곧이어 강신진 법원장은 장용현 회장 앞에 섰다. 장용현 회장은 여덟 명이 앉을 수 있는 원탁에 앉아 있었다.

강신진 법원장이 허리를 굽혀 예를 갖춘다.

"앉아."

그 말에 강신진 법원장은 의자를 꺼내 장용현 회장의 맞은편에 앉았다. 그 뒤로 두 사람은 어떤 말도 없이 서로를 바라봤다. 서로를 보는 눈빛은 어떤 감정도 존재하지 않았다. 분노도, 기쁨도 없이 그저 서늘하다.

비서가 와인을 가져와 두 사람의 잔을 채우고 나서야 장용현 회장이 입을 열었다.

"어떤 걸 가지고 있다고?"

"블랙박스의 메모리카드입니다."

강신진 법원장은 테이블 위에 USB를 올려 뒀다.

"사본입니다."

USB를 손에 든 장용현 회장이 비서를 노려본다. 그러자 비서는 변명조차 하지 못하고 고개를 숙인다.

강신진 법원장이 입을 열었다.

"탓하지 마십시오. 보면 아시겠지만 갑자기 장유린이 나타났고 사고가 나며 앞문이 많이 구겨졌습니다. 천하장사가 온다고 해도 문을 열 수 없었을 겁니다."

장용현 회장은 강신진 법원장의 말을 완벽히 무시하듯 한 귀로 흘리며 비서에게 말한다.

"노트북 가져와."

비서가 서둘러 노트북을 가져와 테이블 위에 올렸다. 장용현 회장이 건넨 USB를 받아 든 비서가 노트북에 연결한다. 그날의 끔찍한 영상이 다시 재생되고 있었다.

장용현 회장은 분명 장유린 부장의 아버지다. 하지만 그는 남의 일을 보는 것처럼 표정의 변화 없이 영상을 보고 있다. 볼의 실룩임이나 눈썹의 떨림조차도 보이지 않았다. 그리고 '쾅!' 소리와 함께 영상이 끝났다.

장용현 회장의 시선이 강신진 법원장에게 향한다.

"강 판사, 난 이 영상이 필요 없어. 내가 고등법원의 부장판사를 살해할 이유가 뭐가 있나?"

"……!"

"내가 지시했다는 증거가 있나?"

장용현 회장은 USB를 뽑아 비서에게 던지듯 건넨다. 그리고 말을 이었다.

"몇 년 갔다 와. 사고를 쳤으면 자수를 해야지. 그래야 이 나라가 발전하는 거야. 우리 강 판사 같은 사람이 여기까지 와서 자수를 권해서야 되겠나?"

비서는 고개를 숙인다.

"알겠습니다."

고개를 숙인 비서의 얼굴은 창백해졌다가 시커멓게 변하기를 반복하고 있었다. 하지만 그는 어떤 말도 하지 않는다. 장용현 회장을 오랫동안 옆에서 지켜봤기에 그의 말을 따르지 않으면 어떤 일이 벌어질지 누구보다 잘 알고 있어서다.

장용현 회장의 시선이 다시 강신진 법원장에게 향했다.

"됐나?"

"……."

"강신진, 난 네가 처음부터 마음에 들지 않았어."

장용현 회장의 목소리는 음습했고 눈빛은 싸늘했다. 하지만 강신진 법원장은 표정 하나 변하지 않는다. 처음과 같은 담담한 눈빛으로 장용현 회장을 보고 있다.

그 눈빛이 마음에 들지 않았나 보다. 장용현 회장이 차갑게 웃으며 입을 연다.

"비서, 이왕 자수하는 것 죄를 하나 더 추가하도록 해. 강 판사가 내일 아침 해를 보지 않았으면 좋겠어."

죽이라는 말이다.

"알겠습니다."

"알고 있겠지만, 이 나라의 실종 인구는 매년 어마어마하게 늘어나고 있어. 죄를 추가하고 싶지 않다면 걸리지 마. 내가 증거를 인멸하는 방법까지 가르쳐줄 필요는 없지?"

장용현 회장의 말이 끝나자 비서의 시선이 강신진 법원장에게 옮겨진다. 그리고 싸늘한 눈빛으로 강신진 법원장을 바라보며 무시무시한 말을 내뱉는다.

"얼굴의 가죽과 치아를 뜯은 후 손가락을 잘라 바다에 던지겠습니다. 고깃배에 걸린다 해도 신원 미상의 시신으로 처리될 겁니다."

강신진 법원장에게 겁주려고 일부러 끔찍한 말을 하는 거다. 당장 누구 하나 죽어 나가도 이상하지 않을 서늘한 공기가 공간을 채우기 시작했다. 피부가 저려오는 듯한 살기다.

하지만 강신진 법원장은 타인의 이야기를 듣는 듯이 무덤덤한 표정으로 와인 잔을 들며 입을 열었다.

"혹시 몰라서 저도 경호를 좀 붙였습니다."

"자네의 경호원이 내 사람들을 이길 수 있을 것 같나?"

"이길 수 없다고 해도 증거인멸은 어렵겠죠. 그리고 저는 판사입니다. 그것도 중앙지방법원장입니다. 저를 죽였다는 게 세상에 알려지면 유성 그룹은 산산이 조각나고 말 것입니다."

"유성과 자네, 어떤 것이 조각날지는 확인해보면 알 일이야."

더욱 무거워진 공기가 강신진 법원장을 압박하고 있다.

그때 강신진 법원장의 손에서 빙글빙글 돌려지던 와인 잔이 뚝 멎었다. 동시에 강신진 법원장의 시선이 장용현 회장에게 향한다.

"여쭤보고 싶은 게 있습니다. 제가 장유린의 차에 있던 블랙박스의 원본을 넘긴다면, 그리고 아무것도 모른 척 살아간다면 목숨은 살려주시는 겁니까?"

"자네가 살 방법 중 하나지."

협박이 통했다고 생각했는지 옆에 서서 두 사람의 말을 듣고 있던 비서는 주먹을 꽉 쥐었다.

하지만 강신진 법원장은 고개를 저었다. 그리고 손에 든 와인 잔을 다시 빙글 돌리며 말한다.

"호랑이는 죽어서 가죽을 남기고 사람은 죽어서 이름을 남긴다고 합니다. 그런데 장유린은 무엇을 남겼을까요? 장유린이 죽기 직전, 회장님 댁을 나왔다는 걸 저는 알고 있습니다."

여기까지 말한 강신진 법원장은 힐끗 장용현 회장의 표정을 살핀다. 동요가 있는지 확인하려는 거다. 하지만 어떤 변화도 보이지 않는다. 지금 하는 말은 블랙박스를 봤다면 쉽게 알 수 있는 일이기 때문이다.

강신진 법원장이 말을 잇는다.

"그리고 장유린이 회장님을 협박했다는 것도 알고 있습니다. 그러니까…… 정다운은행의 사장 김진철."

그 말이 끝남과 동시에 지금껏 잔잔한 호수처럼 변하지 않았던 장용현 회장의 얼굴에 빗방울 하나가 떨어졌다. 작은 파문이 일기 시작한 것이다.

강신진 법원장은 그 한순간을 놓치지 않았다.

'예상이 맞았어!'

강신진 법원장은 장유린 부장이 무엇을 남겼는지 알지 못하고 있었다. 하지만 장유린 부장이 장용현 회장의 집에서 나온 직후 살해당한 것을 보면, 장용현 회장이 구석에 몰릴 정도의 협박을 했다는 것은 쉽게 유추할 수 있었다. 그래서 강신진 법원장은 도박과 같은 발언을 한 것이다.

기세를 잡은 강신진 법원장이 지금보다 더 당당하게 장용현 회장의 눈을 마주친다. 반면에 지금껏 당당했던 장용현 회장의 표정은 어두워지고 있다.

"네, 네가 그걸 어떻게?"

장용현 회장은 장태식 사장이 은행을 손에 쥘 때 강신진 법원장과 함께 했다는 것을 모르고 있었다. 불법적인 일이었기에 강신진 법원장이 자신의 흔적을 지워버렸고, 장태식 사장은 은밀히 진행했기 때문이다.

당시 장용현 회장은 장태식 사장이 어두운 경로로 은행을 인수하고 있다는 것을 알고 있었지만 모른 척 넘어갔다. 앞으로 유성의 회장이 될 아들이 많은 경험을 하며 성장하기를 바라고 있어서다. 그 이후에 그 은행에서 온갖 더러운 짓이 벌어졌지만, 관심을 끊은 장용현 회장은 어떤 일이 벌어지는지 모르고 있었다.

원래 등잔불 아래가 어두운 법이다. 그리고 강신진 법원장은 은행의 실권을 쥐고 있다. 당연히 김진철 사장이 어떤 인물이며 무슨 짓을 했는지 잘 알고 있다.

'그런 놈이 갑자기 도망쳤고 장유린이 죽었어. 그럼 어떤 일이 있었는지는 뻔한 거잖아?'

시선을 장용현 회장에게 향한 강신진 법원장이 느릿하니 입을 연다.

"장유린은 정다운은행 김진철 사장을 만났습니다. 무슨 말을 했고 무엇을 받았을까요?"

장용현 회장의 눈동자가 세차게 흔들린다. 하지만 강신진 법원장은 느긋하게 와인 잔을 내려두며 말을 잇는다.

"회장님, 장유린이 죽으면서 가지고 있던 것을 누구에게 남겼을 것 같습니까?"

순간 장용현 회장의 입이 꽈악 닫혔다.

강신진 법원장이 와인 잔을 손가락으로 툭 건드리며 계속 말한다.

"다 알고 계시는 이야기겠지만, 장유린은 평소 저를 많이 의지했습니다. 제가 가진 모임에서 장자방을 담당하기도 했으니까요. 장유린이 얼마 전 말했습니다. 자신이 잘못되면 그것을 통해 원통함을 해결해 달라고 말이죠."

강신진 법원장이 조용히 웃으며 장용현 회장을 바라본다.

그 악마 같은 눈동자는 상대의 표정 변화를 모두 담고 있다.

강신진 법원장이 말을 잇는다.

"하지만 저는 그렇게 할 수 없었습니다. 대한민국의 미래, 대한민국의 경제는 회장님이 없으면 안 된다고 생각하기 때문입니다. 장유린이 남긴 그것, 회장님은 지금 세상에서 가장 안전한 은행에 맡겨둔 것이나 마찬가지입니다. 회장님이 저를 도와주신다면 그것은 영원히 세상에 나오지 않을 것입니다."

그 말이 이어지는 동안 장용현 회장은 강신진 법원장을 죽일 듯이 쏘아보고 있었다. 하지만 이미 기세는 넘어갔다.

강신진 법원장은 상대의 눈빛을 받으며 자리에서 일어선다. 그리고 정중히 허리를 굽힌다.

"회장님께 누를 끼치는 일은 절대 없을 겁니다. 도와주십시오."

강신진 법원장이 레스토랑을 떠났다. 넓은 레스토랑엔 장용현 회장과 비서만 남아 있었다.

비서가 장용현 회장에게 입을 연다.

"어떻게 할까요?"

"놔둬."

"회장님……."

"경호원을 달고 왔다잖아? 주먹 패거리만 데리고 왔겠어? 저놈이 잘못되면 그 비리가 공개될 수도 있어."

이러지도 저러지도 못하는 상황에 비서는 입을 닫았다.

장용현 회장은 파르르 떨리는 주먹으로 테이블을 강하게 내리치기 시작한다. 쾅! 쾅! 쾅! 둔탁한 소리가 이어진 후 시뻘겋게 충혈된 눈으로 장용현 회장이 말했다.

"완벽히 당했어! 완벽히!"

그 시각, 강신진 법원장은 엘리베이터를 타고 내려가고 있었다. 바뀌는 숫자를 보며 그가 조용히 웃는다.

"하이 리스크 하이 리턴이라고 했던가?"

목숨을 건 도박이 통했다.

장태식 사장이 아니라 장용현 회장에게 다이렉트로 연결되는 끈을 손에 쥐게 된 거다.

강신진 법원장이 중얼댄다.

"거짓을 말했지만 이제 사실로 만들어야 해."

장용현 회장을 속이기는 했다. 하지만 언 발에 오줌 누기처럼 오래가지는 못할 것이다.

장용현 회장이 눈치채기 전에 장유린 부장이 남겨둔 무엇을 찾아 손에 쥐어야 한다.

"그렇게만 된다면……."

강신진 법원장이 자신의 손바닥을 바라본다.

"내 손에 유성그룹을 올릴 수 있을 거야."

* * *

며칠 후, 주말.

이한영은 차를 타고 해안 도로를 달리고 있었다. 그가 도착한 곳은 시원한 바닷가가 보이는 검찰청이었다.

차에서 내린 이한영은 건물로 들어가지 않고 몸을 돌려 바다를 본다. 시원한 파도 소리가 철썩거리며 들려온다. 하늘이나 바다는 끝이 보이지 않을 정도로 넓다. 이렇게 넓은 세상을 한낱 인간이 좌지우지하려 한다는 게 이상할 따름이다.

"안 추우세요? 아직 바닷바람이 추울 텐데요."

이한영은 들려온 목소리에 몸을 돌렸다. 김진아 검사가 보인다. 중앙지검에 있던 그녀는 이곳으로 유배 와 있었다.

이한영이 손목을 들어 시간을 확인하며 물었다.

"식전이죠?"

"주말이잖아요. 저 혼자 와서 일하는 중이고, 손님이 온다는데 먼저 밥 먹고 있을 만큼 예의 없지는 않아요."

"여긴 맛있는 게 뭐가 있나요?"

"회 좋아하세요?"

"좋죠."

이한영과 김진아 검사는 멀지 않은 횟집으로 향했다. 두 사람 앞에 신선한 회가 놓인다.

지금까지 가볍게 인사말을 나누던 김진아 검사가 입을 연다.

"그런데 여기까지 어쩐 일로……?"

이한영이 품에서 서류를 꺼내 그녀에게 건넸다. 받은 서류를 꺼내 읽던 김진아 검사가 눈을 동그랗게 뜬다.

"이, 이건……?"

장태식 사장의 기록을 요약해 둔 것이었다.

"내일이 장태식 사장 재판이에요. 18년 형을 내리려고 하는데, 부족한 게 있다면 채워 넣으시라고요."

"재판도 시작하지 않았는데, 형을 결정하셨어요?"

"저지른 죄가 모두 사실이라는 것을 알고 있고 참작할 게 없다고 생각하니까요."

김진아 검사는 고개를 천천히 끄덕이며 서류를 넘기기 시작했다. 상당히 집중해서 읽는 그녀를 보며 이한영은 조금 씁쓸한 미소를 지었다.

전생에서 그녀는 장태식 사장을 잡았지만 실패해버리고 말았다. 그 뒤 이한영은 치욕을 받으며 살해당했으니 그녀 역시 평범하게 죽지는 못했을 것이다. 그리고 이한영의 이번 생에서의 그녀는 장태식 사장을 감옥에 넣기 위해 움직이다가 유배를 와 있다. 재벌과 싸운다는 것은 이래저래 쉽지 않은 일이다.

김진아 검사가 마지막 장을 덮으며 입을 연다.

"아쉽네요. 이렇게 많은 죄를 지었는데, 고작 18년이라뇨. 그리고 장태식은 다른 죄인들과 달리 편안하게 살겠죠? 교도소에 있어도 매일 변호사를 불러 접견실에서 생활할 테고…… 불편한 게 있다면 병이 있다는 핑계로 병원에 갈 테고요."

"아마도요."

"출소 후에는 또 떵떵거리고 살겠죠?"

"아마도요."

김진아 검사가 한숨을 쉰다.

돈이 있다면 교도소도 지낼 만한 곳이라는 말이 있다. 돈으로 구하지 못할 것은 여자뿐이라는 소리도 존재한다.

이한영이 입을 열었다.

"더 끔찍한 일은 1심 이후에 집행유예를 받는 겁니다. 어쩌면 1, 2년 뒤에 특사로 나올 수도 있고요."

김진아 검사의 얼굴이 굳어졌다. 그녀가 젓가락으로 회를 쿡쿡 찌른다.

"우리가 이렇게 하는 일이 의미가 없는 거네요."

"권력과 재력이 손잡으면 법은 허울만 남는 거죠."

"그래서 그 말씀 하려고 여기까지 오신 건가요?"

이한영이 고개를 저었다.

"박광토 전 대통령에 관한 특검이 준비되고 있다는 것은 아시죠?"

"네? 네."

뜬금없이 박광토 전 대통령의 이름이 나오자 김진아 검사의 눈에 의문이 새겨진다.

이한영이 말을 잇는다.

"특별 검사는 윤관호 변호사님이 맡을 겁니다."

"아, 들었어요."

"김진아 검사님이 수사 3팀장을 맡게 될 겁니다."

김진아 검사가 눈을 크게 떴다.

이한영이 말을 잇는다.

"박광토 전 대통령의 주변엔 강신진 법원장, 검찰총장, 검사장 등 대한민국 법을 아우르는 사람들이 있어요. 검사님이 수사할 곳은 바로 그 썩어버린 법조계입니다."

김진아 검사는 평검사다. 그런 사람이 검찰총장과 검사장 등을 수사하기란 절대 쉽지 않다. 아니, 특검이란 이름으로 수사할 수는 있다. 하지만 다음이 문제다. 특검이 끝나고 일상생활로 돌아왔을 때, 그녀에게 남은 것은 제 식구를 끌어내린 쓰레기라는 이름뿐일 거다.

이한영이 횟감을 젓가락으로 들어 올리며 계속 말했다.

"장태식의 사건은 이 횟감 같다고 생각해요. 지금 끝내지 않으면 상해 버리죠. 총장 등의 사람들은 장태식 사장과 끈이 닿아 있는 사람들이에요. 그 끈을 빠르게 잘라내 버리지 않으면 말했던 것처럼 언제 특사로 출소해도 이상하지 않아요."

박광토 전 대통령의 주변에 있던 사람들을 샅샅이 수사하면 자연스레 강신진 법원장의 세력은 힘이 약해지고 만다.

이한영이 말했다.

"발표되기 전에 미리 말씀드리는 거예요. 마음의 준비를 하시라고……."

분명 김진아 검사에게는 가혹한 일이 될 것이다. 하지만 그녀는 망설임 없이 고개를 끄덕인다.

"검사 그만두면 변호사 생활이나 해야겠네요."

* * *

법복을 걸친 이한영은 창밖을 보고 있었다.

법원 밖에서는 장태식 사장의 무죄를 요구하는 사람들이 시위를 하는 중이다.

"장태식 사장을 석방하라!"

"장태식 사장은 무죄다!"

이한영의 옆으로 윤슬혜 판사가 섰다.

"우리 합의부는 조용한 재판이 별로 없는 것 같아요."

이한영이 슬쩍 웃으며 그녀를 향했다.

"왜? 무서워?"

"아뇨, 무섭긴요."

이한영의 시선이 다시 창밖으로 옮겨질 때 휴대폰에 진동이 울렸다. 모르는 번호다.

"네, 이한영입니다."

–장용현 회장님의 비서입니다. 메시지로 기사 하나를 보냈습니다. 확인하십시오. 그리고 오늘 재판, 현명한 판단 하기를 바랍니다.

이한영은 휴대폰을 들어 메시지를 확인했다. 비서의 말대로 기사로 연결되는 인터넷 주소가 찍혀 있다. 꾹 누르자 휴대폰 화면이 기사로 바뀐다.

유성전자, 베트남에 휴대폰 생산 공장 이전 준비

제2의 중국 베트남이 뜨고 있다.……(중략)……국내 대기업은 최근 몇 년간 집중적으로 베트남에 현지 법인을 늘리기 시작했다.……(중략)……공장 하나를 폐쇄하면 실업자가 되는 인구가……(중략)……하지만 이면에는 다른 이유도 있는 것 같다. 유성그룹의 한 관계자는 사람들은 유성에게 애국심을 기대하지만 한국에서 죄인 취급당하는데 굳이 한국에서 사업을 할 이유가 없다며…….

이한영의 미간이 일그러졌다. 지난번 장용현 회장을 만났을 때 비서가 했던 말이 머릿속을 스치고 있다. 그때 비서는 장태식 사장의 형량을 이야기하며 이렇게 말했었다.

–잘 선택하세요. 우리가 나가면 우리의 하청을 받던 중소기업은 부도가 날 테고 공장이 있던 도시는 마비될 겁니다. 투자자는 빠져나가고 주가는 폭락하겠죠. 대한민국의 경제가 박살이 날 겁니다. 10년, 20년, 어디까지 후퇴할지 몰라요. 그러니까 공무원은 공무원답게 국가의 미래를 위해 일하세요.

그러니까 지금 온 메시지는 명백히 협박이다.

이한영의 시선이 다시 창밖으로 향했다.

"이한영 판사는 올바른 판단을 하라!"

"이한영 판사는 국가 경제를 생각하라!"

이한영의 눈에 독기가 차오른다.

'쓰레기 같은 놈들.'

06

뚜벅뚜벅, 무거운 발소리가 들린다.

법정으로 향하는 이한영의 발소리다. 그 뒤를 윤슬혜, 이소이 판사가 따르고 있었다. 장태식이라는 이름의 재벌을 재판하러 가는 길이라 그런지 뒤에 선 두 사람이 표정이 평소보다 무겁게 보인다. 한편으로는 굳센 결의마저 느껴질 정도다.

이한영의 표정 역시 마찬가지로 굳어 있었다. 하지만 이한영의 표정이 어두운 것은 윤슬혜나 이소이 판사의 표정이 무거운 것과는 이유가 다르다.

이한영이 걸음을 멈췄다. 그러자 윤슬혜 판사가 이한영을 빤히 본다.

"안 가세요?"

"먼저 가서 있어. 잠깐 생각할 게 좀 있어서……."

이한영의 굳은 표정을 본 윤슬혜 판사가 고개를 끄덕인다.

"네, 시간 없으니까 어서 오세요."

윤슬혜, 이소이 판사의 발소리가 점차 작아지더니 완벽히 들리지 않게 됐다.

이한영은 고개를 틀어 복도의 끝으로 시선을 옮긴다. 이한영의 눈에 멀리 김윤혁이 걸어오는 것 같았다. 지금의 김윤혁이 아니라 나이가 지긋이 든 얼굴, 즉 전생의 김윤혁이었다. 다가온 김윤혁이 입을 연다.

—싸우러 가는 것도 아니고 왜 그렇게 심각해? 설마 장태식 회장한테 실형 때릴 생각은 아니지?

전생에서 장태식 사장의 재판을 앞뒀을 때, 김윤혁이 했던 말이었다. 전생을 기억하던 이한영이 머리를 쓸어 넘겼다.

"기분이 왜 이리 더러운가 했더니 이 사건부터 시작이었네."

장태식 사장에게 실형을 선고한 이한영은 살인 및 뇌물로 잡혀 재판에 섰고 결국 죽음에 이르렀다.

이한영이 입을 연다.

"전생과 현생, 달라졌을까? 아니면 그대로일까?"

법정은 고요했다.

한 사람의 인생을 좌지우지할 수 있는 공간이라서 그런 게 아니다. 평소보다 더 살벌한 분위기, 몸을 떨리게 하는 서늘한 살기마저 느껴지고 있다. 바로 유성그룹의 후계 장태식 사장을 심판하는 자리여서다.

방청석에 앉은 사람들도 그 분위기를 느끼고 있나 보다. 그들은 어떤 소리도 내지 않는다. 옷이 사부작거리는 소리마저 죄악처럼 여기고 있다. 그리고 그들의 시선은 약속한 것처럼 법대만 보고 있었다. 아직 재판부가 입정하지 않아 비어 있는 법대지만 사람들의 시선은 다른 곳으로 옮겨지지 않는다. 그때…….

"재판부가 입정하십니다! 모두 자리에서 일어나주시기 바랍니다!"

법정 안에 있는 모든 사람들이 자리에서 일어섰다.

법대에 선 이한영은 언제나처럼 법정을 둘러본다. 그 눈동자를 모든 사람들의 눈동자가 좇아온다. 끈적끈적하고 기분 나쁜 눈빛이다. 그들의 눈은 말하고 있었다.

'네가 재벌을 심판할 수 있을까?'

그 눈빛에 대한 답을 이한영이 내뱉는다.

"지금부터 재판을 시작하겠습니다. 피고인 장태식."

심판이 시작되었다. 하지만 장태식 사장은 대답하지 않는다. 이한영이 다시 물었다.

"피고인 장태식!"

이번에도 장태식 사장은 대답하지 않는다. 대신 그의 삐뚤어진 눈이 이한영을 향했다.

* * *

"분위기가 어떨까요?"

"뻔하지."

기자 두 명이 휴게실에서 담배를 피우고 있었다.

선배 기자와 후배 기자다. 재판이 시작했음에도 불구하고 이들의 행동은 여유롭다. 법조 기자 생활을 해오며 소문난 잔치에 먹을 것 없다는 것을 잘 알고 있어서다.

후배 기자가 눈을 동그랗게 뜨자 선배 기자가 말을 잇는다.

"피고인이 장태식 사장이야. 1심에서 7년 이하, 2심에서 집행유예 나올 걸. 장용현 회장이라면 이미 그렇게 딜 했을 거야."

"재판장이 이한영 판사잖아요?"

이한영은 상대가 누구든 죄를 끝까지 추궁하는 것으로 유명했다. 그래서 후배 기자는 장용현 사장의 재판에서도 그런 장면이 나오지 않을까 기대했는데, 선배 기자는 '참 세상을 모르네'라는 눈으로 후배 기자를 본다.

"야, 대법원장이 와도 똑같아. 상대가 유성이야, 유성. 그런데 이한영이 뭘 어떻게 한다고? 개소리지. 난 이미 재판 끝나고 올릴 기사의 타이틀도 결정해 뒀어."

"뭔데요?"

"들어봐. '재력 앞에 무릎 꿇은 사법부'. 어때? 재벌이라면 욕부터 하고 보는 서민들이 좋아할 타이틀이지? 클릭하고 싶은 욕망이 막 솟구치지?"

후배 기자가 담배를 비벼 끄며 말했다.

"역시 선배님은 기레기예요."

"기레기면 어때? 인정받으면 되는 거지, 흐흐."

두 사람은 법정으로 걸음을 옮겼다.

멀리 법정의 문이 보일 때 후배 기자가 중얼거렸다.

"솔직히 말해서요, 저는 이한영 판사가 장태식 사장에게 중형을 내렸으면 좋겠어요."

작은 목소리였지만 선배 기자가 그 말을 들었나 보다. 그가 고개를 끄덕인다.

"애써 만든 타이틀 버려도 좋으니까, 나도 그랬으면 좋겠다."

이들은 기자라는 직업을 가지고 있으며 보통 사람보다 조금 더 많은 정보를 듣고 있었다. 그들이 들은 장태식 사장은 희대의 쓰레기였다. 운 좋게 돈 많은 아버지를 두고 태어난 장태식 사장은 인간으로서 할 수 없는 모든 짓을 저질렀다.

선배 기자가 말한다.

"그런데 그런 일은 있을 수 없어. 상대는 유성이야……."

"알아요, 상대가 유성인 거. 그래서 그랬으면 좋겠다고 생각만 하고 있어요. 생각은 자유잖아요."

"너도 자극적인 타이틀이나 생각해둬."

두 사람은 법정의 문을 열었다. 그 순간 문틈으로 찌릿찌릿한 공기와 함께 이한영의 목소리가 비집고 튀어나왔다.

"반성은 없는 거네요?"

분명 비아냥거리는 목소리, 예상하지 못했던 말이다.

두 기자는 법정으로 고개부터 집어넣고 동그란 눈으로 법정을 살폈다. 검사와 변호사의 신문이 끝나고 판사가 피고인을 심문하는 중이었다.

장태식 사장이 재수 없게 웃으며 입을 연다.

"제가 뭘 반성해야 하죠?"

"피고인은 검사를 살해하려 했고, 판사를 강간하려 했어요."

장태식 사장은 김진아 검사를 청부 살해하려 했고, 장유린 부장을 겁탈하려 했었다. 이한영은 그 죄를 묻는 중이다.

하지만 장태식 사장은 어이없다는 듯 고개를 휘휘 젓는다.

"몇 번이나 말했잖아요. 김진아 검사 살해 미수는……."

"피고인, 증거가 있잖아요? 피고인의 비서가 피고인과 통화했던 음성을 녹음했어요!"

장태식 사장이 검찰에서 피울뿐인 조사를 받을 때다. 당시 이한영에게 협박당했던 장태식 사장의 비서가 기자들 앞에 서서 '아무래도 안 되겠어. 처리하도록 해'라는 장태식 사장의 음성을 폭로했다.

이한영이 계속 말한다.

"그리고 피고인이 직접 적은 범행의 방법과 일시도 증거로 제출되었어요!"

역시 장태식 사장의 비서가 기자들의 앞에서 내보였던 것이다.

하지만 장태식 사장은 뻔뻔하다.

"이런 말을 하면 좀 그렇지만, 내가 진짜 죽일 마음이 있었다면 미수로 그쳤을 것 같나요? 동네 양아치에게 청부했을 것 같나요? 난 장난으로 했던 말인데, 아래 있던 비서가 인정받고 싶은 욕구가 컸는지 자기가 알아서 했던 일이에요. 아니, 지금 생각해보면 다른 사람의 사주를 받고 나를 음해하려고 했던 건지도 모르죠."

"다른 사람의 사주요?"

"판사님은 모르겠지만, 유성그룹의 회장이 되는 길은 그리 녹록지 않아요. 여러 음모가 도사리는 길이죠. 그리고 장유린……. 얼마 전에 죽었다고 들었는데, 많이 안타깝습니다. 전 장유린과 사귀는 사이였어요. 그날은 크게 싸워서 저를 강간으로 신고했던 거고요."

"무슨 일로 싸운 거죠?"

"개인적인 일입니다."

장태식 사장의 눈빛은 당당하다. 그 진술에 반박할 수 있는 장유린 부장이 세상에 없기 때문이다.

장태식 사장이 법정 서기를 가리키며 계속 입을 열었다.

"증거로 제 휴대폰 기록을 제출했으니까 확인해보세요. 서로 바빠서 자주 연락하지는 못했지만 적어도 한 달에 두어 번은 전화했으니까요."

말을 마친 장태식 사장이 이한영을 싸늘히 노려본다.

평범한 피고인이 어떻게든 판사에게 잘 보이려는 눈빛과 다르다. 그 눈빛은 '실형을 내릴 수 있으면 해봐. 넌 정말 죽여버릴 테니까'라는 살기가 담겨 있다. 과연 유성그룹의 후계다웠다.

하지만 그런 눈빛에 위축될 이한영이 아니다.

"피고인, 기혼 아닌가요?"

장태식 사장이 고개를 끄덕인다.

"네, 결혼했습니다. 그러니까 장유린 건은 형사재판에서 다룰 문제가 아니라 내 마누라가 민사를 걸어야 하는 문제죠. 가정 문제니까 그만했으면 좋겠습니다."

"그럼 피고인은 탈세만 인정하고 강간 미수 및 살인미수, 뇌물 공여, 재산 국외 도피 등의 죄를 인정하지 않는다는 거죠?"

"네, 세금은 좀 아껴보려 했던 게 사실이지만 다른 건 제가 지시한 적이 없습니다. 직원들이 알아서 한 거예요."

"피고인의 말을 믿어도 되겠습니까?"

이한영의 또렷한 눈빛을 받으며 장태식 사장이 고개를 끄덕인다.

"네."

"지금 한 말에 하나의 거짓도 없는 겁니까?"

"네."

끝까지 당당하다.

이한영에겐 그 당당한 눈빛이 가증스럽게만 보일 뿐이다.

"좋습니다. 증거자료를 조사하죠. 변호인은 검찰 측에서 제출한 증거에 대해 의견을 말씀해주세요."

* * *

"쉽지 않아 보인다고?"

–네, 장태시 사장 측은 총알받이를 만들어 뒀습니다. 그동안 변호사를 중심으로 증거를 인멸했고 가지고 있던 혐의는 다른 사람에게 넘겨버렸습니다. 그리고 장유린이 사망하면서…….

에스로펌 유선철 대표는 이한영의 재판을 방청하고 있던 변호사와 통화하고 있었다.

"검사 살인미수는?"

–자신은 살인미수범의 얼굴을 본 적도 없고, 직접 지시했던 적도 없다고 발뺌 중입니다.

"비서가 폭로했잖아?"

-폭로가 진실이 아니라는 것으로 몰아가고 있습니다.

전화를 끊은 유선철 대표의 시선이 앞에 선 유세희에게 향한다.

"쉽지 않은 모양이야."

"쉽지 않아도 해낼 사람이에요, 이한영 씨는……."

"계속 유성그룹을 상대로 싸움을 걸겠다는 거지?"

"네."

유세희의 눈에서 확고한 믿음이 보인다.

유선철 대표의 입에선 무거운 한숨이 흘렀다. 에스로펌은 회사의 전 재산을 투입하여 유성그룹의 계열사 지분을 손에 넣고 있었다. 이번에 장태식의 죄가 드러나면 떨어질 주식을 주워 담고 유성그룹 경영진의 도덕성을 문제 삼으며 공격에 박차를 가할 생각이었다.

그런데 장용현 회장이 어떤 반응도 보이지 않는다. 조금이라도 반응을 해준다면 마음이 편할 텐데, 아무런 움직임이 없으니 오히려 불안하게 느껴졌다. 게다가 장태식 사장의 재판도 삐걱거리는 중이다.

처음엔 실패해도 상관없다고 생각했지만 불안한 마음은 당시의 용기를 흐리게 만들고 있었다.

유선철 대표가 입을 열었다.

"세희야, 네가 이한영을 어떻게 생각하는지는 알아. 하지만 실패했을 때도 생각해야 해."

유세희는 대답하지 않았다. 그저 조용히 창밖을 보고 있다.

유선철 대표가 다시 입을 연다.

"세희야, 지금 우리가 가진 회사는 모두 계열사뿐이야. 유성에서 지원을 끊으면 한 달을 버티지 못하고 무너져버려. 오늘 신문을 보니까 휴대폰 공장도 베트남으로 이전한다고 하는데……."

"이한영 씨는 이 일이 실패하면 자장면은 사 준다고 했어요."

"네가 자장면으로 만족할 사람이 아니잖아!"

"저도 알아요."

실패하면 오늘과 같은 내일은 없다. 주차장에 세워진 여러 대의 자동차 중 어떤 것을 타야 할지 고민하는 게 아니라 버스가 오기를 기다려야 할지도 모른다. 쉽게 먹을 수 있어 감흥 없는 스테이크와 한강이 펼쳐진 집은 텔레비전에서만 볼 수 있는 게 될 것이다. 그리고 비위생적이라고 생각해서 먹지 않는 자장면은 특별한 날에만 먹을 수 있게 될 거다.

유세희의 시선이 유선철 대표에게 향한다.

"저도 그런 생활 하는 것은 싫어요. 어떤 보험을 들어 두는 게 좋을까요?"

"보험?"

"네."

유선철 대표의 표정이 확 밝아졌다.

"제물을 만들어 두는 거야."

"제물요?"

"실패했을 때 우리는 장용현 회장에게 무릎을 꿇어서라도 살길을 찾아야 해. 그때 보일 최소한의 성의."

"그게 뭐죠?"

유선철 대표의 뱀눈이 사악하게 빛나기 시작한다.

"세 가지를 준비할 수 있도록 해. 하나는 이한영에 관한 것, 우리가 고소하면 단번에 잡혀갈 수 있는 비리. 없으면 만들도록 해. 이한영과 가까운 너라면 충분히 만들어낼 수 있어."

"그리고요?"

"다른 하나는 우리가 가진 계열사의 지분에 대해 어떤 경영적 간섭도 하지 않겠다는 각서, 마지막은 장용현 회장 자식들의 비리. 이 세 가지만 있으면 우리는 실패한다고 해도 지금처럼 살 수 있어."

유세희가 천천히 고개를 끄덕였다.

유선철 대표가 만족한 미소를 입에 담으며 말한다.

“그래, 에스로펌의 대표는 상대가 누구라도 이용할 수 있다는 마음을 갖고 있어야 해. 그게 연인이든 가족이든 상관없이 이용 가치에 따라 판단해야 하는 거지.”

유선철 대표가 책상 위에 놓인 자신의 명패를 손에 쥐며 말을 잇는다.

“네가 이한영을 이용할 수 있다면 이 명패에는 네 이름이 새겨질 거야. 후계가 아니라 대표가 되는 거지.”

* * *

재판은 계속되고 있었다.

증인들이 올라온다. 하지만 똑같은 말을 지껄이고 있다.

“모두 장태식 사장님이 아닌 제가 한 일입니다.”

“사장님은 몰랐습니다. 제가 욕심이 나서…….”

“뇌물을 주기는 했는데, 대가를 바라거나 그걸로 뭘 원한 적은 없습니다.”

이한영에게는 형량을 줄이기 위해 십시일반 하는 모습으로 보일 뿐이다.

‘위증도 추가해야겠네.’

검사가 증인을 신문하고 있을 때, 변호사가 장태식 사장에게 몸을 기울였다.

“흐름은 우리 쪽에 있지만 마지막까지 긴장을 놓아서는 안 됩니다. 저 판사가 워낙 제멋대로라는 평이 있어서요.”

장태식 사장이 픽 웃으며 고개를 끄덕인다.

“저 새끼가 우리 아버지와 만났다며?”

“아, 네.”

“그럼, 됐어. 지금 저 새끼가 우리한테 삐딱선 타는 걸로 보이지? 하지만 아니야. 저 새끼는 모든 책임을 검사에게 돌릴 생각을 하는 거야. 자기는 정의로운 판사라 나를 벌주고 싶어서 열심히 했다. 하지만 검사가 수사를 잘못해서 아무것도 할 수 없었다는 변명. 바로 그 말을 하고 싶은 거지. 대한민국에서 우리 아버지 말을 거역할 수 있는 사람은 없어."

말을 마친 장태식 사장의 시선이 방청석으로 향했다. 그리고 누군가를 찾는지 그의 눈동자가 바삐 움직인다. 잠시 그렇게 방청석을 둘러보던 장태식 사장이 다시 변호사에게 고개를 돌린다.

"그런데 강신진은 안 왔나?"

"요즘 바쁜가 봅니다. 통 연락이 안 돼요."

"그래?"

그 시각, 법원에서 멀지 않은 한정식집.

강신진 법원장은 손목을 들어 시간을 확인한다. 그때 미닫이문이 열리고 한 남자가 들어왔다.

"늦었군."

앞에 선 남자는 박철우 검사다.

"올까 말까 고민했습니다."

박철우 검사가 앞에 앉자 강신진 법원장이 휴대폰을 꺼내 테이블에 올린다.

박철우 검사는 고개를 젓는다.

"휴대폰은 넣어 두시죠. 위법적인 이야기할 거라면 듣지 않겠습니다."

"위법적인 이야기가 아니야. 하지만 밖에 나가서도 안 될 말이지. 그러니까 휴대폰을 올려 뒀으면 좋겠어."

"제가 녹음기를 들고 있다면?"

"그렇게 비열한 짓을 할 사람은 아니라고 믿어."

박철우 검사가 작게 한숨을 내뱉으며 휴대폰을 테이블 위에 놓았다.

그러자 강신진 법원장이 입을 연다.

"우리가 함께 일하려고 했던 이유가 세상의 정의를 위해서지?"

"뒤틀린 정의라는 것을 몰랐습니다."

"그건 관점의 차이지."

"그래서 부른 이유가 뭡니까? 정의 타령하려고 부른 겁니까?"

강신진 법원장이 고개를 젓는다.

"이한영 판사에 관한 일이야."

박철우 검사의 몸이 순간 굳는다.

'설마, 나와 이한영 판사의 관계를 아는 거야?'

그리고 강신진 법원장의 눈빛이 변했다. 지금껏 느긋하던 눈빛이 아니라 박철우 검사의 모든 것을 싸느랗게 훑고 있다.

박철우 검사는 최대한 담담한 표정으로 입을 연다.

"이한영 판사에게 무슨 일이 있습니까?"

"재판을 하고 있겠지."

"네? 지금 그게 무슨……?"

강신진 법원장이 크게 웃기 시작했다.

"가볍게 한 말인데, 너무 과민 반응하는 것 아닌가? 혹시 내가 모르게 이한영 판사와 작당 모의를 하는 건가?"

박철우 검사 딴에는 표정을 숨기려 한 거지만 강신진 법원장의 눈을 피해 가기는 어려웠다. 하지만 여기까지다. 박철우 검사의 입에서 진실이 꺼내지지 않는 이상 더 알아낼 수 있는 정보는 없을 거다.

박철우 검사가 고개를 저으며 말한다.

"본론이나 말씀하시죠."

빙긋이 미소 짓던 강신진 법원장의 표정이 굳어졌다. 그는 USB를 꺼내 테이블 위에 놓는다.

"이한영 판사가 장태식 사장의 재판을 하고 있어. 그런데 이대로 두면 장태식 사장은 탈세 그리고 김진아 검사의 살인미수만 인정받게 될 거야."

박철우 검사의 눈빛이 의심으로 물들었다.

강신진 법원장과 장태식 사장은 분명 친구 사이이다. 그런데 지금 의문의 USB를 앞에 두고 장태식 사장의 형량을 말하고 있으니 알 수 없는 일이었다.

"그래서 이게 뭡니까?"

"USB 안에는 장태식 사장이 뇌물을 먹였던 사람들의 리스트와 증거가 될 사진이 담겨 있어. 해외에 은닉한 재산에 대한 것도 마찬가지고. 또 이 안에는 그동안 장태식 사장과 변태적 성행위를 했던 여배우들, 아이돌 가수들도 존재해. 물론 미성년자도 있고. 이 경우는 돈을 지급했으니까 성 매수가 되겠지."

충격적인 말이 이어지고 있었다. 박철우 검사는 입을 다물지 못한다.

강신진 법원장의 말은 계속되었다.

"마지막으로 장태식이 그동안 죽인 사람이 아홉이야. 장태식이 살해 지시를 하던 증거가 이 안에 들어 있지."

강신진 법원장이 앞에 놓인 USB를 박철우 검사 앞으로 밀었다.

박철우 검사는 선불리 USB를 손에 쥐지 못한다.

"그러니까 이걸 왜 제게……?"

강신진 법원장이 조용히 미소 짓는다.

"자네는 재판 중간에 난입하는 게 특기고 취미잖아?"

"그뿐입니까?"

"장태식은 내 친구야. 하지만 난 세상의 정의를 부르짖으면서 올바른 판단을 내려야 하는 판사이기도 하지. 그래서 이걸 어떻게 해야 할까 많은 고민을 했어. 그리고 내린 판단이야. 난 장태식 사장이 감옥에 들어가 충분히 반성한 후에 세상에 나왔으면 좋겠어. 그게 법이잖나?"

박철우 검사의 손이 USB로 향했다. 이것만 있으면 장태식 사장을 지옥에 보낼 수 있다. 하지만 선불리 잡시 못하고 망설인다. 강신진 법원장의 속내를 알 수 없기 때문이다.

박철우 검사의 떨리는 손을 보며 강신진 법원장이 계속 말한다.

"검찰이 유성쇼핑을 압수수색 한 적이 있지? 이 USB는 그때 손에 얻은 것으로 했으면 좋겠어. 어차피 내게 받았다고 해도 믿을 사람은 아무도 없으니까."

엄중한 강신진 법원장의 눈빛과 목소리. 그는 진정으로 장태식 사장을 갈기갈기 찢어버리려 하고 있었다.

그 진심을 본 박철우 검사가 콱, USB를 손에 쥔다.

"그렇게 하죠."

"고맙네."

박철우 검사는 천천히 자리에서 일어섰다. 그리고 방에서 나와 복도를 걷는다. 그렇게 밖으로 향하던 박철우 검사가 걸음을 멈추고 몸을 틀었다. 그 날카로운 시선은 강신진 법원장이 앉아 있는 방으로 향한다.

"장태식 다음은 너야……."

강신진 법원장이 술잔을 입에 대고 있었다.

독한 술이 목구멍을 타고 넘어가는 걸 느끼며 강신진 법원장은 눈을 감는다.

"미안하네."

그의 입에서 한숨이 흘렀다.

"새로운 세상이 된다면, 자네를 가장 먼저 꺼내줄게."

강신진 법원장이 장태식 사장에게 하는 혼잣말이었다.

장용현 회장과 다이렉트로 연결된 지금, 강신진 법원장의 목표는 유성그룹도 완벽히 자신의 손에 넣는 것으로 수정되어 있었다. 그 과정에서 장태식 사장은 걸림돌이며 껄끄러울 정도였다.

장용현 회장에게 다른 자식들도 존재했지만 장태식 사장에 비하면 갓

난아기의 손목을 비트는 것만큼 어렵지 않은 상대들이다.

"이제 장용현 회장만 사라지면 되는데……."

강신진 법원장의 시선이 창밖으로 향했다. 날이 좋았지만 강신진 법원장에겐 우중충하게 보일 뿐이다.

"죄가 많아. 세상은 죄악일 뿐이야……."

* * *

법정엔 마지막 증인이 앉아 있었다.

검찰 측이 신청한 증인으로 장태식 사장의 비서였던 사람이다. 그러니까 이한영에게 협박당해 장태식 사장의 비리를 폭로했던 바로 그 비서다.

변호사가 증인의 옆을 걸으며 입을 연다.

"증인, 피고인의 음성을 녹음했다고요?"

느릿한 질문. 하지만 비서는 쉽게 입을 열지 못하고 고개를 틀어 장태식 사장을 향한다. 장태식 사장의 눈빛은 무시무시하다. 당장에라도 자리를 박차고 일어나 자신의 목을 졸라 죽일 듯이 노려보고 있다. 비서는 자신도 모르게 긴장된 숨을 내쉬며 이한영에게 고개를 돌렸다.

이한영은 장태식 사장과 달리 담담한 눈빛으로 그를 보고 있다. 비서가 배신하지 못할 것이라는 걸 잘 알고 있어서다. 당시 이한영이 비서를 협박했던 것은 아들의 문제였다. 미국에서 공부하던 비서의 아들은 마약과 미성년자 성매매 등의 죄를 지었는데, 한국에 비해 강한 형벌을 내리는 미국이기 때문에 이한영이 입을 여는 순간 아들의 인생은 끝장나는 것이나 마찬가지였다.

그래서 비서는 아들이 한국에 도착할 때까지 이한영의 말을 들을 수밖에 없었다. 아들이 돌아오기까지 이제 일주일이 남았다. 같은 죄라도 한국에서 받아야 조금이나마 희망이 보인다.

비서는 고개를 숙였다. 그리고 참혹한 목소리로 입을 열었다.

"네, 장태식 사장님이 김진아 검사를 살해하라는 지시를 내렸고 저는 그 음성을 녹음했습니다. 녹음한 이유는 사장님이 내린 지시를 잊지 않고 수행하기 위해서였습니다."

변호사가 몸을 돌려 이한영을 본다.

"존경하는 재판장님, 증거로 제출된 피고인의 음성 파일을 모두가 들을 수 있게 해주십시오."

이한영이 고개를 끄덕였다.

"좋습니다."

허락이 떨어지자 법정엔 장태식 사장의 음성이 채워지기 시작했다.

비서와 장태식 사장의 목소리가 들린다.

―사장님, 어떻게 할까요?

―아무래도 안 되겠어. 처리하도록 해.

―알겠습니다. 방법은 지시하신 대로 하겠습니다.

―그렇게 해.

녹음된 파일이 끝났다.

변호사가 방청석을 보며 입을 연다.

"도대체 어디에 주어와 목적어가 있는 것입니까? 김진아라는 이름이 한마디라도 나왔습니까? 들려온 내용만 보면 자동차 수리를 맡기는 것일 수도 있습니다. 회사 업무에 관한 이야기일 수도 있고요."

검사에게 향한 변호사의 목소리가 강하게 이어졌다.

"이건 모든 죄를 피고인에게 덮어씌우기 위해 검찰과 증인이 짜맞춘 내용일 뿐입니다. 조금 더 직접적인 증거를 가지고 오세요!"

검사가 벌떡 일어섰다.

"이의 있습니다! 지금 변호인 측은 단편적인 증거만을 가지고 논점을 흐리고 있습니다. 증인을 통해 얻은 증거 중 장태식 사장이 직접 지시한 수첩도 존재합니다!"

변호사가 빙긋이 웃는다.

"그 수첩에 관한 것도 따져보고 싶었습니다. 존경하는 재판장님, 그 수첩의 내용을 다시 한번 확인할 시간을 주셨으면 합니다."

이한영이 고개를 끄덕였다.

"그러세요."

이한영은 재판의 상황이 이렇게 흘러갈 것을 예상했다. 하지만 변호사가 원하는 대로 놔둔다.

그러자 변호사의 시선이 힐끗 장태식 사장에게 향한다.

'과연 장용현 회장님입니다. 회장님을 만나서 그런지 이한영 판사가 말을 잘 듣는 모양이에요. 고분고분 말 잘 듣는 똥개가 되었네요.'

장태식 사장이 고개를 끄덕끄덕한다.

'돈으로는 귀신도 부릴 수 있다고 했어. 일개 판사 따위야 어려운 일도 아니지.'

변호사는 기분 좋은 표정으로 수첩을 들고 방청석 앞에 섰다. 그리고 다시 큰 목소리로 외친다.

"수첩의 내용을 봐도 직접적인 주어는 보이지 않습니다. 도대체 어딜 봐서 김진아 검사의 살해를 지시했다고 보는 겁니까?"

방청석이 술렁이기 시작했다.

"조작이야?"

"재벌 집안에는 후계 문제로 복잡할 때 이런 방법도 쓰는 건가?"

"이게 진짜면 대박이네……."

변호사의 시선이 증인석에 앉은 비서에게 향한다.

"증인, 피고인이 유성그룹의 차기 회장이라는 것을 알고 있었죠?"

"네."

"피고인이 회사 내에서 가장 믿던 사람이 증인이란 것도 알고 있었죠?"

"……네."

"그럼 증인을 이용하면 피고인을 후계 자리에서 끌어내릴 수도 있겠네요?"

"네?"

변호사가 증인의 앞으로 얼굴을 확 갖다 대며 낮은 목소리로 입을 연다.

"피고인은 가장 믿던 증인에게 모든 것을 털어놓았습니다. 증인은 피고인의 약점이 될 만한 것을 쉽게 만들어낼 수 있었겠죠! 그러니까 누굽니까? 유성그룹의 후계 장태식 사장을 끌어내리라고 한 사람이!"

변호사의 질문에 방청석은 고요해졌다.

그리고 사람들의 머릿속을 '누가 음모를 꾸민 것일까?'라는 생각이 차지하기 시작했다. 장태식 사장의 죄를 심판해야 할 자리에서 완벽하게 본질을 흐린 것이다.

변호사의 시선이 힐끗 장태식 사장에게 향했다. 장태식 사장이 만족한 얼굴로 고개를 끄덕인다.

'잘했어.'

'이제 5년 이하만 받으면 2심에서 집행유예를 만들 수 있습니다.'

두 사람이 기분 좋게 눈빛을 교환하고 있을 때, 이한영의 목소리가 울렸다.

"변호인?"

변호사가 몸을 돌렸다.

이한영이 휴대폰 하나를 손에 들고 빙그르 돌리며 입을 연다.

"끝났나요?"

"아, 네."

"그럼 제가 피고인에게 질문을 하나 해도 되겠습니까?"

"증인이 아니고요?"

"네."

변호사의 눈이 찌푸려진다.

이한영이 저렇게 행동할 때는 어디로 튈지 모른다는 걸 잘 알기 때문이다. 그리고 이한영이 손에 든 휴대폰이 불길하게만 느껴졌다.

'도대체 저게 뭐지?'

하지만 판사는 법정의 신이자 왕이다.

좋지 않은 느낌이 들었지만 이한영의 행동을 막아설 수는 없었다.

이한영의 시선이 장태식 사장에게 향했다.

"이거 김진아 검사한테 받은 건데요."

동시에 장태식 사장과 변호사의 눈이 일그러진다.

변호사가 다급히 입을 연다.

"부, 불법 녹취입니다! 본 변호인은 해당 녹취를 증거로 인정할 수 없습니다! 그리고 당시 피고인은 만취 상태였기 때문에 문제의 말과 행동은 모두 제정신이 아닌 상태에서 했습니다!"

"증거자료로 인정하고 말고는 제 판단입니다. 하지만 일단 참고는 할 생각인데요."

장태식 사장은 입을 꽉 닫은 채 이한영을 노려보고 있다.

'니 이 새끼, 이 재판을 마지막으로 다시는 법정에 서지 않고 싶은 기야? 죽고 싶어?'

법정에 언제 사람이 죽어 나가도 이상하지 않을 살기가 채워졌다.

장태식 사장의 눈빛을 바라보던 이한영이 고개를 끄덕였다.

'죽여봐.'

이한영의 눈빛에 장태식 사장이 쾅, 테이블을 손으로 치며 자리에서 일어섰다. 하지만 그는 아무 말도 하지 않는다. 지금보다 더 싸늘한 눈빛으로 이한영을 노려볼 뿐이다. 그 눈빛은 말하고 있다.

'할 수 있으면 해봐. 넌 죽을 거야.'

그에 대한 답으로 이한영은 고개를 끄덕이며 휴대폰의 버튼을 꾹 눌렀다.

법정에 장유린 부장과 장태식 사장의 음성이 흐르기 시작한다. 장태식 사장이 장유린 부장을 겁탈하려 할 때 녹취해 뒀던 파일이다.

김진아 그 검사를 왜 죽이려 했냐고? 귀찮게 하니까! 그뿐이야. 오늘은 실패했지만 내일은 실패하지 않아. 비서 그 새끼가 멍청하긴 해도 두 번 실수는 안 하거든. 그러니까 너도 나를 귀찮게 하면 쥐도 새도 모르게 죽여버릴 수 있어.

이한영이 고개를 틀어 장태식 사장에게 향했다.

"취했다고 하던데, 혀 안 꼬였네요?"

장태식 사장의 얼굴은 돌덩이처럼 굳어져 있었다. 새파랗게 질려버린 얼굴에서 입술만 부르르르 떨리는 중이다.

변호사가 다시 입을 연다.

"부, 불법으로 녹취한 자료입니다. 그것 역시 피고인을 끌어내리기 위한 음모 중 하나였을 수 있습니다. 피고인과 장유린 씨의 관계는 연인이었습니다. 그리고 발음만으로 취기를 판단할 수 없습니다. 다음 날 혈액검사 결과를 보면……."

어떻게든 상황을 모면하고 싶었는지 다급한 목소리가 횡설수설 이어진다. 그때…….

닫혀 있던 법정의 문이 열렸다. 등장한 사람은 박철우 검사다. 적막한 법정에서 뚜벅뚜벅 걸어오는 그의 발소리가 무겁게 들려온다. 모든 사람들의 시선이 박철우 검사에게 향했다.

무표정하게 굳은 얼굴, 법대 앞에 선 박철우 검사가 이한영에게 허리를 굽힌다.

"존경하는 재판장님, 중앙지검 박철우 검사라고 합니다."

이한영의 눈에 의문이 담겼다. 약속되지 않은 행동이었기 때문이다.

허리를 편 박철우 검사가 이한영을 보며 입 모양만으로 말한다.

'강신진.'

이한영의 눈에 담긴 의문이 더욱 짙어졌다.

'강신진이라고? 강신진이 왜?'

박철우 검사가 입을 연다.

"검찰은 장태식 사장을 조사하는 과정에서 유성쇼핑을 압수수색 한 적이 있습니다. 대한민국 굴지의 기업이었기 때문에 그 조사량이 방대했고……."

박철우 검사의 말이 이어지는 동안 공판 검사의 표정 역시 얼떨떨했다. 그 역시 지금 박철우 검사의 행동을 예상 못 하고 있어서다.

하지만 이한영의 머릿속은 깊은 생각으로 빠져드는 중이었다.

'강신진? 그리고 박철우 검사?'

이한영의 시선이 장태식 사장에게 향했다.

'장태식, 정다운은행, 장유린 부장의 자동차 블랙박스와 장용현 회장…….'

최근 있던 사건이 나열되며 모든 것이 정리되고 있었다.

이한영은 주먹을 꽉 쥐었다.

'강신진에게 장태식은 필요 없는 존재가 됐구나……. 아니, 존재해서는 안 될 사람이 된 거야.'

강신진 법원장은 장유린 부장의 블랙박스를 통해 장용현 회장과 만났다.

'그 과정에서 강신진의 욕심이 전생보다 더 커진 거야.'

전생에서 강신진 법원장은 권력만 손에 쥐었고, 재력은 장태식 사장에게 맡겨 뒀었다. 하지만 지금의 강신진 법원장은 장태식 사장을 찍어 누르고 유성그룹을 손에 쥐려 한다.

'나이가 많은 장용현 회장이 곧 죽을 거라는 것은 굳이 미래를 몰라도 알

수 있는 일이야. 이런 상황에 장태식 사장이 중형을 받고 감옥에 가면…….'

장용현 회장에게 남은 자식은 멍청한 놈들뿐이다. 하지만 장용현 회장은 어쩔 수 없이 멍청한 자식 중 하나를 후계로 지목할 수밖에 없다. 그럼 그 멍청한 놈은 후계자 수업도 제대로 받지 못한 채 회장 자리에 앉아 허수아비가 될 게 분명하다.

'그렇게 새롭게 후계가 정해지고 장용현 회장이 사망하면 강신진 법원장은…….'

강신진 법원장이 멍청한 놈을 죽이는 것은 식은 죽을 먹는 것보다 쉬운 일이다. 분명 단번에 목을 쳐서 감옥에 보내버릴 거다.

'그 과정에서 지분을 손에 얻고 이사들을 회유해서 유성그룹을 통째로 꿀꺽할 생각이야.'

이한영의 눈에 앞일이 훤히 보이는 것 같았다.

'권력과 돈 앞에선 영원한 친구도 적도 없다고 하더니…….'

이한영의 시선이 장태식 사장에게 향했다.

그는 여전히 딱딱히 굳은 얼굴로 이한영을 노려보고 있다. 방금까지 그 얼굴이 재수 없게 느껴졌는데, 어쩐지 불쌍하게 보인다. 잠시 장태식 사장을 안쓰럽게 보던 이한영은 고개를 틀어 박철우 검사를 향했다.

박철우 검사는 공판 검사와 말을 주고받는 중이었다. 그런데 막 모든 대화가 끝났나 보다. 박철우 검사가 이한영을 향해 살짝 고개를 숙인 후 방청석으로 향했고, 공판 검사는 이한영 앞에 섰다.

"재판장님, 절차에 어긋나는 일이지만 사건의 중함을 생각하여 추가된 증거를 받아주시길 바랍니다."

이한영이 고개를 틀어 변호사에게 향했다.

변호사의 얼굴은 당혹감으로 물들어 있다.

이런 식으로 검사가 나타나 '새로운 증거가 있소!'라고 이야기할 때에는 재판 전체를 뒤집을 수 있는 결정적인 무엇인가가 있다는 뜻이기 때문이다. 게다가 사전에 제출된 증거에 대해서는 어떻게 빠져나가야 할지 계획을 세울 수 있지만, 이런 식으로 갑자기 치고 들어오면 생각을 정리할 시간도 존재하지 않는다.

'젠장!'

변호사가 입술을 꽉 깨문다.

그 모습을 보며 이한영이 입을 연다.

"검사, 변호인, 앞으로 나오세요."

검사와 변호사가 이한영의 앞에 섰다.

이한영이 작은 목소리로 입을 열었다.

"변호인, 어떻게 할까요?"

"어떤 증거인지 먼저 들어본 후에 결정하겠습니다."

변호사의 시선이 검사에게 향한다.

그리고 검사의 입에서 내뱉어지는 말에 변호사는 피가 쭉 빠져나가는 것을 느끼며 허옇게 질리기 시작했다.

"피고인이 지금까지 살해한 사람과 지시했던 정황, 뇌물을 줬던 사람의 명단과 그 사진……."

증거에 관한 모든 내용을 말한 검사가 변호사를 보며 말을 이었다.

"어떻게 하시겠습니까?"

변호사가 할 수 있는 말은 단 하나였다.

"지, 직접 확인해보겠습니다."

검사는 자신의 자리에서 태블릿 PC를 가지고 와 박철우 검사가 가지고 온 USB를 연결했다.

동영상이 보인다. 장태식 사장의 비서가 봉투에 수표를 담는 장면이다. 그 봉투는 장태식 사장에게 옮겨졌고, 다음 장면에서는 장태식 사장이 그 봉투를 국회의원에게 건넨다. 나중에 국회의원을 협박할 생각으로 찍어둔 동영상이다. 그리고 지금 그 동영상이 장태식 사장을 겨누고 있다.

검사가 화면을 넘겼다. 역시 동영상이다. 장태식 사장이 호텔의 객실로 들어간다. 잠시 후에는 마스크를 쓴 여인이 그 방의 문을 열고 안으로 향한다.

검사가 입을 연다.

"아이돌 가수, 미성년자입니다."

변호사의 얼굴은 쩍쩍 갈라지고 있었다. 그의 시선이 장태식 사장에게 향한다. 상황을 모르는 장태식 사장은 굳은 얼굴로 그들을 지켜보고 있을 뿐이다.

그때 변호사의 귀에 검사의 목소리가 흘렀다.

"계속 보시겠습니까? 다음은 살인인데요……."

변호사가 떨리는 눈으로 이한영을 보며 입을 열었다.

"시, 시간을 주십시오."

잠시 후 장태식 사장은 참혹하게 일그러진 얼굴로 법정의 스크린을 보고 있었다.

검사가 입을 연다.

"피고인은 미성년자를 성 매수했고 뇌물을 공여했으며……."

장태식 사장은 고개를 젓는다.

"아니야…… 아니야……."

검사의 목소리는 계속된다.

"비서에게 지시해 청부 살인을 저질렀습니다. 비서가 직접 죽인 사람이 다섯, 타인에게 청부한 것이 넷입니다. 또한……."

장태식 사장의 떨리는 목소리가 커지고 있다.

"도, 도대체 누가 저걸 찍어 둔 거야?"

순간, 장태식 사장의 시선이 아직 증인석에 앉아 있는 비서를 향해 빠르게 움직였다. 그리고 번뜩이는 눈으로 그를 노려보며 거칠게 말했다.

"이 개새끼, 너야? 너지!"

비서는 당황한 얼굴로 고개를 좌우로 흔든다.

"아니에요! 저 아니에요!"

영상에서 비서가 장태식 사장의 지시를 받아 살인한 정황까지 나오는 중이다. 당연히 비서일 리가 없지만, 장태식 사장의 불같은 눈빛은 비서에게서 떨어질 줄을 몰랐다.

"이 씨발! 네가 아니면 누구야!"

이한영이 법대를 손바닥으로 강하게 탕탕탕 쳤다.

"피고인! 조용히 하세요!"

하지만 이미 개판이다.

비서가 고함을 지르고 있다.

"저 진짜 아니에요! 제가 무엇 때문에 저런 걸 찍어 두겠어요!"

"이 씨발!"

급기야 장태식 사장이 피고인석을 벗어나 튀어 나가더니 비서의 목을 졸랐다. 순식간에 일어난 일이라 누구도 말릴 수 없었다.

"처음부터 마음에 들지 않았어! 여기서 뒈져, 이 개새끼야!"

"컥! 컥!"

장태식 사장의 눈은 제정신이 아닌 것처럼 벌겋게 충혈되어 있다. 얼마나 강하게 목을 조르고 있는지 비서의 얼굴엔 힘줄이 돋아나기 시작한다. 달려온 법정 경위들이 장태식 사장을 뜯어말린다.

"놔! 저 새끼 죽일 거야! 놓으라고!"

그제야 장태식 사장의 손에서 풀려난 비서가 원망스러운 눈으로 장태식 사장을 바라본다. 하지만 장태식 사장은 법정 경위에게 끌려가면서도 험한 소리를 내뱉고 있었다.

"너 이 개새끼야! 네 아들이 무슨 짓을 한 줄 알아? 내가, 씨발, 눈감아 주고 있었는데, 네가 내 뒤통수를 쳐?"

이한영의 목소리가 다시 벼락처럼 떨어졌다.

"조용히 하세요!"

하지만 장태식 사장의 목소리는 끊이지 않는다.

"어이, 검사! 그리고 판사! 잘 들어! 저 새끼 아들이 미국에서 아동 성매매를 했어. 마약도 하고! 꼭 조사해라! 그래서 저 새끼하고 저 새끼 아들하고 같은 감옥에 가둬!"

순간, 비서의 입술이 뒤틀렸다. 그가 장태식 사장을 배신하고 감옥에 가는 이유는 모두 아들 때문이다. 아들에게 한 줄기 희망을 주기 위해 모든 짓을 서슴없이 저지른 거다. 그런데 장태식 사장이 그 아들을 거론했다.

비서가 자리에서 일어나 옷을 툭툭 털더니 이한영을 보며 차가운 목소리로 입을 열었다.

"재판장님, 말씀드리지 않은 것이 있습니다."

그 목소리가 얼마나 냉담했는지 지금껏 소란스러웠던 법정이 한순간에 얼어붙는 것 같았다.

비서가 말을 잇는다.

"정다운은행이라고 있습니다."

"어?"

장태식 사장의 충혈된 눈에 핏줄이 죽죽 그어지기 시작하더니, 눈이 조금만 더 하면 피를 쏟을 것처럼 변해갔다.

"아, 안 돼. 하지 마……."

장태식 사장의 입에서 간절한 음성이 나왔다.

하지만 비서는 얼음 같은 눈빛으로 장태식 사장을 노려보며 말을 이었다.

"정다운은행의 실소유주는 장태식 사장입니다. 은행은 특정인이나 기업의 은행 소유 지배를 막기 위해 일정 한도 이상 갖지 못하도록 규제하고 있습니다. 하지만 장태식 사장은 차명과 일본의 대부 회사를 통해 정다운은행의 지분을 90퍼센트 가까이 소유하고 있습니다."

비서의 말이 이어지는 동안에도 장태식 사장의 입에서는 계속해서 간절한 목소리가 흘렀다.

"제발…… 제발……."

이제 장태식 사장이 기댈 수 있는 유일한 희망은 특사였다. 대통령과 장용현 회장이 만나 거래하면 적어도 3년 안에 특사로 나올 게 분명하기 때문이다. 하지만 정다운은행의 비리가 터지면 서민의 돈으로 장난질한 게 알려지게 된다. 그럼 지금의 대통령은 물론 차후의 대통령도 국민의 눈치를 보며 특사로 빼줄 수 없다.

"안 돼!"

하지만 비서는 여전히 냉담하다.

"그리고 장태식 사장은 그 은행을 통해 불법 대출을 받아왔습니다. 서민들의 지갑에서 나온 적금을 자기 멋대로 대출받아 쓰고 있었던 거죠. 10억이든 100억이든 모두 술집 여자의 가슴이나 국회의원 등의 뒷주머니로 들어갔습니다. 하지만 장태식 사장은 은행의 파산에 대해서는 생각하지도 않았죠. 파산한다고 해도 자기의 죄는 드러나지 않기 때문입니다."

장태식 사장의 입에서 절규가 터져 나왔다.

"이 개새끼야!"

* * *

선고 기일이 되었다.

모든 사람들은 숨을 죽이고 있었다. 처음 재판이 시작될 때, 이한영이 재벌을 제대로 벌할 수 있을지 의문을 갖던 사람들이다. 하지만 지금 그들의 눈빛은 달랐다. 이제 그들이 기대하는 것은 장태식 사장의 형량이다.

'탈세에 뇌물, 판사 강간 미수, 검사 살인미수, 거기에 아홉 명 청부 살해면 사형 아닐까? 검사도 사형을 구형했잖아?'

'에이, 그래도 재벌이야. 사형은 어려워. 하지만 20년 이상은 받겠지?'

'사형선고가 내려지면 뭐 하냐? 사형을 당하지 않는데…….'

중형 선고가 예정된 법정은 언제나 묘한 살기로 채워지는 법이다. 피고인에 대한 연민과 조롱, 삶과 죽음의 경계에서의 날 선 긴장감 등이 장태식 사장의 어깨를 짓누르고 있었다.

그리고 이한영이 등장했다.

장태식 사장은 간절한 눈으로 이한영을 향한다. 처음 이한영을 보던 건방진 시선은 사라진 지 오래다. 지금은 간절하게 목숨을 구걸하고 있다.

이한영의 목소리가 법정을 채운다.

"피고인을 사형에 처한다."

예상했지만 예상 못 한 형벌!

법정은 싸늘한 분위기가 돌기 시작했다. 모든 사람들의 시선이 이한영을 지나 장태식 사장에게 향했다.

장태식 사장의 턱이 가늘게 떨리고 있었다. 애써 웃어 보이려고 노력하는 게 보인다. 하지만 그는 웃지 못한다. 결국 툭, 실이 끊어진 것처럼 고개를 숙인다. 모든 게 끝났다는 것을 자신도 인정한 것이다.

재벌, 거대 자본을 가진 사람들을 일컫는 말이다. 그런데 그 많은 돈을 가진 재벌 장태식이 정다운은행을 손에 쥐고 서민들의 돈을 술집 여자의 가슴에 꽂아 줬다.

재벌의 이기적인 행동과 사형선고에 대한민국은 발칵 뒤집혔다. 뉴스는 모두 장태식 사장을 겨냥했다.

—장태식 게이트!

—장태식 사장, 아홉 명 청부 살인! 사형선고!

—인기 연예인 A양, 미성년자 시절 장태식 사장과……

–장태식 사장, 정다운은행을 통해 최소 5천 억대 대출

–장태식 사장의 대출 금리는 이자 제로

–재벌을 사형 선고한 이한영 판사

콱! 신문이 구겨졌다.

강신진 법원장이었다. 그의 미간이 있는 대로 일그러져 있었다. 장태식 사장만 지옥으로 밀어 두려 했는데, 정다운은행까지 걸려들고 말았기 때문이다.

* * *

그리고 그 시각.

이한영과 박철우 검사가 마주 앉아 있었다.

이한영이 입을 연다.

"정다운은행 압수수색은 언제예요?"

박철우 검사가 손목을 들어 시간을 확인했다.

"내일 오전에 시작할 거예요."

"외국으로 도망간 정다운은행 사장은요?"

"수배 내렸으니까 곧 한국으로 끌려올 겁니다."

이한영의 시선이 천천히 화이트보드로 향했다. 이제 강신진 법원장과 장용현 회장의 사진만 남아 있다.

"사냥을 할 때는 먹잇감이 상처 입고 애처롭게 보인다고 해서 봐주면 안 돼요."

그 말을 박철우 검사가 슬쩍 웃으며 받는다.

"뼈까지 씹어 먹어야죠."

* * *

한정식집, 강신진 법원장이 앞에 있는 사람들을 둘러봤다. 그의 앞에는 법무부 장관과 검찰총장 그리고 각 검사장들과 언론사 사장들이 앉아 있었다. 맛있는 음식이 테이블에 놓여 있지만 넓은 공간엔 침울함만이 감도는 중이다.

그 속에서 강신진 법원장이 입을 연다.

"다시 말씀드리지만, 여러분에게 간 돈…… 정다운은행의 지갑에서 나온 것입니다. 도움을 드리려고 했는데, 본의 아니게 심려를 끼친 것 같아 죄송합니다."

모두의 입에서 "끔" 하고 한숨 소리가 흐를 때, 강신진 법원장이 천천히 고개를 들며 말을 이었다.

"한 가지 방법이 있기는 합니다."

그 말에 이 자리에 있는 모든 눈동자들이 빠르게 강신진 법원장을 향했다.

"바, 방법이 있습니까?"

"지금 국민이 눈을 부릅뜨고 있는데요?"

"말해보세요. 답답합니다."

강신진 법원장은 다시 사람들의 얼굴을 천천히 살피고 나서야 입을 열었다.

"중앙지검장, 내일 오전에 정다운은행을 압수수색 하기로 되어 있지요?"

"아, 네."

"그 자리에 말 잘 듣는 검사들을 추려 보냈으면 하는데요."

중앙지검장이 난처한 기색을 보였다.

"어떤 생각을 하시는지는 알겠어요. 하지만 이건 덩어리가 너무 커요. 우리가 쑤셔서 아무것도 나오지 않으면 정치인들이 가만히 있겠습니까? 이 사건을 더 키워서 청문회를 열어 스타가 되고 싶은 생각이 머릿속에 가득할 텐데요. 그렇게 되면 이 사건에도 특검이 준비될 수 있어요. 여우 피하려다 호랑이 만나는 꼴이 될 수 있다는 말이죠."

강신진 법원장이 조용히 웃었다.

"의원들은 제가 해결하겠습니다."

"네? 의원을요?"

박광토 전 대통령의 아래에 있던 국회의원들도 강신진 법원장에게 붙어 있다. 하지만 그 숫자가 특검을 막을 정도는 아니다. 게다가 국회의원들은 언론에 이름을 올려 널리 알려지기만 바라는 사람들이다. 그들이 이렇게 좋은 떡밥을 놓칠 리가 없었다.

검찰총장이 무거운 표정으로 묻는다.

"방법이 있다면 들려주실 수 있겠습니까?"

강신진 법원장이 고개를 휘휘 저었다.

"아뇨, 국회의원을 상대하는 일이에요. 이 일은 저 혼자만 알고 있는 게 좋을 것 같습니다."

강신진 법원장의 눈빛은 거짓을 말하지 않는다. 오히려 강한 자신감에 차 있다.

검찰총장이 한숨을 내쉬며 입을 열었다.

"법원장이 그렇게 말한다면 믿어야죠. 아니, 지금은 믿을 수밖에 없죠."

"감사합니다."

검찰총장의 시선이 중앙지검장에게 향했다.

"검사장은 믿을 만한 애들을 보내서 얼굴만 비치고 오게 해."

검찰총장의 지시에 검사장이 고개를 숙였다.

강신진 법원장의 시선은 언론사 사장들에게 향했다.

"사장님들은 검찰이 제대로 조사한 것처럼 보도해주시기 바랍니다."

다른 방법이 딱히 떠오르지 않았는지 언론사 사장들 역시 강신진 법원장의 말에 흔쾌히 응했다.

"알겠습니다."

그러자 지금껏 조용히 있던 법무부 장관이 음흉한 미소를 그리고 손뼉을 짝 치며 입을 열었다.

"우리가 국민의 눈과 귀잖아요? 검찰이 장태식 사장에 관한 것만 빼 오고 언론이 나머지를 숨겨버리면 되는 거네요? 흐흐흐."

강신진 법원장이 고개를 끄덕인다.

"맞습니다. 어렵게 생각하실 필요 전혀 없습니다. 국회의원들은 이 강신진이 기필코 막아내겠습니다."

강신진 법원장의 자신감 넘치는 목소리에 한정식집의 분위기는 처음의 침울함에서 벗어나고 있었다. 이제 그들의 눈에 살 수 있는 희망이 보이기 시작했기 때문이다.

강신진 법원장이 말했다.

"오히려 잘된 일입니다. 시간이 조금만 지나면 국민은 정다운은행의 사건을 잊을 겁니다. 그때 적금 금리를 0.1퍼센트만 높여주면 저는 앞으로도 여러분께 돈을 지원해드릴 수 있습니다."

그 말을 끝으로 강신진 법원장은 앞에 놓인 잔을 들어 올렸다. 모두가 그를 따라 잔을 든다.

술을 마시는 사람들을 보며 강신진 법원장은 희미하게 미소를 그린다.

'큰일을 향해 가다 보면 작은 변수는 생기기 마련이야. 그리고 이 일로 인해 난 더 높은 곳으로 향하게 될 거야.'

강신진 법원장도 술잔을 입에 댔다. 그리고 잔을 내려 두며 다시 한번 앞에 앉은 사람들의 얼굴을 살핀다.

'그때는 이 자리에 있는 사람들도 모두 다른 사람으로 바뀌어 있겠지. 새로운 세상에 당신 같은 사람들은 필요 없어.'

* * *

"하, 씨발. 뭘 찾아와야 하는 거냐?"

"모르겠어요."

다음 날, 승용차에 탄 두 검사의 표정은 짜증으로 가득했다. 그들은 정다운은행을 압수수색 하러 가는 검사들이다.

선배 검사가 입을 연다.

"장태식 사장의 것만 추리라는데 이게 말이 쉽지, 도대체 어떻게 하라는 거야?"

"그러게 말이에요. 쑤시다 보면 이놈 저놈 다 연결돼 있을 것 같은데……."

한숨을 내쉰 후배 검사가 핸들을 틀며 말을 이었다.

"그런데 박철우 부부장님은 왜 여기에 못 끼는 거예요?"

선배 검사가 황당한 표정으로 후배 검사를 본다.

"몰라서 묻는 거야? 오늘 정다운은행으로 가는 검사들 얼굴 떠올려봐. 너, 나 그리고 다른 부부장들. 어때? 고분고분하지? 윗대가리들이 핥으라고 하면 신발이라도 빨아 먹을 새끼들이잖아. 그런데 박 부부장님은 어때?"

후배 검사가 킥킥 웃는다.

"전 가끔 박철우 부부장님이 멋있어 보여요. 우리도 신발을 핥으려고 검사 된 것은 아닌데, 막상 살다 보니 이러고 있잖아요. 그런데 박철우 부부장님은 영화처럼 행동하고 있으니까요."

선배 검사가 고개를 저었다.

"영화처럼 사는 남자는 영화 속에서나 멋있는 법이야. 현실에서 그렇게 하면 유배 간다."

그들은 그렇게 잡담을 늘어놓으며 정다운은행 앞에 도착했다. 압수수색을 한다고 발표해서 그런지 셀 수 없이 많은 취재진이 기다리고 있었다. 검사들과 수사관들이 차에서 내리자 셔터 소리가 요란하게 들리며 기자들의 목소리가 시끄럽게 울렸다.

"지금 검찰이 정다운은행을 압수수색 하고 있습니다."

"중앙지검의 검사들이 모두 정다운은행 앞에 모였습니다."

차에서 내린 선배 검사가 넥타이를 고쳐 매며 앞서 걷기 시작한다. 그의 얼굴은 차에서 농담을 지껄이던 것과 다르다. 카메라 앞에선 영화 속 검사처럼 멋진 표정으로 보여야 하기 때문이다. 그 뒤로 다른 검사들과 수사관들이 따라붙었다.

컴퓨터 본체들과 노트북들, 사무실에 있던 모든 서류들이 담기기 시작했다. 모니터에 붙은 직원들의 메모지도 가차 없이 떼어져 박스에 담긴다.

그 시각, 1층의 창구에서는 선배 검사가 날카로운 시선으로 직원들을 보고 있었다.

"법인용 휴대폰을 가지신 분도 제출해주세요. 괜히 숨겼다가 나중에 들키면 아주 큰일 납니다."

직원들을 노려보는 선배 검사의 눈빛이 번뜩거린다.

선배 검사는 압수수색을 오기 전 검사장에게 따로 불려 갔었다. 그가 검사장에게 받은 지시는 장태식 사장의 비리 이외의 모든 비리를 지워버리라는 것이었다. 그러려면 이 은행에 있을 아무리 작은 흔적도 놓치지 말고 가져가야 한다.

'검사장님께서는 이 일에 성공하면 라인에 올려주겠다고 했어.'

선배 검사는 지금껏 검찰 내 비주류에 속해 있었다. 하지만 검사장이 친히 지시를 내렸다. 제대로 수행만 한다면 단번에 주류로 올라설 기회다. 선배 검사의 눈에 욕심이 가득했다.

그때 후배 검사가 선배 검사의 앞으로 다급히 달려왔다. 앞에 선 후배 검사가 불안한 표정으로 눈동자를 좌우로 굴린다. 뭔가 틀어졌다는 뜻이다.

선배 검사의 입이 거칠게 열린다.

"씨발! 답답하게 굴지 말고 빨리 말해!"

“지, 지금 박철우 부부장님이 대출 서류를 챙기고 있습니다.”

“뭐?”

박철우 검사는 이 자리에 있어서는 안 될 사람이다. 아니, 부르지도 않은 사람이다. 검사장의 지시에도 없었고, 오늘 압수수색 팀에도 존재하지 않았다.

“박 부부장님이 여길 왜 와?”

“모, 모르겠습니다.”

선배 검사는 얼굴을 확 구긴 채 다급하게 2층으로 달려갔다. 사무실로 올라간 그의 시선에 느긋하게 서류를 챙기는 박철우 검사가 보였다.

“부부장님!”

선배 검사가 구긴 얼굴을 풀지 않고 뚜벅뚜벅 박철우 검사를 향해 다가가며 말을 이었다.

“지금 뭐 하시는 겁니까!”

“보면 몰라?”

박철우 검사는 대수롭지 않은 표정으로 서류를 책상에 탁탁 치며 정리한다.

선배 검사의 얼굴이 붉으락푸르락 시시각각으로 변하기 시작한다. 검사장 라인에 올라설 기회가 박철우 검사로 인해 사라져버릴 것 같다는 불길한 생각 때문이다.

그의 얼굴을 물끄러미 보던 박철우 검사가 픽 웃으며 말한다.

“얼굴 펴라.”

“검사장님 지시입니다. 그거 놓고 가십시오.”

박철우 검사가 손에 쥔 서류를 들어 올렸다.

“검사장님 지시라고?”

“네.”

“어쩌냐? 난 국민의 지시를 받았는데?”

"부부장님!"

박철우 검사가 선배 검사의 어깨를 툭툭 치며 입을 연다.

"네 월급 주는 거 검사장 아니다. 국민의 세금이야. 동네에서 꼬리 치는 개새끼도 밥 주는 사람 말은 따른다더라."

박철우 검사가 선배 검사의 옆을 스친다.

선배 검사가 고개를 틀어 박철우 검사를 노려본다.

"겁 안 나십니까?"

"나."

"그럼, 그 서류 놓고 가십시오."

"내가 겁나는 것은 검사장이 아니라 내 수사가 성과 없이 종결되는 거야."

박철우 검사는 그 말을 끝으로 은행을 벗어나기 위해 성큼성큼 계단을 걸어 내려가기 시작했다.

선배 검사가 휴대폰을 든다.

"검사장님, 박철우 검사가 어떤 서류를 들고 나갔습니다."

–박철우?

"네."

–그 새끼가 거길 왜 갔어! 그리고 그걸 보고만 있었어? 이 병신 같은 새끼, 그러니까 네가 안 되는 거야! 박철우 잡아! 긴급체포라도 해! 뒤는 내가 알아서 해결해줄 테니까!

선배 검사가 통화 종료 버튼을 누른 후 얼굴을 쓸어내린다.

"하, 씨발……."

잠시 한숨을 내뱉은 선배 검사가 강한 목소리로 외친다.

"박 부부장 잡아!"

난데없는 지시에 박스에 물건을 담던 수사관들이 멍한 눈으로 선배 검사를 향했다. 상황을 모르는 그들에겐 뜬금없는 일이기만 했다.

선배 검사가 거친 목소리로 말한다.

"씨발! 잡으라고! 가만히 있지 말고 뛰어!"

분명 검사보다 나이가 많은 수사관도 있다. 하지만 선배 검사는 삿대질까지 하며 그들을 재촉했다. 수사관들은 어쩔 수 없이 계단을 지나 박철우 검사를 향해 달려가기 시작했다.

"검사님? 박철우 검사님!"

수사관들이 박철우 검사를 잡기 위해 달려온다. 하지만 그때 그들의 앞에 거대한 덩치가 섰다. 주먹을 꽉 쥐고 있는 곰 같은 사내, 석정호다.

우락부락한 덩치의 석정호가 눈까지 부릅뜨자 수사관들이 움찔거린다.

"한 발만 더 다가오면 때릴지도 모릅니다."

수사관들이 난처한 얼굴로 박철우 검사를 부른다.

"박 부부장님? 도대체 무슨 일이에요?"

박철우 검사가 몸을 돌려 수사관들을 향했다. 그리고 난처하게 웃으며 입을 연다.

"수사관님들, 오늘은 저를 좀 도와주시면 안 될까요? 정말 이래서는 안 되는 거 잘 알고 있지만, 부탁드립니다. 이게 저놈 손에 들어가면 증거인멸이 될지도 몰라서요."

박철우 검사가 그들을 향해 정중히 허리를 굽힌다. 그러자 수사관들의 시선이 가장 선임 수사관에게 향했다.

지긋이 주름진 얼굴의 선임 수사관이 한숨을 내쉰다.

"욕 좀 먹겠네요."

"술 사겠습니다."

"우리 전체에게 술을 사려면 돈이 꽤 많이 들 텐데요."

"부탁드립니다."

선임 수사관이 고개를 저었다.

"가세요. 우리가 어떻게 박 검사님을 잡겠습니까? 욕먹는 게 마음이 편하지."

"감사합니다."

"제가 슈퍼맨 검사님을 좋아하거든요. 대한민국 검사 중에 박 검사님 같은 분도 있어야 하니까요."

박철우 검사가 몸을 돌려 은행을 빠져나가자 선임 수사관도 몸을 돌린다. 선임 수사관의 귀에 멀어져가는 박철우 검사의 발소리가 들렸다. 그리고 그의 눈에는 선배 검사가 계단을 뛰어 내려오며 고래고래 외치는 게 보였다.

"잡아! 잡으라고!"

* * *

"2심을 가서 줄이고 줄여도 20년 이상일 겁니다."

장용현 회장의 앞에는 장태식 사장의 변호사가 죽을죄를 지은 사람처럼 고개를 숙이고 있었다.

장용현 회장이 어떤 말도 하지 않자 변호사가 말을 잇는다.

"이한영 판사의 논리가 워낙 뛰어나서, 그리고 증거가 너무 명확해서……. 죄송합니다."

잠시 후, 변호사가 떠났다.

장태식 사장은 화를 참는지 손바닥으로 '탕! 탕!' 책상을 치기 시작했다.

그때 문이 열리고 비서가 들어왔다.

"에스로펌의 간부급 변호사에게 들은 이야기입니다. 에스로펌이 우리 회사를 노리고 있던 이유도 이한영이 부추겼기 때문이라고 합니다."

장용현 회장이 고개를 천천히 끄덕인다.

"이한영…… 이한영……. 모든 게 이한영과 연결되어 있어."

그렇게 잠시 이한영에 대한 이름을 중얼대던 장용현 회장이 다시 비서에게 고개를 틀었다.

“오랜만에 사냥을 시작해야겠어. 사냥감은 이한영으로 하지.”

“네.”

“우선 유선철이에게 조만간 놀러 가겠다고 연락 넣어. 유선철의 성격은 내가 잘 알지. 뱀같이 교활한 자이면서도 겁주면 비굴하게 땅을 기어 도망갈 사내야. 그리고 자네는 이한영의 주변 조사를 지금보다 더 확실히 하도록 해.”

“네, 알겠습니다.”

비서는 고개를 숙인 후 밖으로 나갔다.

손을 깍지 낀 장용현 회장의 눈빛이 번뜩였다.

“일단은 이한영의 옆에서 에스로펌을 치워주지. 이한영, 앞으로의 네 인생에서 곁에 있을 사람은 아무도 없을 거야.”

그 시각, 사무실에 앉아 기록물을 보던 이한영의 휴대폰에 진동이 울렸다.

조세헌 변호사다.

“네, 이한영입니다.”

—하…….

한숨이 들려온다.

“왜 그러시죠?”

—판사님 말대로 유성에서 전화가 왔습니다. 그래서 판사님 말대로 이한영 판사님과 유세희 본부장이 사귀는 사이라고 전했어요.

“감사합니다. 지금 일은 모두에게 비밀로 해주세요.”

통화를 종료한 이한영이 고개를 틀어 달력을 향했다.

‘생각했던 대로 장용현 회장은 나에게 복수하려 하고 있어. 그 첫 번째가 에스로펌이고.’

이한영의 입가에 빙긋이 미소가 걸렸다.

'장용현 회장이 본격적으로 움직이면 유선철 대표와 유세희는 날 버리려 할 거야.'

이한영의 입가에 걸렸던 미소가 점점 사악해진다.

'세희야, 날 버려라. 그게 네가 파멸하는 날이 될 거다.'

* * *

그날 밤, 박철우 검사는 옥탑방에 앉아 소주를 마시고 있었다. 테이블에 놓인 소주병의 숫자가 꽤 되었지만 그의 눈빛엔 흔들림이 없다. 오히려 술을 마실수록 검은 눈동자가 더 짙게 변하고 있다.

그때 끼익 문 열리는 소리가 들렸다.

박철우 검사가 고개를 틀어 문을 바라본다. 이한영이 보인다. 눈을 마주친 박철우 검사가 책상에 놓인 서류를 들며 씩 미소를 지었다.

"하나 잡았습니다."

그 서류는 정다운은행의 대출 관련 기록이었다. 안에는 강신진 법원장과 장태식 사장이 불법 대출을 받아 온 흔적이 남아 있을 게 분명하다.

이한영이 박철우 검사 앞에 마주 앉으며 입을 열었다.

"일찍 퇴근하셨네요?"

"퇴근은 무슨……. 은행에서 서류 가로채고 바로 이쪽으로 왔어요. 들어가면 다 뺏길지도 모르니까요."

박철우 검사가 서류를 갖고 검찰로 가는 것은 굶주린 고양이 앞에 생선을 내미는 것이나 마찬가지였다. 이 사건과 관련 있는 중앙지검장이 눈에 불을 켜고 박철우 검사를 기다리고 있을 게 분명하기 때문이다.

박철우 검사는 소주잔을 들어 입에 댔다.

"검사장도 썩었고 아래 검사들 중에도 윗물을 따라가는 새끼들이 꽤 많이 보이지만, 검사들 너무 미워하지 마요. 처음부터 그런 놈들은 아니었어요. 목구멍이 포도청이라 먹고살려다 보니 그런 거지……."

분명 임관할 때는 정의로운 검사였는데 어느새 변질되어 승진을 위해 발악하는 모습, 박철우 검사가 본 많은 검사들이 그랬다.

박철우 검사의 입가에 쓰린 미소가 스칠 때, 이한영이 소주잔을 손에 쥐었다.

"마시죠."

잠시 후 이한영은 모자란 술을 사러 나갔고, 옥탑방에는 박철우 검사 혼자 앉아 있었다. 박철우 검사가 담배를 입에 물고 라이터를 손에 쥐는 순간, 어디선가 휴대폰 진동 소리가 들렸다.

박철우 검사는 자기 휴대폰인가 싶어 몸을 더듬었다. 하지만 그의 휴대폰은 아니다. 전원까지 꺼져 있다. 박철우 검사의 시선이 이한영의 자리로 향했다.

이한영의 휴대폰이 울리고 있었다. 발신 번호는 송나연 기자다. 박철우 검사가 이한영의 휴대폰을 귀에 댄다.

"판사님은 지금 술 사러 갔어요."

–엥? 저 빼고 두 분만 드시는 거예요?

"기자님이 안 계시니까 아쉽긴 하네요, 흐흐."

–아이고, 난 오늘도 잠복근무하는데…….

수화기 너머에서 한숨 소리와 함께 그녀의 목소리가 이어진다.

–판사님 오면 전해주세요. 그 의사의 비리 잡았어요.

"잡았어요?"

–네, 강신진 법원장과 관계된 것은 아니고요. 병역 비리예요. 연예인들의 어깨나 무릎 같은 곳을 수술해서 면제받을 수 있게 도와주나 봐요. 아시죠? 일상생활에는 지장 없지만 딱 군대에 안 갈 정도로 수술하는 거

요. 자기 살길만 궁리하는 사람 같으니까, 이걸 빌미로 잡으면 강신진 법원장에 관한 것을 술술 불 가능성이 크겠죠?

박철우 검사가 천천히 고개를 끄덕인다.

그때 옥탑방으로 이한영이 들어왔다.

"누구예요?"

박철우 검사의 시선이 이한영에게 향한다.

"희소식요."

* * *

그 시각 룸살롱, 강신진 법원장은 중앙지검 검사장을 만나고 있었다.

"박철우 검사가 빼 갔단 말인가요?"

강신진 법원장의 말에 검사장은 고개를 숙인다.

"네."

"대출 기록을 모두?"

검사장의 얼굴은 죽을죄를 지은 것만 같았다.

하지만 강신진 법원장은 평소와 같은 느긋한 목소리로 입을 연다.

"검사장, 이 일이 중요하다는 것은 알고 있죠?"

"알고 있습니다."

"이 일이 꼬여버리면 우리와 함께 일하는 모든 분들이 구렁텅이에 빠질 수도 있어요."

검사장이 머리를 쥐어뜯었다.

"법원장님, 어떻게 하면 좋을까요? 지금 제가 믿을 수 있는 사람은 법원장님뿐이에요."

검사장은 다시 고개를 푹 숙였다. 그의 입에서 한숨 소리만 들려온다.

생각에 빠진 듯 잠시 말을 멈췄던 강신진 법원장이 툭 입을 연다.

“방법이 하나 있어요.”

지금까지 죽어가던 검사장의 눈이 번쩍였다.

“뭐, 뭔가요? 뭐든 하겠습니다.”

“죽이는 겁니다.”

“네?”

“죽이는 거라고요. 사람으로 일어난 문제는 그 사람이 없어지는 순간 간단히 해결되어버립니다.”

담담한 목소리에 검사장의 얼굴에는 핏기가 사라졌다.

“주, 죽인다고요?”

“뭐든 한다고 하지 않았습니까?”

“그, 그래도…….”

허옇게 질렸던 검사장의 얼굴이 이제는 딱딱하게 굳어지고 있다. 아무리 더러운 짓을 많이 해왔다고 해도 그는 검사다. 사람을 죽이는 짓은 생각조차 해보지 않았다.

강신진 법원장의 목소리가 천천히 흐른다.

“다수를 위해 우리가 희생하는 겁니다. 우리가 손을 더럽히면 다른 분들은 지금처럼 행복한 내일을 맞을 수 있게 될 겁니다. 그리고 대한민국만 생각하세요. 우리가 없으면 대한민국이 어떻게 되겠습니까?”

“대의…….”

“그리고 박철우 검사에게는 어린 딸이 있습니다. 박 검사가 세상을 떠난 뒤 검사장께서 그 딸을 잘 보살펴주셨으면 해요. 좋은 유치원에 갈 수 있게 도와주고 나중엔 사립초등학교에도 넣어주세요. 아빠가 없어도 훌륭히 자랄 수 있도록 도와주세요. 그 돈은 제가 지원하겠습니다. 검사장은 아빠 노릇을 해주세요. 박철우 검사는 큰일 앞에서 희생을 하는 겁니다. 우리는 그 희생을 영원히 기억해야 할 의무가 있는 사람들이고요.”

대의, 다수를 위한 희생, 그리고 박철우 검사를 기억하며 죄책감을 더는 것까지…….

검사장은 주먹을 꾹 쥔다. 그는 강신진 법원장의 말을 들으며 명분이 생겼다고 스스로를 위안하고 있었다. 그가 입을 연다.

"대한민국을 위해서……. 국가를 위해 희생한 박철우의 딸은 대한민국 모든 검사들이 지켜볼 것입니다."

죽일 마음이 확정되었다. 검사장의 눈에는 방금과 달리 살기가 가득하다.

강신진 법원장이 입을 연다.

"방법을 말씀드리죠. 박철우 검사에게 밀항선 수사를 시키세요. 핑계는 알아서 붙이시고요."

"밀항선 수사요? 그럼 어떻게 되는 겁니까?"

"박철우 검사는 실종되겠죠. 아마 서해 어디선가 빠져 죽을 겁니다."

검사장이 고개를 끄덕일 때, 강신진 법원장이 말을 이었다.

"그리고 검사장께서 하나 더 해야 할 일이 있습니다. 박 검사가 밀항선 수사를 하는 동안 검사장님은 박철우 검사의 상태를 휴가 중으로 만들어야 합니다."

검사장의 입술이 뒤틀린다.

"제가 지시한 수사는 세상에 없던 일이 되겠군요."

"저와 검사장님만 알고 있는 일이 되겠죠."

두 사람은 조용히 술잔을 들었다.

잠시 후 차를 타고 집으로 가던 강신진 법원장은 고개를 돌려 창밖을 향했다. 박철우 검사를 생각하던 강신진 법원장의 눈빛은 착잡하다.

'하늘은 정의로운 자를 먼저 데려가는 법이야. 박 검사, 내가 또 죄를 짓고 있어. 죄지은 만큼 이 세상을 제대로 바꾸어 놓겠네.'

강신진 법원장에게도 박철우 검사는 껄끄러웠다. 그런 자가 계속 검찰에 남아 있으면 언젠가 크게 부딪힐 것은 보지 않아도 뻔한 일이었다. 그래서 강신진 법원장은 이 기회를 통해 박철우 검사를 제거할 계획이었다. 물론, 피는 자신의 손에 묻히지 않는다. 오로지 검사장의 손에만 묻게 될 거다.

강신진 법원장이 낮은 목소리로 중얼댄다.

"아쉬워, 정말 아쉬워."

* * *

며칠 후.

유세희와 조세헌 변호사는 에스로펌으로 향하고 있었다. 조수석에 앉아 라디오를 듣던 조세헌 변호사가 룸미러를 통해 힐끗 유세희를 본다.

며칠 전, 그는 유성그룹 장용현 회장의 비서에게 전화 한 통을 받았다. 전화의 내용은 이한영과 유세희의 관계를 묻는 것이었다. 그 질문에 조세헌 변호사는 이한영과 유세희가 사귀는 사이라고 대답했다.

여기까지 생각한 조세헌 변호사의 눈썹이 꿈틀댄다.

'내가 두 사람의 관계를 밝힌 것은 그 전에 이한영의 지시가 있었기 때문이야.'

유성에서 전화가 오기 전에 이한영이 조세헌 변호사를 찾아와, 만약 유성에서 전화가 오면 사실대로 밝혀달라고 말했다. 그리고 지금 한 지시를 그 누구에게도 말하지 말라고 당부했다.

조세헌 변호사의 눈에 의문이 담긴다.

'아무에게도 말하지 말라고? 도대체 이유가 뭐지?'

조세헌 변호사의 시선이 다시 유세희를 향했다.

'유세희에게는 말해야 하지 않을까? 아니, 유세희에게도 비밀로 해야 하나? 설마, 우리에게 해가 될 일을 하려는 것은 아니겠지?'

조세헌 변호사의 입에서 작게 한숨이 내뱉어졌다.

일단 유세희에게 말하는 것은 두 사람의 관계를 확인한 후에 생각해보기로 했다. 두 사람의 관계를 알 수 있다면 이한영의 방향성이 좋은 쪽인지 나쁜 쪽인지 예상할 수 있어서다.

조세헌 변호사가 입을 연다.

"본부장님, 최근에 이한영 판사는 자주 만나십니까?"

유세희는 창밖에서 시선을 떼지 않은 채 답한다.

"아뇨, 서로 바빠서 만날 시간이 없네요."

"그럼 이한영 판사가 전화는 자주 하나요? 얼굴 보면 그런 스타일은 아닌 것 같은데요."

"밤마다 해요. 항상 퇴근하면서 전화를 하거든요. 그런데, 왜요?"

"아닙니다."

조세헌 변호사의 시선이 다시 앞으로 향했다.

'이한영의 마음이 유세희에게 있는 것은 확실해. 마음도 없으면서 매일 전화할 리는 없잖아?'

그럼 이한영의 의도가 적대적인 것은 아닐 거다. 적어도 여자에게 빠진 남자가 그 여자를 해치기 위해 행동할 리는 없기 때문이다.

여기까지 생각한 조세헌 변호사의 얼굴이 조금 어두워졌다.

'불쌍한 새끼.'

유선철 대표와 유세희는 유성그룹 장용현 회장에게 바칠 제물로 이한영을 선택했다. 그런데 이한영은 그것도 모르고 에스로펌을 위해 계속해서 머리를 쓰고 있으니 불쌍할 따름이다.

그때 유세희의 휴대폰이 울리며 조세헌 변호사의 생각은 멈췄다. 유세희가 휴대폰을 귀에 대며 입을 연다.

"네, 아버지."

—장용현 회장과 만나기로 했다. 준비는 돼가고 있는 거지?

"네."

–마음은 괜찮니?

"괜찮아요. 저도 저를 알아요. 전 돈이 없으면 살 수 없어요."

통화 종료 버튼을 누른 유세희의 시선이 다시 창밖으로 향한다. 그녀의 입에서 작게 한숨이 내쉬어진다.

그 시각, 이한영은 야당의 미친개 곽상철 의원과 커피숍에서 만나고 있었다.

이한영이 입을 연다.

"오종진 서장의 재판이 일주일 연기됐어요."

강신진 법원장이 재판을 연기시켰다.

곽상철 의원이 눈을 동그랗게 뜬다.

"네? 왜요? 이번 주였잖아요?"

"지금은 모든 사람들의 시선이 장태식 게이트에 쏠린 상태예요. 이럴 때 터뜨리면 묻힐 게 뻔하다고 생각하겠죠. 장태식의 이름값이 워낙 대단하잖아요."

곽상철 의원이 고개를 끄덕이며 묻는다.

"그런데 괜찮아요? 주변에서 별일 없어요?"

장태식에게 사형을 선고한 사람은 다름 아닌 이한영이다. 장용현 회장의 성격에 순순히 지나갈 리가 없었다.

하지만 이한영은 슬쩍 웃는다.

"그러게요."

장용현 회장이 에스로펌과 손잡고 이한영을 박살 낼 계획을 하고 있다. 그리고 이한영은 그들의 계획이 손바닥 보듯 눈에 훤히 보였다. 지금은 그저 때를 기다리고 있을 뿐이다.

이한영이 입을 열었다.

"부탁드릴 게 있어서 연락했어요. '장태식 게이트'인데도 정작 유성그룹을 대상으로 한 청문회는 열리지 않잖아요?"

곽상철 의원이 손을 저었다.

"아이고, 못 해요. 못 해. 힘 있는 의원 중에 유성에서 용돈 안 받은 사람이 없어요. 그런데 청문회를 연다고요? 정다운은행을 대상으로 청문회를 열면 어떻겠냐는 의견이 있기는 한데, 그것 역시 장태식 사장만 타깃이 될 뿐이지 유성그룹까지 타고 올라가기는 어려워요."

"할 수 있을 겁니다."

이한영이 국회의원의 이름이 가득 적힌 종이를 꺼내 테이블에 올렸다.

곽상철 의원이 눈을 깜빡인다.

"이게 뭐죠?"

"박광토 전 대통령의 특검에 앞장섰던 분들이에요. 비주류 의원이며 다음 선거에서 공천을 받지 못할 사람들이기도 하죠."

"이 사람들과 손잡아라?"

"네."

곽상철 의원이 고개를 저었다.

"판사님, 상대는 유성이에요. 머릿수로 싸울 수 있는 상대가 아니에요. 결정적인 한 방이 필요해요."

그 말이 끝남과 동시에 이한영은 가방에서 서류를 꺼내 테이블에 올렸다.

곽상철 의원이 한숨을 내뱉는다.

"뭘 갖고 온다고 해도 유성은…… 어?"

서류를 읽어 내려가던 곽상철 의원의 표정이 변하고 있었다. 그가 멍한 눈으로 고개를 들어 이한영을 향했다.

"이게 뭔가요?"

그것은 장유린 부장이 남긴 장용현 회장의 비리 사본이었다.

곽상철 의원이 서류를 빠르게 넘기며 말을 잇는다.

"이, 이게 터지면?"

"난리가 나겠죠."

"구, 국회가 마비될 거예요. 아니, 국가 전체가 멈출 수도 있어요."

"곪은 것을 내버려두면 썩어버립니다."

"곪으면 썩는다……."

"네."

이한영이 가진 힘으로 이 서류를 공개할 수는 없다. 하지만 곽상철 의원도 마찬가지다.

곽상철 의원이 입을 연다.

"이걸 공개하기는 어려워요. 공개하는 순간 다른 의원들과 몸싸움이 일어날 테고, 결국 갈기갈기 찢기고 말 겁니다."

"국회가 기점이 되진 않을 겁니다. 불꽃은 특검에서 번질 거니까요. 의원님은 제가 준 명단의 의원님들과 함께 불이 지펴져서 유성을 태울 수 있도록 도와주셨으면 합니다."

곽상철 의원이 깊은 한숨을 내쉬더니 애써 웃어 보인다.

"내가 이거 추진하다가 죽으면 장례식장에는 와줘야 합니다. 사람 하나 없으면 너무 쓸쓸하잖아요?"

이한영이 빙긋이 웃었다.

"장례식은 유성에서 치르게 되겠죠."

유성그룹을 칠 준비도 슬슬 끝나간다. 이한영의 눈에 지옥에서 발버둥 칠 장용현 회장과 유세희가 보이는 것만 같았다.

07

이한영이 곽상철 의원을 만나고 있을 때, 박철우 검사는 병원에 있었다. 의사가 안경을 고쳐 쓰며 묻는다.

"어디가 불편하시다고요?"

"마음요."

의사가 황당한 표정으로 고개를 젓는다.

"마음이 아프면 정신과를 가보시는 게……."

박철우 검사는 대답 대신 신분증을 꺼내 테이블 위에 놓는다.

맞은편에 앉은 의사의 표정이 딱딱하게 굳어간다.

"거, 검사?"

박철우 검사가 다리를 외로 꼬며 입을 열었다.

"내가 당신 때문에 마음이 아픈데, 이걸 어떻게 해야 할까요?"

"……저 때문에요?"

"네."

의사는 살인범 곽순원을 죽이라고 지시받은 사람이었다.

의사가 억지로 미소를 그리며 간호사를 향해 나가라고 손짓한다. 간호사가 진료실을 떠나자 의사가 무거운 얼굴로 입을 열었다.

"무슨 일이시죠?"

"몰라서 물어?"

"검사님께서 직접 찾아오실 정도로 잘못한 게 있다고 생각하지는 않아서요."

뻔뻔스러운 말에 박철우 검사가 픽 웃으며 말한다.

"잘못한 게 많다고 생각하지 않는다고?"

"네."

"미친 새끼네."

"네?"

"지금 당장 검찰로 끌고 가서 고해성사 받고 싶은 기분이 한가득이지만 기회를 주기 위해 참는 거야. 많이 배운 사람이니까 기회라는 게 무슨 뜻인지는 알지?"

박철우 검사의 무서운 눈빛을 보며 의사는 자신도 모르게 마른침을 삼켰다.

'이 새끼가 왜 이러는 거야?'

의사는 지은 죄가 많았다. 그래서 박철우 검사가 어떤 냄새를 맡고 왔는지 감조차 잡히지 않았다. 의사가 이러지도 저러지도 못한 채 앉아 있자 박철우 검사가 자리에서 일어나 의사의 어깨를 꽉 잡는다.

"새끼야, 멀쩡한 연예인들을 수술대에 눕혀 놓고 병신 만드니까 좋았냐? 건당 1억씩 받았더라? 그 새끼들 다 면제나 공익 받았던데, 그거 다 공개되면 어떻게 될 것 같아?"

의사의 얼굴이 확 일그러진다.

'씨발, 딴따라 새끼들 문제였어? 내가 이럴까 봐 그 새끼들은 안 해준다고 했던 건데…….'

의사는 지금 상황에서도 남 탓만 하고 있었다. 그가 가쁜 숨을 내쉬며 어렵게 입을 연다.

"기, 기회를 주신다고 그랬죠? 어, 얼마면 되겠습니까? 1억이면 되겠습니까?"

"돈?"

"네, 제가 지금 드릴 수 있을 현금이……."

박철우 검사가 큭큭큭 웃기 시작하더니 이내 어이없다는 표정으로 고개를 저었다.

"이거 웃기는 새끼네. 그 정도 돈으로 검사를 매수할 수 있다고 생각하는 거야?"

"2억……."

"더 해봐."

"5, 5억. 더 이상은 어려워요."

박철우 검사가 대답하지 않고 무심히 바라보자 의사는 눈을 질끈 감으며 말한다.

"10억! 제가 지금 융통할 수 있는 현금 전부입니다! 이 이상은 저도 없어요!"

박철우 검사가 책상에 걸터앉으며 의사의 머리를 쓰다듬는다.

"난 돈이 필요한 게 아닌데."

박철우 검사의 목소리는 느긋했지만 의사는 다급히 입을 연다.

"그, 그럼 뭐가 필요하세요? 제가 할 수 있는 것이라면 뭐든지 다 할게요! 다른 의사에게 수술받은 연예인 명단을 드릴까요?"

박철우 검사가 고개를 저었다.

"나 같은 월급쟁이는 윗선에 잘 보여야 진급을 할 수 있어. 그런데 연예인 병역 비리는 위에 잘 보일 수 있는 건수가 아니야. 시끄럽기만 하고 골치만 아플 뿐이지. 그래서 말인데……."

"말씀하세요."

"그런 거 없어? 제약 회사한테 얼마 받고 그 약으로 처방해주는 그런 거. 내가 기업 전문이라 그런 게 마음에 드는데."

"의, 의료 비리요?"

박철우 검사가 의사의 어깨를 툭툭 치며 말했다.

"그래, 일주일 후에 올 테니까 그때까지 알아봐줘. 알아내지 못하면, 알지?"

의사는 멍한 눈으로 고개를 끄덕였다.

그러자 박철우 검사는 진료실을 벗어난다.

탁, 문이 닫혔다.

혼자 된 의사가 책상 서랍에서 손수건을 꺼내 이마를 닦는다. 동시에 지금껏 주눅 든 강아지 같던 의사의 눈빛이 싸늘하게 변한다.

"일주일 후?"

잠시 닫힌 문을 노려보던 의사는 휴대폰을 들어 귀에 댔다. 통화 연결음을 들으며 의사가 거만한 목소리로 중얼거린다.

"병신 새끼가 주제를 모르고……."

그때 상대가 전화를 받았나 보다. 의사가 목소리를 바꾸며 입을 연다.

"법원장님, 접니다."

–아, 무슨 일이에요?

강신진 법원장이었다.

"방금 제 진료실에 중앙지검 박철우 검사라는 사람이 왔다 갔습니다."

–박철우?

"네, 그 새끼가 어디서 알았는지 연예인 병역 비리를 알고 와서……."

의사의 말이 잠시 이어졌다.

강신진 법원장은 한마디도 하지 않고 의사의 말을 조용히 듣는다. 그리고 의사가 말을 마쳤을 때, 강신진 법원장이 입을 연다.

"박철우는 제가 알아서 하겠습니다. 그런데 곽순원은 왜 안 죽는 겁니까?"

그 시각, 박철우 검사는 이한영에게 전화하고 있었다.

"의사 만났어요. 말한 대로 떡밥도 던졌고요."

–고생하셨습니다.

"그런데 이놈들이 생각대로 움직일까요?"

–전 궁예잖아요.

박철우 검사가 픽 웃는다.

"그놈의 궁예는 틀리는 꼴을 못 봤네."

* * *

그날 밤, 중앙지검.

검사장실에는 강신진 법원장과 검사장이 앉아 있었다. 테이블에는 온갖 잡동사니와 서류 뭉치가 보인다. 박철우 검사의 책상에서 나온 물건들이었다.

조용히 테이블을 바라보던 강신진 법원장이 USB를 손에 들며 말한다.

"뭐가 있는지 확인할 수 있을까요?"

검사장은 바로 노트북을 들고 와 테이블에 내려둔다. 그러자 강신진 법원장이 USB를 연결한다. 하지만 USB에는 어떤 파일도 들어 있지 않다.

"아무것도 없는데요?"

검사장의 말에 강신진 법원장이 고개를 저었다.

"삭제했을 수도 있어요. 그러니까 어떤 내용이 있었는지 복원해주십시오."

그 말에 검사장이 테이블 옆의 벨을 누른다. 문이 열리고 비서가 들어왔다.

"부르셨습니까?"

검사장이 USB를 건네며 입을 연다.

"복원실에 가져가서 안에 있던 내용 다 끄집어내라고 해."

"알겠습니다."

USB를 받은 비서가 고개를 숙이고 방을 빠져나갔다.

검사장실엔 다시 두 사람만 남았다.

강신진 법원장의 손이 서류로 향한다.

잠시 후 비서가 들어왔다.

"전부 복원했다고 합니다."

검사장이 비서에게 건네받은 USB를 노트북에 꽂았다. 그리고 강신진 법원장에게 화면을 돌린다.

복원된 파일을 본 강신진 법원장의 미간이 찌푸려진다.

'이미지 파일?'

강신진 법원장은 이미지를 클릭해 봤다.

사진이 떠오른다. 동시에 찌푸려졌던 강신진 법원장의 미간은 있는 대로 일그러지기 시작한다. 화면에는 강신진 법원장이 박광토 전 대통령을 만나기 위해 구치소에 갔던 사진이 보인다. 다른 파일을 넘겨 봤다. 마찬가지다. 모두 강신진 법원장의 사진이었다.

강신진 법원장이 크게 웃기 시작한다. 뭐가 웃긴지 손으로 다리를 때리면서까지 웃고 있다. 그렇게 한참 웃던 강신진 법원장이 웃음을 뚝 그쳤다. 강신진 법원장의 눈빛은 산인하게 빛나고 있다. 그 눈빛에 검사장실에는 싸늘한 살기가 채워지기 시작했다.

강신진 법원장이 입을 연다.

"검사장, 일정을 앞당겨야겠어요. 이달 안으로 박철우를 밀항선에 태워야겠습니다."

검사장이 고개를 숙였다.

"저도 준비하겠습니다."

강신진 법원장의 시선이 창밖으로 향했다.

'박철우 검사, 정의로운 줄만 알았더니 목숨 아까운 줄 모르는 바보였어.'

* * *

병원.

차가운 눈빛으로 곽순원을 살피는 사람이 있었다. 바로 그 의사였다. 잠시 그렇게 서 있던 의사가 휴대폰을 들어 날짜를 확인한다.

'살아 있는 게 이상한 거잖아?'

의사가 인상을 구기며 간호사 긴급 호출 버튼을 누른다. 그러자 헐레벌떡 들어온 간호사가 의사의 얼굴을 보고 안도의 한숨을 내쉰다. 무슨 일이 생긴 줄 알았나 보다.

하지만 의사의 목소리는 싸늘하다.

"박 간호사 오라고 해! 당장!"

큰 소리에 간호사는 몸을 돌려 병동 간호사 데스크로 향했다.

"아, 진짜 저 선생 마음에 안 들어. 다짜고짜 짜증이야."

데스크로 돌아온 간호사는 이마를 손으로 감싸며 고개를 저었다.

다른 간호사들이 묻는다.

"왜요? 무슨 일 있어요?"

"아니에요. 아니야."

잠시 화를 참아낸 간호사가 데스크 끝에 앉아 있는 간호사에게 시선을 향했다.

"박 간호사, 오래요."

"저요?"

박 간호사가 병실의 문을 열고 안으로 들어갔다.

도깨비 같은 얼굴로 서 있던 의사가 고개를 틀어 간호사를 노려본다.

"박 간호사, 내가 특별히 지시한 것 있지?"

"네?"

간호사의 얼굴이 어두워진다. 그러자 의사가 인상을 더 무섭게 일그러뜨린다.

"제대로 투여한 거 맞아?"

의사는 곽순원에게 투여할 약물이라며 아무도 모르게 투여할 것을 지시했었다.

의사가 다시 묻는다.

"투여 안 했지?"

"해, 했어요."

"안 했잖아! 씨발!"

그 약물을 투여받으면 적어도 3주 안에 사망해야 한다. 그런데 곽순원은 아직도 살아 있다. 투여하지 않았다는 뜻이다.

그 약이 무엇인지 모르는 간호사는 겁먹은 얼굴로 주춤주춤 물러섰다.

"해, 했어요."

"지랄하지 마."

"정말이에요."

"하, 씨발."

간호사는 더 물러설 수 없었다. 턱, 벽에 가로막혔기 때문이다.

의사가 그녀를 향해 얼굴을 바짝 가져다 대며 악랄한 음성을 내뱉는다.

"내일 곽순원은 경기도에 있는 병원으로 옮겨질 거야. 너도 같이 가도록 해. 그리고 이번엔 실수 없이 투여하도록 해."

의사가 주머니에서 약병을 꺼내 간호사에게 건넨다.

간호사가 자신의 손에 놓인 약병을 보며 떨리는 목소리로 묻는다.

"도, 도대체 이 약이 뭐예요?"

"알 필요 없어. 네가 알아야 할 것은 내 말을 듣지 않으면 네 남편 새끼는 자신의 아내가 바람피웠다는 것을 알게 될 거란 거야."

간호사의 아래턱에 힘이 꽉 들어갔다.

딱 한 번의 실수, 그걸 의사가 어떻게 알고 있는지는 모른다. 하지만 중요한 것은 그녀가 의사에게 반항할 수 없다는 것이다.

의사가 픽 웃는다.

"어떻게 할래? 이 새끼 따라가서 그 약 주고 돌아올래? 아니면 네 남편에게 지금 전화할까?"

간호사는 눈을 감는다. 그리고 힘없이 고개를 끄덕인다.

"알겠어요, 할게요."

그 모습에 의사가 만족한 미소를 지으며 묻는다.

"그런데 내가 준 약물을 투여하지 않은 이유가 뭐야? 왜 말을 듣지 않은 거지?"

"아, 내가 시켰거든."

낯선 목소리가 들렸다.

의사의 시선이 다급히 문으로 향했다. 흉악하고 악마 같은 미소를 짓고 있는 낯선 남자가 보였다. 바로 이한영이었다. 이어서 이한영의 뒤로 박철우 검사가 선다. 두 사람의 등장에 의사의 얼굴은 경직되어 갔다.

이한영이 간호사의 손에서 약병을 빼앗아 들었다. 그리고 의사의 앞으로 저벅저벅 걸어가며 입을 열었다.

"간호사님은 나가도 좋아요. 대신 여기에서 있었던 일은 비밀로 해줬으면 좋겠어요."

간호사는 빠르게 고개를 끄덕이며 도망치듯 밖으로 나갔다.

그녀가 떠나자 박철우 검사가 문을 닫는다. 이한영은 의사의 코앞에서 걸음을 멈췄다. 그러자 병실에 있던 모든 공기가 얼어붙는 것처럼 느껴지기 시작했다.

이한영이 입을 연다.

"곽순원에게 투여할 약이 뭐였지?"

"펴, 평범한 의약품입니다."

"그래, 평범하긴 평범하지."

"정말이에요! 평범한 의약품이에요!"

"나도 알아. 지난번에 간호사에게 받아서 조사해봤거든. 화상 환자는 탈수증상이 심한데, 이 약은 탈수를 더 빨리 진행시키는 거라며?"

의사의 얼굴 근육이 파르르 떨려 왔다.

이한영이 손에 쥔 약병을 의사의 눈높이에 맞춰 들며 말한다.

"곽순원 정도의 환자가 탈수증상이 심해지면 죽는다고 하던데, 맞아?"

의사가 고개를 숙였다. 그리고 최대한 간절한 목소리로 말한다.

"거, 검사님들, 제가 대형 병원의 비리를 꼭 가져다드리겠습니다. 그, 그러니까……."

박철우 검사와 함께 와서 그런지 이한영도 검사라고 생각했나 보다. 그때 문에 등을 기대서 있던 박철우 검사가 말했다.

"이제 병원 비리는 관심 없어. 환자를 죽이려 한 의사가 더 마음에 들거든."

이한영과 박철우 검사를 번갈아 보던 의사는 답이 없다는 것을 느꼈나 보다. 그의 입에서 거친 숨소리가 흐르기 시작했다.

"검사님들, 전화 한 통만 쓰겠습니다."

이한영이 고개를 젓는다.

“강신진에게 전화하려고? 미안한데, 네가 강신진에게 전화한다고 해도 빠져나갈 구멍은 생기지 않아. 오히려 더 위험해질 수도 있어.”

이한영이 침대에 누워 있는 곽순원을 손가락으로 가리키며 말을 이었다.

“이 사람이 강신진과 어떤 관계였을 것 같아?”

의사의 눈이 껌뻑거린다.

이한영이 계속 말한다.

“이 사람은 강신진의 지시를 받고 사람을 죽여 왔어. 하지만 이제는 필요가 없어졌지. 이게 강신진이 이 사람을 죽이려는 이유야.”

의사의 표정은 처참할 정도로 참혹하다.

이한영의 시선이 의사에게 향했다.

“내가 볼 때는 당신도 이용 가치가 없어. 그런데 가치도 없는 당신이 강신진의 비리를 알고 있다면, 어떻게 될 것 같아?”

의사도 자신의 미래를 직감적으로 깨달았나 보다. 그의 손이 파들파들 떨리기 시작했다.

팔짱을 낀 채 문에 등을 기대고 있던 박철우 검사가 입을 연다.

“골라. 모든 걸 폭로하고 연예인 병역 비리를 도왔던 의사로 남을래? 아니면 환자를 죽이려 했던 의사로 알려진 후에 자살로 위장되어 살해당할래?”

의사의 한숨 소리가 깊게 이어졌다. 그가 떨리는 눈으로 박철우 검사를 향한다. 선택할 수 있는 것은 하나뿐이었다.

* * *

특검이 박광토 전 대통령의 수사를 시작했습니다. 특검은 박광토 전 대통령의 측근이었던…….

의사를 만나고 옥탑방으로 돌아가던 길이었다. 박철우 검사가 라디오 소리를 줄이며 운전 중인 이한영을 보았다.

"바로 폭로하면 좋잖아요? 왜 기다리라고 한 거예요?"

이한영은 의사에게 최대한 강신진의 말을 듣는 척 행동하며 지시가 있을 때까지 기다리라고 전했다.

이한영이 입을 연다.

"강신진은 법을 잘 이용할 수 있는 사람이에요. 조금이라도 허점이 보이면 그걸 이용해서 도망갈 사람이죠. 빠져나갈 생각조차 못 하게 흔들어야 해요. 그래야 잡을 수 있다고 생각해요."

"너무 신중한 것 아니에요?"

"여기까지 어떻게 왔는데요. 신중에 신중을 거듭해도 모자라다고 생각해요."

"궁지에 몰린 쥐는 고양이를 문다고 하던데……."

박철우 검사는 작게 한숨을 내뱉으며 창밖을 바라봤다.

이한영이 그를 힐끗 보며 묻는다.

"그런데 어디에 내려드릴까요?"

"검찰청요."

"가도 괜찮아요?"

정다운은행의 대출 기록을 빼돌린 박철우 검사는 눈에 불을 켜고 있을 검사장을 피해 지금껏 검찰청에 들어가지 않고 있었다.

박철우 검사가 어깨를 으쓱한다.

"계속해서 안 갈 수는 없잖아요? 그리고 이 시간이면 검사장도 퇴근했겠죠. 판사님은?"

"전 약속이 있어서요."

"약속? 이 시간에?"

이한영은 장유린 부장이 만나던 남자와 약속이 잡혀 있었다. 장유린 부장이 성경 책에 남긴 구절을 해석하기 위해서다.

잠시 후 법원에서 멀지 않은 커피숍에서 이한영은 남자와 만나고 있었다.

"몸은 괜찮으세요?"

검찰에 잡혔던 남자는 고문과 같은 조사를 받으며 많은 고생을 했다. 그 후에 인권단체를 찾아 도움을 요청했지만 도와주는 곳은 단 한 곳도 존재하지 않았다.

남자가 팔을 주물러 보이며 입을 연다.

"몸은 괜찮아요. 마음이 쓰릴 뿐이죠. 유린이가 그런 악마들과 같이 일했다는 게 참……."

사실 악독한 것으로 따지면 장유린 부장도 만만치 않았지만 남자는 모르는 모양이다. 잠시 푸념을 늘어놓던 남자가 이한영을 보며 묻는다.

"무슨 일로 보자고 하신 거죠?"

이한영이 노트를 꺼내 장유린 부장의 집에서 봤던 성경의 구절을 적었다.

그 여자의 죄는 하늘에까지 닿았고, 하나님께서는 그 여자의 불의한 행위를 기억하신다.

"이 말 아시나요?"

남자는 고개를 갸웃거린다.

"이게 뭐죠?"

"장유린 부장님의 서재에서 성경 책 하나를 찾았어요. 그런데 이 구절에 밑줄을 그어 놨어요."

"교회도 안 다니는데, 성경 책이 있었다고요?"

남자도 장유린 부장이 의미 없는 행동을 안 한다는 것을 알고 있었다. 미간을 찌푸리며 생각에 빠졌던 그가 손뼉을 짝 치며 입을 열었다.

"술에 취하면 자신은 죄가 많은 사람이라고 괴로운 듯이 말했어요. 하늘에까지 닿았다는 여자의 죄는 유린이가 저지른 일이 아닐까요?"

이한영은 고개를 끄덕였다. 그것은 이한영도 예상하던 일이다.

"하늘과 하나님이 키워드인 것 같은데, 혹시 떠오르는 것 없나요?"

"하늘, 하나님……."

"떠오르는 것은 아무거나 괜찮아요."

"우리가 자주 갔던 술집 중에 스카이라는 이름의 바가 있거든요? 성남에 있는 곳인데, 분위기가 약간 컨트리하고 손님은 많지 않은……."

자신감 없는 목소리를 내뱉던 남자가 고개를 저으며 말을 이었다.

"아닐 거예요. 그 구절은 유린이의 유언과 같은데, 마지막에 술집을 지목한다는 게 말이 안 되죠."

하지만 이한영은 뭐라도 확인해봐야 했다.

"성남요? 지금 가볼 수 있을까요?"

"네? 정말 가려고요? 아닐 것 같은데요. 괜히 시간만 낭비하실 것 같은데……."

* * *

그 시각, 머리를 쥐어뜯으며 엘리베이터에 오른 박철우 검사가 검사장실이 있는 층 버튼을 꾹 눌렀다.

"평소엔 재깍 퇴근하던 사람이 왜 아직 남아 있는 거야?"

늦은 시간까지 퇴근하지 않고 검찰에 남아 있던 검사장은 박철우 검사가 들어왔다는 소식을 듣자마자 곧장 호출했다.

그래서 박철우 검사는 도살장에 끌려가는 짐승 같은 표정으로 검사장실로 향하는 중이다.

잠시 후 박철우 검사가 방에 들어오자 검사장이 무서운 눈으로 그를 노려봤다.

"네가 무슨 짓을 했는지 알고 있지?"

"네."

"미친 새끼야, 압수수색 중에 증거는 왜 빼돌려!"

"죄송합니다. 제가 해결하겠습니다."

삐딱한 목소리에 검사장이 '쾅!' 책상을 내려치며 일어섰다.

"동료를 못 믿는 거야! 그럴 거면 옷 벗어, 새끼야!"

박철우 검사는 고개를 숙이지 않고 담담한 눈빛으로 검사장을 보고 있다. 이제 갈 데까지 갔다. 압수수색 중 증거까지 빼돌린 이상 그에게 남은 선택은 단 두 가지, 검찰에 남아 왕따로 지내든가 그만두든가다.

박철우 검사가 입을 연다.

"옷은 사건을 해결한 후에……."

박철우 검사의 목소리는 담담하게 이어지는 듯했다. 하지만 그다음 말이 이어지지 않는다. 그는 잠시 눈을 감고 깊은 한숨을 내쉬었다. 그러고 나서야 말을 잇는다.

"사건이 해결되면 옷 벗겠습니다."

"미, 미친 새끼가……."

검사가 옷 벗을 각오를 하면 누구든 기소할 수 있다. 그리고 박철우 검사는 그 각오를 마쳤다.

검사장의 거친 숨소리가 공간을 채우기 시작한다.

"너 이 새끼야, 이 지랄 하고 옷 벗으면 로펌에도 못 들어가."

협박이라고 하는 말이다.

박철우 검사가 고개를 젓는다.

"개인 사무실을 차릴 겁니다."

"차린다 해도 망할 거야. 대한민국의 모든 판검사가 너반은 짓밟을 테니까."
"걱정해주셔서 감사하지만 제 앞길은 제가 알아서 하겠습니다. 그러니까 대출 기록은 못 드립니다."
검사장의 입에서 치아가 빠득 갈리는 소리가 들렸다.
"박철우……."
"검사장님, 하나만 여쭤보고 싶습니다. 검사장님도 정다운은행에서 돈을 받으셨습니까?"
"뭐? 이 새끼야!"
검사장이 책상에 있던 서류를 들어 박철우 검사를 향해 집어 던졌다. '팍!' 소리와 함께 박철우 검사의 얼굴에 맞은 서류가 바닥으로 어지럽게 떨어져 내린다. 하지만 박철우 검사는 미동도 없이 검사장을 노려보고 있다.
검사장이 낮은 목소리로 말한다.
"이 새끼가 나를 어떻게 보고……."
"그게 아니라면 죄송합니다."
박철우 검사가 고개를 숙였다.
그렇게 두 사람의 사이엔 불편한 공기가 채워지고 있었다.
검사장이 싸늘한 목소리로 입을 연다.
"인천 쪽에서 지원 요청 온 게 있어. 범죄자를 다른 나라로 보내주는 밀항선이 있는데, 그쪽 검사와 형사의 얼굴은 모두 팔렸대. 그래서 뉴페이스가 필요하다고 하니까 네가 지원 가도록 해. 그렇게 정의로운 척할 거면 가서 목숨 걸고 일해봐. 꼴도 보기 싫으니까 우리 지검에는 얼굴 내밀지 말고."
"대출 기록은 안 드려도 되겠습니까?"
검사장의 입꼬리가 뒤틀린다.
"달라면 줄 텐가?"

박철우 검사가 허리를 숙였다.

“그럼 가보겠습니다.”

박철우 검사가 검사장실을 떠난다.

문이 닫히자 검사장은 휴대폰을 들어 귀에 댄다.

“내일부터 인천으로 출근할 겁니다. 인천지검장에게는 이야기해 뒀으니까 잘 해결될 겁니다.”

상대는 강신진 법원장이었다.

“그런데 박철우를 해결할 때까지 얼마나 걸리겠습니까?”

—글쎄요. 배우들 모집하고 흔적 없이 치우려면 시간이 필요하지 않겠어요?

박철우 검사를 살해하기 위한 준비는 착착 진행되고 있었다.

검사장실에서 나와 복도를 걷던 박철우 검사가 벽에 등을 기댔다. 그가 힘없어 보이는 얼굴로 신분증을 만지작거린다. 자부심을 갖고 일했지만 옷을 벗어야 할 시간이 성큼 다가온 것을 느끼고 말았다. 박철우 검사의 눈빛이 짙은 어둠으로 가득하다.

그가 어렵게 입술을 움직인다.

“나는 불의의 어둠을 걷어내는 용기 있는 검사, 힘없고 소외된 사람들을 돌보는 따듯한 검사, 오로지 진실만을 좇는 공평한 검사…… 씨발…….”

그의 목소리가 슬프게 들린다.

* * *

이한영과 남자는 ‘스카이’라는 이름의 바에 도착했다.

앉아서 책을 보고 있던 바텐더가 고개를 들어 이한영과 남사를 본다.

"어? 오늘은 같이 안 오셨네요?"

항상 장유린 부장과 함께 오던 남자를 보고 하는 말이다. 남자가 씁쓸하게 웃으며 고개를 끄덕였다.

이한영과 남자가 자리에 앉자 바텐더가 입을 열었다.

"어떤 거? 맥주?"

이한영이 남자를 힐끗 봤다. 남자의 표정은 어둡다. 이곳에 도착한 순간부터 장유린 부장과의 추억이 떠오르는 모양이다.

"술을 마시러 온 건 아니지만 한 잔 정도는 괜찮을 것 같은데요."

"괜찮을까요?"

"네, 부장님은 주로 어떤 술을 드셨어요?"

대답은 바텐더가 했다.

"맥주요. 맥주 드시면서 제가 치는 기타 소리를 즐겨 들으시죠, 흐흐."

이한영이 고개를 끄덕인다.

"그럼 똑같이 부탁드려도 될까요?"

"물론이죠."

이윽고 이한영과 남자 앞에 맥주가 놓이고 바텐더의 노래가 흐르기 시작했다.

"깊은 산 오솔길 옆, 자그마한 연못엔……."

이한영은 맥주를 입에 대며 힐끗 남자를 바라봤다.

남자의 눈은 붉게 충혈되어 있다. 눈물을 참는지 어깨가 가늘게 떨리는 게 눈에 보일 정도다.

그렇게 노래가 끝났다. 남자가 추억에 잠길 시간을 더 주고 싶지만 지금은 해야 할 일이 있다.

이한영이 바텐더를 향해 입을 열었다.

"혹시 장유린 부장이 맡겨둔 것이 있나요?"

그 말과 함께 바텐더의 얼굴이 굳어진다.

"맡겨둔 거요?"

바텐더의 시선이 애써 울음을 참는 남자에게 향했다가 다시 이한영에게로 돌아왔다.

바텐더는 딱딱하게 굳은 얼굴로 입을 열었다.

"설마……."

이한영이 고개를 끄덕였다.

"네."

한숨을 푹 내쉰 바텐더가 수첩을 꺼내며 묻는다.

"이름이 어떻게 되시죠?"

"이한영입니다."

"신분증을 볼 수 있을까요?"

이한영이 신분증을 건네자 바텐더는 들고 있던 수첩을 보였다. 수첩엔 '이한영'이라는 이름이 적혀 있다.

바텐더가 입을 연다.

"한 달 전쯤인가? 부장님이 혼자 온 적이 있어요. 그때 제게 USB를 맡기면서 자신이 죽은 다음에 이한영이라는 사람이 찾아오면 주라고 했거든요."

장유린 부장은 이한영이 여기까지 찾아올 것을 예상했나 보다.

바텐더가 남자의 눈치를 보며 조심스레 말을 잇는다.

"이런 걸 준비해뒀던 걸 보면, 혹시 스스로 목숨을 끊었나요?"

급발진 사고로 판사가 사망한 사건이다. 텔레비전에서 시끄럽게 떠들어댔지만 바텐더는 전혀 모르고 있었나 보다.

이한영이 휴대폰을 꺼내 기사를 찾아 보였다. 차의 앞부분이 완벽히 사라졌을 정도로 끔찍한 사고에 바텐더는 눈을 질끈 감는다.

잠시 후 바텐더는 이한영 앞에 USB를 내려둔다.

"저도 안에 있는 게 뭔지는 몰라요. 솔직히 말씀드리면 한 번 확인은 해봤는데, 비밀번호가 걸려 있었거든요."

"비밀번호요?"

바텐더가 다시 수첩을 내민다. 장유린 부장의 글씨가 보인다.

패스워드는 이한영 판사의 컴퓨터 비밀번호와 동일.

언젠가 이소이 판사가 장유린 부장의 첩자 노릇을 했던 적이 있다. 그때 알아 갔던 비밀번호다. 장유린 부장은 꽤 오래전부터 자신의 죽음 뒤를 준비하고 있었던 거다.

이한영은 씁쓸한 표정으로 고개를 저었다. 첩의 자식으로 태어나 없는 자식으로 살아왔던 장유린 부장의 인생이 서글프게 느껴져서다.

그때 이한영의 휴대폰에 진동이 울렸다. 조세헌 변호사다.

'이 시간에?'

밤 12시가 넘어가고 있다. 특별한 일이 없다면 전화할 시간이 아니다.

"이한영입니다."

—하…….

한숨 소리가 흐른다.

"무슨 일이시죠?"

—이걸 어떻게 말해야 할지 모르겠는데요. 유선철 대표와 유세희 본부장이 판사님의 비리를 만들고 있어요.

비리를 만드는 것은 예상했던 일이다. 하지만 조세헌 변호사가 알려줄 거란 것은 예상치 못한 일이다.

'뭐지? 조세헌도 토사구팽인가?'

이한영은 모른 척 입을 연다.

"만들고 있다뇨?"

—이번 주 토요일에 하남에 있는 한성식십에서 장용현 회장과 만나기

로 되어 있어요. 그 자리에서 이한영 판사님과 저를 제물로 바칠 계획이에요.

에스로펌이 유성그룹에 사죄할 때 이한영 하나로는 제물이 부족했나 보다. 어떻게 알았는지는 몰라도 조세헌 변호사는 자신이 제물이 된다는 계획을 알게 되었고, 부랴부랴 이한영에게 도움을 요청한 것이다.

이한영은 조용히 웃으며 시선을 달력으로 향했다.

'이번 주 토요일?'

에스로펌이 간판만 남는 날이다.

* * *

에스로펌 대표이사실.

유선철 대표와 유세희가 마주 앉아 있었다. 유세희가 유선철 대표에게 서류를 건네며 입을 연다.

"이한영 씨는 판사예요. 뇌물에 쉽게 노출될 수 있는 직업이죠. 그래서 작은 로펌에서 돈을 받았다는 증거를 만들었어요. 차명으로 통장을 개설했고, 체형이 비슷한 사람을 찾아 모자를 씌운 후 ATM 기기에서 100만 원을 뽑게 했어요."

"통장에는 얼마를 넣었지?"

"10억요."

유선철 대표가 고개를 천천히 끄덕인다.

그러자 유세희가 말을 잇는다.

"내일 저녁에 이한영 씨와 약속이 있어요. 그 자리에서 더 확실한 증거를 만들어낼게요. 제가 잠시 화장실에 간 사이 준비해 둔 사람이 와서 이한영 씨에게 뭔가를 건넬 거예요. 이한영 씨가 받지 않아도 상관없어요. 우리에게 필요한 것은 뭔가를 건네는 그 순간의 사진이니까요."

"사진만 보면 이한영이 뇌물을 받는 순간으로 보인다는 거지?"

"네."

유선철 대표가 특유의 뱀눈으로 유세희를 보며 만족한 듯 미소를 그린다.

"세희야, 사냥을 할 때는 절대 눈을 보지 마. 상대가 불쌍하다고 여기게 되면 먹을 수 없게 되니까. 최대한 빨리 죽이는 게 사냥감에 대한 유일한 예의야."

유세희가 차가운 눈빛으로 고개를 끄덕인다.

"네."

* * *

이한영은 성남의 바텐더에게 받은 USB를 노트북에 연결하고 있었다. 동영상 파일 몇 개가 보인다. 가장 앞에 놓인 동영상을 재생하자 장유린 부장과 강신진 법원장이 화면에 나오기 시작한다.

영상 속 장유린 부장이 입을 연다.

-수석 부장님, 그러니까 김진한 부장 대신에 일을 도와달라는 건가요?

-그래.

-김진한 부장에게 김윤혁을 죽이라고 지시한 것, 수석 부장님이죠? 그럼, 저도 수석 부장님의 일을 돕다가 똑같이 버림받는 것 아니에요?

김진한 부장이 구치소에 있을 때 강신진 법원장이 장유린을 섭외하던 내용이다.

이한영은 다음 파일을 재생했다. 역시 장유린 부장과 강신진 법원장이 화면에 보인다.

—이걸 무혐의로 만들어주라고요?

—옳지 않다는 건 알아. 하지만 부정 입학을 무혐의로 만들어주면 우리의 일을 고분고분 도와주게 될 거야. 옳지 않은 일이지만 지금의 시대 상황을 생각해봐. 어쩔 수 없는 일이야.

장유린 부장이 깔깔깔 웃는다.

—저에게 다수를 위한 소수의 희생이라는 말씀은 안 하셔도 돼요. 제게 필요한 게 뭔지는 지원장님이 더 잘 아실 것 같은데요.

이한영은 다음 파일을 재생했다. 그다음은 모두 강신진 법원장이 장유린 부장에게 했던 청탁이 담겨 있었다.

이한영이 USB를 뽑아 손에 쥐며 조용히 미소를 그렸다.

'이걸 어떻게 공개해야 잘했다고 소문이 나려나…….'

* * *

"여기까지예요."

옥탑방이었다.

이한영과 송나연 기자 그리고 박철우 검사와 석정호는 장유린 부장이 남긴 동영상을 확인했다.

"SNS 어때요?"

송나연 기자의 말에 이한영이 고개를 저었다.

"연예인이나 정치인이라면 SNS에 올리는 순간 세상의 관심을 받겠지만 강신진은 판사잖아요."

사법부의 일에 관심을 가진 사람은 많지 않다. 올린나 해도 효과는 없을 거다. 박철우 검사와 송나연 기자의 입에서 이런저런 제안이 나왔지만 마음에 확 끌리는 말은 들려오지 않았다.

그때 조용히 맥주를 홀짝이던 석정호가 입을 연다.

“야동 제목으로 올리면 안 돼?”

모두의 시선이 석정호에게 향했다.

그러자 석정호가 어색하게 웃으며 고개를 젓는다.

“농담입니다. 농담이에요. 다들 얼굴이 심각해 보여서 한 말일 뿐이니까, 신경 쓰지 마세요. 이런 중대한 일에 야동이라뇨, 흐흐.”

이한영이 고개를 저었다.

“아니, 괜찮을 것 같은데?”

석정호가 눈을 껌뻑인다.

“잉? 정말?”

이한영이 박철우 검사와 송나연 기자를 보며 말한다.

“SNS 계정을 하나 만들어서 글을 올려두는 거죠. ‘인기 연예인 A씨 동영상, 일주일 후에 푼다’ 식으로요.”

송나연 기자가 손뼉을 짝 친다.

“다음 날에는 ‘A씨 동영상, 6일 후에 푼다’, 이렇게요?”

“네, 거기에다 각 커뮤니티 사이트에 글을 뿌려 놓으면…….”

이한영의 말에 박철우 검사가 키득키득 웃으며 입을 열었다.

“그리고 영상이 공개되는 순간 남자들은 분노하겠네요, 흐흐흐.”

이한영이 말했다.

“오종진 서장의 재판에 터뜨릴 생각이니까, 그 전까지 작업하도록 하죠.”

박철우 검사가 캔맥주를 입에 대며 입을 연다.

“그 의사 폭로도 그때죠?”

“네.”

“강신진은 아무것도 못 하고 발버둥만 치겠네요.”

송나연 기자가 말한다.

“그건 제가 강원도 가서도 열심히 서포트할 수 있겠어요, 히힛.”

그녀의 말에 세 남자의 얼굴이 조금 어둡게 변했다. 그러고 보니 오늘은 송나연 기자가 강원도로 가는 바로 전날이다.

박철우 검사가 그녀를 향해 맥주를 들어 올렸다.

“조심해서 다녀오세요. 마중은 못 나가요. 난 기자님이랑 반대편으로 가야 해서요.”

송나연 기자가 눈을 동그랗게 뜬다.

“검사님도 어디 가세요?”

“갈 것 같긴 한데, 어디로 가는지는 모르겠어요. 일단 정식 발령 전까지는 인천 쪽에 있으라네요.”

이한영이 박철우 검사를 향해 물었다.

“인천 쪽요?”

“밀항선이 있다는데요. 그쪽 검사들의 얼굴은 모두 팔려서 뉴페이스가 필요한가 봐요.”

박철우 검사는 담담히 말했지만 이한영의 목덜미에는 서늘한 바람이 스치는 것만 같았다. 전생에서 박철우 검사는 교통사고로 사망했다.

‘그게 인천이었나?’

거기까지는 떠오르지 않는다. 가슴에 두꺼운 응어리가 맺혀 있는 것처럼 답답하기만 하다.

이한영의 어두운 표정에 석정호가 어깨를 툭 치며 씩 웃는다. 그리고 이한영만 들을 수 있도록 속삭인다.

‘걱정하지 마.’

모두가 떠난 밤, 옥탑방에는 이한영과 송나연 기자만 남아 있었다.

송나연 기자가 말한다.

"강원도도 참 좋은 곳이고 저랑은 잘 어울릴 것 같아요. 좋은 사람들이랑 떨어져 있어야 한다는 게 아쉽지만요."

"잠시일 거예요. 곧 돌아오실 거예요."

"그럴까요?"

"그게 아니라면, 신문사 하나를 사버릴게요. 우리 돈 많은 거 알잖아요?"

송나연 기자가 고개를 끄덕끄덕한다.

"뭐가 됐든 어서 다시 함께했으면 좋겠어요. 판사님도 검사님도……. 두 분이랑 함께 뭔가를 한다는 게 나름 재밌었거든요."

그리고 그녀가 이한영을 보며 말을 잇는다.

"아, 말씀하신 것 이번 주 토요일이죠?"

"네."

이한영은 현생을 살아오며 에스로펌의 비리를 찾아냈고, 그 비리를 송나연 기자에게 건넸다. 강신진 법원장과 관련된 곳이라면 드림일보에서 기사로 낼 수 없지만, 에스로펌은 아니다. 강신진 법원장과 관련되어 있지 않다. 즉, 시원하게 기사를 써서 흔들어버릴 수 있다.

송나연 기자가 어려운 표정으로 묻는다.

"그런데 정말 괜찮으세요? 에스로펌은……."

"괜찮아요."

송나연 기자가 고개를 저었다.

"전 판사님을 잘 안다고 생각했는데, 이번 일은 정말 모르겠어요."

그녀가 알기로 이한영과 유세희는 사귀는 사이이다. 그런데 에스로펌의 비리를 터뜨려 달라고 하니 이해할 수가 없었다.

이한영이 빙긋이 웃으며 말했다.

"부탁드려요."

* * *

토요일, 한정식집.

"아, 죄송합니다. 오늘 전부 예약되어 있어서요."

식사하기 위해 들렀던 손님들은 차를 돌릴 수밖에 없었다. 멀리 떠나는 차를 보던 주차 관리원이 주변을 둘러본다. 주말이면 차로 가득해야 할 곳이지만 지금은 딱 두 대밖에 없었다.

주차 관리원이 혀를 끌끌 찬다.

"도대체 어떤 사람들이 왔길래……."

그때 그의 앞으로 또 한 차가 다가왔다.

주차 관리원은 일단 고개를 숙인다. 그리고 차 안에서 남자가 내리자 입을 연다.

"죄송합니다. 오늘 전부 예약되어 있어서요."

남자가 품에서 신분증을 꺼내 보인다. 관리원은 물끄러미 신분증을 본다.

"판사?"

이한영이었다.

"저도 이 자리에 약속되어 있어서요."

관리원이 눈을 껌뻑거렸다. 그러고 보니 어떤 '로펌'에서 왔다는 소리를 들었다. 그럼 판사가 동행하는 것도 이상하게 생각되지 않는다.

"네, 들어가십시오."

이한영은 안으로 향했다.

한정식집의 문 앞에 서 있던 조세헌 변호사가 이한영을 보고 깜짝 놀란다.

"어, 어떻게……?"

이 장소를 이한영에게 알려준 것은 조세헌 변호사였지만 이한영이 직접 찾아올 줄은 몰랐나 보다.

이한영은 대답하지 않고 한정식집을 둘러봤다. 검은 양복을 입은 경호원들이 곳곳에 서 있는 게 보인다.

이한영이 입을 열었다.

"경호원들을 치워주실 수 있나요?"

* * *

"저희가 주제를 모르고 까불었던 것 같습니다."

유선철 대표가 깊게 고개를 숙이고 있다. 그 앞에는 장용현 회장과 그 비서가, 그리고 옆에는 유세희가 앉아 있었다.

장용현 회장이 무표정한 얼굴로 입을 연다.

"유 대표, 일전에 만났을 때와 태도가 많이 바뀌었어요."

유선철 대표는 장용현 회장에게 선전포고를 할 때와 달리 꼬리를 말고 배를 까 보인 개와 다를 게 없어 보였다. 비아냥거리는 말이었지만, 유선철 대표는 더 깊게 고개를 숙인다.

"죄송합니다. 어떻게 사죄해야 할지 모르겠습니다."

그러자 장용현 회장이 손가락으로 툭툭 테이블을 치기 시작했다. 조용한 공간에 그 소리만 들려온다. 평소라면 신경도 쓰지 않을 작은 소리다. 하지만 유선철 대표와 유세희에겐 그 소리가 죽음을 알리는 초침 소리처럼 들려오고 있었다.

장용현 회장이 입을 열었다.

"날 이빨 빠진 호랑이로 생각했나?"

그의 말은 어느새 반말로 바뀌었다. 하지만 전혀 어색하지 않았다.

유선철 대표가 말한다.

"저희가 가진 지분은 투자 목적일 뿐입니다. 절대 경영에 참여하지 않겠습니다."

"경영권?"

"네, 원하신다면 각서를 쓰도록 하겠습니다."

장용현 회장이 크게 웃기 시작했다.

"이봐, 유 대표. 나를 너무 우습게 본 것 아닌가? 자네가 경영권을 건들면 뭐가 바뀔 줄 알았나? 설마, 그 정도 지분으로 날 위협할 생각이었어?"

한참을 웃던 장용현 회장이 뚝 웃음을 그친 후 말을 잇는다.

"달랑 각서 하나 받고 내가 용서해줄 거란 생각을 한 것은 아니지? 자네, 똑똑한 사람이잖나?"

유선철 대표가 고개를 들어 장용현 회장과 시선을 마주쳤다. 그리고 굳은 결심을 한 표정으로 입을 열었다.

"이한영을 드리겠습니다."

이한영은 장용현 회장의 아들 장태식에게 사형을 선고한 사람이다. 씹어 먹어도 시원하지 않을 게 분명하다. 그리고 장용현 회장의 표정이 변했다. 유선철 대표는 그 틈을 놓치지 않는다.

"회장님께서 원하는 만큼 감옥에서 썩게 할 수 있습니다."

"사형도 가능한가?"

"네?"

"그놈은 내 아들에게 사형을 선고했어. 그럼, 그놈도 사형을 받아야지?"

"거, 거기까지는 어렵습니다. 하지만 최대한 비참하게 보내버릴 수 있도록 하겠습니다."

장용현 회장이 턱을 쓸어 만진다.

"들어나 보지."

협상이 가능하다는 거다.

유선철 대표가 주먹을 꽉 쥐었다.

'됐어! 살 수 있어!'

유선철 대표의 시선이 다급히 유세희에게 향했다. 그러자 지금껏 조용히 있던 유세희가 고개를 들어 장용현 회장을 향했다.

유선철 대표가 말한다.

"보여드려."

"네."

유세희는 몸을 돌려 가방에서 서류봉투를 꺼냈다. 그녀의 행동을 보며 유선철 대표가 장용현 회장에게 말한다.

"이 봉투 안에는 이한영이 뇌물을 받는 사진이 찍혀 있습니다. 엊그제 제 딸이 이한영과 만나며 찍어 온 사진이죠."

물론 가짜다.

며칠 전 이한영과 식사하던 유세희가 잠시 자리를 비웠을 때 지시받은 남자가 이한영 앞에서 서류봉투를 내밀었다. 그리고 그 모습을 유세희가 찍었다.

유선철 대표가 계속 말한다.

"그리고 이한영이 뇌물을 받았다는 통장도 있습니다. 확실히 보내버리겠습니다."

장용현 회장이 고개를 끄덕이며 유세희에게 시선을 향했다. 기대하는 눈빛이다. 하지만 유세희는 손에 든 서류를 장용현 회장에게 건네지 않는다. 그러자 유선철 대표가 작지만 다급한 목소리로 채근했다.

"세희야! 어서!"

유세희의 시선이 장용현 회장에게 향했다.

장용현 회장이 입을 연다.

"이한영과 만났던 사이라 망설이는 건가? 하고 싶지 않으면 하지 마. 하지만 여기서 멈춘다면 자네는 딱 그 정도의 그릇인 뿐이야. 에스로펌을 맡을 힘은 없을 것 같구먼."

서류를 쥔 유세희의 손에 힘이 들어갔다.

장용현 회장은 유세희에게서 시선을 거두고 유선철 대표에게 향한다.

"보여주고 싶지 않다면 보여주지 말게. 이한영 정도는 내가 죽여도 되는 거니까."

사람을 죽이고 살린다는 말이 길가에 있는 잡초를 뽑는 것보다 쉽게 느껴진다. 장용현 회장이 다시 유세희를 보며 말을 잇는다.

"대한민국 최고 로펌의 대표라는 자네의 아비가 이러고 있어. 그런데 판사 하나 죽이는 게 어려울 것 같나? 대한민국에서 내가 할 수 없는 일은 없어."

그 목소리에는 반드시 이한영을 죽이겠다는 진심이 차 있었다. 동시에 유선철 대표의 얼굴에 난처함이 가득 차오르기 시작한다. 이한영의 생사가 장용현 회장의 손으로 넘어가면 이 협상은 끝이기 때문이다. 그럼, 에스로펌의 미래는 보장할 수 없다.

그가 더 다급한 목소리로 입을 열었다.

"세희야!"

유세희가 서류봉투를 올려 보인다. 그리고 차가운 눈빛으로 북북 찢기 시작한다. 유선철 대표의 눈이 크게 떠졌고, 장용현 회장의 표정은 일그러지고 있다.

유세희가 한숨을 푹 내쉬었다. 그리고 애써 담담한 목소리로 말한다.

"아무래도 안 되겠어요."

투투툭, 그녀가 손에 쥐었던 서류가 갈기갈기 찢겨 바닥으로 떨어져 내렸다. 동시에 그녀는 장용현 회장을 향해 무릎을 꿇고 앉는다.

"회장님, 죄송합니다. 에스로펌은 없애도 좋아요. 하지만 한영 씨는…… 살려주세요."

급기야 그녀는 장용현 회장을 향해 절을 올린다. 자존심 강하고 언제나 아름다움을 원했던 그녀가 이한영을 위해 비참한 모습으로 절까지 하고 있다.

유선철 대표의 눈에 불이 번쩍거렸다.

"유세희!"

유세희는 아버지의 말을 듣지 않는다.

"회장님, 부탁드립니다."

"유세희!"

유선철 대표의 얼굴은 점점 더 참혹하게 변해갔다. 하지만 유세희의 목소리는 담담하게 흘러나온다.

"……죄송해요, 아버지. 저는 에스로펌의 후계에 어울리는 사람이 아니었나 봐요."

그 말을 끝으로 몸을 일으킨 그녀가 장용현 회장과 유선철 대표를 향해 공손히 허리를 굽힌다. 그녀의 한쪽 눈에서 눈물이 주르륵 흐르고 있다.

하지만 유선철 대표는 싸늘한 살기가 가득한 눈빛으로 그녀를 죽일 듯이 노려본다. 평생을 가꿔 온 에스로펌이 한순간에 사라질 위기에 처했으니 당연한 일이다.

그때 적막이 가득한 공간에서 장용현 회장이 크게 웃기 시작한다.

"하하하하, 낙랑공주가 따로 없어! 가난에 허덕이며 거지같이 살고 싶은 건가?"

* * *

그녀의 목소리를 문밖에서 이한영이 듣고 있었다.

이한영의 표정은 경직되어 있다. 전생의 유세희는 돈과 명예 그리고 에스로펌 때문에 이한영을 버렸다. 그런데 현생의 유세희는 에스로펌을 버리고 이한영을 택했다.

강신진 법원장과 유세희 등에게 복수하기 위해 현생을 살아왔는데, 유세희가 변해버렸다. 그가 허탈한 미소로 고개를 젓는다.

"씨발……."

* * *

유세희가 말한다.

"……전 그냥 가난하게 살래요."

장용현 회장이 천천히 고개를 끄덕인다.

"그게, 자네의 선택이라면 존중해주지. 그런데 낙랑공주의 끝이 뭔지 알아? 네 아비를 죽이는 거야!"

유선철 대표가 벌떡 일어섰다. 그리고 큰 손바닥으로 유세희의 뺨을 친다. '짝' 소리와 함께 유세희의 고개가 틀어졌다.

다시 적막.

이따금 장용현 회장의 웃음소리만 들리고 있다.

유세희가 틀어졌던 고개를 돌려 유선철 대표에게 향했다. 얼마나 세게 맞았는지 입술에서 붉은 피가 흘러내린다.

유선철 대표가 부들부들 떨며 입을 열었다.

"너…… 미쳤어? 지금 누구 앞인 줄 알고!"

유세희가 슬픈 눈으로 유선철 대표를 보며 말한다.

"아버지께는 죄송해요."

그 말을 끝으로 그녀는 몸을 돌렸다. 그리고 그녀의 표정이 일그러졌다. 아무도 그녀의 얼굴을 볼 수 없게 되자 참고 있던 눈물이 터져 나온 거다. 그녀가 문을 손으로 잡고 옆으로 밀었다. 문이 드르륵 열린다. 그런데…….

문 앞에 이한영이 서류봉투를 들고 서 있다.

"하, 한영 씨?"

난데없는 이한영의 등장에 방 안에 있던 모든 사람들은 정지 화면처럼 멈춰버렸다.

이한영은 그들을 천천히 쏘아보며 휴대폰을 귀에 댄다.

"기자님, 에스로펌 기사 쓰는 걸 멈춰주세요."

—네, 알겠어요.

이한영이 휴대폰을 떼며 유세희를 본다.

눈물로 범벅된 그녀의 얼굴은 화장이 흉측하게 번져 있다. 그뿐만 아니라 입술엔 피가 흐른다. 하지만 그 모습은 지금껏 이한영이 봤던 얼굴 중에서 가장 아름다워 보였다.

이한영의 시선이 유선철 대표에게 향한다. 얼음장 같은 눈빛에 유선철 대표는 자신도 모르게 움찔거린다. 이한영의 시선이 마지막으로 장용현 회장에게서 멎는다.

"장용현 회장, 날 죽일 수 있다고? 대한민국에서 뭐든 할 수 있다고?"

"뭐?"

"허세 부리기는……. 그럴 능력 없는 것 같은데."

이한영이 손에 들고 있던 서류를 장용현 회장을 향해 던졌다. 서류가 공중에서 펄럭이며 쏟아진다.

장용현 회장이 테이블에 놓인 서류 하나를 손으로 들어 본다. 장유린 부장이 남긴 서류의 사본이다. 장용현 회장의 얼굴이 흉측할 정도로 일그러진다.

"이, 이걸 어떻게……?"

장용현 회장이 분노로 물든 눈빛으로 이한영을 노려봤다. 그 눈빛에서 숨도 못 쉴 것 같은 압박감이 느껴졌지만 이한영은 차갑게 미소 짓는다.

"나이가 많으니까 교도소에서 사망하겠네."

장용현 회장의 손이 파르르 떨리기 시작했다.

"강신진의 개구나."

장용현 회장은 강신진 법원장이 장유린의 기록을 숨겨 두고 있다고 들었다. 그래서 그렇게 말한 것인데, 이한영이 크게 웃기 시작한다.

살기로 채워진 공간에서 이한영의 웃음소리가 이질적으로 들려온다. 한참을 웃던 이한영이 웃음을 뚝 멈추며 입을 열었다.

"알고 있었어? 넌 강신진한테 뒤통수 맞은 거야."

한없이 비웃는 말투와 눈빛에 장용현 회장이 손에 들고 있던 종이를 꽉 구기며 자리에서 일어섰다. 그리고 유선철 대표를 쏘아보며 낮은 목소리로 말한다.

"유선철, 이런 걸 계획하고 있었나? 답례로 에스로펌을 흔적도 없이 사라지게 해주지. 세상에는 에스로펌이 남아 있었다는 기록조차 없어지게 될 거야. 그리고 네놈은 앞으로 죽은 사람을 부러워하며 살게 될 거야. 대한민국에서 나를 거역……."

이한영이 고개를 저었다.

"또 허세 부리시네. 장용현 씨, 곧 특검에서 연락이 갈 겁니다. 아시죠? 이번 특검엔 당신의 돈을 받은 사람이 없어요."

장용현 회장의 얼굴이 악귀처럼 일그러지기 시작한다. 하지만 이한영은 담담한 목소리로 말을 잇는다.

"특검 다음에는 청문회가 시작되겠죠. 장유린 부장이 남긴 증거, 세상에 낱낱이 공개될 겁니다. 그런데도 당신이 버틸 수 있는지 궁금해지네요."

장용현 회장의 눈빛이 이한영을 씹어 먹을 것 같았다.

"이 새끼야, 유성을 건드렸다가는 대한민국이 망해!"

"안 망해요."

"네까짓 게 경제에 대해 뭘 알아? 내가 주는 돈으로 먹고사는 사람이 몇이나 될 것 같아? 난 너 때문에 우리 회사를 해외로 빼겠다고 발표할 거야. 넌 대한민국에서 설 자리가 없어질 거야."

이한영이 한숨을 내쉬었다.

"직장인들이 회사를 그만둘 때 이런 말을 많이 한다네요. '내가 그만두면 이 회사가 망할 거야'라고요. 그런데 안 망해요. 그러니까 유성 하나 없어진다고 망할 나라 아니에요. 그리고 제대로 생각하세요. 유성이 사라지는 게 아니라, 유성에서 장씨 일가가 사라지는 거예요. 당신 없어도 유성은 잘 돌아갈 겁니다."

장용현 회장은 노기 어린 눈빛으로 입을 꽉 다물었다. 그렇게 잠시 이한영을 노려보던 장용현 회장이 느릿하게 입을 연다.

"할 수 있으면 해봐."

"하고 있습니다."

"이렇게 미친 새끼가 내 앞에 서는 것은 정말 오랜만이야."

장용현 회장은 그 말을 끝으로 이한영의 옆을 스쳐 떠났다.

그러자 지금껏 멍하니 있던 유선철 대표가 벌떡 일어나 이한영을 노려본다.

"너 이 새끼……."

하지만 그는 더 말을 잇지 못한다. 지금은 장용현 회장의 바짓가랑이를 잡아야 할 시간이라고 생각했기 때문이다. 유선철 대표가 장용현 회장의 뒤를 쫓아 방을 벗어났다.

"회장님! 회장님!"

유선철 대표의 목소리가 완전히 사라지자 이한영의 눈이 유세희에게 향했다.

유세희는 화장이 얼룩진 얼굴로 멍하니 보고 있다.

"하, 한영 씨……."

이한영이 고개를 저으며 착잡한 목소리로 입을 열었다.

"지금은 저도 혼란스럽습니다. 나중에 연락드리겠습니다."

이한영은 하늘을 훨훨 나는 유세희의 날갯죽지를 찍어버리고 그녀의 목을 잔인하게 쥐어 아스팔트에 꽂아 죽이려 했다. 언제나 기다리던 시간이다. 하지만 지금은……. 이한영은 작은 한숨과 함께 몸을 돌렸다.

유세희는 이한영을 향해 손을 뻗지만 잡지 못한다. 애처롭게 허공만을 쥐고 있다. 이한영의 모습이 완전히 사라지자 그녀는 고개를 숙인다. 그녀는 아버지 유선철 대표와 자신의 행동에 이한영이 큰 실망을 하고 있을 거라고 생각했다.

"죄송해요……."

바닥에는 뚝뚝 그녀의 눈물이 떨어지고 있었다.

* * *

차에 오른 이한영은 송나연 기자와 통화하고 있었다.

—에스로펌 비리는 폐기할게요. 그런데 장용현 회장이 강신진에게 연락하지 않을까요?

이한영이 고개를 저었다.

"연락 안 할 거예요. 장용현 회장의 성격을 보면 가능성은 제로에 가까워요."

장용현 회장은 강신진에게 뒤통수를 맞았다고 생각한다. 싸워야 할 적에게 자신의 마음을 알려줄 사람이 아니다.

송나연 기자가 말한다.

—그럼 이제 야동 작업할게요!

"네, 부탁드려요."

장유린 부장이 남긴 강신진과의 동영상 파일, 그것은 지금 SNS에서 '연예인 A씨 동영상 공개할 것'이라는 이름으로 알려지고 있다. 어떤 내용인지 공개하지 않았지만 연예인의 동영상이라는 이름만으로 이슈가 되는 중이다.

잠시 후, 이한영은 서울 외곽의 신도시 건설 현장에 있었다. 차에 등을 기대고 있던 이한영이 손목을 들어 시간을 확인한다.

그때 트렌치코트를 입은 김진아 검사가 이한영의 앞으로 다가섰다. 특검의 일로 이 지역에 와 있던 김진아 검사는 이한영의 옆에 서서 차에 등을 기댄다.

"오래 기다리셨어요?"

"아뇨."

이한영은 들고 있던 서류봉투를 김진아 검사에게 건네며 말을 잇는다.

"장유린 부장이 남긴 거예요."

김진아 검사의 표정이 어두워진다. 검사도 아닌 판사가 목숨을 잃으면서까지 남긴 기록에 무게감이 느껴져서다.

"반드시 해결할게요."

"부탁드려요."

두 사람의 목소리가 무겁게 느껴진다.

서류를 꾹 손에 쥔 김진아 검사가 한숨을 내쉬며 이한영을 향해 시선을 돌린다.

"오늘 바로 시작할게요."

* * *

마포경찰서 오종진 서장의 재판이 하루 앞으로 다가왔다.

하지만 세상은 오종진 서장의 재판에는 누구도 관심이 없다. 지금 세상은 경찰서장의 비리에는 관심을 가질 수 없었기 때문이다.

텔레비전에서 아나운서의 목소리가 울린다.

유성과 박광토 전 대통령의 관계를 조사하던 특검이 유성그룹 장용현 회장의 비리를 밝혀냈습니다. 장용현 회장은…….

채널이 돌아갔지만 이곳도 장용현 회장에 관한 이야기다.

유성그룹은 모든 혐의를 부인하며 특검의 유성 죽이기라고 일축했습니다.

또 채널이 바뀌었다.

역시 마찬가지다.

특검이 장용현 회장에 대한 영장을 청구했습니다. 장태식 사장에 이어 장용현 회장까지, 유성그룹의 추악한 민낯에 국민은 분노를 금치 못하고 있습니다.

다른 채널에서는 국회의원들이 멱살을 쥐고 싸우는 게 보인다.

국회에서는 유성그룹 장용현 회장과 장태식 사장의 청문회에 관한…….

결국, '삑' 텔레비전이 꺼졌다.

검게 변한 화면에 일그러진 강신진 법원장의 얼굴이 보인다.

"도대체……."

절대 무너질 리 없다고 생각했던 장용현 회장이 무너지고 있었다. 특검은 세상 무서울 것 없다는 듯 날뛰었고, 이름을 알리고 싶은 비주류 국회의원들은 정의로운 척 목소리를 높이고 있다.

강신진 법원장은 손으로 이마를 감쌌다.

'장용현 회장이 무너지면…….'

지금껏 준비해 왔던 계획이 크게 흔들리고 만다. 장태식 사장도 없는 상황이었기에 그의 계획은 10년, 20년 후퇴할지도 모른다.

강신진 법원장의 입에서 무거운 한숨이 흘렀다.

'도대체 누가 장용현 회장을?'

순간 그의 머릿속에 이한영이 스쳤다.

'그놈밖에 없어.'

추측은 확신이 되어가고 있었다.

'장유린에게 직접적으로 무엇인가를 들은 사람은 이한영뿐이야. 그놈이 아니면 이런 짓을 벌일 수 있는 사람은 없어.'

강신진 법원장은 머리가 지끈거리는 걸 느꼈다.

'이놈이 끝까지 유성을 노리고 있었나? 미련한 놈! 그렇게 기다리라고 했는데! 용돈이 필요하면 말하라고 했는데!'

강신진 법원장은 아직까지도 이한영이 돈을 목표로 유성을 공격한다고 생각했다. 그럴 수밖에 없다. 이한영이 전생을 살아왔던 사람이라는 걸 모르는 이상 복수의 대상이 강신진 본인이라는 걸 예상할 수는 없기 때문이다.

강신진 법원장은 머리를 쓸어 넘겼다. 그리고 잠시 이한영에 관한 생각을 멈췄다. 이한영이란 존재는 언제든 목을 쥐어 죽일 수 있는 대상, 지금 급한 것은 이한영이 아니라 장용현 회장의 구속 직후의 상황이다.

'차후 유성그룹을 이끌어 갈 사람을 찾는 게 우선이야.'

강신진 법원장이 휴대폰을 귀에 댔다. 상대는 드림일보 사장이었다. 그는 유성그룹 등 재계의 후계가 누가 될 것인가에 관한 냄새를 가장 잘 맡는다.

"유성의 후계가 누가 될 것 같습니까?"

–판결이 나기 전까지는 이사진을 중심으로 경영되겠죠. 하지만 판결이 확정되면 아무래도 셋째가 회장이 되지 않을까 싶은데요.

"셋째와 만나보고 싶군요. 가능하겠습니까?"

–알겠습니다. 바로 연락해보죠.

드림일보 사장과 통화를 종료한 강신진 법원장은 다시 휴대폰 번호를 누른다.

"올라와."

잠시 후 마포경찰서 오종진 서장의 2심 재판을 담당할 부장판사가 법원장실에 섰다.

강신진 법원장이 그를 보며 입을 연다.

“내일이지? 지난번에 말했던 것처럼 오종진이 어떤 말을 해도 멈추지 마. 검사나 변호사에게도 딴지 못 걸게 이야기해 뒀으니까, 잘하도록 해.”

부장판사는 강신진 부장의 지시를 잘 따르는 개였다. 얌전히 고개를 숙인다.

“알겠습니다.”

부장판사가 떠나고 강신진 법원장은 다시 혼자가 되었다. 그의 시선은 창밖을 향해 있다. 복잡했던 그의 눈빛은 점차 차분해지는 중이다.

‘장용현 회장과 손잡으려던 계획은 어긋났지만 큰 틀은 변하지 않았어. 어차피 장용현 회장이 사라지기를 기다리고 있었잖아? 그래, 오히려 잘된 거야. 지금부터 셋째 아들놈과 친분을 쌓고 그놈의 목에 개 목걸이를 채우면 모든 게 해결돼.’

그는 이 상황에서도 자신의 계획을 정상적으로 만들기 위해 애쓰고 있었다. 그때 휴대폰이 울렸다. 드림일보 사장이다.

–장용현 회장님의 셋째 아들과 연락했습니다. 언제든 만나자고 합니다.

강신진 법원장의 입가에 미소가 스친다.

“이번 주 내로 시간을 잡아주세요.”

강신진 법원장의 시선이 다시 창밖으로 향했다.

‘셋째 아들놈과 만날 때 몇 가지 선물을 준비해야겠어. 하나는 장태식에게 사형선고를 내린 이한영, 그리고 장용현 회장의 구속영장을 담당한 판사, 마지막으로 장유린이 남긴 블랙박스.’

갑작스레 후계에 앉아 경영권을 손에 쥐게 될 셋째는 이사진들에게 능력을 인정받아야 한다. 그때 강신진 법원장을 통해 이한영과 영장 전담 판사에게 복수한다면 우세 자리를 확고히 할 수 있을 거다.

강신진 법원장의 입가에 미소가 점점 더 짙어진다.

'셋째는 멍청한 놈이야. 손쉽게 요리할 수 있어.'

강신진 법원장이 다시 휴대폰을 귀에 댔다.

"오종진을 만나야겠어요. 지금 출발하도록 하죠."

* * *

"내일이 재판이지?"

강신진 법원장은 구치소의 변호사 접견실에 앉아 있었다. 그의 앞에는 오종진 서장이 보인다. 오종진 서장이 고개를 끄덕이자 강신진 법원장이 말을 잇는다.

"내일 거론할 사람 중에 두 명을 더 추가했으면 좋겠어."

"두 명요?"

"그래, 서울중앙지방법원 이한영과 최욱진."

최욱진은 장용현 회장의 영장을 담당한 판사의 이름이다.

이한영과 최욱진의 이름을 중얼대던 오종진 서장이 고개를 들어 강신진 법원장을 본다.

그는 박광토 전 대통령과 손잡고 강신진 법원장이 생각하는 사람과 다른 인물의 이름을 말할 계획이었다. 하지만 강신진 법원장은 그에 관한 것은 전혀 모르고 있다.

강신진 법원장이 입을 연다.

"자네에게 어려운 부탁만 하는 것 같아. 하지만 이 일을 돕는 대가는 클 거야."

"네."

대답은 했지만 오종진 서장은 박광토 전 대통령을 기억하고 있었다. 그때 박광토 전 대통령이 말했었다.

—이것은 모두 내가 직접 적은 이름이야. 내 친필이라는 거지. 내가 혹시나 감옥에 간다고 해도 자네의 가족에게 20억을 주겠네. 내가 감옥에 가지 않는다면 훗날 출소할 자네를 거둬주지. 이 노트에 적힌 내 글씨는 그에 대한 약속이야.

박광토 전 대통령의 목소리를 기억하던 오종진 서장이 강신진 법원장에게 입을 열었다.

"약속의 증표 같은 것은 없습니까?"

강신진 법원장이 픽 웃는다.

"날 믿게. 난 믿을 수 있는 사람이야. 그리고 알잖나? 지금 자네는 내 말을 따르는 게 최선이야."

"믿고 따르는 거요……."

"그래."

강신진 법원장은 오종진 서장을 벼랑 끝에 선 사람으로 생각하고 있었다. 그런 사람은 지푸라기만 내밀어도 잡기 위해 발버둥을 친다.

강신진 법원장이 조용히 입을 연다.

"뉴스를 보면 알잖아? 지금 세상은 나를 중심으로 돌아가고 있어. 묵묵히 있다 보면 언젠가 모든 것을 보답받는 날이 올 거야."

오종진 서장은 고개를 끄덕인다.

"알겠습니다."

강신진 법원장의 말대로 구치소에 있어도 뉴스는 볼 수 있다. 그래서 세상 돌아가는 일은 겉핥기로나마 이해할 수 있었다. 박광토 전 대통령은 지는 태양이고, 강신진 법원장은 새롭게 뜨는 태양이다.

오종진 서장의 눈빛이 복잡하다.

* * *

구치소에서 나온 강신진 법원장은 다시 차를 몰았다. 그가 향하는 곳은 곽순원의 집. 밤하늘에서 투투툭 빗방울이 떨어진다. 그 빗방울은 어느새 앞이 보이지 않을 정도로 세차게 내리기 시작한다. '우르릉' 소리와 함께 번개도 번쩍인다. 그에 비친 강신진 법원장의 얼굴은 지옥의 악마처럼 보였다.

강신진 법원장이 낮은 목소리로 중얼댄다.

"세상이 뒤집어지기에는 딱 좋은 날씨야. 내일이면 세상은 내 것이야."

강신진 법원장의 입술에 걸린 미소가 비 오는 밤하늘보다 더 어두워지고 있다.

강신진 법원장이 곽순원의 아파트에 도착한 시간은 어느덧 새벽 1시였다. 차를 주차한 그는 익숙한 걸음으로 엘리베이터에 올라 곽순원의 집으로 들어갔다. 그리고 안방으로 향해 금고를 열고 서류 하나를 꺼내 손에 들었다. 그가 손에 든 서류를 툭툭 흔든다. 서류에는 유성그룹 셋째 아들의 비리가 들어 있다.

'선물도 주고 협박도 해야지. 그래야 말 잘 듣는 강아지가 되어 꼬리를 흔들겠지.'

* * *

다음 날, 어젯밤부터 뿌려지던 비가 아직 그치지 않고 추적추적 내리고 있었다. 창문으로 빗물이 주르륵 흐를 때, 기록물을 읽던 이한영이 손목을 들어 시간을 확인했다. 오종진 서장의 2심 재판이 열릴 시간이다.

이한영의 휴대폰이 울린다. 박광토 전 대통령이다.

—오늘이군.

"네."

—오종진이 우리를 따를까?

"네."

—자네는 담담하게 이야기하지만 난 걱정이 돼. 뉴스를 들어도, 사람들의 이야기를 들어도 모두 내 권력의 끝을 말하고 있어. 그런데도 오종진이 나를 따를까? 단순히 돈 때문에?

"따를 겁니다."

—이유가 뭐지?

"재판에 선 사람은 진실을 볼 수 있으니까요. 강신진은 모두 거짓으로 이뤄진 사람이란 것을 알 수 있을 겁니다."

박광토 전 대통령의 한숨을 들으며 이한영은 휴대폰을 내려뒀다. 그의 시선이 창밖으로 향한다. 세차게 내리는 비가 창문을 때리고 있다.

그 시각, 법정은 기자들로 가득 채워져 있었다.

최근 장용현 회장의 구속 등 굵직한 일이 쉼 없이 터지는 중에 일개 경찰서장의 재판, 그것도 2심에 이렇게 많은 기자들이 몰려온 것은 이례적인 일이었다.

방청석에 앉아 재판부를 기다리던 한 남자 기자가 중얼거렸다.

"도대체 이 재판을 왜 보라는 거야?"

옆에 앉아 있던 다른 언론사의 여기자가 상대의 혼잣말에 눈을 동그랗게 뜬다.

"그쪽도 지시받고 온 거예요?"

"엥? 거기도?"

여기자가 고개를 끄덕인다.

"우리는 사장님 지시, 이 재판에서 나온 말을 토씨 하나도 빼지 말고 작성하라고 했어요."

남자 기자가 눈을 껌뻑였다.

"우, 우리도요. 사람들은 이 재판에 관심 없다고 그렇게 말했지만 사장님 지시라고, 무조건 하라고……."

앞에 앉았던 기자가 몸을 돌린다.

"우리도요."

"그쪽도?"

그들은 똑같은 상황이었다.

이 재판에 뭔가 있다는 게 서늘한 느낌으로 다가오며 기자들의 얼굴이 천천히 굳어 갔다.

"도대체 어떤 재판이기에……."

그리고…….

"재판부가 입정하십니다! 모두 자리에서 일어나주시기 바랍니다!"

적막해진 법정에는 재판부의 옷깃이 펄럭이는 소리와 발소리만 들려온다. 모든 기자들은 '도대체 어떤 재판이길래 사장이 지시한 거야?'라는 의문을 담고 재판부를 좇았다.

재판장이 자리에 앉으며 입을 연다.

"지금부터 재판을 시작하겠습니다."

재판이 시작될 때 이한영은 복도를 걸으며 박철우 검사와 통화하고 있었다.

–허 참, 오종진 서장 재판은 꼭 보고 싶었는데…….

박철우 검사는 밀항선 수사를 위해 인천에 있었다.

"제가 검사님 대신 집중해서 볼게요."

–몰래 녹화 좀 해주면 안 돼요? 강신진 얼굴 좀 보고 싶은데요.

물론 녹화는 안 되는 일이다. 이런저런 농담이 스치던 중 이한영이 복도의 창문을 보며 입을 연다.

"거기도 비가 많이 오나요?"

—여기는 하늘이 구멍 뚫린 것처럼 제대로 옵니다. 오늘 딸내미 생일이라 케이크를 사 가기로 했는데, 이렇게 비가 오면 퇴근 시간에 차 막힐까 걱정이네요, 흐흐.

그 말과 동시에 이한영의 등줄기에 소름이 쭉 끼쳐 올랐다.

'딸 생일?'

전생의 기억이 되새겨진다. 박철우 검사가 사망했을 당시, 많은 사람들이 장례식장을 찾아 그의 죽음을 안타까워했다. 젊은 검사의 죽음이라 더 슬퍼했던 것도 있지만…….

'박철우 검사는 딸의 생일에 사망했었어. 오늘? 설마, 오늘?'

이한영의 마음속 불안감이 점점 더 커지기 시작했다. 새로운 인생을 살게 되며 전생과 달리 좋은 사람을 많이 만났지만 그중에서도 박철우 검사는 특별했다. 이번 생에서 그의 인생만큼은 바꿔야 한다.

이한영이 입을 열었다.

"……비도 오는데 조심하세요."

—대한민국 검사 박철우가 비를 무서워하면 안 되죠. 밀항선 빨리 잡고 넘어가겠습니다. 우리 딸 잠들면 빠져나올 테니까 밤에 소주 한잔해요.

"소주 한잔요……?"

"두 잔도 좋고, 흐흐."

그 말이 유언처럼 들려온다.

"조심하세요, 꼭."

—네, 알겠습니다. 그럼 어서 법정에 들어가세요.

통화를 종료한 이한영은 곧장 석정호에게 전화를 연결했다.

"정호야, 가능한 인원 전부 인천으로 보낼 수 있을까?"

—인천? 박 검사님이 계신 곳?

"응."

지금도 박철우 검사의 옆에는 두 명이 경호하는 중이다. 하지만 이한영의 목소리가 심각한지 석정호는 순순히 답했다.

-알았어. 애들 보낼게. 나도 갈까?

이한영이 입을 열려는 순간, 뒤에서 익숙한 목소리가 들렸다.

"이한영 부장."

고개를 돌리자 강신진 법원장이 서 있다. 이한영은 재빨리 전화를 끊으며 고개를 숙였다.

"안녕하십니까?"

고개를 숙인 이한영을 강신진 법원장이 싸늘한 눈빛으로 훑는다. 그리고 그의 입에서 낮지만 살기 어린 목소리가 흐른다.

"장용현 회장의 구속, 자네의 짓인가?"

"네? 네."

강신진 법원장과 이한영의 사이에 서늘한 기운이 오르기 시작했다.

이한영은 재빨리 고개를 숙였다.

"죄송합니다. 제가 욕심이 과했던 것 같습니다."

강신진 법원장은 한심한 눈으로 이한영을 보며 고개를 저었다.

"재판이 끝난 후 이야기하도록 하지."

강신진 법원장은 아직 허리를 굽힌 이한영을 스쳐 앞으로 향한다.

그러자 이한영이 고개를 들어 올리며 강신진 법원장의 뒷모습을 쏘아본다.

'재판이 끝난 후에 이야기하자고? 그럴 시간이 없을 거야.'

강신진 법원장의 시선 역시 뒤에 선 이한영에게 틀어진다.

'오종진의 입에서 네놈의 이름이 불릴 거야. 울고불고 살려달라 애원해도 바뀌는 건 없어. 탐욕스러운 인간은 새로운 세상에 필요 없어. 넌 단순한 제물일 뿐이야.'

두 사람의 눈빛이 허공에서 부딪치고 있었다.

그리고 법정에서는 오종진 서장을 향해 검사의 신문이 이어지는 중이었다.

오종진 서장은 검사의 말은 귓등에도 들리지 않는지 어떤 대답도 하지 않고 고개만 숙이고 있다. 그의 머릿속이 강신진 법원장과 박광토 전 대통령으로 가득 차 있었기 때문이다.

'강신진……. 그래, 뉴스를 봐도 판은 박광토 각하에게 불리해. 세상은 강신진이 먹고 있는 게 틀림없어. 그럼 난 강신진에게 붙어야 하는 건가?'

오종진 서장의 입에서 깊은 한숨이 흘렀다.

'하지만 박광토 각하는 친필을 줬잖아?'

오종진 서장이 딴마음을 먹고 친필을 공개해버리면 그대로 끝인 걸 알면서도 박광토 전 대통령은 직접 명단을 작성해서 넘겼다. 그것은 지시만 잘 따라준다면 미래를 보장해주겠다는 약속이다.

오종진 서장은 고개를 저었다.

'보장해준다고 해도 각하가 감옥에 가버리면 끝이잖아? 내가 출소했을 때 이미 죽어버렸으면 아무것도 할 수 없는 거잖아? 20억? 그거 내가 쓸 수 없는 돈이잖아! 젠장, 어쩌지?'

그렇게 검사와 변호사의 신문이 끝났을 때 재판장이 입을 열었다.

"피고인, 증거 자료를 조사하기에 앞서 진술하고 싶은 내용이 있습니까?"

"네?"

재판장이 빙긋이 웃는다.

"검사와 변호사의 신문에서 어떤 말도 안 했잖아요. 하고 싶은 말이 있으면 하세요. 재판에서 어떤 말도 하지 않는 것은 오히려 피고인을 불리하게 만듭니다."

오종진 서장의 눈동자가 법대를 향한다.

법대에 앉은 재판장도 강신진 법원장의 사람이다. 그 옆에 앉은 배석들도 강신진 법원장의 아래에 있다. 그뿐만 아니라 사법부의 많은 판사들이 강신진 법원장의 손바닥 위에서 놀고 있다. 끝이 아니다. 이곳에 모인 기자들의 언론사 사장들도 모두 강신진 법원장의 말을 따른다.

답은 나왔다.

이 세상에 박광토 전 대통령이 설 자리는 없다.

이제 강신진 법원장의 세상이다.

'적어도 강신진은 침몰하는 배는 아니야. 내가 도왔다는 걸 모른 척하지는 않을 거야!'

오종진 서장의 눈빛이 번쩍였다.

재판장이 다시 말한다.

"피고인, 하고 싶은 말이 있습니까?"

오종진 서장이 한숨을 내뱉으며 법정을 향해 고개를 틀었다. 입을 열기 전, 마지막으로 강신진 법원장의 표정을 살필 생각이었다. 그리고 그의 눈이 강신진 법원장에게서 멎었다.

강신진 법원장은 오종진 서장을 향해 강한 눈빛을 보낸다.

'이제 입을 열어!'

'알겠습니다. 당신 뜻대로 하겠습니다. 이 세상을 가지세요. 그리고 날 꺼내주세요.'

그 눈빛에 강신진 법원장이 고개를 끄덕인다.

오종진 서장의 고개가 다시 법대로 향하기 위해 틀어진다. 그때 오종진 서장의 눈동자가 강신진 법원장의 옆에 선 이한영에게서 멎었다.

'이한영 판사? 오늘 내가 말하기로 한 사람 중에 이한영 판사도 있었잖아? 그런데 왜 강신진의 옆에 있는 거야!'

오종진 서장은 비열한 인생을 살아온 사람이다. 강신진 법원장이 옆에 있는 사람을 보내버리려는 것을 알게 된 순간 등줄기에 식은땀이 주르륵 흘러내렸다.

'잊고 있었어. 저놈은 자기 옆에 있는 사람도 서슴없이 칼로 찌를 새끼야. 그런 새끼가 감옥에 있을 나와의 약속을 지키겠어? 씨발, 나라도 안 지키겠다. 이용만 하다가 입을 열지 못하게 죽여버릴 계획을 세우겠지.'

오종진 서장의 손이 가늘게 떨리기 시작했다.

'그래, 강신진을 도우면 아무것도 없어. 죽을 수도 있어. 하지만 박광토 각하를 도우면 적어도 내 가족은 20억을 받을 수 있어. 멍청한 고민 할 필요는 없었던 거야.'

재판장이 다시 입을 연다.

"피고인! 할 말이 없나요?"

"이, 있습니다."

오종진 서장의 말에 법정은 폭풍 전야의 하늘처럼 고요해졌다. 법정에 있는 모두는 오종진 서장의 입에서 나올 목소리를 기대하고 있다.

오종진 서장이 입을 연다.

"이종대 검사장은 제 친구였습니다."

강신진 법원장의 입가엔 잔잔한 미소가 걸린다.

'이제 백이석 대법원장의 이름을 말해! 정의로운 척 가식 떨던 사람들을 모두 죽여버려! 그럼, 사법부로 시작해서 세상이 크게 흔들릴 거야! 그 혼란을 바로잡는 것은 바로 나! 내가 원하는 세상이 본격적으로 시작되는 시간이야!'

강신진 법원장의 서늘한 눈빛이 법대를 향한다.

오종진 서장의 목소리가 이어졌다.

"이종대 검사장과 저는 더 많은 돈을 벌기 위해 뇌물을 바쳤습니다. 돈을 준 만큼 눈을 감아주면 우리가 행동하기가 편했으니까요."

재판장이 입을 연다.

"지금 그 말을 하는 이유가 뭐죠?"

"대한민국의 경찰은 저와 달리 열심히 하고 있습니다. 저로 인해 색안

경을 끼고 보지 말아 주셨으면 좋겠습니다. 그리고 제 개인적으로는 모든 죄를 인정하고 반성하고 싶습니다."

오종진 서장이 입을 연다.

강신진 법원장이 그토록 원하는 대한민국이 뒤집히는 순간이다.

"뇌물을 받은 사람은 중앙지방법원장 강신진."

동시에 강신진 법원장의 얼굴이 갈라지기 시작했다.

08

이한영은 고개를 틀어 강신진 법원장을 향했다.

강신진 법원장은 분노를 참으며 거친 숨을 내쉬고 있다. 그의 얼굴이 기괴하게 일그러지는 중이다.

오종진 서장의 목소리는 계속 이어졌다.

"법무부 장관, 국토부 장관, 검찰총장, 서울중앙지검장, 인천……."

뇌물을 받은 사람의 이름이다.

물론 거짓된 증언이지만 그것을 모르는 기자들은 술렁대기 시작했다.

"이, 이거 진짜야?"

"대한민국 법이 이렇게 썩어 있었어?"

"이러니까 사장이 법정에 가라고 했던 거였어."

"트, 특종!"

한 기자가 벌떡 일어섰다. 최대한 빨리 '단독'을 달고 기사를 올리고 싶어서다. 그게 신호탄이 되어 기자들은 누가 먼저라 할 것 없이 법정에서 달려 나가기 시작했다. 경위가 말려봤지만 법정은 이미 극심한 소란에 시달리고 있었다.

개판도 이런 개판이 없다.

그제야 상황 파악이 된 강신진 법원장의 아래턱에 힘이 꽉 들어갔다.

"오종진……."

강신진 법원장의 입에서 오종진 서장을 죽일 것 같은 음성이 흐른다. 그때 강신진 법원장의 휴대폰에 진동이 울렸다.

"네, 강신진입니다."

–기, 기사 보셨습니까?

언론사 사장이다.

"기사요?"

–어서 보세요!

상대의 목소리가 다급하다.

통화 종료 버튼을 누른 강신진 법원장은 휴대폰을 시선에 두고 기사를 확인했다.

판사가 사람을 죽이라고 지시했다.

A병원의 의사 A씨가 그동안 연예인 병역 비리를 저질렀다며 경찰에 자수했다. A씨는 자수 과정에서 현 서울중앙지방법원 강신진 법원장이……(중략)……환자로 입원한 살인범 곽순원을 살해하라고 지시했다며……(중략)……하지만 자신은 의사로서 살인은 저지를 수 없었다며……(중략)……경찰은 증거인멸의 우려가 없다고 보고 A씨를 불구속 수사하기로……(후략)…….

권력이 신경 쓰지 않는 작은 언론사의 기사다. 하지만 '살인'이라는 자극적인 단어와 '판사'라는 직업이 사람들의 관심을 끌었는지 댓글이 상당수 보인다.

강신진 법원장의 낯빛이 검게 변해갔다.

하지만 아직 끝이 아니었다.

"버, 법원장님……."

강신진 법원장은 이한영의 목소리에 고개를 돌렸다. 그러자 이한영이 자신의 휴대폰을 강신진 법원장에게 넘긴다.

"봤어."

"아뇨, 그게 아니라……."

강신진 법원장이 이한영의 휴대폰을 들었다. SNS에 '연예인 A씨 동영상'이라는 제목이 보인다.

"연예인 동영상?"

"공개 날짜가 오늘입니다. 그런데……."

연예인의 동영상은 강신진 법원장에게 전혀 관심 밖의 일이었다. 하지만 이한영의 표정이 좋지 않다. 설상가상이라는 말이 있듯이 또 뭔가 일이 터졌다는 불길한 예상이 들었다.

강신진 법원장이 제목을 터치하자 화면에 동영상이 재생되었다. 강신진 법원장과 장유린의 얼굴이 나타난다. 그리고 강신진 법원장의 음성이 또렷이 들린다.

옳지 않다는 것은 알아. 하지만 부정 입학을 무혐의로 만들어주면 우리의 일을 고분고분 도와주게 될 거야. 옳지 않은 일이지만 지금의 시대 상황을 생각해봐. 어쩔 수 없는 일이야.

공개된 지 10분도 지나지 않은 영상이다. 하지만 며칠 전부터 이 동영상만 목 빠지게 기다리던 사람들이 있었다. 그들의 댓글이 빠르게 올라오고 있었다.

–연예인이라며?

–속았다.

–그런데 이거 뭐임? 판사가 짜고 무혐의로 만들어주는 거임?

–그놈의 시대 상황은 개뿔, 맨날 저 핑계지.

–저 여자 판사, 얼마 전에 급발진으로 죽은 사람 아니야?

–남자도 판사야?

–저 남자 신상 떴어요. 서울중앙지방법원장이래요.

–법원장? 대박.

강신진 법원장의 눈빛은 사정없이 떨리고 있다.

그 표정을 즐기듯 보던 이한영이 얼굴색을 바꾸며 입을 연다.

"어, 어떻게 해야 할까요?"

강신진 법원장은 말없이 몸을 돌렸다.

강신진 법원장은 복도를 걷고 있었다. 그 뒤를 이한영이 좇는다. 빠르게 걷던 강신진 법원장이 휴대폰을 꺼내 의사의 전화번호를 찾아 통화 버튼을 누른다. 그리고 상대가 전화를 받자 벼락같은 호통을 내뱉는다.

"미쳤어!"

의사가 더듬더듬 입을 연다.

–그래도 명색이 의사인데, 살인범으로 남고 싶지는 않았습니다. 죄송합니다.

뚝, 전화가 끊겼다.

강신진 법원장의 얼굴이 악마처럼 변해간다.

의사가 그의 앞에 있었다면 찢어 죽일 것 같은 분위기다.

잠시 그렇게 분노를 참던 강신진 법원장이 고개를 틀어 이한영을 향했다.

"모임에서 만났던 부장판사들 기억하지? 모두 내 방으로 오라고 전해."

"네?"

"당장!"

"네, 알겠습니다."

이한영은 고개를 숙였다.

강신진 법원장은 평소와 달리 거친 음성으로 말하고 있다. 지금껏 느긋하던 그와는 전혀 다른 모습이다.

고개를 숙인 이한영은 강신진 법원장의 반응을 즐기며 미소를 지었다.

그리고 잠시 후, 법원장실의 긴 테이블에는 스무 명이 넘는 판사들이 앉았다. 하지만 단 한 사람의 숨소리조차 들리지 않는다. 부장판사들은 그늘이 가득한 표정으로 강신진 법원장의 목소리만 기다리고 있었다.

지금껏 무거운 한숨만 내쉬던 강신진 법원장이 입을 연다.

"방법을 생각해봐. 내가 무너지면 너희도 끝이야."

그때 한 판사가 기다렸다는 듯 손을 들었다.

"동영상은 해결 방법이 있을 것 같습니다."

"말해봐."

"사망한 장유린 부장이 있다면 모를까, 앞에 선 남자가 법원장님이라는 것을 확인해줄 수 있는 사람은 없습니다. 닮았다는 것으로 몰아갈 수 있습니다."

다른 부장판사가 손을 든다.

"대화를 반복해서 들었지만 어느 사건의 누구를 무죄로 만들려 했는지 주어가 불분명합니다. 증거로 나와도 영향력은 없을 것 같습니다."

또 다른 부장판사가 입을 열었다.

"의사의 문제 역시 마찬가집니다. 저 의사의 개인적 발언일 뿐입니다."

강신진 법원장이 천천히 고개를 끄덕인다.

“그렇군. 갑자기 많은 일들이 터지다 보니 내가 흥분을 했나 봐. 자네들의 말을 들어보니까 별일 아니었어. 귀찮을 뿐이지.”

그들의 말을 이한영이 모두 듣고 있었다.

‘별일 아니라고? 기다려. 확실히 밟아줄 테니까. 다시는 일어설 수 없도록…….’

잠시 후, 법원장실에는 강신진 법원장만 남아 있었다. 그가 휴대폰을 들고 법무부 장관의 전화번호를 찾는다.

“지금 만나야겠습니다. 시간이 되는 사람은 모두 모일 수 있도록 해주세요.”

* * *

서초구에 있는 한정식집.

강신진 법원장에 의해 갑자기 만들어진 모임이지만 서른 명 가까운 사람들이 자리했다. 모두 오종진 서장의 입에서 이름이 불린 사람들이다.

그들은 무서운 눈으로 드림일보 사장 등 언론사 사장들을 쏘아보고 있었다. 오종진 서장의 입에서 자신들의 이름이 불렸는데, 가까운 사람들이라고 생각했던 언론사에서 기사를 올렸으니 마음에 들 리 없었다.

그들의 눈빛을 받으며 드림일보 사장이 더듬더듬 입을 연다.

“오늘 오종진의 입에서 나온 뇌물 명단, 그걸 기사로 쓰라고 한 것은 강신진 법원장의 지시였습니다.”

그 말에 모두의 시선은 강신진 법원장에게 향했다. 그 시선이 날카롭다.

법무부 장관이 말한다.

“강 법원장, 오종진, 그 새끼의 입에서 우리 이름이 나왔어요! 이거 강

법원장이 계획하고 있던 겁니까! 우리를 보내려고요!"

국토부 장관이 입을 연다.

"난 그 새끼를 본 적도 없어요! 만난 적도 없고요! 오종진이라는 이름도 오늘 처음 알았어요. 그런데 내가 돈을 받았다고? 강 법원장, 어떻게 책임질 겁니까!"

이들은 돈과 권력으로 맺어진 관계다. 언제든 끊을 수 있고, 한쪽이 틀어지면 가차 없이 짓밟을 수 있었다.

그리고 오늘의 타깃은 강신진 법원장이었다. 강신진 법원장은 눈을 감고 그들의 비난을 온몸으로 받았다. 한참 이어진 그들의 목소리가 잠잠해지고 나서야 강신진 법원장이 눈을 떴다.

"여러분께 묻겠습니다. 언론사를 불러서 오종진의 발언이 제가 기획한 것이라고 고해성사를 할까요? 아니면 의사에게 살인범을 죽이라고 했던 게 사실이라고 자백할까요? 그것도 아니라면 오늘 공개된 동영상의 주인공이 정말 나였다고 말할까요? 그러면 되겠습니까?"

모두 대답이 없다.

그러자 '쾅!' 강신진 법원장이 꽉 쥔 주먹으로 책상을 강하게 치며 말을 잇는다.

"해결을 생각해야지, 왜 탓을 하고 있습니까! 앞으로 큰일을 하셔야 할 분들이 이런 작은 일로 경거망동하면 되겠습니까!"

강신진 법원장이 입을 닫고 얼음장 같은 눈빛으로 사람들의 얼굴을 노려봤다. 공간은 점점 더 싸늘해진다. 사람들은 쭈뼛쭈뼛 눈치만 볼 뿐이다.

법무부 장관이 조심스레 입을 열었다.

"방법이 있습니까?"

"네, 있습니다. 언론사 사장님들, 앞으로 여러분의 힘이 필요해요. 오종진의 발언이 상대 정치인들의 공작이었다고 만들어주세요. 그리고……."

모임이 끝났다.

모든 사람들이 돌아간 자리엔 강신진 법원장과 검찰총장만 남아 있었다.

강신진 법원장이 입을 연다.

"나머지는 모두 혐의일 뿐이에요. '아니었다', '모른다'로 넘어갈 수 있는 거죠. 하지만 이런 상황에 박철우가 가진 증거가 공개되면……."

검사장이 착잡한 표정으로 말한다.

"그래서 박철우를 인천으로 보냈잖아요. 법원장께서 다 해결한다면서요?"

강신진 법원장의 입에서 작게 한숨이 흘렀다. 원래는 며칠 더 시간이 걸리더라도 모두 검사장의 짓으로 만들려고 준비하는 중이었다.

하지만 지금은 시간이 없다. 직접 움직여야 한다. 강신진 법원장도 궁지에 몰린 상태였다. 강신진 법원장이 휴대폰을 꺼내 지도를 검색한다.

"박철우에게 연락해서 이 부두로 가라고 해주세요. 폐쇄된 지 오래되어 사람도 없고 조용한 곳입니다."

박철우 검사의 무덤이 될 곳이다.

검사장이 눈을 동그랗게 뜬다.

"지, 지금요?"

"네, 처리해야죠."

검사장은 망설인다. 강하게 나갔지만 막상 그 상황을 마주하니 겁이 나는 모양이다. 검사장이 강신진 법원장의 눈빛을 피해 고개를 숙인다.

"낮에 다른 부장검사에게 들어보니까, 오늘은 박철우 검사 딸의 생일이라고 하던데요. 생일에 아빠 장례식을 치르면……."

강신진 법원장이 고개를 저었다.

"오늘은 박철우의 장례식이 될 수도 있지만 우리가 끝나는 날이 될 수도 있어요. 결정하세요."

* * *

판결문을 쓰던 이한영이 고개를 틀어 창밖을 본다.

여전히 비가 내리고 있다. 시각은 오후 2시밖에 되지 않았지만 해가 뜨지 않아 그런지 한밤중처럼 느껴진다.

휴대폰이 울렸다. 석정호다.

–한영아, 뭔가 이상해.

"뭐가?"

–강신진이 키우는 양아치들 있잖아? 지금 인천으로 간대.

재판이 시작되기 전, 이한영은 석정호에게 전화를 걸었다. 그때 이한영의 목소리가 이상하다고 생각했는지 석정호는 평소 연락하던 양아치들을 찾아갔고, 지금 인천으로 간다는 이야기를 들었다.

이한영이 다급히 물었다.

"몇 명이나 돼?"

–이쪽에서 출발하는 것은 열 명 정도. 다른 쪽은 몇 명인지 모르겠어.

"검사님 옆에 네 밑의 애들 몇 명 보냈어?"

–어? 지금 가능한 애들 다 가라고 했는데, 애들이 양평에 있잖아. 비 때문에 입구부터 막히는 것 같아. 어? 양아치들 출발한다. 쟤들은 날 의심하지 않는 것 같으니까, 나 일단 쟤들 차 타고 갈게.

"부탁한다."

–걱정하지 마, 흐흐.

석정호는 애써 여유로운 척 웃어 보였다.

통화를 종료한 이한영은 곧바로 재킷을 걸쳤다.

그리고 윤슬혜, 이소이 판사에게 간다는 말도 전하지 않고 빠르게 사무실을 벗어났다.

창밖에서 번쩍 번개가 쳤다.

차에 오른 이한영은 휴대폰을 귀에 댔다.

"검사님? 어디세요?"

ㅡ하…… 검사장 이 새끼가 부두로 가라네요. 비 엄청 오고 있는데…….

"어디 부두예요?"

ㅡ작은 공장 많은 곳 있잖아요?

"주소요!"

ㅡ주소?

박철우 검사에게 위치를 들은 이한영의 얼굴이 일그러졌다. 지금껏 기억의 수면 아래에 있던 장소가 박철우 검사의 말을 들으며 떠올랐다. 그곳은 전생에서 박철우 검사가 죽은 장소다.

'젠장, 도대체 뭐가 어떻게 되어가고 있는 거야?'

이번에도 그 장소가 같다. 박철우 검사가 전생에서 무슨 짓을 하다가 사망했는지 빤히 예상되고 있다.

이한영이 간절한 목소리로 입을 열었다.

"검사님, 가지 마세요."

ㅡ왜요?

"위험해요."

ㅡ흐흐흐, 또 궁예 짓 하시네. 그런데 난 슈퍼맨입니다.

"검사님, 제발 가지 마세요. 강신진이 기기로 깡패들을 보낼 수도 있어요."

박철우 검사는 다짜고짜 가지 말라는 말을 들을 사람이 아니다.

ㅡ검사가 깡패 무서워하면 옷 벗어야죠. 나 배터리 없어요. 퇴근할 때 딸내미한테 전화하려면 아껴야 해요. 그럼 밤에 봐요. 한 10시면 될 거예요.

뚝, 전화가 끊겼다.

다시 전화를 걸어봤지만 배터리를 아끼려 하는지 전원을 꺼놨다.

이한영은 눈을 질끈 감는다.

"하……."

입에서 한숨만 흐른다.

가슴은 답답하고 미칠 것만 같다.

잠시 그렇게 있던 이한영이 고개를 저었다. 이럴 때일수록 냉정해야 한다. 머리를 차갑게 만들고 최대한 이성적으로 생각해야 한다.

'지금은 석정호를 믿어야 해. 그런데 강신진이 석정호가 양아치들과 함께 부두로 간다는 걸 알게 되면 문제가 생길 수도 있어. 그걸 막으려면…….'

이한영은 휴대폰을 귀에 댔다. 의사에게 거는 거다. 통화 연결음이 이어지고 의사의 힘없는 목소리가 들렸다.

―네…….

"부탁 하나만 합시다."

―시키는 대로 다 했잖아요! 뭘 더 하라고요!

"강신진에게 연락해서 곽순원이 의식을 차릴 것 같다고 전해주세요."

―엥?

"곧 깨어날 것 같다고 알려주면서 의식이 없어도 강신진이 했던 말을 모두 들었을 수 있다고 전하세요."

수화기 너머로 의사의 한숨 소리가 들렸다.

그가 말한다.

―……그러면 제가 얻는 게 뭐죠?

"없는 죄까지 얻고 싶지 않으면 시키는 대로 해, 새끼야."

그 목소리가 위협적이었나 보다.

―……네.

의사와의 통화를 종료한 이한영은 다시 휴대폰을 귀에 댔다.

"기자님, 지금 어디예요?"

송나연 기자다.

―바다요! 바람 완전 세게 불어요! 비도 오고 파도도 멋져요!

"거기서 경기도 외곽까지 가려면 얼마나 걸릴까요?"

위치를 들은 송나연 기자가 입을 연다.

–차만 안 밀리면 두 시간 정도?

"위치 보내 드릴게요. 바로 출발해주세요."

–지금요? 저 여기에 온 지 얼마 안 돼서 몰래 이탈하다가 걸리면…….

"부탁드려요."

–에휴, 알았어요. 위치 보내주세요.

이한영은 이번엔 김진아 검사에게 전화를 걸었다.

"검사님, 증거품 보관실에 들어가실 수 있나요?"

–증거품 보관실요? 아는 사람을 통하면 들어갈 수 있겠죠.

"그럼, 지금 당장 중앙지검으로 와주세요."

–네?

"지금 당장요!"

이한영은 그녀의 대답을 듣지 않고 휴대폰을 조수석에 던졌다. 그리고 액셀을 힘차게 밟았다. RPM이 끝까지 올라가며 자동차의 엔진이 굉음을 울린다. 이제는 박철우 검사를 구하러 갈 시간이다.

그 시각, 박철우 검사는 부두에 도착했다.

하늘을 보니 말 그대로 비가 퍼붓는 중이다. 우산을 펴고 차에 등을 기댄 박철우 검사가 담배를 입에 문다. 흐릿한 연기를 보던 그가 고개를 젓는다. 이한영의 간절한 목소리가 마음에 걸려서다.

"에이, 찝찝하게. 대한민국 검사가 깡패 무서워서 몸 사리면 안 되는 건데……."

잠시 그렇게 담배 연기를 내뿜던 박철우 검사는 휴대폰을 쥐고 전원을 켰다. 배터리가 8퍼센트 남아 있는 걸 보며 이한영에게 메시지를 적는다.

–혹시나 내가 잘못되면 정다운은행의 대출 기록은 옥탑방의 화장실 물 내리는 곳에 넣어 뒀으니까 잘 해결하세요. 하지만 내가 잘못되지 않으면 그 사건, 내 거니까 건들지 마세요.

메시지를 보낸 박철우 검사는 다시 휴대폰을 종료했다. 그의 입에서 뿌연 담배 연기가 흐른다.

* * *

석정호는 승합차에 타고 있었다. 운전을 하던 양아치가 석정호를 보며 말한다.

"어이, 곰탱이. 우리 어디로 가는지 알고 따라온 거야? 술 먹으러 가는 거 아니야."

"엥? 술 먹으러 가는 거 아니었어?"

석정호가 능청스럽게 답하자 양아치가 킬킬대며 번쩍이는 칼을 들어 보인다.

"사람 죽이러 가. 너 사람 죽여본 적 있어?"

"없는데……."

"그럼 경험 한번 해봐. 남자로 태어났으면 모든 경험을 다 해봐야지, 흐흐흐."

양아치는 사람을 죽이는 게 자랑인 것처럼 웃는다. 그때 조수석에 앉아 있던 빡빡머리가 입을 연다.

"그런데 누구 죽이라는 거야?"

"검사래. 뒤는 봐주겠대."

"얼마 받았어?"

"몰라. 일 끝나면 확인해봐야지, 흐흐흐."

이들은 강신진 법원장의 지시를 받는 양아치들이다. 하지만 정작 지시를 내린 사람이 누군지는 모른다. 언제나 대포폰을 통해 연락받고 대포통장으로 돈을 받기 때문이다. 그 전에는 장태식 사장의 비서가 이들에게 연락했지만 지금은 강신진 법원장이 직접 지시를 내리고 있다.

석정호가 입을 열었다.

"그럼 전홍철 형님이나 다른 형님들도 오는 거야?"

전홍철은 강신진 법원장의 경호를 하는 사람 중 하나. 깡패로 위장하여 양아치들을 관리하고 있었다.

운전하던 양아치가 말한다.

"그런 형님들은 이런 짓 안 해. 그래서 난 너도 안 따라올 줄 알았어. 너도 그 형님 쪽이잖아?"

강신진 법원장은 석정호도 자신의 경호 라인으로 키울 생각이었다.

석정호가 입을 연다.

"그 형님 쪽이라니, 그냥 얼굴만 아는 사이지. 그런데 검사를 죽이러 이렇게 몇 명이나 가는 거야?"

"일은 완벽히 해야 하는 거 몰라? 우리 말고 두 팀 더 갈 거야."

"그럼 한 서른 명?"

"응, 그쯤."

석정호가 한숨을 내뱉었다.

'서른 명?'

석정호 혼자 상대할 수 있는 숫자가 아니다.

'젠장, 경호하는 놈들이 없는 걸 다행으로 여겨야겠네.'

강신진 법원장이 경호팀까지 가세했다면 승산은커녕 도망칠 가능성도 없었다. 하지만 그나마 다행이다. 양아치들만 있다면 도망칠 수는 있을 거다.

이한영은 막 고속도로에 올랐다.

세차게 내리는 비 때문에 와이퍼는 쉬지 않고 좌우로 흔들리고 있다. 그때 휴대폰의 진동이 울렸다. 전화를 들어 확인하자 석정호에게서 짧은 메시지가 와 있다.

—서른 명 정도 된대.

그 시각, 비 오는 부둣가를 검은 우산을 들고 홀로 걷는 사람이 보였다.

박철우 검사다.

잠시 걸음을 멈춘 박철우 검사가 주변을 둘러봤다. 예전에는 많은 배들이 오갔을 곳이지만 지금은 폐쇄된 지 오래되어 을씨년스러운 분위기만이 느껴진다.

"아무도 없잖아?"

분명 검사장에게 전화받았을 때 오늘은 밀항선과 범죄자가 만나는 날이라고 했다. 하지만 누구 하나 보이지 않는다. 이따금 번개가 내려치며 세상을 번쩍이게 만들었고 집채만 한 파도가 넘실거릴 뿐이다.

거친 바다를 보던 박철우 검사가 고개를 젓는다. 생각해보면 비도 많이 오고 바람도 심하게 부는 날에 배가 뜰 리 없다. 아무리 밀항선이라 해도 이런 날씨는 피할 게 분명하다.

하지만 검사장은 오늘 밀항선이 온다고 했다.

'검사장, 나를 이곳으로 보낸 이유가 뭐야?'

박철우 검사의 귓가에 이한영의 간절한 목소리가 들리는 것 같았다.

—검사님, 제발 가지 마세요. 강신진이 거기로 깡패들을 보낼 수도 있어요.

박철우 검사가 씁쓸한 미소를 그리며 담배를 입에 물었다. 그의 입에서 담배 연기가 흐른다.

"오늘부터 금연이네."

박철우 검사가 언제나 해왔던 말이 있다. 담배를 끊는 날이 자신이 죽을 날이라는 말이다. 그는 담배 연기를 깊게 빨아들인다. 그를 향해 저벅저벅 걸어오는 검은 그림자가 있지만 아랑곳하지 않고 담배 연기를 내뿜는다.

박철우 검사가 다시 담배를 빨아들이며 자신에게 다가오는 사내들을 향해 고개를 틀었다. 열 명 정도의 남자들이 날카로운 칼을 손에 들고 있다. 천둥이 치며 하늘이 번쩍거린다. 동시에 그들이 손에 든 칼날 역시 무서울 정도로 시리게 번쩍인다.

박철우 검사가 담배 연기를 내뿜으며 말했다.

"번개 칠 땐 쇠붙이를 들고 있으면 안 돼."

"박철우?"

박철우 검사가 필터만 남은 담배를 땅에 떨어뜨리며 고개를 끄덕인다.

"그래, 내가 박철우다."

* * *

강신진 법원장은 뒷짐을 진 채로 창밖을 보고 있었다.

창문으로 빗물이 흘러내려 앞이 보이지 않지만 강신진 법원장은 그 자리를 떠나지 않는다.

손에 쥔 강신진 법원장의 휴대폰이 진동했다.

"네, 강신진입니다."

–드림일보 사장입니다.

"말씀하세요."

–장용현 회장의 셋째 아들에게 연락이 왔는데, 법원장과의 만남을 나중으로 미루자고 하네요.

포털사이트의 실시간 검색어와 메인에 올라온 기사 등은 모두 강신진 법원장을 겨누고 있었다. 검찰의 조사도 시작되지 않았지만 여론은 이미 강신진 법원장이 모든 죄를 저지른 것처럼 난리가 났다. 그도 그럴 것이 오종진 서장의 발언부터 의사의 자백, 그리고 장유린 부장의 동영상까지 일시에 모든 일이 한꺼번에 터졌다.

강신진 법원장이 입을 연다.

"앞으로 일주일간만 제 기사를 쓰지 말아 주세요. 그럼 대중은 어떤 것도 기억하지 못할 겁니다. 언제나 그래 왔으니까요. 그리고 그때 다시 셋째 아들에게 저와 만나라고 이야기해주세요."

—알겠습니다. 다른 언론사의 사장들에게도 법원장의 기사를 쓰지 말라고 연락해 두겠습니다.

강신진 법원장은 통화를 종료했다. 그의 시선이 다시 창밖을 향한다.

'비 온 뒤의 땅은 더 굳어지는 법. 지금 이건 나의 세상이 오기 전 마지막 시련이야. 박철우가 죽고 은행의 대출 비리가 덮어지면, 나머지로는 내 죄를 증명할 수 있는 게 없어. 비가 내리며 내 죄는 씻겨 내려갈 거야. 여기까지 오는 동안 손에 묻힌 피를 모두 씻어버리는 거야. 새로운 세상에서는 깨끗한 정신과 몸으로 임하라는 하늘의 명령이야.'

그때 그의 휴대폰에 진동이 울렸다. 의사다. 발신 번호를 확인한 강신진 법원장의 눈썹이 꿈틀댄다.

'이놈이 왜?'

배신한 놈이 전화할 이유가 없다.

강신진 법원장이 휴대폰을 귀에 대자 의사의 다급한 목소리가 들려왔다.

—곽순원이 눈을 떴다 감았습니다. 곧 의식이 깨어날 것 같습니다!

"깨어날 것 같다고?"

—네! 걱정되는 것은 이놈이 우리의 대화를 들었을 수도 있다는 거예요! 식물인간인 채로 있던 인간들이 깨어난 후에 그간 모든 대화를 듣고 있었

다고 말하기도 하잖아요!

강신진 법원장의 얼굴이 찌푸려진다.

"가능성은?"

-그동안의 생체 활동으로 봐서는 가능성이 커요. 이거 어쩌죠? 이놈이 우리의 대화를 들었다면…….

"죽여."

-전 할 수 없어요! 알잖아요? 나 지금 불구속 상태에요!

강신진 법원장이 버럭 소리를 지른다.

사실, 곽순원은 아직도 전혀 의식이 없는 상태였다. 의사는 이한영의 지시를 받은 그대로 강신진 법원장에게 전하고 있을 뿐이다.

하지만 상황을 모르는 강신진 법원장은 버럭 소리를 지른다.

"죽이라고!"

* * *

아스팔트를 때리는 빗소리에도 박철우 검사의 거친 숨소리는 선명하게 들리고 있다. 녹슨 컨테이너 박스에 등을 기댄 박철우 검사가 고개를 든다.

박철우 검사의 얼굴은 만신창이다. 코에서는 걸죽한 피가 뚝뚝 떨어지고 있다. 그의 앞에는 칼과 야구방망이 등을 손에 쥔 스무 명 가까운 남자들이 보인다.

한 남자는 박철우 검사의 휴대폰을 손에 쥐고 있다.

"지금 이 새끼 휴대폰 확인했습니다. 궁예라는 전화번호로 메시지를 보낸 게 있는데요."

통화하는 상대는 강신진 법원장이었다.

-뭐라고 적혀 있지?

"정다운은행의 대출 기록을 옥탑방의 화장실 물 내리는 곳에 넣어 뒀다네요.”

–옥탑방?

“네.”

–박철우 자동차의 블랙박스 확인해봐. 주택가로 들어가는 게 있으면 휴대폰 영상으로 찍어서 보내.

“알겠습니다.”

전화를 끊은 남자가 턱짓을 하자 한 남자가 박철우 검사의 자동차로 걸어간다. 그러자 남자의 시선이 박철우 검사에게 향한다.

“검사 아저씨, 이제 다 도망간 거죠?”

“씨발…….”

박철우 검사가 소매로 입가에 흐르는 피를 닦는다. 얼마나 뛰어다녔는지 그의 다리는 후들후들 떨리고 있다.

앞서 나온 남자가 옆에 선 사내에게 묻는다.

“저 정도로 다쳤으면 자동차 폭파 사고나 화재 사고로 위장해야 안 걸리려나?”

“바다에 던졌다가 떠오르면 문제가 되니까, 폭파가 좋겠네.”

그들은 검사를 앞에 두고 낄낄거리고 있다.

박철우 검사가 어이없다는 듯 고개를 젓는다.

“너희들, 대한민국 검사를 건드는 게 어떤 의미인지 모르는 거지?”

그 말에 앞서 나왔던 남자가 놀란 눈으로 박철우 검사를 본다.

“와, 이 아저씨 웃기네. 지금도 입이 살았어. 아저씨, 우리는 법 없이도 사는 사람들이야. 아저씨 같은 검사는 안 무서워, 크크크.”

뭐가 웃긴지 혼자 낄낄대며 웃던 남자가 몸을 돌려 뒤에 선 양아치들에게 말한다.

“시작해. 입부터 찢어버려. 다시는 헛소리하지 못하게.”

그 말에 칼과 야구방망이 등을 든 양아치들이 저벅저벅 박철우 검사를 향해 다가간다. 그때 그들의 뒤로 승합차가 섰다.

"야, 멈춰! 우리도 같이 해!"

"우리도 일을 해야 돈을 받아도 미안하지 않지!"

장난 같은 목소리에 박철우 검사의 시선이 승합차로 향했다.

차에서 열 명이 내린다. 박철우 검사의 미간이 찌푸려졌다. 지금 스무 명으로도 미치겠는데, 열 명이 추가되자 돌아버릴 것만 같았다.

그런데 낯익은 얼굴이 보인다. 쇠 파이프를 손에 든 석정호다. 눈을 가늘게 뜨고 보던 박철우 검사가 석정호와 눈이 마주치자 고개를 저었다.

'나 알은척하지 마요. 그냥 모른 척해요. 그러다 같이 죽어요.'

하지만 석정호는 양아치들을 뚫고 박철우 검사를 향해 다가온다.

"비 많이 맞았네요?"

"씨발, 모른 척하라니까."

"어떻게 모른 척해요? 비 많이 맞아서 감기 걸릴 것 같은데."

박철우 검사가 한숨을 내뱉었다.

"지금 감기가 문제예요?"

"다른 상처는 빨간약 바르면 나아, 흐흐."

분위기와 어울리지 않는 석정호의 목소리에 박철우 검사가 그만 픽 웃어버린다.

"감기는 소주에 고춧가루 타서 먹으면 싹 낫는다네요."

"그것도 그러네요. 그럼 오늘 밤엔 소주에 고춧가루, 어때요?"

두 사람의 대화를 듣던 양아치 중 한 명이 입을 연다.

"저 새끼 뭐 하는 거냐?"

"병신아 나와."

"야, 저 새끼 사람 죽여본 적 없대. 오늘이 첫 경험이라니까 좀 봐줘라."

석정호가 그들을 향해 몸을 돌렸다.

"아, 미안. 나 검사님 편이야."

"뭐라는 거야?"

석정호가 쇠 파이프를 들어 올린다. 그리고 '쾅!' 아스팔트를 내려찍었다. 한순간에 주변이 적막해졌다. 그러자 석정호가 귀신같이 변한 얼굴로 무섭게 노려보며 입을 연다.

"지금부터 이쪽으로 오는 새끼는 뒈진다."

* * *

쏴, 빗소리만 들리고 있다.

툭, 툭. 피가 떨어졌다. 하지만 떨어진 핏물은 곧 빗물에 씻겨 내려간다.

쇠 파이프를 손에 든 석정호는 고개를 숙이고 있었다. 그리고 그 뒤에 선 박철우 검사의 몸에서도 붉은 피가 계속해서 흘러내리고 있지만, 그는 피를 토하듯 외쳤다.

"야 이 개새끼들아!"

가장 앞에 선 양아치가 코에 묻은 피를 슥 닦는다.

"씨발……."

서른 명에 가까웠던 양아치들도 어느새 그 숫자가 열 명 정도만 남아 있었다. 나머지는 모두 아스팔트 바닥에 널브러져 있다.

하지만 여기까지다. 더 이상 움직이지 않던 석정호의 무릎이 무너지듯 주저앉는다. 힘이 다한 거다.

가장 앞에 선 양아치가 야구방망이를 꽉 쥐며 석정호를 향해 다가간다.

"이제 죽어라, 제발……."

양아치가 야구방망이를 하늘을 향해 들어 올린다. 노리는 것은 석정호의 머리다. 야구방망이를 내려친다면 석정호는 정말 끝이다.

박철우 검사가 석정호를 보호하기 위해 엉금엉금 기어간다.

"안 돼, 안 돼, 안 돼!"

온몸에서 사지를 찢는 고통이 느껴졌지만 박철우 검사는 계속해서 기어간다.

그 모습을 보던 양아치가 낄낄 웃는다.

“비참하게 기는 게 꼭 개 같네. 하지만 늦었어, 새끼야. 킬킬킬.”

그리고 양아치는 야구방망이를 쥔 손에 힘을 꽉 줬다. 이제 석정호의 머리를 내려치려 하는 거다.

박철우 검사가 눈에 핏발을 세웠다.

“안 돼!”

탕!

총소리가 울렸다. 모든 사람들의 시선이 총소리가 나는 곳으로 틀어졌다.

권총을 손에 든 사람, 이한영이다.

이한영이 양아치들에게 총을 겨눈 채 입을 열었다.

“꿇어.”

양아치들의 눈이 찌푸려진다.

“저 새끼는 뭐야?”

“하, 씨발. 대한민국에 총 갖고 장난치는 새끼도 있…….”

타앙!

다시 총성이 울렸다.

양아치들의 얼굴은 딱딱하게 굳어갔다. 이한영은 정확히 양아치들을 겨누고 있었다. 빗맞았을 뿐, 정확히 양아치들을 노리고 방아쇠를 당겼다.

놀란 양아치들을 보며 이한영이 말한다.

“내가 일반 보병 출신이라 권총은 처음이거든? 다리부터 쏘고 이런 거 몰라. 그냥 쏘기 좋은 몸통을 노릴 뿐이지. 그러니까 총 맞고 싶지 않으면 꿇어.”

이한영의 눈빛을 보면 진짜 쏘려 한다는 것을 알 수 있다. 양아치들이 쭈뼛쭈뼛 눈치를 본다.

그러자 이한영의 목소리가 터져 나온다.

"씨발, 꿇어!"

타앙!

동시에 양아치들은 다급히 무릎을 꿇었다.

이한영은 그들에게 겨눈 총을 거두지 않고 석정호와 박철우 검사에게 향했다.

"괜찮아요?"

박철우 검사가 울먹이는 목소리로 말한다.

"난 괜찮은데, 정호 씨가……."

이한영이 힐끗 석정호를 바라봤다. 온몸이 피투성이, 곰 같은 놈이 의식을 잃고 쓰러져 있다. 이한영은 입술을 꽉 깨물며 최대한 이성의 끈을 놓치지 않으려 한다.

"괜찮을 거예요. 정호는 괜찮을 거예요. 괜찮지 않으면 저 새끼들 다 죽여버릴 거예요."

그때 이한영의 다리에 툭, 석정호의 손이 닿는다. 석정호가 자신은 괜찮다는 표현으로 겨우 손가락을 하나 움직여 보인다.

이한영이 입술을 꾹 깨문다.

"조금만 참아."

멀리서 경찰차의 사이렌 소리가 들려왔다.

* * *

강신진 법원장은 옥탑방에 서 있었다.

그의 눈동자가 화이트보드에 붙은 자신의 사진에 멎어 있다.

'내 사진? 내가 목표였다는 건가?'

강신진 법원장은 옥탑방을 둘러본다. 하지만 어디에도 누가 이곳을 이용하는지 알 수 있는 흔적이 없다.

강신진 법원장이 작게 한숨을 내뱉었다.

'그런 것이야 천천히 알아보면 될 일이고…….'

강신진 법원장은 화장실로 향한다. 그리고 변기의 수조를 열어 본다. 봉투에 담긴 서류가 보인다. 박철우 검사가 숨겨둔 정다운은행의 대출 기록이다.

강신진 법원장이 크게 웃기 시작했다.

"끝났어! 이제 내가 저지른 죄는 존재하지 않아! 곽순원만 영원히 입을 다물게 만들면 난 무결한 사람이 되는 거야!"

그 시각.

들것에 실려 앰뷸런스에 오르는 석정호를 보며 박철우 검사가 이한영에게 말한다.

"강신진이 정다운은행의 대출 기록을 찾아냈어요. 내 차의 블랙박스를 통해 옥탑방의 위치도 알아냈으니 아마……."

"지금쯤 소각했겠죠."

"하, 씨발……."

박철우 검사가 한숨을 내뱉으며 고개를 저었다.

이한영이 작게 미소를 그린다.

"걱정하지 말고 검사님도 치료 잘 받으세요."

"아뇨, 난 괜찮아요. 지금이라도 서울에 올라가서 저 양아치 새끼들을 취조하지 않으면……."

"치료받고 하세요."

"아뇨."

박철우 검사는 경찰에 끌려가는 양아치들을 향해 가려 했다. 하지만 극심한 고통에 한 발짝도 떼지 못했다.

이한영이 입을 열었다.

“치료 잘 받아야 늦게라도 딸에게 생일 축하 인사를 해주죠. 그러니까 어서 가세요. 나머지는 내게 맡기고요.”

박철우 검사가 고개를 끄덕였다. 그도 자신의 몸이 버티지 못한다는 걸 이제야 깨달았나 보다.

“알겠어요. 믿고 맡기겠습니다. 아, 그런데 총은 어디서 난 거예요?”

이한영이 자신의 품을 툭툭 치며 답한다.

“이거요? 김진아 검사랑 중앙지검 증거 보관실에 가서 슬쩍했어요, 검사님 이름으로…….”

“잉? 나?”

“네.”

“징계받겠네요?”

“아마?”

박철우 검사가 허탈한 웃음을 지으며 고개를 저었다.

“목숨도 구해주고 징계도 받게 해주고, 정말 감사합니다.”

박철우 검사와 석정호가 탄 앰뷸런스가 자리를 떠났다. 이어서 경찰차도 떠나며 현장에는 이한영만 남게 되었다. 이한영도 비를 맞아 젖은 머리를 뒤로 넘기며 자신의 차로 향한다.

박철우 검사와 대화할 때는 온화했던 그의 눈빛은 지금 악귀처럼 변해 있었다.

* * *

경기도 외곽의 병원, 강신진 법원장의 차가 주차장으로 들어섰다. 우산을 펼친 후 차에서 내린 그가 휴대폰을 귀에 댄다.

“CCTV는?”

–모두 꺼뒀습니다.

“곽순원의 병실이 있는 층은?”

–모두 비웠습니다. 간호사들도 그 층에는 없습니다.

“내가 여기로 온 것을 아는 사람은?”

–없습니다.

“그래, 잘했어. 자네는 앞으로도 계속해서 오늘과 같은 내일을 살게 될 거야.”

그가 통화하는 사람은 이 병원의 병원장이었다. 전화를 끊은 강신진 법원장이 뚜벅뚜벅 병원으로 들어간다.

잠시 후 강신진 법원장은 차가운 눈으로 곽순원의 얼굴을 보고 있다. 의식 없이 병원에만 있어서 그런지 곽순원의 얼굴은 창백하다.

그가 낮은 목소리로 입을 연다.

“내가 직접 할 줄은 몰랐어…….”

강신진 법원장은 언제나 타인의 손을 빌려 사람을 죽여 왔다. 지금처럼 누군가를 직접 해친 적은 없었다.

하지만 오늘은 그가 나섰다. 양아치들이 모두 박철우 검사를 죽이러 갔기 때문에 시킬 사람이 없어서다. 물론 더러운 짓을 서슴없이 해주는 경호원들이 남아 있었지만 누구에게도 곽순원이라는 마지막 치부를 알리고 싶지는 않았다.

강신진 법원장이 말한다.

“미안하다, 순원아. 넌 너무 많은 것을 알고 있어. 네가 죽으면 날 위협하는 사람은 이 세상에 존재하지 않아. 너를 죽임으로써 내 몸에 묻은 피가 씻겨 내려갈 거야.”

강신진 법원장의 손이 천천히 호흡기로 향했다.

의식이 없는 곽순원은 자신이 죽는다는 것도 모른 채 삶을 연명하기 위해 계속 숨을 쉬고 있다. 김이 서렸다가 사라지기를 반복하는 호흡기에 강신진 법원장의 손이 닿았다.

강신진 법원장이 충혈된 눈으로 입을 연다.

"난 고아, 넌 창녀의 아들. 대한민국에서 우리 같은 놈들이 인간답게 사는 방법은 단 하나였어. 남의 약점을 쥐고 협박하고 죽이면서 힘을 얻는 것. 그리고 난 힘을 얻었어. 밑바닥에서부터 아득바득 기어오르며 거짓된 인간들을 움직일 수 있는 권력을 쥐었어!"

천둥과 함께 번개가 번쩍였다.

강신진 법원장이 강한 목소리로 말을 잇는다.

"순원아, 네가 다시 태어날 세상은 아름다울 거야. 네가 고아든 창녀의 아들이든 지금과 다른 좋은 세상일 거야. 지금의 우리처럼 그렇게 살지 않아도 될 거야. 내가 그렇게 만들 거니까."

강신진 법원장이 곽순원의 입에서 산소호흡기를 벗겨냈다.

삐이이이이이!

차가운 기계음이 병실을 채운다.

강신진 법원장이 핏줄이 죽죽 그어진 눈으로 곽순원을 보며 말한다.

"부정을 저지르며 만든 힘, 좋은 세상을 위해 쓸게. 그러니 넌 좋은 밑거름이 되어라. 내가 네 이름을 영원히 기억할 거야."

그때, 바스락.

어떤 소리가 들렸다. 강신진 법원장의 시선이 다급히 움직였다. 화장실 쪽에서 나는 소리다.

강신진 법원장이 무서운 눈빛으로 화장실을 향해 걸어갔다. 그리고 확! 문을 열어젖혔다. 카메라를 들고 있는 송나연 기자가 보였다. 강신진 법원장의 무서운 얼굴에 송나연 기자가 가늘게 몸을 떤다.

"드, 드림일보 송나연 기자입니다."

콱!

강신진 법원장의 두터운 손이 송나연 기자의 목을 쥐었다.

"컥!"

송나연 기자가 고통스러운 신음을 흘린다.

강신진 법원장이 무표정한 얼굴로 입을 연다.

"죽어."

"컥! 컥!"

송나연 기자가 강신진 법원장의 손을 떼어내려 했지만 무리였다. 얼마나 세게 쥐었는지 강신진 법원장의 손에 핏줄이 돋아나고 있다.

병실에서는 '삐' 소리와 송나연 기자가 컥컥대는 소리만 울리고 있다. 송나연 기자의 눈이 붉게 충혈된다.

"컥, 컥!"

"한 놈을 죽이나 두 놈을 죽이나 똑같아. 여기선 아무도 몰라!"

그때…….

"그만하지?"

강신진 법원장이 고개를 돌리는 순간, 강한 힘이 그를 밀친다. 거센 힘에 밀린 강신진 법원장은 잡았던 송나연 기자의 목을 놓치며 벽에 부딪쳤다.

강신진 법원장의 시선이 자신을 밀친 사람을 향한다.

"이한영?"

이한영은 강신진 법원장은 상관 않고 송나연 기자에게 다가선다.

"괜찮아요?"

송나연 기자는 자신의 목을 쥔 채 괴로운 표정으로 고개를 끄덕인다. 그리고 손가락으로 곽순원의 침대를 가리킨다.

"사, 산소호흡기요. 안 하면 저 사람 죽어요."

그녀는 지금 상황에서도 타인의 생명을 우선하고 있었다.

이한영이 널브러진 호흡기를 곽순원의 입에 댔다.

그러자 강신진 법원장이 말한다.

"너였나?"

이한영이 고개를 끄덕인다.

"응."

"네 목표가 나였나?"

"응."

"왜!"

강신진 법원장의 입에서 노기 어린 목소리가 터져 나왔다.

하지만 이한영은 담담하다.

"왜긴? 너 같은 새끼가 판사라는 게 꼴 보기 싫어서 그러지."

"내 말을 잘 따랐다면 부귀영화가 보장됐을 텐데, 새로운 세상을 볼 수 있었을 텐데……."

"안 봐도 돼."

강신진 법원장이 분노로 가득한 얼굴로 입을 연다.

"이한영 부장, 내일부터 어쩌려고 그러나? 설마, 날 정말 이길 수 있다고 생각한 건 아니지? 어떤 혐의를 갖다 씌워도 내게 유죄를 선고할 수는 없어. 너와 박철우가 갖고 있던 정다운은행의 비리는 이미 소각해 버렸어."

이한영이 송나연 기자가 손에 든 카메라를 가리켰다.

"네가 곽순원을 죽이려던 게 동영상으로 담겼을 텐데?"

"증거로 제출되면 폐기하면 그만이야. 행정 착오 등으로 없어지는 증거품이 얼마나 많은지 잘 알잖아?"

이한영이 픽 웃었다.

"다른 부장판사들을 믿고 있는 거야? 검사를 믿는 거고?"

"그래, 네가 갖지 못한 힘이지."

"네 생일이더라? 금고 비밀번호."

"그, 금고?"

"금고 좋은 거 쓰잖아? 휴대폰 확인해봐."

강신진 법원장이 휴대폰을 들어 본다. 금고가 열렸다는 메시지가 와 있다. 강신진 법원장의 얼굴이 썩어 들어가기 시작한다.

이한영이 말을 잇는다.

"그 안에 네가 믿는 부장판사, 검사, 장관, 의원 등의 비리가 한가득하다는데?"

얼마 전, 강신진 법원장은 유성그룹의 셋째 아들에게 줄 선물을 찾기 위해 금고를 열었다. 천장에 설치된 몰래카메라를 통해 그 장면은 그대로 노출되었고, 지금 석정호의 부하가 금고를 열어 확인하는 중이다.

강신진 법원장이 이한영을 노려본다.

"이한영……."

"그리고 대포폰과 대포 통장도 여러 개 있다던데? 그중엔 양아치들과 연결되는 것도 있지? 맞다. 네가 소각했다는 대출 기록 자료, 금고에도 있다더라?"

"이한영!"

"소리 지르지 마. 귀 안 먹었어."

"너 이 새끼……."

이한영이 고개를 저으며 손가락으로 병실의 문을 가리켰다.

"현행범 체포는 누구든 할 수 있지만, 특별히 불렀어."

강신진 법원장의 시선이 이한영의 손가락을 좇아 문으로 향한다. 그곳에 김진아 검사가 보였다.

강신진 법원장의 눈이 찌푸려진다.

"이한영!"

이한영의 이름을 외치는 강신진 법원장의 목소리는 비명과 같았다.

그와 달리 김진아 검사는 사무적인 목소리로 말한다.

"강신진 씨, 현 시각으로 당신을 살인미수 혐의로 긴급체포 합니다. 변호사를 선임할 권리가 있고 변명의 기회가 있으며 체포 구속적부심사를 법원에 청구할 권리가 있습니다."

강신진 법원장이 떨리는 눈동자를 감추며 애써 침착하게 말한다.

"긴급체포? 지금 나를 체포한다고? 이 자리에 있는 너희 모두는 후회하게 될 거야. 나를 건드린 게 어떤 의미인지 너희는 모르고 있어."

"후회 안 해."

김진아 검사가 강신진 법원장의 손목에 수갑을 채운다. 강신진 법원장은 자신의 손목에 감긴 수갑이 아직 낯선가 보다. 현실을 인정하지 않는지 이한영을 노려보고만 있다.

그 모습을 보며 이한영이 입을 열었다.

"법정에서 봅시다."

* * *

뉴스에서 아나운서의 목소리가 울리고 있다.

특검은 박광토 전 대통령과 서울중앙지방법원 강신진 법원장의 관계를 밝혀냈습니다. 살인미수 혐의를 받는 강신진 법원장은…….

채널이 돌아갔다.

장태식 사장과 강신진 법원장이 정다운은행의 돈을 불법으로 사용해 온 것이 드러났습니다. 이들은 차명계좌를 통해…….

또 채널이 돌아갔다.

장관 다섯 명과 차관 일곱 명, 검찰총장과 각 지검장 아홉 명, 대형 언론사의 사장 그리고 오십 명이 넘는 부장판사 등이 강신진 법원장의 지시를 받고 있던 것으로 알려졌습니다. 강신진 법원장은 언론사를 이용해 언론을 조작했고…….

채널이 다른 곳으로 이동했다.

강신진 법원장 게이트가 무섭게 번지고 있습니다. 현 대통령과의 관계도 있던 것으로 드러나고 있습니다.

또 채널이 변경된다.

특검이 유성그룹의 둘째 아들과 셋째 아들에게도 구속영장을…….

삑, 텔레비전이 꺼졌다.

백이석 대법원장의 시선이 옆에 앉은 이한영에게 향한다.

"강신진의 재판을 맡고 싶다고?"

"네."

"그래, 자네가 시작한 일이니 끝도 자네가 봐야겠지?"

"부탁드립니다."

백이석 대법원장이 몸을 일으켜 창가로 걸어간다. 그가 뒷짐을 진 채로 창밖을 보며 입을 연다.

"강신진을 보낸 후에는 어떻게 할 생각인가?"

거대 권력가들을 보내버린 게 이한영이라는 것을 일반 사람들은 모르지만 정치권 등에서는 이한영의 행동을 주시하고 있었다. 마음만 먹으면 강신진이 가졌던 권력의 힘이 이한영의 손에 들어올 수도 있는 일이다.

백이석 대법원장이 말한다.

"권력을 쥐기 전 사람들의 마음은 똑같아. 그 힘을 갖고 정의로운 곳에 쓰고자 하지. 하지만 그다음이 문제야. 사람은 변하는 존재니까."

즉, 법으로 모든 것을 판단하는 백이석 대법원장의 입장에서 이한영은 껄끄러운 존재로 변할 수도 있다는 말이다.

이한영 역시 백이석 대법원장의 우려를 알고 있었다.

그가 조용히 입을 연다.

"어떻게 하긴요. 언제나처럼 기록물을 읽고 판결문을 쓰겠죠. 그 이상은 바라지 않습니다. 계속 법원에 있고 싶습니다. 허락해주십시오."

백이석 대법원장이 고개를 끄덕였다.

"언제나처럼……."

"네, 언제나처럼."

백이석 대법원장이 몸을 돌려 이한영을 향한다. 그리고 엄숙한 목소리로 입을 연다.

"이한영 부장, 강신진의 재판을 맡도록 해. 단, 사사로운 감정은 집어넣지 말고 오로지 법으로만 판단할 것을 명령하네."

이한영이 자리에서 일어나 백이석 대법원장을 향해 고개를 숙였다.

* * *

"이 정도면 형량이 어느 정도야?"

"야, 같은 판사끼리는 서로 봐주고 그러는 거야. 몰라? 집행유예 나올걸."

"아니지. 이 정도로 알려졌으면 보여주기식으로 10년은 때리겠지."

"하긴, 담당 판사가 이한영이라니까 그럴 수도 있겠다, 흐흐."

강신진 법원장의 재판이 성큼 다가왔다. 세상은 어떤 판결이 나올지 기대하는 중이다.

그 시각, 이한영은 에스로펌의 대표이사실에서 유선철 대표와 마주 앉아 있었다.

이한영이 테이블에 서류를 올려 둔다.

"원래, 제가 공개할 생각이었습니다."

유선철 대표의 시선이 테이블에 올려진 서류로 향한다.

그러자 이한영이 말을 이었다.

"이 안에 든 모든 것, 대표님이 떠안아주셨으면 합니다."

유선철 대표가 서류를 손에 쥐었다.

서류를 보는 그의 얼굴이 딱딱하게 굳어간다. 그 안에는 에스로펌의 비리가 가득했다.

"어, 어떻게 이걸……."

이한영은 전생에서부터 에스로펌과 지겨울 정도의 악연을 맺고 있었다. 그들이 가진 비리를 기억하는 것은 어렵지 않은 일이었다.

이한영이 말한다.

"지금 세상은 박광토 전 대통령이나 강신진 때문에 시끄럽습니다. 대표님이 자수한다 해도 언론이 떠들지는 않을 겁니다."

"나보고 자수하라고?"

"네."

"네, 네가 지네 말을 따를 것 같니?"

이한영이 작게 한숨을 내뱉으며 고개를 저었다.

"제가 이 정도로 예의 있게 말하는 것은 모두 대표님의 딸 때문입니다. 그동안 정치인과 판사, 검사들에게 먹인 뇌물! 사건을 은폐하고 증거를 조작했던 정황! 모두 이 손으로 까발리고 싶지만 꾹 참고 있어요."

이한영의 눈빛은 날카로웠다. 독사 같은 눈빛을 가진 유선철 대표조차 그 눈빛을 피하며 마른침을 삼킨다.

이한영이 계속 말한다.

"치욕을 받으면서 법정에 서고 싶습니까? 아니면 조용히 가시겠습니까? 결정하세요."

"시, 시간을 주겠나?"

"대표님이 선택할 수 있는 것은 하나뿐이에요. 시간을 드릴 필요는 없을 것 같은데요."

유선철 대표의 주먹이 파르르 떨린다. 하지만 그 주먹과 달리 그는 고개를 끄덕끄덕하고 있다.

이한영이 자리에서 일어서며 입을 열었다.

"에스로펌 걱정은 하지 마세요. 대표님이 에스로펌을 처음 만들었을 때 생각했던 대로 사회의 약자를 위해 일하는 곳이 될 겁니다."

잠시 후 이한영은 대표이사실에서 나왔다.

조세헌 변호사가 벽에 등을 기대고 서 있는 게 보인다.

이한영이 그의 앞에 서서 입을 열었다.

"고생하셨어요."

"유성그룹, 우리 손에 들어올 수 있게 계속 작업할까요? 지금이 기회이기는 한데요."

"그렇게 되면 유성의 경영은 누가 할 거예요?"

"경영? 글쎄요. 솔직히 제가 할 수 있는 일은 아니잖아요? 이사진들도 줄줄이 교도소에 갈 것 같고……."

"제가 경영자를 추천해도 될까요?"

조세헌 변호가가 고개를 끄덕이자 이한영이 말을 이었다.

"대동전자라고 있어요."

대동전자는 대한민국의 미래를 이끌어 갈 차세대 기업으로 거론되는 곳이지만 이한영의 전생에서는 정부의 눈에서 벗어나 있었다. 그래서 당시 대동전자 사장은 이런저런 죄명으로 끌려와 만들어진 죄로 유죄를 선고받았었다. 그때 그에게 유죄를 선고한 사람이 이한영이었다. 물론, 이한영은 사장의 죄가 만들어진 줄 모르고 있었다.

잠시 전생의 기억을 더듬은 이한영이 입을 열었다.

"유성전자의 대표 자리는 대동전자 사장에게 맡겨보세요. 잘할 거예요."

"뭐, 고려해볼게요."

조세헌 변호사가 고개를 끄덕인다.

그리고 이한영이 옆을 스쳐 지날 때 조세헌 변호사가 툭 던지듯 말을 잇는다.

"유세희 본부장과 연락하세요?"

한정식집에서의 사건 이후로 이한영은 유세희와 연락하지 않고 있었다.

조세헌 변호사가 말한다.

"그때 내가 토사구팽당할 거라는 것을 어떻게 알고 판사님께 연락했는지 알아요? 유세희 본부장 책상에 적나라하게 적혀 있었거든요. 그때는 그냥 화가 났는데, 지금 생각해보면 유세희 본부장이 일부러 보여주기 위해 놔둔 것 같아요. 유세희 본부장이 그런 자료를 책상 위에 둘 정도로 멍청하지는 않잖아요? 그럼 그 계획을 본 내가 이한영 판사님에게 알릴 거라는 건 바보라도 예상할 수 있는 일이겠죠?"

"그래서요?"

"그렇다고요. 너무 미워하지 말라고요."

이한영은 대답하지 않고 조세헌 변호사의 옆을 스쳐 갔다.

건물 밖으로 나온 이한영은 몸을 틀어 에스로펌의 간판으로 시선을 옮겼다. 간판만 남긴 채 부숴버리려고 했던 곳이다. 에스로펌과 관련된 모든 사람들에게 후회만 남기게 해주고 싶었다.

하지만…….

* * *

강신진 법원장의 재판이 다음 날로 다가왔다.

기록물을 확인하던 이한영이 고개를 들어 열심히 기록물을 보고 있는 이소이 판사에게 향한다.

잠시 그녀를 보던 이한영이 자리에서 일어난다. 그리고 이소이 판사 앞으로 다가가 서류를 내려둔다.

"검토 좀 해줄래?"

"네? 검토요?"

"강신진의 판결문이야. 이소이 판사가 검토해줬으면 좋겠는데……."

그녀 역시 강신진에게 악감정이 있는 사람 중 하나다. 이한영은 그녀에게 강신진의 등에 칼을 꽂을 수 있는 기회를 주겠다고 했지만 그 계획은 이제 실현할 수 없게 되었다. 그래서 할 수 있는 배려가 직접 판결문을 뜯어고쳐 준엄한 심판을 내리게 하는 것이었다.

그 마음을 이소이 판사도 알았나 보다. 그녀가 판결문을 꼭 쥐며 고개를 끄덕인다.

"네, 감사합니다."

오늘은 강신진 법원장의 재판일이다.

법정은 앉아 있기만 해도 한기가 돌 정도로 서늘했다. 방청석에 앉은 사람들은 어떤 말도 하지 않고 법대만 바라볼 뿐이다. 그들의 생각은 딱 두 가지로 나뉘어 있었다.

'같은 판사라서 봐주지 않을까?'

'설마, 여론의 눈치를 보느라 본보기로 중형을 선고하겠지.'

그리고 법정으로 박철우 검사와 송나연 기자 그리고 석정호와 이순호가 향하고 있었다. 뚜벅뚜벅 발소리가 복도를 채울 때 석정호가 박철우 검사를 보며 묻는다.

"그런데 검사님이 공판 안 서요?"

박철우 검사가 어깨를 으쓱한다.

"나도 서고 싶은데요. 나도 강신진에게 죽을 뻔했던 당사자라 설 수 없네요. 그리고 이건 특검이 가져간 사건이라……."

석정호가 아쉬운 듯 고개를 젓는다.

"아, 검사님이 서서 사형을 구형해야 멋질 텐데."

박철우 검사가 픽 웃는다.

"정호 씨, 이제 많이 아네요? 구형이라는 단어도 알고 있고."

"서당 개 삼 년이면 풍월을 읊는다고 하잖아요, 흐흐."

송나연 기자가 팔을 쭉 들며 기지개를 켠다.

"역시 서울 공기는 탁해요. 그래도 다시 서울로 오고 싶다."

박철우 검사가 송나연 기자를 본다.

"잉? 판사님이 언론사 안 사 줬어요? 사 준다고 하던데?"

"정말요?"

잠시 눈을 깜빡이던 그녀의 시선이 자금 관리를 하는 이순호에게 향했다. 혹시 그런 말을 들은 적이 있는지 묻는 눈빛이다.

이순호가 한숨을 내쉬며 고개를 저었다.

"말씀은 하셨는데요. 그때 정치인들을 섭외하는 과정에서 고아원이나 그런 곳에 어마어마하게 기부했던 것 기억 안 나세요? 돈이 거의 안 남았어요."

석정호가 눈을 동그랗게 떴다.

"그 많은 돈이? 안 남았다고?"

"네, 이제 50억 정도밖에 없어요. 거지예요, 거지."

석정호가 장난스레 웃는다.

"50억이 거지냐? 내 통장에 4천 원 있다."

이런저런 말을 하는 중에 법정에 가까워졌다.

농담을 내뱉고 있었지만 법정의 문에 다가서며 그들의 입은 점차 닫힌다. 법정을 채운 긴장감이 그들의 살갗을 찌르는 것만 같았기 때문이다.

그리고 문을 연 순간 경위의 목소리가 긴장감을 뚫고 법정을 채웠다.

"재판부가 입정하십니다!"

무거울 정도로 조용한 법정에 재판부의 옷깃 스치는 소리와 발소리만 들려왔다.

그리고 재판부가 법대에 섰다. 그 순간 숨이 멎는 것 같은 압박감이 모두를 짓누르기 시작했다. 중세 시대 광장의 단두대처럼 누구 하나 피를 봐야 긴장감이 풀어질 것만 같다.

이한영 역시 그 긴장감을 느끼며 개정을 선언한다.

"지금부터 재판을 시작하겠습니다. 피고인 강신진!"

강신진 법원장은 피고인석에 앉아 있었다. 그가 고개를 들어 이한영을 바라본다. 언제나 당당했던 그였지만 구치소의 생활이 맞지 않는지 초췌해 보인다.

이한영이 다시 입을 연다.

"피고인 강신진!"

"네."

"강신진 본인이 맞습니까?"

"네."

"생년월일과 본적 그리고 주소를 말씀해주세요."

강신진 법원장이 무거운 한숨과 함께 자신의 생년월일을 입에 담는다.

이한영이 또 묻는다.

"직업은 무엇입니까?"

강신진 법원장은 입을 꾹 닫고 이한영을 싸늘하게 노려본다.

이한영은 다시 묻는다.

"피고인, 직업은 무엇입니까! 대답하세요,"

강신진 법원장은 고개를 숙인다.

이 법정에 앉은 모든 사람들은 강신진 법원장이 판사라는 것을 알고 있다. 그리고 몰락한 판사의 최후를 지켜보는 중이다.

강신진은 자신의 직업을 떳떳이 말할 수 없었다. 부끄러웠고 창피했다. 그가 비참한 목소리로 어렵게 입을 연다.

"……공무원입니다."

이한영의 시선이 검찰 측으로 향했다.

"검찰 측, 기소 요지를 말씀하세요."

김진아 검사가 자리에서 일어섰다.

"피고인은 서울중앙지방법원의 법원장으로서……."

김진아 검사의 입에서 강신진 법원장의 죄가 낱낱이 까발려지기 시작했다. 사람을 죽이기 위해 청탁했던 것부터 사건을 조작하고 은폐하며 돈을 받았던 사실, 그리고 은행의 돈을 개인적으로 사용했던 것과 권력과 손잡고 대한민국을 진흙탕으로 밀어넣은 것까지…….

"……따라서 본 검사는 피고인을 기소하는 바입니다. 이상입니다."

이한영의 시선이 다시 강신진 법원장에게 향했다.

"피고인, 공소장 부본 받아 보셨죠?"

"네."

"피고인은 재판 중 본인에게 불리한 부분에 대해 진술을 거부할 수 있으며, 유리한 진술을 할 수 있는 권리가 있습니다. 검사가 피고인을 신문하기 전에 진술할 내용이 있습니까?"

"네, 있습니다."

보통은 없다고 대답한다. 하지만 강신진 법원장은 천천히 자리에서 일어나 방청석을 향한다. 그리고 강렬한 눈빛으로 방청석을 바라보며 입을 연다.

"제가 한 행동이 옳지 못했다는 것은 알고 있습니다. 사법부에 있는 선배와 후배 그리고 동료들의 자부심을 흐리게 했다는 것도 잘 압니다. 하지만 이 모든 것은 대한민국을 위해서였습니다. 대한민국에서 일어나는 현실을 생각해보세요. 어린아이를 강간한 놈이 술에 취했다는 이유로 감형을 받는 형법! 감옥에 들어가 좋은 음식을 먹고 따듯한 방에서 잠을 잘 수 있는 인권! 아파트를 거주지로 보지 않고 돈의 목적으로 생각하는 사람! 공장에서 일하는 근로자를 노예로 생각하는 기업가! 돈이 없는 사람은 꿈조차 꿀 수 없는 세상! 전 바꾸고 싶었습니다. 고아로 태어나 가진 것 하나 없는 제가, 이 세상을 바꾸기 위한 힘을 얻기 위해서는 더러운 일을 할 수밖에 없었습니다. 그럴 수밖에 없는 세상이었습니다. 전 그래서……."

강신진 법원장의 핑계는 이어지지 못한다.

이한영이 끊어버렸기 때문이다.

"피고인, 또 변명하는 겁니까?"

강신진 법원장이 고개를 틀어 이한영을 향한다. 굳어진 얼굴로 이한영을 쏘아보며 원망하고 있다. 하고 싶은 말을 다 하지 못한 게 억울한 모양이다.

이한영이 고개를 저으며 입을 연다.

"계속해서 세상 탓, 반성은 없네요?"

"판사……님."

강신진 법원장이 이를 꽉 깨물며 말했지만, 이한영은 그 말을 무시하고 김진아 검사에게 시선을 틀었다.

"검사, 피고인 강신진에 대하여 신문해주세요."

김진아 검사가 강신진 법원장 앞으로 다가온다.

"피고인, 잘못을 인정합니까?"

강신진 법원장이 고개를 젓는다.

"검사님, 난 내가 했던 방식이 완벽했다고 생각하지는 않아요. 하지만 내 행동에 후회는 없어요. 다만 아쉬운 것은 있어요. 이 세상이 바뀌는 것을 보지 못한 거죠. 모두 행복했을 겁니다."

김진아 검사가 픽 웃는다.

"박철우 검사는 왜 살해하려고 했습니까? 그것도 정의였습니까?"

강신진 법원장의 눈썹이 꿈틀댄다. 하지만 그는 대답하지 않는다.

그러자 김진아 검사가 그의 앞에 서서 묻는다.

"피고인, 곽순원은 왜 죽이려 했죠? 그것도 정의? 드림일보 송나연 기자는 왜?"

강신진 법원장은 더 듣고 싶지 않다는 듯 눈을 감았다.

하지만 김진아 검사의 말은 멈추지 않는다.

"은행에서 불법 대출은 왜 받은 겁니까? 아래에 있는 판사들에게 정의롭게 용돈을 주고 권력자들에게 정의로운 뇌물을 바치기 위해? 그게 피고인이 말하는 올바른 세상입니까?"

강신진 법원장은 여전히 어떤 말도 하지 않는다.

김진아 검사가 방청석을 보며 입을 연다.

"피고인은 박강서라는 안기부장 출신의 브로커가 남긴 기록을 갖고 있었습니다."

브로커 박강서의 기록 역시 강신진 법원장의 금고에 놓여 있었다.

김진아 검사가 계속 말한다.

"피고인이 정의로운 세상을 원했다면 그 기록을 손에 쥐었을 때 바로 공개했어야 했습니다. 하지만 피고인은 그 기록을 손에 쥐고 권력자를 흔들어 힘을 얻으려 했습니다. 이유가 뭘까요? 그것도 대한민국을 위해서였을까요?"

여기까지 말한 김진아 검사가 몸을 틀어 이한영을 향했다.

"존경하는 재판장님, 피고인 강신진은 사리사욕을 위해 살인 청부와 살인미수, 뇌물 등의 죄를 저질렀습니다. 하지만 국가를 위한 것이었다고 변명하며 자신이 저지른 행위에 대해 일절의 반성이 없습니다. 이상입니다."

* * *

법정은 고요했다.

강신진 법원장의 죄를 낱낱이 찌르던 김진아 검사는 물론 강신진 법원장의 죄를 변호해야 할 국선변호인도 입을 다물고 있었다.

방청석은 말할 것도 없다. 모두 재판부만 바라보고 있다. 박철우 검사와 송나연 기자 그리고 석정호와 이순호도 마찬가지다. 그들은 주먹을 꾹 쥔 채 이한영을 바라본다.

이제 판결이 나올 시간이다.

심판이 다가온 것을 느낀 강신진 법원장은 고개를 숙이고 있다. 지금껏 고고하게 법대에 앉아 범죄자를 내려다보며 형량을 선고하던 강신진 법원장이지만, 피고인석에 앉아 형량을 기다리는 입장이 되자 손이 떨리고 다리가 후들거린다. 가슴은 쿵쾅거리고 등에는 식은땀이 흘러내린다. 애써 담담한 척 웃어보려 했지만 얼굴 근육은 경직되어 마음대로 움직이지 않는다.

강신진 법원장은 어렵게 고개를 들어 이한영을 본다. 판사의 눈을 보면 형량을 예측할 수 있기 때문이다. 판사도 사람인지라 아무리 큰 죄를 저지른 죄인이라도 상대의 인생을 끝장낼 때는 흔들리기 마련이었다. 하지만 이한영의 눈빛을 통해 알아낼 수 있는 것은 없었다. 이한영은 그저 사무적이다. 기계 같은 눈빛으로 강신진 법원장을 내려다보고 있을 뿐이다.

이한영이 그 사무적인 말투로 입을 연다.

"판결문을 듣기 전에 하고 싶은 말이 있습니까?"

"나, 나는 죄가 없어."

더 들을 필요 없는 이야기다.

이한영의 위엄 있는 목소리가 법정을 채웠다.

"그럼, 판결문을 낭독하겠습니다."

"자, 잠깐!"

강신진 법원장이 다시 다급히 입을 열었다. 그의 떨리는 눈동자가 이한영을 향한다.

"말하세요."

"그, 그러니까……."

이한영의 눈빛은 어떤 변명을 해도 봐주지 않겠다는 결의가 확실하다. 그 눈빛을 본 강신진 법원장의 입술이 씰룩였지만 말을 잇지 못한다. 그저 입을 다물고 눈을 감는다.

이한영이 다시 입을 열었다.

"……피고인 강신진에게 사형을 선고한다."

법정은 얼음물이 쏟아진 것처럼 적막해졌다.

지금껏 조용했던 곳이지만 사형이 언도된 후에는 더 얼어붙고 있다.

동시에 담담한 척했던 강신진 법원장의 얼굴 근육이 파르르 떨리기 시작했다. 그의 숨소리가 거칠다.

이한영이 자리에서 일어서며 강신진 법원장을 향했다.

"피고인, 한 사람의 정의로 바뀌는 세상은 잘못된 거라고 생각합니다. 그리고 사람들의 미래는 그 사람이 결정하는 것이지 당신이 결정하는 게 아니에요. 죽기 전까지 반성하세요."

* * *

옥탑방의 옥상에 서서 서울을 내려다보고 있던 이한영은 누군가가 올라오는 소리에 고개를 틀었다. 박철우 검사와 송나연 기자가 계단을 올라오고 있었다.

박철우 검사가 말한다.

"고생했어요. 사형선고 하기 어려웠을 텐데……."

이한영이 어깨를 으쓱해 보였다.
“법대로 했을 뿐인데요.”
송나연 기자가 활짝 웃으며 이한영의 옆에 섰다.
“저도 특종 있어요, 특종.”
“특종요?”
“방금 연락받았거든요? 다시 서울에 올 수 있어요.”
“드림일보에서 서울로 오래요?”
“아뇨, 강원도도 좋지만 판사님, 검사님과 함께하고 싶어서 다른 회사에 이력서를 넣었거든요. 작은 회산데, 출근해도 좋대요.”
박철우 검사가 말한다.
“아, 나도 유배 가지 않아도 된다는 말을 들었어요. 내가 강신진이 보낸 양아치들에게 두들겨 맞으면서 언론에 얼굴이 팔렸잖아요? 지금 유배 보내면 국민들이 뭐라고 한다나? 흐흐.”
한참을 웃던 박철우 검사가 잠시 입을 닫는다. 그리고 걱정스러운 표정으로 이한영을 보며 묻는다.
“그런데 판사님은요? 유배 가나요?”
거대 권력자와 싸운 판사나 검사의 결말은 같다. 그만두거나 아니면 서울에서 멀리 떨어진 곳으로 이동해야 한다. 슬프지만 현실이다.
이한영이 픽 웃는다.
“저 백 있는 거 몰라요?”
“백?”
“제 뒤는 대법원장님이 봐주시잖아요.”
박철우 검사가 손뼉을 짝 친다.
“캬, 최고의 백이 있었구나.”
송나연 기자가 고개를 끄덕끄덕한다.
“해피엔딩. 해피, 해피.”

그녀의 말에 박철우 검사가 주머니에서 껌을 꺼내 씹는다.

그 모습을 보던 송나연 기자가 박철우 검사를 향해 눈을 깜빡였다.

"그런데, 담배 안 피우세요?"

그러고 보니 박철우 검사는 해비 스모커다. 그런 사람이 담배를 피울 시간이 됐는데 껌만 씹고 있다.

박철우 검사가 소매를 걷어 팔에 붙은 금연 패치를 자랑스레 보인다.

"끊었어요. 금단증상 오래가네……."

"오, 금연! 그것도 해피, 해피! 검사님, 오래 사셔야죠. 우리 중에 나이도 제일 많은데."

"에이, 진짜! 나이 얘기 하지 맙시다!"

잠시 인상을 구긴 박철우 검사가 난간에 손을 대고 서울을 바라본다. 시원한 바람이 그들을 향해 불어올 때, 송나연 기자가 입을 열었다.

"계속해서 나쁜 놈들 때려잡으려면 오래 살아야죠."

박철우 검사가 인상을 팍 구긴다.

"나이 얘기 하지 말라니까."

송나연 기자가 다시 입을 연다.

"넵! 그런데 강신진 같은 놈은 또 나오겠죠?"

이한영이 고개를 끄덕인다.

"아마도요."

이들은 강신진 법원장에게 준엄한 심판을 내렸다.

하지만 세상은 여전히 시끄럽다. 곳곳에서 경찰차의 사이렌 소리가 들리고 또 다른 악인은 탄생하는 법이다.

* * *

집 앞에 선 이한영이 비밀번호를 누르고 안으로 들어갔다. 어머니가 계실 시간인데 아무도 없는 것처럼 조용하다.

'아직 안 오셨나?'

이한영은 신발을 벗고 거실로 들어갔다.

그런데…….

어머니 앞으로 큰 여행 가방 옆에 무릎을 꿇고 있는 유세희가 보인다. 이한영의 얼굴이 당혹스러움으로 물들어갈 때 유세희가 어머니를 향해 절을 하고 있다.

"집안일도 모르고 음식도 할 줄 아는 게 별로 없습니다. 하지만 가르쳐 주시면 최선을 다해 배우고 한영 씨를 뒷바라지할 수 있도록 하겠습니다."

어머니가 당황한 표정으로 고개를 틀어 이한영을 본다.

"한영아, 이분이 네 여자 친구라고 하던데……."

이한영이 한숨을 내뱉으며 유세희를 향했다.

"집 나왔어요?"

"네."

이한영이 얼굴을 쓸어 만졌다.

"회사는 어쩌고요?"

"아버지는 한영 씨가 말한 대로 한다고 했고, 회사는 조세헌 변호사가 대표에 오르기로 했어요. 아, 지분은 모두 저에게 있으니까……."

이한영이 고개를 저었다.

"돈 이야기를 하는 게 아니라, 에스로펌이 유세희 씨의 목표였잖아요?"

유세희가 고개를 숙인다.

"……목표가 바뀌었어요."

이한영이 유세희를 다그친다고 생각했는지 어머니가 재빨리 입을 연다.

"부모님은 잘 계시고요?"

"……아, 네."

그리고 잠시 후 이한영은 여전히 황당한 표정으로 소파에 앉아 있고 유세희는 앞치마를 걸치고 있었다. 에스로펌을 목표로 달려왔던 그녀의 표정은 언제나 쌀쌀해 보였지만 오늘은 편안해 보인다.

"식전이죠? 제가 할 줄 아는 요리는 없지만 해드릴게요. 재료도 다 사왔어요."

어머니는 뭐가 좋으신지 고개를 끄덕이고 있다. 그리고 유세희가 주방으로 갔을 때 시선을 돌려 이한영을 본 어머니가 작게 말한다.

"결혼 생각 없다더니, 어디서 저렇게 참한 사람을 만났어?"

"참해요?"

"그래, 세상에 저런 사람이 어디 있어? 얼굴도 예쁘고."

하긴, 얼굴만 보면 천사처럼 보이긴 한다.

어머니가 이한영의 어깨를 툭 친다.

"우리 아들 능력 좋네."

이한영이 고개를 저으며 소파에서 일어나 주방으로 향했다.

"어떤 음식 하세요?"

"파스타하고요, 시푸드 감바스 알 아히요 하고 있어요. 입맛에 맞으실까요?"

된장찌개를 좋아하는 어머니의 식사로 레스토랑에서 시키는 음식을 만들고 있다.

"우리 어머니는 그런 거 안 드세요."

그런데 그 목소리를 어머니가 들었다.

"왜 안 먹니? 엄마도 그런 거 먹을 줄 알아."

식사를 모두 마친 후, 이한영은 유세희와 함께 집 앞 공원에 서 있었다.

유세희가 입을 연다.

"이렇게라도 하지 않으면 만나주지 않을 거라고 생각했어요. 그래서 예의 없는 행동을 했네요. 기분 나빴다면 죄송해요. 하지만 이상하게 이한영 씨와는……."

유세희는 뒷말을 줄였다. 그녀가 하려던 말은 '운명'이었지만, 그 말을 입 밖으로 내뱉으면 자신이 너무 매달리는 것 같다는 생각이 들었기 때문이다.

이한영은 조용히 유세희를 보고 있었다.

'전생과 같은, 하지만 전생과 다른…….'

이한영이 한숨을 내쉬었다.

'전생에서 유세희를 처음 만났을 때 그때는 참 설레었는데…….'

집안도 좋았고 얼굴도 예뻤던 여자.

그런 여자와 만나며 잠시 행복했던 것 같다. 하지만 그 행복은 잠시였을 뿐, 다음은 지옥이었다.

'지금의 유세희는 그때와 다른 사람.'

돈은 많지만 아버지가 감옥에 갔다. 이제 좋은 집안은 아니다. 그동안 마음고생이 심했는지 피부 역시 맑아 보이지는 않는다. 하지만 그때보다 더 아름답게 느껴진다. 무엇보다 에스로펌을 목표로 살며 미쳐 있던 그녀가 아니다. 그녀는 지금 이한영만을 바라보고 있다. 이한영의 말을 기다리며 안절부절못하는 중이다.

이한영이 고개를 틀어 유세희를 향했다.

"세희 씨, 커피나 마시러 갈까요?"

그녀가 활짝 웃는다.

〈완결〉

Epilogue

법원의 분위기는 언제나와 다르지 않다. 차갑고 엄숙하며 무겁다. 그곳의 복도를 송나연 기자가 다급히 달려가고 있었다.

"늦었어, 늦었어!"

"선배, 같이 가요!"

앳된 얼굴의 남자 기자가 송나연 기자를 쫓고 있지만 그녀는 기다려주지 않는다.

"늦었다고!"

"선배!"

한참을 달린 송나연 기자와 남자 기자는 엘리베이터에 올랐다.

남자 기자가 거친 숨을 내쉬며 송나연 기자를 본다.

"선배님은 정말 대단한 것 같아요. 키도 작은데 어떻게 그리 빨리 뛸 수 있어요?"

"키도 작은데? 너 지금 콤플렉스를 건드리는 거야?"

남자 기자가 손을 저었다.

"아뇨, 멋져서요. 선배를 보고 있으면 언제나 멋져 보여서."

송나연 기자가 씩 웃는다.

“멋지다는 말은 마음에 드네.”

“그럼 나중에 식사라도…….”

“꺼져.”

그때 엘리베이터의 문이 열렸다.

송나연 기자는 다시 달리기 시작한다. 그렇게 도착한 법정, 송나연 기자는 조심스레 문을 열고 빈자리로 향한다.

최종 판결을 기다리는 법정은 적막하다. 옷깃 스치는 소리가 죄스러울 정도다. 자리에 앉은 송나연 기자가 고개를 올려 법대를 바라본다.

이한영이 앉아 있다.

“판결문을 낭독하겠습니다.”

엄숙한 목소리에 박철우 검사와 변호사 그리고 피고인은 마른침을 삼킨다.

이한영의 판결문은 엎어진 경우가 거의 없다. 그만큼 이번 판결은 중요하다. 그리고 이한영의 목소리가 이어진다.

“……피고인을 징역 5년에 처한다.”

그 말과 동시에 박철우 검사가 주먹을 꽉 쥐었고 변호사는 고개를 숙인다.

그리고 이한영의 마지막 말이 법정을 채웠다.

“이상으로 본 사건에 대한 1심 판결 절차를 모두 마치도록 하겠습니다.”

외전

1

드르륵, 커튼 치는 소리가 들린다.

공간이 어두워지자 어둠 속에 가려진 사람이 몸을 돌린다.

분홍색으로 예쁘게 꾸며졌을 방이지만 지금은 참혹한 핏자국만이 보였다.

그자의 시선이 침대로 향했다.

공주 그림이 그려진 침대에는 세 살 정도 된 어린아이가 쓰러져 있다. 온몸이 피투성이가 된 채로……. 아이는 이미 사망했는지 어떤 움직임도 보이지 않는다.

잠시 아이를 보던 그자는 이내 몸을 돌려 방을 빠져나간다. 거실로 나가자 소파에 앉아 있는 여성이 보인다. 그녀 역시 미동조차 없다. 붉은 피로 온몸이 물들어 있을 뿐이다. 그자는 이미 사망한 여성의 발목을 잡고 현관을 향해 질질질 끌고 간다.

띵.

엘리베이터 문이 열렸다.

작은 박스를 든 택배 기사가 아파트 복도를 걷는다. 복도식 아파트로 20년 이상 된 곳이지만 꽤 깔끔해 보인다. 배송지로 걸어가며 상자에 적힌 고객의 요청 사항을 확인하며 구시렁댄다.

"또 여기네? 집 앞에 두면 누가 훔쳐 갈 수 있으니까 안에 넣고 가라고? 미쳤네. 나를 어떻게 믿고."

이 배송지의 고객은 항상 집 안에 물건을 넣어두고 가라고 요청한다. 순진한 것인지 세상을 믿는 것인지 모르겠다.

문 앞에 도착한 택배 기사의 시선이 문고리로 향했다. 보통은 전자 도어록을 설치하는데 이 집은 일반적인 문이다. 문고리를 잡고 살짝 돌려본다.

끼릭. 열린다.

택배 기사는 손에 든 박스를 현관 안으로 밀어 넣었다. 그런데 뭔가 이상했다. 소름 끼치는 무엇인가가 눈에 보인다.

"씨발!"

피투성이 시신이 현관에 놓여 있었다.

* * *

오늘 오전 서초구의 한 아파트에서 35세 최모 씨와 최 모 씨의 딸 3세 성모 양이 각각 현관과 작은방에서 숨진 것을 택배 기사가 발견하고 신고했습니다. 경찰은 사망 원인을 함께 조사하고 있다고 밝혔습니다.

"여기 고객 요청 사항에 적혀 있잖아요. 안에 넣어두고 가라고요. 그래서 열었을 뿐이에요."

살인 사건을 신고한 택배 기사는 유력한 용의자로 몰려 조사를 받고 있었다.

그곳에서 조금 떨어진 책상에 앉은 남자에게 한 형사가 걸어와 커피를 내려 둔다.

"속상하실 텐데 조사까지 받게 해서 죄송합니다."

"아, 아뇨. 괜찮습니다."

서초경찰서, 남자는 이번 사건으로 딸과 아내를 잃은 남편 성양욱이다. 그는 헝클어진 머리로 서럽게 울고 있다.

앞에 앉은 형사가 착잡한 표정으로 입을 연다.

"마음을 추스른 후에 하시겠습니까?"

남편 성양욱이 힘없이 고개를 흔든다.

"아뇨, 조금이라도 빨리 범인을 잡으려면 해야죠. 해주세요, 할게요."

성양욱은 고개를 들었다. 눈물을 흘려 붉게 충혈된 눈에는 어떤 희망도 보이지 않았다.

그러자 형사가 다시 시선을 모니터로 향하며 입을 열었다.

"죄송합니다. 그럼 계속하겠습니다. 아내분의 몸에서 성폭행의 흔적도 없었고 따님 역시 마찬가지였습니다. 이런 경우는 원한에 의한 살인일 가능성이 높은데요. 먼저 아내분과 사이가 좋지 않았던 이웃이나 형제 또는 다른 사람이 있습니까?"

"아뇨, 잘 모르겠어요. 동네 아줌마들끼리 티격태격하는 것은 있었던 것 같지만 그게 살인까지 이어질 수는 없잖아요."

"그럼 성양욱 씨는 오늘 어떤 일이 있었는지 말씀해주시겠습니까?"

"오늘 미팅이 있어서 조금 일찍 출근했어요."

"몇 시죠?"

"7시 30분요."

"가족은 깨어 있었습니까?"

"아내만요. 아내가 배웅해줬어요. 아이는 자고 있었고요."

형사는 남편 성양욱의 말을 모두 받아 적기 시작한다.

"그리고요?"

"회사에 8시 10분쯤 도착해서……."

형사의 시선이 모니터로 향한다. 택배 기사가 신고한 시간은 오전 11시 37분이다.

형사가 다시 남편 성양욱에게 시선을 옮기며 입을 열었다.

"11시 30분쯤에는 뭘 하고 계셨죠?"

"11시 30분요? 그 시간에는 미팅을 하고 있었어요."

"미팅요?"

"네, 해외로 보내는 부품이 있어서 세금 문제로……."

잠시 뒷말을 줄인 남편 성양욱이 깊은 한숨을 내뱉으며 형사를 바라봤다.

"그런데 택배 기사가 범인일 가능성은 없습니까?"

"조사하고 있어요. 그러니까 조금만 기다려주세요."

* * *

이한영이 사는 아파트의 지하 주차장, 시각은 밤 12시가 넘어가고 있었다. 딸칵, 차 문이 열리는 소리가 들리며 보따리를 손에 쥔 이한영이 차에서 내렸다.

이한영은 뒷목을 주무르며 손에 든 보따리를 물끄러미 바라봤다. 깡치 사건의 기록물이 든 보따리, 이 사건 때문에 며칠 동안 제시간에 퇴근한 적이 없다. 그래서 그런지 온몸이 비명을 지르듯 피곤했다.

집이 1층이라 굳이 엘리베이터를 이용할 필요가 없기에 비상구를 통해 터벅터벅 계단을 올라가는데…….

"이제 오세요?"

익숙한 목소리가 들려왔다. 고개를 들자 계단에 앉아 있는 유세희가 보인다. 잠시 이한영의 집에 얹혀살던 그녀는 옆집이 매물로 나오자 망설임 없이 사버렸다. 그리고 그 집에서 거주 중이다.

이한영은 그녀의 손에 들린 두꺼운 책으로 시선을 옮겼다.

"집에서 공부하지 왜 여기서 계세요?"

한때 에스로펌의 후계자였던 그녀는 로스쿨에 다니는 학생으로 변신했다. 나름 열심히 하는지 지금도 휴대폰에 연결하는 스탠드로 불을 밝혀 책을 읽던 중이다.

"한영 씨가 아직 퇴근하지 않은 것 같아서요. 겸사겸사."

그녀가 활짝 웃는다.

전생에서의 그녀는 아버지가 일군 에스로펌을 얻어 일확천금을 꿈꾸던 추한 인물이었다. 하지만 지금은 다르다. 아버지의 힘에서 벗어나 자기 스스로 발전하기 위해 노력하고 있다.

그녀가 이한영 앞에 섰다.

"얼굴 봤으니까 됐어요. 이제 들어가 볼게요."

이한영이 손목을 들어 시간을 확인한다. 지금까지 기다린 사람을 그냥 보내기는 미안해서다.

"앞에 24시간 커피숍 있는데요. 커피 한잔할까요?"

그녀는 이한영의 얼굴을 천천히 살핀다.

"많이 피곤해 보이는데 괜찮으세요?"

이한영이 손에 든 보따리를 들어 보였다.

"어차피 잠을 자기는 어려워요."

그녀가 방긋 웃으며 고개를 끄덕인다.

"그럼 좋아요."

두 사람은 커피숍에 앉았다.

늦은 시간이지만 공부하는 학생 등 꽤 많은 손님으로 가득하다. 이한영이 아이스 아메리카노 두 잔을 들고 테이블에 놓았다.

유세희가 커피를 손에 쥔다.

"로스쿨도 이렇게 힘든데 한영 씨는 어떻게 했어요?"

이한영은 살인적인 공부의 양으로 유명한 사법고시 세대다. 그가 슬쩍 웃으며 입을 연다.

"공부는 머리로 하는 게 아니라 엉덩이로 하는 거예요."

"하나 여쭤봐도 될까요? 한영 씨는 판사가 된 이유가 뭐예요?"

이한영이 어깨를 으쓱한다.

"죄가 없는 사람은 도와주고 나쁜 놈들은 벌주고 싶었는데, 돈도 없고 권력도 없고 할 수 있는 게 공부밖에 없었어요. 그래서 했을 뿐이에요."

"나쁜 놈들을 벌주고 싶어서요?"

"네."

유세희의 입에 조용히 미소가 걸린다.

"그럼 꿈을 이룬 거네요?"

"글쎄요."

아직도 세상은 강신진 게이트로 시끄러웠다.

세상을 호령했던 거대 권력자들이 죄수복을 입고 법정에 세워졌고, 매일같이 강신진과 연관된 인물이 새롭게 튀어나와 구속되는 중이었다. 재계와 언론, 정치계와 각 정부 기관까지 강신진의 손이 닿지 않은 곳이 없을 정도였다. 정의를 위해 강신진을 뒤엎었지만 세상은 그 끝이 보이지 않을 정도로 시끄러웠다.

이한영이 시선을 들어 유세희를 본다.

"나쁜 놈들은 아직 많이 남아 있어요."

* * *

"정의의 검사 박철우, 슈퍼맨 검사 박철우, 권력자를 무너뜨린 신념의 검사. 우린 자네가 부담스러워."

검찰총장이 술병을 들어 술잔을 채운다.

박철우 검사는 예의 바르게 두 손 모아 술을 받는다.

검찰총장이 말을 이었다.

"자네의 얼굴은 국민들 사이에 팔릴 대로 팔렸어. 검사가 아니라 꼭 딴따라 같아."

"아닙니다."

검찰총장이 고개를 휘휘 저었다.

"정치권에선 자네를 유배 보내라고 해. 하지만 이런 때에 자네 같은 사람을 던져 버리면 국민은 우리를 불신할 거야."

강신진의 구속 이후, 박철우 검사의 유배 이야기는 계속해서 나오고 있었다. 하지만 검찰총장의 말처럼 국민이 지켜보는 중이라 어려운 상황이다.

검찰총장이 잔을 들어 입에 댄다. 그러면서 힐끔 박철우 검사의 표정을 살핀다.

"부탁 하나 해도 되겠나?"

"말씀하십시오."

"강신진 게이트에 대통령 비서실장이 연관됐어."

박철우 검사의 입이 바짝 말라간다. 어떤 이야기가 나올지 뻔하기 때문이다.

검찰총장의 목소리가 건조하게 이어진다.

"비서실장을 쑤시면 대통령님의 몸에도 상처가 날 거야."

"초, 총장님……."

"정치인들은 이 상황에도 호시탐탐 대통령님을 노리고 있어. 국제 정세도 좋지 않아. 경제는 두말하면 잔소리고 민심은 들끓고 있어. 이런 때에 대통령님이 흔들리면 이 나라가 어떻게 될 것 같은가?"

박철우 검사는 입을 꽉 다물었다.

검찰총장의 목소리는 계속되었다.

"검사는 국가를 우선해야 해. 국익을 위해선 법에서 눈을 돌릴 줄도 알아야 하는 게 검사야. 우리는 그렇게 이 나라를 지켜 왔어."

"제가 어떻게 해야 합니까?"

"대통령 비서실장 박성진, 자네가 담당하도록 해. 그리고 내 지시를 따라."

검찰총장이 빙긋이 웃으며 손바닥으로 테이블을 툭툭 친다.

"먼 훗날, 이 자리를 자네가 이어받을 수도 있을 거야."

법을 수호해야 하는 검사가 법을 외면해야 높은 자리에 앉을 수 있다는 말. 박철우 검사에겐 그 말이 쓰리게 다가왔다.

검찰총장이 무거운 목소리로 다시 입을 연다.

"끄덕거려."

* * *

며칠 후.

언제나처럼 사무실의 테이블에는 서류가 산처럼 쌓이기 시작했다.

이한영이 서류를 툭툭 두들기며 윤슬혜 판사에게 시선을 옮긴다.

"이 서류 끝나면 단독 가겠네?"

윤슬혜 판사는 이제 단독판사로 갈 날만 기다리고 있다. 시간이 조금 남기는 했지만 이번에 들어온 기록물이 끝나면 떠날 것은 분명하다.

그녀가 아쉬움 섞인 미소를 짓는다.

"부장님과 조금 더 같이하고 싶었는데요."

"그래서 매일 야근하잖아?"

"그건 싫고요."

이소이 판사가 활짝 웃는다.

"윤슬혜 판사님 가시면 제가 부장님의 오른팔이 되는 건가요?"

이한영이 자신의 오른팔을 들어 보이며 고개를 끄덕였다.

"잘 부탁해."

윤슬혜 판사가 입술을 삐죽인다.

"아직 오른팔은 저예요."

"이제 새것을 쓰고 싶은데."

"부장님!"

흘겨보는 윤슬혜 판사를 보며 이한영이 슬쩍 웃는다.

그리고 서류를 들어 한 장 한 장 넘겨 보는데…….

'어?'

대통령 비서실장에 관한 재판이 들어와 있다.

'담당이 박철우 검사?'

강신진 사건 이후 한직으로 밀려났던 박철우 검사가 주요 재판을 맡았다는 게 신기했다. 그런데 서류를 넘겨 보던 이한영의 눈이 점차 차갑게 변하기 시작한다.

그는 다급히 휴대폰을 손에 쥐었다. 통화 연결음이 울리고 박철우 검사의 목소리가 들려온다.

―기다렸어요. 오늘 옥탑방에서 볼까요?

2

옥탑방, 이한영과 박철우 검사는 맥주를 마시고 있었다. 박철우 검사가 품에서 은단을 꺼내 씹는다. 담배를 끊은 그는 답답한 일이 있으면 은단에 손을 댄다. 그러면서 은단에 중독된 것 같다는 말을 농담 삼아 하고 있다.

박철우 검사가 캔맥주를 손에 쥐며 입을 연다.

"나한테 선택권이 들어왔거든요. 대통령 비서실장이 강신진 게이트에 걸려들었잖아요? 그 새끼를 무혐의로 만들어주면 내 인생에 성공의 고속도로를 깔아주겠대요."

"유죄로 만들면요?"

박철우 검사가 손가락으로 자신의 목을 그어 보인다.

"유배 가서 목에 칼 차고 있겠죠."

"그래서 검사님은 어떤 결정을 하셨어요?"

"내가 올린 대통령 비서실장에 관한 기록물 봤죠?"

"네."

그 기록물은 말 그대로 형편없었다. 대놓고 무죄를 만들려는 게 눈에 보일 정도다.

"그거 다른 검사들 눈 속이려고 만든 거니까 읽지 마세요. 제대로 된 것은 나중에 올릴 거니까."

박철우 검사의 결정은 대통령 비서실장을 치는 것이었다.

"괜찮겠어요?"

"검사로서의 성공은 높은 자리가 아니라 높은 새끼 멱따는 겁니다. 난 이렇게 결정했으니까, 판사님도 압력 들어오면 알아서 잘하세요. 압력에 굴복하면 판사님 목도 내가 쥘 겁니다, 흐흐흐."

이한영은 어깨를 으쓱해 보였다.

강신진이 세상에 없어졌지만 법을 이용하는 나쁜 놈은 계속해서 나오고 있다. 문제는 그 나쁜 놈들이 가진 힘이 대단하다는 거다.

박철우 검사가 맥주를 입에서 떼며 입을 연다.

"맞다. 동거한다면서요?"

툭 내뱉어진 박철우 검사의 말에 이한영은 입에 있던 맥주를 뱉어낼 뻔했다.

"누가 그런 말을 해요?"

"누구긴? 곰탱이지."

입 싼 석정호다. 요즘 이순호와 함께 경호 업체를 한다고 바쁜 와중에 박철우 검사에게 말했나 보다. 낄낄거리며 이야기하는 석정호의 모습이 눈에 선했다.

이한영이 고개를 저었다.

"그게 아니라요. 그냥 옆집에 살고 있어요."

"옆집?"

"네."

"산 거예요?"

"네."

"거기 비싸지 않아요?"

"싸지는 않죠."

박철우 검사가 허망한 듯 웃는다.

"대단하네요. 나 같은 놈은 마트에서 콩나물 살 때도 최저가 정신을 발휘하면서 알아보는데, 좋아하는 사람과 가까이 살고 싶어서 아파트를 콩나물 사듯 하네."

맥주를 벌컥벌컥 마신 박철우 검사가 말을 잇는다.

"하, 부럽다. 시간을 되돌릴 수 있다면 나도 부잣집 여자랑 결혼할 텐데. 그럼 박봉 생활이 아니라……."

박철우 검사의 목소리가 점차 작아진다. 그리고 그의 눈동자가 조금씩 문으로 향했다. 그의 시선이 닿은 곳엔 녹음 표시가 그려진 휴대폰을 손에 든 송나연 기자가 보인다.

"아, 씨! 녹음!"

"안녕하세요!"

"그거 지워요! 술 먹으면서 무슨 농담을 못 해."

송나연 기자가 활짝 웃는다.

"장난이에요, 장난. 나중에 언니 만나면 들려주려고 했는데, 참을게요."

"지금 당장 내 눈앞에서 지워요. 실수라도 아내가 그걸 들으면 나 집에서 쫓겨나니까."

"넵!"

송나연 기자가 테이블에 앉으며 녹음된 음성을 지운다. 박철우 검사는 정말 지웠는지 몇 번이나 확인을 하다가 파일이 안 보이자 안도의 한숨을 내쉬고 있다.

잠시 그들 사이에 이런저런 이야기가 흘렀다. 영양가 없는 이야기지만 시시콜콜 재밌는지 시간 가는 줄 모르고 떠들어댄다.

한참 그렇게 웃고 즐기던 중 송나연 기자의 휴대폰이 울렸다. 그녀가 다급히 휴대폰을 손에 쥔다.

"네, 송나연 기자……. 네, 알겠습니다. 지금 가볼게요."

이한영이 그녀에게 시선을 옮겼다.

"왜요? 무슨 일 있어요?"

"지금 회사에서 연락 왔는데, 서초경찰서로 가보라네요. 아파트에서 무슨 살인 사건 있었잖아요. 택배 기사가 발견한 것……."

"아, 네."

"범인이 잡혔대요."

송나연 기자가 가방을 챙기며 말을 잇는다.

"남편이라는데요?"

이한영의 미간이 찌푸려진다.

* * *

다음 날.

경찰은 서초동 살인 사건의 유력한 용의자로 남편 성 모 씨를 지목했습니다. 경찰은 시신의 반점과 경직 상태…….

삑.

텔레비전이 꺼졌다. 이한영이 머리를 쓸어 넘긴다.

"이 사건……."

이한영은 인생을 다시 사는 판사다.

하지만 매일같이 쏟아지는 사건만 해도 어마어마하기에 수십 년간 일어났던 모든 사건을 기억하지는 못한다. 그래도 이 사건은 어렴풋이 기억하고 있었다.

전생에서의 결과를 이야기하면 남편 성양욱은 사형을 선고받는다. 하지만 개운하지 못한 판결이었다. 절반의 증거는 남편을 가리키고 있었지만, 나머지 절반의 증거는 그에게 무죄를 알리고 있었다. 그리고 10여 년이 지난 후 진범이 잡히며 남편 성양욱은 풀려난다. 하지만 가족을 잃고 10여 년의 인생을 감옥에서 보낸 그의 인생을 보상해줄 것은 아무것도 없었다.

그가 감옥에 있었던 동안 세 살 난 아이와 엄마를 잔혹하게 죽인 쓰레기는 대한민국의 법망을 비웃으며 평범한 생활을 영위하고 있었다.

'진범이 누구였지?'

그것까지는 기억나지 않는다.

'잡을 수 있을까?'

10년이 지난 후 진범을 잡았던 것은 발전된 과학의 힘이었다. 지금 나온 증거로는 어렵다.

잠시 고민하던 이한영은 박철우 검사에게 전화를 걸기 위해 휴대폰을 손에 들었다.

"서초동 살인 사건 담당 검사가 누구예요?"

–서초동? 잠깐만요. 이재현 검사요.

"이재현? 어떤 사람이죠?"

—글쎄요. 성공하고 싶어서 안달 난 쓰레기? 그런데 승률은 좋아요. 법정에서 원하는 판결을 받아내는 데 선수거든요.

이재현 검사는 진실을 찾지 않는다. 어떻게든 피고인을 감옥에 보내기 위해 최선을 다할 뿐이다. 그럼 이 사건의 결말은 전생과 같아진다. 찝찝함을 남긴 채 남편 성양욱은 감옥에 가고, 범인은 세상을 비웃으며 활개를 치고 다닐 거다.

이한영은 휴대폰을 내려둔다.

'전생에서는 잘못된 판결이었던 사건, 이번 생에서는 범인을 잡을 수 있을까? 그리고 그 범인에게 죄를 물을 수 있을까?'

할 수 있다.

이한영의 눈에 퍼런 살기가 번뜩였다.

늦은 시각, 이한영은 홀로 사무실에 앉아 있었다. 배석판사들은 퇴근했지만 그는 여전히 살인 사건을 보는 중이다.

당시의 많은 판사와 검사 그리고 변호사와 경찰, 전문가들이 덤벼들었지만 진실을 밝히지 못했다. 진실이 드러난 것은 훗날의 과학기술 덕분이다.

'과학기술이 해결했다고 해서 10년을 기다릴 수는 없어.'

이한영은 모니터에 집중했다. 법원으로 사건이 올라오기 전이었기에 기사의 내용에 의지할 수밖에 없었다.

'성양욱을 용의자로 세운 이유…….'

가족을 살해했을 경우는 크게 두 가지 의도가 존재한다.

하나는 원한, 다른 하나는 돈.

하지만 성양욱의 본가와 처가는 꽤 부유한 집안이다. 성양욱 역시 대기업에 다니며 아쉽지 않을 만큼의 연봉을 받고 있다. 부채도 존재하지 않으며 살고 있는 아파트 역시 재건축을 기다리는 곳으로 시간이 흐르면 어마한 이득을 남길 것으로 예측되는 곳이다.

경찰이 성양욱을 용의자로 지목한 이유는 원한이다. 그는 아내에게 다른 남자가 있다고 의심했는지 친자 확인 검사를 한 적이 있다. 검사 결과는 성양욱의 친자였다.

계속해서 기사를 훑었다. 사건 당일 성양욱의 알리바이가 나온다. 그는 중요한 미팅이 있다며 평소보다 이른 시간에 출근했다. 그 시각이 오전 7시 30분. 시간이 지나 택배 기사가 최하나의 시신을 발견하고 신고한 시각은 11시 37분. 그때 성양욱은 거래처 사람과 미팅을 진행하고 있었다.

여기까지만 보면 성양욱의 알리바이는 타당하다. 하지만 국과수는 시신의 반점과 경직 상태, 위장의 내용물을 토대로 오전 6시에서 8시 사이에 사망했을 것으로 추정했다. 성양욱이 출근한 시각은 오전 7시 30분, 국과수의 결과로만 따지면 범인은 성양욱일 가능성이 크다.

이한영은 휴대폰을 손에 쥐며 자리에서 일어섰다.

* * *

"아니, 판사가 현장 가는 것도 웃긴데 이제 재판 신청도 되기 전에 가는 거예요?"

중앙지검 정문, 이한영은 박철우 검사와 함께 살인 사건이 벌어진 현장으로 향하고 있었다. 법원에서 멀지 않기에 천천히 걸어가도 되는 곳이다.

박철우 검사가 고개를 저으며 입을 연다.

"에이, 가봅시다. 나도 이 사건은 조금 찝찝했어요."

"왜요?"

"성양욱이 조사받으러 가는 것 봤거든요. 얼굴을 보니까 제 마누라와 자식을 죽일 사람은 아닌 것 같았어요."

이한영이 픽 웃는다.

"관상만 보고 알 수 있어요? 이제 검사님이 궁예네요?"

"서당 개 삼 년이면 풍월을 읊는다잖아요. 내가 판사님이랑 다닌 게 몇 년인데? 이제 신통력을 가질 때가 됐죠, 흐흐."

박철우 검사는 가방에서 서류를 꺼내 이한영에게 건넸다. 성양욱 사건에 관한 검찰 조사 결과다.

그가 말을 잇는다.

"2센티미터 두께의 끈 같은 것으로 목을 졸라 살해했거든요. 그런데 그 끈을 찾을 수 없네요."

"칼은요?"

범인은 피해자를 목 졸라 살해한 후 칼로 난도질을 했다. 그런데 박철우 검사가 고개를 가로젓는다. 찾지 못했다는 거다.

"범행 도구만 찾으면 완벽할 텐데……."

잠시 후 두 사람은 성양욱의 집에 도착했다.

18층 복도식 아파트다. 오랜 시간 사람이 드나들지 않아 그런지 집 안에는 소름 끼치는 한기가 돌고 있다. 불을 켜자 정리되지 않은 잔혹한 흔적이 보인다. 거실 소파에서부터 현관까지 이어지는 핏물이 굳어져 있다. 범인이 소파 부근에서 아내를 살해한 후 현관으로 끌고 온 흔적이다. 아이가 살해당한 방으로 들어가자 벽지에 튄 핏방울이 보인다.

박철우 검사가 벽지를 툭툭 치며 입을 열었다.

"여긴 아이를 죽인 후 핏물을 턴 흔적이에요. 아빠라는 사람이 제 자식을 이렇게 죽일 수는 없죠."

이한영은 입에 은단을 털어 넣는 박철우 검사를 스쳐 거실로 이동했다. 사건 당일의 참사가 눈에 보이는 듯했다.

범인의 손에 든 끈에 목이 조여지며 발버둥 치는 아내, 세 살 난 아이는 울고 있다. 힘이 다했는지 아내의 손이 '툭' 떨어진다. 범인은 아이를 향해 성큼성큼 다가선다. 그리고 아이의 목에 끈을 감아 넣는다.

'콱!'

여기까지 생각한 이한영은 고개를 저었다.

'아니야. 아이의 시신은 방에서 발견됐어. 아이가 거실에서 살해당했다면 굳이 침대까지 옮겨 둘 필요는 없어.'

아내의 시신을 현관으로 끌고 온 것은 택배 기사에게 발견되기 쉽게 놓아둔 것이다. 하지만 아이를 방으로 옮겨 둘 이유는 없다.

'그럼, 아이는 방에 있었던 건가?'

현장을 확인하고 나왔지만 범인을 특정할 수 있는 것은 찾지 못했다.

박철우 검사가 기지개를 켠다.

"난 다시 회사로 들어가 보겠습니다. 남은 일이 있어서요."

박철우 검사는 늦은 시간까지 검찰에 남아 있었다. 대통령 비서실장의 사건을 몰래 조사해야 하기 때문이다.

이한영이 고개를 끄덕였다.

"고생하세요."

* * *

띵.

엘리베이터가 멈춰 섰다.

박철우 검사는 뒷목을 주무르며 자신의 사무실로 향했다. 문을 열었는데……. 방 안에 부장검사와 이재현 검사가 보인다. 그리고 박철우 검사의 책상이 헤집어져 있다.

"지금 뭐 하시는 겁니까?"

부장검사의 입꼬리가 말려 올라간다.

"박철우 이 개새끼야. 너 혼자 잘났지?"

부장검사가 손에 든 서류를 흔든다. 대통령 비서실장에 관한 서류였다.

3

부장검사가 박철우 검사 앞으로 성큼성큼 다가온다. 그리고 들고 있던 서류를 박철우 검사의 가슴팍에 팍, 집어 던진다.

"이 새끼야, 총장님이 하사한 기회잖아! 그런데 또 이 따위 짓을 해!"

총장은 박철우 검사에게 대통령 비서실장의 비리를 밝히지 않는 대가로 성공의 길을 약속했다.

부장검사가 박철우 검사의 가슴을 쿡쿡 찌른다.

"너 지금 이 상태로 가면 왕따로 살다가 옷 벗어야 해. 몰라? 여기는 조직이야, 새끼야. 조직이면 룰을 따라. 너 혼자 정의의 검사인 양 잘났다고 설치지 말고!"

박철우 검사가 허리를 굽혀 바닥에 널브러진 서류를 손에 쥐며 입을 연다.

"검사면 룰이 아니라 법을 따라야 하는 것 아닌가요?"

"하, 박 부부장아. 생각 좀 하고 살자. 우리는 정의를 수호하는 사람들이야. 그리고 법은 정의가 아니라는 것 알잖아?"

"정의가 대통령 비서실장의 죄를 숨겨주는 것도 아닐 텐데요."

"머리가 있으면 생각을 하라고. 너도 사법고시 보고 들어온 애잖아. 비서실장을 찌르면 대통령님께도 상처가 생겨. 그럼 세상이 어떻게 되겠어? 또 시위하고. 또 지랄하고! 조용하겠니? 우리 좀 조용히 살자. 힘 있는 어른들은 놔두고 민생 치안에나 힘을 써!"

순간 박철우 검사의 머릿속에 이한영의 목소리가 들리는 듯했다.

-고름을 짜는 게 아프다고 피하면 썩어요. 그때는 늦어요.

박철우 검사의 입에서 힘없는 웃음소리가 퍼졌다.

부장검사가 박철우 검사의 옆을 스치며 입을 연다.

"비서실장 사건은 이재현 검사가 할 거야. 넌 지금부터 아무것도 하지 마."

이재현 검사가 부장검사의 뒤를 따르며 말한다.

"부부장님, 제가 깔끔하게 끝내겠습니다. 걱정하지 마시고 푹 쉬세요."

탁, 문이 닫혔다.

박철우 검사의 입에선 여전히 허망한 웃음소리가 흘러나온다. 강신진을 잡았지만 나쁜 놈들은 끊임없이 나타난다.

"변한 게 없네. 빌어먹을 세상."

* * *

다음 날 밤.

"그래서 검사님이 국민 세금으로 월급 받는 거잖아요."

이한영의 말에 박철우 검사가 픽 웃는다.

"계속 나쁜 놈들을 잡으라고요?"

"나쁜 놈들이 사라지면 경찰이나 검사는 필요 없죠. 백수가 되어야죠."

박철우 검사가 들고 있던 소주잔을 탁 내려놓았다.

"아이고, 생각해보니까 대통령 비서실장님이 참 고마우신 분이네요. 일개 검사의 밥그릇을 생각해서 나쁜 짓도 해주시고."

"그래서 포기할 거예요?"

박철우 검사가 고개를 휘휘 젓는다.

"시나리오 하나 써봅시다. 내가 재판 중간에 비서실장의 비리를 손에 들고 짠 하고 나타날게요. 그럼 증거로 인정해주세요. 어때?"

"그리고 둘 다 유배?"

"낚시나 하고 삽시다. 서울에서 아등바등 살면 뭐 해요? 열심히 해도 돌아오는 건 비난뿐인데."

딸랑.

호프집의 문이 열리고 거대한 덩치의 남자가 들어왔다. 석정호다.

박철우 검사가 손을 든다. 그러자 석정호는 곰 같은 얼굴로 싱글벙글 웃으며 다가와 박철우 검사 옆에 앉는다.

"송 기자님이 안 보이네요? 삼총사가 모여 있어야 든든한데, 흐흐."

박철우 검사가 석정호 앞에 잔과 숟가락 등을 세팅하며 답한다.

"요즘 서초동 살인 사건 때문에 바쁜가 봐요. 연락했더니 늦게라도 올 수 있으면 오고 못 올 수도 있다네요. 그런데 우리가 삼총사면 정호 씨는 달타냥?"

"곰이죠. 삼총사와 곰."

이한영이 석정호의 잔을 채웠다.

"준비는 어때?"

석정호는 이순호 그리고 자신의 부하들과 함께 경호 업체를 만드는 중이다. 아직 초반이지만 연예 기획사나 재벌 사모님 등에게 요청을 많이 받는다고 좋아한다.

"오늘도 한 건 했어. 필리핀에 거주하는 부호가 2년 계약하자고 하더라고. 그런데 서초동 살인 사건이 뭐예요?"

원래 술자리 대화는 주제가 없이 오간다.

박철우 검사가 답했다.

"뉴스 안 봐요? 그 남편이 자기 자식이랑 아내를 죽였다고."

"아……."

대화를 듣던 이한영이 물었다.

"잠깐만요. 비서실장 사건 받아 간 사람이 누구라고 했죠?"

"이재현 검사요."

"그 사람이 서초동 살인 사건 담당이기도 하죠?"

"네."

서초동 살인 사건은 전생에서도 오류를 범했던 재판이다. 그런데 이번 생에선 더 큰 오류가 나타날 것만 같다. 이재현 검사는 성공을 위해 무슨 짓이든 할 사람. 그런 사람이 검찰총장의 지시를 받았다면?

"비서실장에게 죄가 없다는 것을 만들어내려면 노력을 해야겠죠?"

박철우 검사가 고개를 끄덕인다.

"그렇죠. 언론이나 여론은 바보가 아니고 또 검찰의 편도 아니니까요. 사람들이 눈치채지 못할 정도로 교묘하게 만들어내려면 머리 좀 아플 겁니다."

이재현 검사의 머릿속에 서초동 살인 사건 따위는 이미 존재하지도 않을 거다. 그는 대충 사건을 판 후 법정에 나와 죄가 없는 남편 성양욱에게 사형을 구형할 것이고…….

여기까지 생각한 이한영은 순간 입이 바짝 마르는 것을 느꼈다.

'어쩌면?'

남편 성양욱은 전생에서 사형을 선고받았다. 하지만 당시의 시대에서 사형 제도는 의미 없는 존재였다. 오랜 시간 사형이 이뤄지지 않아 사실상 폐지되었다고 보는 게 맞았으니까.

하지만 이번 생은 다르다. 바로 강신진 때문이다. 언론은 강신진에 대한 사형을 하루빨리 집행하라며 대통령을 압박했고 여론 역시 사형을 원하는 중이다. 지금의 분위기를 보면 멈춰 있던 사형선고가 조만간 집행될 가능성이 크다.

'설마?'

다시 전생을 이야기하면, 남편 성양욱은 10년이 넘게 감옥에 있다가 누명을 벗었다. 하지만 지금 시대에선 사형 집행을 받을 수도 있다. 서초동 살인 사건의 진범을 찾아야 한다. 이한영은 머리를 쓸어 넘겼다.

나비효과란 말이 떠올랐다. 이한영의 개입으로 역사는 크게 뒤틀렸다. 그리고 그 역사의 변화로 한 남자의 인생이 여기서 끝날 수도 있다. 큰 역사의 흐름에서 본다면 남편 성양욱은 보잘것없는 존재다. 그가 사라진다해서 세상이 변하는 일은 없을 거다. 그저 한 목숨이 억울할 뿐이다.

이런 것을 보고 정치인들은 "대를 위해 소가 희생되는 거야"라고 말할 수도 있다. 큰 역사의 흐름이 변하며 피해자들이 생기는 것은 당연하니까. 하지만 이한영에게는 아니었다.

그의 시선이 석정호에게 향했다.

"정호야."

"응? 갑자기 왜 그렇게 진지하게 불러, 부담스럽게? 흐흐."

"너희, 홍신소 계획도 있지?"

"계획은 있지만 아직 생각 없는데?"

"이참에 확장해라."

"잉?"

아직 시작도 안 했는데 확장하라니. 석정호가 눈을 깜빡일 때 이한영은 가방을 뒤적거렸다. 그리고 어제 박철우 검사에게 받았던 서초동 살인 사건의 서류를 꺼냈다.

'범인은 남편이 아니야.'

문제는 누가 진범이었는지 모른다는 거다.

그때 딸랑, 호프집의 종이 울렸다.

"늦어서 죄송합니다!"

송나연 기자가 들어왔다. 그녀가 손부채를 흔들며 이한영의 옆에 앉는다. 그리고 그가 보는 기록물을 물끄러미 쳐다본다.

"서초동 살인 사건?"

"기자님, 지금 이 사건 기사 쓰고 있죠?"

"넵. 판사님이 담당이에요? 혹시 필요한 게 있나요?"

박철우 검사가 답한다.

"아직 재판 신청도 안 했어요."

송나연 기자가 눈을 깜빡였다.

"그런데 왜요?"

박철우 검사나 송나연 기자도 나름 정의감이 투철한 사람들이다. 그런 사람들의 눈에도 자신의 일이 아닌 사건을 보는 이한영이 이상한 모양이다.

이한영이 서류를 덮으며 입을 열었다.

"사망한 사람의 주변 인물을 전부 알 수 있을까요?"

"네? 주변 인물요?"

성폭행의 흔적도 없었고 절도 행위도 없었다. 게다가 범인은 남편 성양욱의 출근 시간을 체크했으며 택배 기사가 온다는 것을 알았다. 증거를 숨기는 것도 완벽했다. 계획 살인, 원한에 의한 살인이다. 그렇다면, 범인은 주변에 있다.

* * *

"검사님, 가야 할 시간입니다."

수사관의 말에 이재현 검사는 얼굴을 쓸어 만졌다.

"하, 씨발. 바빠 죽겠는데."

비서실장을 무죄로 만드느라 바쁘다. 최대한 교묘하게 강신진과의 연결 고리를 끊어야 한다. 그러려면 강신진을 만나 협상도 해야 한다. 증인으로 나온 강신진이 헛소리를 하는 순간 끝이기 때문이다. 비서실장이라는 거대한 덩치만큼 이것저것 신경 쓸 게 많아 쉽지 않은 일이었다. 그런데 이런 바쁜 와중에 그에겐 깡치 사건 하나가 걸려 있었다. 바로 서초동 살인 사건이다.

그가 자리에서 일어나며 수사관에게 시선을 돌렸다.

"그 새끼, 아직도 자백 안 했죠?"

"네, 아직도 자기가 죽이지 않았다고 주장합니다."

"빨리 입 열게 하려면 폭력이라도 써야 하나?"

그는 와이셔츠 소매를 걷으며 방을 빠져나간다.

"내가 정말 바쁜 사람이거든? 그러니까 빨리빨리 끝내자."

남편 성양욱은 초췌했다. 눈빛은 망가졌고 볼은 움푹 패어 있다. 그가 고개를 들어 이재현 검사를 향했다.

"난 죽이지 않았어요."

"네가 죽였어."

"정말이에요. 안 죽였어요."

이재현 검사가 짜증 가득한 표정으로 종이 한 장을 꺼내더니 '쾅!' 테이블에 올렸다.

"그럼 이건 뭐야?"

성양욱의 시선이 종이로 향한다. 자신의 딸이 막 태어났을 때 친자 검사를 했던 흔적이다.

"친자 검사를 했다는 것은 아내의 외도를 의심하고 있었다는 뜻. 제 새끼가 태어났는데 의심을 할 정도라면 지금도 계속 딴짓은 하지 않았는지 의심하고 또 의심했겠지. 그러다가 아내가 다른 남자와 만나는 것 같으니까 죽인 거야, 화가 나서."

이재현 검사의 건조한 목소리를 듣던 성양욱이 울먹거렸다.

"검사는 했어요. 하지만 확인은 안 했어요, 무서워서……."

이재현 검사가 쿡쿡대며 웃는다.

"미치겠네. 내가 여기서 별의별 소리를 다 들어봤지만 지금 네 말이 제일 웃기다. 그게 무슨 말이야? 술은 먹었지만 음주운전은 아니다, 이런 말이야? 개소리하지 마!"

성양욱은 눈을 감았다.

딸이 태어났을 때 성양욱은 누구보다 기뻐했다. 그런데 그 행복의 순간에 아내와 오래전 사귀었던 남자가 술을 먹고 찾아와 말했다.

–같은 남자니까, 뻐꾸기 키우지 말라고 솔직하게 말하는데요. 그 애는 당신 자식 아니에요. 내 새끼야. 미안해요, 정말 미안해요.

처음엔 전 남자 친구의 찌질함이라 생각하며 믿지 않으려 애를 썼다. 하지만 의심은 의심을 낳는 법, 결국 아내 몰래 친자 검사를 했다.

편지봉투에 담겨 온 검사 결과. 그날 성양욱은 결과가 담긴 봉투를 테이블 위에 놓고 많은 술을 마셨다. 몇 번을 뜯어보려 했다. 하지만 취한 상태에서도 뜯지 못했다. 무서워서. 자신의 손가락을 쥐고 잠든 작고 예쁜 아이가 정말 자신의 자식이 아니게 될까 무서워서!

성양욱은 결국 그 결과를 확인하지 못했다. 그리고 슬프게도 몇 년이 지난 후 그 검사 결과를 검찰에 와서 보고 있다.

"젠장……."

친자가 맞다. 단 하루라도 의심했다는 것이 아내와 딸에게 너무나 미안했다. 성양욱의 눈에서 주르륵 눈물이 흐른다.

"이게 아니더라도 내 딸인 것은 알았어요."

4

검찰이 대통령 비서실장에 관한 조사를 본격적으로 시작했습니다. 검찰은 확실한 증거를 갖고 있다며 자신감을 드러내고 있습니다. 이에 청와대는…….

채널을 돌렸다.

대통령 비서실장이 조사를 받기 위해 검찰에 도착했습니다.

화면은 아나운서의 얼굴에서 검찰청 앞으로 바뀐다.

대통령 비서실장의 얼굴로 카메라 플래시가 번쩍거리며 터지고 있다. 대통령 비서실장이 몸을 돌려 카메라를 향한다.

국민의 한 사람으로서, 공직에 있는 사람으로서, 어떤 의혹도 있어서는 안 된다고 생각합니다. 저는 강신진과 만난 적도, 관련도 없으며, 검찰의 조사를 성실히 받아 모든 의혹을 풀도록 하겠습니다.

한 기자가 다급히 입을 열었다.

검찰이 청와대를 향해 칼을 빼 들었다는 말이 있는데요. 어떻게 생각하십니까?"

대통령 비서실장은 빙긋이 미소를 그렸다.

검찰은 검찰의 역할을 하는 것뿐입니다. 제가 비서실장이라 해도 의혹이 있다면 조사하는 게 당연한 겁니다. 그걸 탓할 생각은 전혀 없습니다. 법은 모두에게 평등하며 저 역시 대한민국 국민의 한 사람입니다.

대통령 비서실장은 몸을 돌려 검찰로 향했다.

다시 채널이 돌아갔다. 역시 대통령 비서실장의 검찰 조사에 관한 소식을 알리고 있을 뿐이다. 어디에도 서초동 살인 사건 '성양욱'에 관한 이야기는 없었다.

이한영은 한숨을 내뱉으며 휴대폰을 손에 들었다.

기사를 확인해본다. 오늘 성양욱 사건에 관해 새로 올라온 기사는 없다. 가장 마지막 것도 송나연 기자가 작성한 거다. 모든 언론은 대통령 비서실장에게 주목하고 있었다.

이한영의 입에서 픽 웃음이 터졌다. 죄 없는 남편 성양욱은 유죄. 죄 있는 대통령 비서실장은 무죄.

"재밌는 세상이네."

이한영의 사무실은 조용했다. 서류 넘기는 소리만 들릴 뿐이다. 이한영의 시선이 윤슬혜 판사에게 향한다.

"윤슬혜 판사."

"네?"

윤슬혜 판사가 고개를 들어 이한영과 눈을 마주했다.

"앞으로 어떤 판사가 될 거야?"

뜬금없는 질문에 윤슬혜 판사가 눈을 깜빡인다.

"어떤 판사라뇨?"

"단독판사는 모든 고민과 결정을 혼자 해야 하는 외로운 자리잖아. 어떤 판사가 되고 싶어?"

"글쎄요. 민사가 될지 형사가 될지는 모르겠지만 피고인이나 민원인의 말을 귀담아듣는 판사가 되고 싶어요. 우리에게는 이만큼 밀린 업무지만, 그 사람들에게는 인생이 걸린 갈림길이니까요. 아무리 사소한 다툼이어도 법정까지 왔다면 그럴 만한 일이 있는 거니까요."

정석적인 대답. 그래서 마음에 든다.

이한영이 고개를 끄덕였다.

“법원장이 빠른 재판을 요구하면?”

법원은 법원장에 따라 스타일이 바뀐다. 민원인의 답답함을 해소할 수 있도록 ‘빨리 빨리’를 외치는 사람도 있고, 정확한 결과를 낼 수 있도록 ‘최대한 디테일!’을 외치는 사람도 있다.

둘 다 장단점이 있는 일이다. 보통 재판이 시작되면 몇 달은 기본, 거기에 디테일이 들어가면 상상할 수 없는 기간이 소요된다. 그렇다고 사람들의 말을 귀담아듣지 않으면 민원인이나 피고인이 납득할 수 없는 판결을 내리기도 한다. 어느 쪽이라도 욕먹는 일이다.

지금 윤슬혜 판사가 되고 싶은 단독판사는 ‘최대한 디테일’을 살리는 것이었다. 그녀가 살짝 웃는다.

“부장님처럼 되려고 노력할 거예요. 빨리 빨리도 되면서 최대한 디테일하게요.”

“나처럼?”

“잠을 자지 않고 집에서도 일하는 참된 모습요.”

이한영이 픽 웃었다.

“지금 생각을 잊지 마. 사소한 사건이란 없는 거야.”

세상은 중요하고 큰 사건만 기억하고 보려 한다. 하지만 그렇다고 작은 일을 눈에 담지 않으면 억울한 사람이 생기는 법이다. 이한영은 자신의 배석으로 있는 윤슬혜, 이소이 판사가 억울한 사람을 만들지 않기를 바라고 있었다.

* * *

그 시각, 검찰.

검찰의 창문은 모두 전지가 붙어 있었다. 밖에 있을 기자들이 사진을 찍지 못하게 하기 위함이다.

그리고 대통령 비서실장의 조사실.

한쪽에는 침대와 소파가 놓여 있다. 테이블 위에는 신문과 커피 그리고 간단히 먹을 수 있는 다과가 보인다.

검사장과 담당 검사인 이재현 검사가 들어와 비서실장에게 고개를 숙였다.

"내일 아침까지는 이곳에 계셔야 할 것 같습니다."

"아, 난 상관 말고 가서 일 봐."

"필요한 게 있으면 언제든 불러주십시오."

검사장이 고개를 숙이고 몸을 돌릴 때 비서실장이 손을 들었다.

"잠깐만."

"네."

비서실장이 휴대폰을 보인다.

"충전기 있나?"

검사장과 이재현 판사는 복도를 걸었다.

"준비는?"

"잘되고 있습니다. 내일 아침이면 완성될 겁니다."

"영장은 신청해야 해. 하지만 법원에서 기각될 수 있도록 교묘하게 만들어. 불구속 수사로 하다가 흐지부지되면……."

"알겠습니다."

자신감 넘치는 목소리에 검사장은 조용히 미소를 그렸다. 두 사람은 검사장실로 향하는 엘리베이터 앞에 섰다. 검사장이 이재현 검사를 보며 묻는다.

"맞다. 그 서초동 살인 사건도 자네 거지?"

"네."

"어떻게 되고 있어?"

"아직 입을 다물고 있지만 조만간 열게 만들 거니까 걱정하지 마십시오."

"괜히 억울하다 어쩐다 말 나오게 하지 말고 확실히 끝내. 시민단체에서 떡밥을 물면 시끄러우니까."

이재현 검사가 허리를 굽혔다.

"꿈틀대지도 못하게 만들겠습니다."

툭툭, 검사장의 손이 이재현 검사의 어깨를 토닥인다.

"잘해. 자네 인생에는 비단길이 깔릴 거니까."

엘리베이터의 문이 닫히고 검사장은 올라갔다.

이재현 검사의 표정에 짜증이 가득해진다. 어젯밤 그는 계속해서 성양욱을 조사했지만 들려온 말은 억울하다는 것이었다. 오늘 내로 자백하게 만들어야 한다.

이재현 검사와 성양욱이 마주 앉았다.

"네가 죽였지?"

"아니에요, 아니에요."

"하……."

이재현 검사는 한숨을 내뱉으며 성양욱 앞에 컵을 놓았다. 그리고 물을 따른다.

"마셔. 목마르잖아."

조사를 시작하면서부터 물 하나 주지 않았다. 폭력은 흔적이 남기에 다른 고문을 선택한 거다.

성양욱은 컵을 들고 입에 댄다. 그런데 그의 눈이 커진다. 물이 아니라 술이다.

이재현 검사가 말한다.

"모른 척해. 나도 네 마음 알아서 준비한 거니까. 얼마나 가슴이 아프겠니?"

* * *

그날 밤.

이한영은 퇴근하며 휴대폰을 귀에 댔다.

"아, 세희 씨? 잠깐 시간 되세요?"

–네, 괜찮아요.

"그럼 집 앞 커피숍에서 볼까요?"

이한영은 휴대폰을 조수석에 내려두며 조용히 액셀을 밟았다.

이한영과 유세희는 커피숍에 앉았다. 늦은 시간이 아니라 그런지 평소보다 사람이 많다. 지나가던 사람들이 여자고 남자고 상관없이 힐끔거리며 유세희를 바라본다.

"연예인이야?"

"그치? 그런 것 같지?"

"남자는 매니전가?"

"저 얼굴로?"

"원래 매니저들이 무섭게 생겼다잖아."

그 목소리가 그대로 이한영의 귀에 들려왔다. 하지만 이런 반응은 익숙하다. 이한영은 그들의 눈을 상관하지 않고 입을 열었다.

"부탁 하나만 해도 될까요?"

커피를 손에 쥐고 있던 유세희가 눈을 동그랗게 뜬다.

"어떤?"

"에스로펌에서 어떤 사건의 변호를 맡아줬으면 하는데요."

그녀가 어색하게 웃는다.

"전 이제 에스로펌 사람이 아닌데요. 대표는 조세헌 변호사예요."

그녀는 에스로펌의 경영에서 손을 뗐다.

가진 것은 지분뿐이다.

“영향력이 없는 건 아니잖아요? 조세헌 변호사는 제가 부탁하면 단번에 거절할 사람이라…….”

그녀는 고개를 끄덕이며 휴대폰을 손에 쥐었다.

“제 말도 안 들어요. 손 뗐으면 배당금이나 챙기라던데요.”

이한영이 쿡쿡쿡 웃는다.

“그런 말을 했어요? 그 사람도 성격 많이 변했어요. 어쨌든 연락이나 한번 해주세요.”

통화 연결음이 이어지고, 이윽고 조세헌 변호사의 목소리가 들린다.

—네, 대주주님.

“그렇게 부르지 말라니까요.”

—딱히 붙일 호칭이 없어서요.

“지금 한영 씨 만나고 있는데, 대표님께 부탁하고 싶다는 사건이…….”

—안 합니다! 안 해요! 못 해요!

유세희가 난처한 얼굴로 이한영을 향한다.

“안 한다는데요.”

“어떤 사건인지 듣지도 않고요?”

조세헌 변호사는 이한영의 목소리를 들었나 보다.

—이한영 판사가 최근에 부탁한 사건들이 어떤 건지 아시잖아요? 어려운 사람, 가난한 사람, 이겨도 돈 안 되는 사건. 사람들 사정이 딱한 건 알겠는데 우린 회사예요. 이득을 남겨야지 봉사만 하다가는 변호사들 월급도 못 줘요. 국선변호인 알아보라고 하세요.

유세희가 이한영을 향한다.

“그렇다는데요.”

이한영이 그녀에게 손을 내민다.

“전화기 주세요.”

유세희가 살짝 웃으며 고개를 저었다. 자신이 해결하겠다는 표정. 그녀가 입을 연다.

“제가 대주주라면서요?”

–아깐 그렇게 부르지 말라면서요?

“지금부터 그렇게 부르세요.”

* * *

이한영과 유세희는 에스로펌의 근처에 있는 한정식집에 앉아 있었다. 그 앞에는 조세헌 변호사가 보인다.

“그래서 이번엔 어떤 사건입니까?”

“서초동 살인 사건.”

조세헌 변호사의 얼굴이 구겨졌다. 형사사건은 돈이 되지 않는다. 이한영은 가방에서 서류를 꺼내 테이블 위에 올렸다. 에스로펌은 대한민국 최고의 법률 집단이다. 법이라면 법원과 싸워서도 이길 수 있다고 자신하기도 한다. 그런 자들이 성양욱의 뒤에 선다면 억울한 사건이 벌어지지 않을 가능성이 커진다.

그런데 조세헌 변호사가 고개를 젓는다.

“저도 이 사건은 조금 이상해서 들여다보긴 했어요. 그런데 우린 맡을 수 없어요.”

“왜죠?”

“성양욱에 대한 여론이 어떤지 아시잖아요? 사람들은 성양욱을 향해 세 살짜리 딸과 아내를 죽인 악마라고 말해요. 그리고 성양욱은 서초동에 사는 사람이에요. 자산이 얼마인지는 모르지만 우리가 이 사건을 맡는 순간 부자라는 소리를 들을 거예요. 그리고 우리 에스로펌은 돈 때문에 악마를 변호하는 쓰레기 집단으로 전락하겠죠.”

조세헌 변호사가 손가락으로 서류를 쿡쿡 찌르며 말을 이었다.

“악마 같은 기업을 변호해서 승리하는 것과 살인자를 변호하는 것은 달라요. 사람들은 기업이 잘못하면 ‘그럴 줄 알았어’라고 말해도 살인자에 대해서는 그렇게 말하지 않거든요.”

이한영이 서류를 펼쳤다.

“사건을 미리 알아봤다고 했죠? 이 사건엔 미심쩍은 부분이 많아요. 모든 증거가 성양욱을 가리키고 있지만, 반대로 모든 증거가 성양욱이 아니라고 말하고 있죠. 알리바이는 완벽하고…….”

조세헌 변호사가 이한영의 말을 끊었다.

“그래서 판사님은 성양욱이 범인이 아니라는 겁니까?”

“네.”

조세헌 변호사가 휴대폰을 손에 쥔다. 그리고 뭔가를 검색하더니 테이블 위에 놓았다. 이한영의 시선은 자연스레 휴대폰 화면으로 향한다. 기사의 제목이 보인다.

서초동 살인 사건, 남편 성양욱 자백. ‘제가 죽였습니다.’

이한영의 얼굴이 일그러졌다.

조세헌 변호사가 휴대폰을 품에 넣으며 말한다.

“제가 대표가 되며 한 가지 정한 철칙이 있습니다. 악마를 변호하지는 말자.”

5

제가 죽였어요. 제가 죽인 거예요. 죽여주세요. 나도 죽고 싶어요. 죽여 달라고요!

고개를 숙인 성양욱은 슬픈 목소리로 말하고 있었다.

이재현 검사가 그의 어깨를 툭툭 친다.

그래, 이제 다 끝났어. 괜찮아. 푹 쉴 수 있도록 해.

"이, 이게……?"

이한영은 박철우 검사가 가져온 태블릿 PC를 통해 조사받던 상황을 보고 있었다.

박철우 검사가 얼굴을 쓸어내린다.

"자백했어요. 지금 이재현은 축제 분위기예요. 깡치가 풀렸다면서 실실 웃고 다니네요."

이한영은 다시 플레이 버튼을 눌렀다. 믿기지 않았기 때문이다. 그 모습을 보던 박철우 검사가 고개를 젓는다.

"궁예의 신통력이 안 통할 때도 있네요. 나도 이번만큼은 그 신통력을 간절히 믿었는데."

박철우 검사도 딸이 있다. 그래서 아비가 처와 자식을 죽였다는 것을 믿고 싶지 않았나 보다.

이한영은 입을 꾹 닫은 채 계속해서 영상을 되돌려 봤다.

'이건 아니야. 뭔가 이상해. 분명 뭔가 있어.'

성양욱은 무죄였다. 억울한 누명을 쓴 채 전 국민에게 개새끼란 욕을 먹었고 감옥에서 인생을 보냈다.

'그런데 왜? 도대체 뭐지?'

그때. 이한영은 재빨리 태블릿 PC 화면에서 흐르는 영상을 멈췄다. 뭔가 이상한 것을 느꼈기 때문이다.

"검사님, 이거 물 맞죠?"

"네?"

박철우 검사가 곁눈질로 시선을 옮겼다. 그러자 이한영은 다시 영상을 재생한다. 이재현 검사가 물을 건네고 그걸 성양욱이 마시는 장면.

이한영이 영상을 멈췄다.

"물을 마셨는데 왜 이럴까요?"

아쉽게도 성양욱이 카메라를 등지고 있어 표정까지 확인할 수는 없었다. 하지만 물을 마신 직후, 멈칫거린 그의 모습.

박철우 검사가 고개를 갸웃거린다.

"물이 아닌가요?"

이한영이 테이블을 톡톡 두들긴다.

"물이 아니라 술을 마셨다면요?"

"술이요?"

이한영이 다시 영상을 재생했다. 화면 속에선 이재현 검사가 성양욱 가까이 얼굴을 가져다 대고 있다.

"술을 먹인 후 여기서 뭔가를 속삭였다면요?"

실제로 이재현 검사가 했던 말은 "모른 척해. 나도 네 마음 알아서 준비한 거니까. 얼마나 가슴이 아프겠니?"였다.

이한영은 그 상황을 정확히 예측하고 있었다.

"이재현 검사는 '난 네 편이야'라는 식으로 말을 건네며 성양욱의 마음을 흔들었을 거예요. '검사이기 때문에 조사하고 있지만 네 마음을 알고 있어'라는 따듯한 말로요."

"계속 재생해봐요."

영상이 흐른다. 의심 가득한 눈으로 보자 이재현 검사의 말과 태도가 바뀌었다는 것을 알 수 있었다. 계속해서 친절하게 그리고 사람의 마음을 쑤시는 말.

–딸 이름이 뭐야? 세 살이라고 했지? 어린것이 얼마나 무서웠을까?

스톡홀름증후군이라는 게 있다. 공포심 또는 생존이 위협받는 상황에서 가해자가 친절한 모습을 보이면 피해자는 이를 긍정적으로 받아들이고 유일한 생존 방법으로 생각하는 거다.

가족을 잃고 검찰에 끌려온 성양욱은 마음이 무너져 내린 상태였고 이재현 검사는 그것을 이용하고 있었다.

쾅! 박철우 검사가 테이블을 내리쳤다.

"이재현 이 새끼 진짜 쓰레기네."

그의 눈은 불꽃이 번쩍이고 있었다.

이한영이 손을 저었다.

"흥분하지 마세요. 그리고 부탁드릴 게 있어요."

"말해요."

"혈액이 필요해요."

"혈중알코올농도 확인하게?"

"네, 그런데 검찰이 뒤집힐 수도 있어요. 검사님이 직접 움직이지 말고 국선변호인의 도움을 받아봐요."

박철우 검사가 천천히 고개를 끄덕인다.

"검찰이 뒤집어진다? 상관없어요. 쭉정이를 골라낼 때가 됐어요."

* * *

집에 돌아가던 이한영은 석정호로부터 전화를 받았다.

–지난번에 송 기자님에게 받은 명단 있잖아?

지난번, 이한영은 송나연 기자에게 성양욱의 주변인을 알아봐 달라고 했었다. 그리고 석정호는 그 자료를 통해 성양욱의 주변인을 조사하는 중이다.

"뭐 있어?"

–특별한 건 아니고. 이번에 죽은 성양욱의 아내 있잖아?

"응."

–아버지가 병원에 계시거든? 오늘내일하나 봐. 그런데 남길 유산이 80억쯤 되는 것 같아.

성양욱의 죽은 아내에겐 두 살 어린 여동생이 하나 있었다. 그런데 이번에 언니가 죽었고 성양욱마저 형장의 이슬로 사라진다면 남겨질 유산은 모두 그 여동생이 가져가게 된다.

이한영의 걸음이 뚝 멈췄다.

"유산?"

전생에서는 이 사건의 진범이 10년 후에나 잡혔다. 모든 사건이 그렇듯 10년 후에 잡힌 진범에게 관심을 갖는 사람은 없다. 당시 기사에도 안타깝다는 댓글 두어 개만 달려 있을 뿐이었다.

이한영도 마찬가지였다. 지나간 사건에 관심을 두지 않았다. 당시 집안 사정 및 법원의 일이 복잡하기도 했고. 하지만 훑어보기는 했었다. 그래서 기억을 쥐어짜내고 있었는데 석정호의 말로 실마리가 조금씩 풀려가고 있다.

"땡큐. 바로 전화할게. 그리고 추가로 조사해줬으면 하는 사람이 있어."

–응.

전화를 끊은 이한영은 곧장 박철우 검사의 번호를 눌렀다.

"부탁할 게 하나 더 있는데요. 성양욱과 아내분의 통화 기록 전부를 얻을 수 있을까요?"

* * *

다음 날.

이한영은 다시 에스로펌의 대표가 된 조세헌 변호사와 마주 앉았다.

"혈중알코올농도입니다. 음주 단속이었다면 정지 처리가 되었겠죠."

"그런데요? 이걸 왜?"

"성양욱의 것입니다."

"성양욱?"

"국선변호인의 도움을 받아 얻을 수 있었어요."

결과지를 손에 든 조세헌 변호사의 미간이 찌푸려졌다. 이것은 이해할 수 없는 일이다. 구속되어 있는 성양욱이 술을 구해 마실 수는 없다.

이한영이 그에게 검사 결과지를 밀며 말했다.

"검찰이 왜 이렇게 조급할까요? 성양욱의 억울함을 해결해준다면 에스로펌의 이미지는 한순간에 바뀔 것 같은데요."

지금 검찰과 경찰은 성양욱이 살인을 저질렀다고 말하고 있다.

이한영이 말을 잇는다.

"그런데 그 모든 게 억울한 누명이었다면? 그리고 그걸 해결한 게 에스로펌이라면?"

조세헌 변호사가 고개를 젓는다.

"이것만 갖고 이길 수는 없어요."

이한영 역시 고개를 휘휘 저었다.

"재판까지 안 갈 거예요. 그 전에 범인은 잡힐 거니까요."

확신에 찬 눈빛. 보통 사람이 이런 식으로 말했다면 무시하고 넘어갔을 수도 있다. 하지만 상대는 이한영이다.

이런 확신을 가졌을 때 그는 언제나 사건을 해결했다. 게다가 검찰이 술까지 먹이며 거짓 자백을 받아낸 것이 의심스럽기도 하다.

"그 확신의 이유를 들어볼 수 있을까요?"

"성양욱의 장인어른은 80억 원의 유산을 남길 예정입니다. 성양욱의 망인이 된 아내는 두 살 어린 여자 형제가 있고요."

"그 동생이 유산을 위해 언니를 죽이고 형부까지 사형대에 올리려 한다는 건가요?"

"네, 망인이 된 아내에겐 스토커가 있었어요. 성양욱에게 찾아와 그의 딸이 자기 자식이라는 주장을 하기도 했고, 계속적으로 두 사람의 가정사를 흔들었죠."

"그런데요?"

"스토커와 동생이 통화를 하고 있었네요?"

"그것만 가지고는 힘들어요."

이한영이 고개를 저었다.

"들어보세요. 스토커는 차명을 통해 아파트를 계약했어요. 그런데 그 아파트의 주소지가 어딘지 아세요?"

더 듣지 않아도 알 수 있었다. 사건이 일어난 아파트와 같은 동이다.

이한영이 낮은 목소리로 입을 열었다.

"그 스토커가 범인이라고 할 수는 없습니다. 하지만 검찰은 곧 그 집을 압수수색 할 거예요. 거기서 범인의 범행 도구가 나타나 진범이 잡히면 에스로펌이 이미지 세탁을 할 수 있는 기회는 물 건너가는 거죠. 그러니까 모험 한번 하세요."

조세헌 변호사가 천천히 고개를 끄덕이며 성양욱의 혈중알코올농도 기록을 손에 든다.

"돈 안 되는 일만 갖고 오시네."

* * *

검찰이 대통령 비서실장에 대한 구속영장을 청구했지만 법원이 기각했다. 검찰은 유감의 뜻을 전하며 보강 수사 후 확실히 구속시키겠다는 의지를 보였다.

"그렇다는데?"

송나연 기자가 휴대폰의 화면을 보인다. 그녀의 맞은편에 앉은 후배 기자가 머리를 긁적인다.

"애초에 구속시킬 마음 없었잖아요?"

두 사람은 지금 건물 옥상에 앉아 있었다.

저격용 총처럼 카메라가 향한 곳은 30층 건물의 11층에 있는 호텔 한정식 레스토랑 VIP실이다.

송나연 기자는 박철우 검사에게 이재현 검사가 VIP실을 예약했다는 소식을 듣고 가장 잘 보이는 건물을 찾아내 앉아 있던 것이다.

그녀가 VIP실의 창문에 시선을 둔 채 입을 열었다.

"이 기사 알지?"

그녀가 다음으로 보인 기사는 성양욱이 술을 먹고 자백한 말이었다.

"네."

"내일부터는 이 기사로 세상이 도배될 거야. 검찰이나 청와대나 서로 이득을 봤으니까."

"무슨 말이에요?"

검찰은 권력의 눈치를 보지 않고 대통령 비서실장까지 불러 조사했다는 강한 이미지를 얻었고, 청와대는 대통령 비서실장이 법정 구속을 피하며 강신진과 연루되지 않고 깨끗하다는 이미지를 얻었다.

"이게 짜고 치는 고스톱이야."

얻을 것은 모두 얻은 검찰과 청와대.

이들은 이제 세상의 관심을 다른 곳으로 옮길 건더기가 필요했다. 그것이 바로 성양욱이다.

아내와 세 살짜리 딸을 죽인 괴물. 인간 같지 않은 쓰레기. 더욱이 그는 서초동에 사는 부유층이며 고학력자라는 스토리텔링도 갖췄다. 자극적인 내용에 사람들은 분노할 테고 자연스레 대통령 비서실장에 관한 관심은 멀어질 거다.

후배 기자가 한숨을 내쉬며 시선을 호텔 VIP실로 옮겼다.

"그런데요, 우리 같은 작은 회사가 검찰이나 청와대를 저격해도 되는 거예요? 내일 회사 사라지는 거 아녜요?"

송나연 기자가 픽 웃는다.

"사장님이 왜 허락했겠어? 메이저 업체는 권력의 눈치를 볼 수밖에 없지만, 우리는 메이저가 되려면 진짜 특종을 잡아서 사람들에게 인정을 받아야 해."

그때, VIP실로 세 사람이 들어오는 게 보였다.

"왔다."

송나연 기자와 후배 기자는 난간에 몸을 바짝 붙였다.

카메라에 들어온 사람은 이재현 검사와 중앙지검 검사장 그리고 검찰총장이다.

후배가 셔터를 누른다.

찰칵찰칵, 소리와 함께 그들의 얼굴이 렌즈에 담겼다.

잠시 후, 또 문이 열렸다. 이번에 들어온 사람은 대통령 비서실장이다.

악수를 나누는 그들.

역시 그들의 모습이 카메라에 담기는데…….

"어?"

뷰파인더를 보던 후배의 얼굴이 딱딱히 굳는다.

"왜?"

"씨발, 걸렸어요."

이재현 검사가 창문을 통해 그들이 자리한 건물의 옥상을 노려보고 있었다. 그가 손가락으로 송나연 기자와 후배 기자를 가리킨다.

"튀어!"

두 사람은 후다닥 자리를 정리했다. 옥상을 벗어나 엘리베이터 앞에 선다.

"엘리베이터는 아니야! 위험할 수도 있어!"

"그럼 비상계단요?"

그것도 위험하다.

작은 건물이라 엘리베이터도 한 대, 비상계단도 하나였다.

"메모리카드는 내게 주고 넌 카메라만 들어! 넌 끝까지 내려가고 난 중간에 빠져나가서 다른 가게에 들어가 있을게!"

"네!"

하지만…….

저벅저벅. 비상계단에서 누군가가 올라오는 소리가 들린다. 엘리베이터도 위로 향하고 있다. 이재현 검사가 진작부터 예상하고 사람을 보낸 거다.

띵동. 소리와 함께 엘리베이터의 문이 열렸다. 그곳에서 검은 양복을 입은 한 남자가 내린다. 그 남자가 송나연 기자와 후배 기자 앞으로 다가와 손바닥을 내밀었다.

"메모리카드를 주면 곱게 보내줄게."

* * *

이한영의 휴대폰에 진동이 울렸다. 송나연 기자에게 온 거다. 그가 메시지를 보며 박철우 검사를 향한다.

"예상대로 걸렸다는데요? 메모리카드는 뺏겼고요."

"다행이네요."

두 사람은 송나연 기자가 메모리카드를 빼앗겼지만 대수롭지 않아 보였다.

6

건너편 건물의 옥상을 바라보던 이재현 검사가 몸을 돌렸다. 그의 눈에 대통령 비서실장과 검찰총장 그리고 검사장이 보인다.

"해결된 것 같습니다."

"창문을 가리는 게 좋겠어."

검사장의 말에 이재현 검사는 고개를 숙인 후 밖으로 나갔다.

잠시 후 호텔의 직원들이 들어와 창문에 전지를 붙이기 시작했다. 이제 밖에서는 안이 보이지 않는다. 그리고 직원들이 떠난 후 다시 그들만 남았다.

이재현 검사는 룸에 있는 도자기 속을 확인한 후 몸을 숙여 테이블 아래를 샅샅이 뒤져봤다. 혹시 모를 도청 장치가 있는 것은 아닌지 확인하기 위해서다.

"아무것도 없습니다."

그러자 대통령 비서실장이 찻잔을 들며 입을 연다.

"기자들이 언론의자유다 뭐다를 믿고 너무 날뛰고 있어요. 그놈의 알 권리가 무엇인지, 이렇게 좋은 분들과 만나 개인적인 시간을 갖기도 어려워요."

정권을 잡기 전, 지금의 대통령과 비서실장은 언론을 이용했다. 전 정권과 다른 대권 주자들을 신랄하게 비판했으며 마치 자신들이 대한민국의 구세주인 것처럼 사람들을 현혹했다. 지금도 언론사를 통제해 비서실장이 죄가 없는 양 조장하는 중이다. 그런데 그는 지금 자신들을 왕좌에 앉게 해준 언론을 욕하고 있었다.

검찰총장이 빙긋이 웃으며 대통령 비서실장의 잔에 술을 채웠다.

"저놈들도 바보가 아니에요. 강신진과 비서실장님과의 연관성이 없어진 이상 똥과 된장은 구분하겠죠. 다시 충성을 외칠 겁니다."

"그럴까요?"

기분 좋게 술잔을 받은 대통령 비서실장이 단번에 술을 마셨다. 그리고 이재현 검사를 향해 이리 오라고 손짓한다. 이재현 검사가 그 옆으로 다가가자 대통령 비서실장은 자신이 사용하던 잔을 그에게 내밀었다.

이재현 검사는 허리를 숙인 채 공손히 술잔을 받아 들었다.

"총장님과 검사장이 나를 신경 써준 것 알아요. 그런데 우리 이재현 검사가 고생을 많이 했어요. 그래서 첫 잔은 이재현 검사에게 따라 주고 싶어요."

검찰총장과 검사장은 크게 웃으며 알았다고 말한다. 그렇게 술잔이 오갔다.

검찰총장이 검사장을 보며 조용히 입을 연다.

"내일부터 중앙지검은 모두 서초동 살인 사건에 집중하도록 해."

검찰이 집중하면 언론의 시선도 자연히 따라오는 법이다.

검사장이 고개를 숙였다.

"네, 이틀 안으로 국민들의 머릿속에서 비서실장님에 관한 기억을 지워 버리겠습니다. 이재현 검사가 피고인에게 자백도 받아둔 만큼 어렵지 않을 겁니다."

검찰총장의 시선이 이재현 검사에게 향했다.

"이 검사, 서초동 살인 사건의 피고인 이름이 뭐지?"

"성양욱입니다."

"요즘 국민 배우, 국민 가수라는 이름이 유행이지? 성양욱을 국민 살인범으로 만들어."

비서실장이 크게 웃기 시작했다.

"그래요. 이게 세상이 잘 돌아가는 거지. 검찰이 사람 하나 죽여본 적 없는 나를 잡고 들들 볶는 것은 우스운 겁니다. 검찰이 칼을 빼 들었으면 살인범을 잡아야죠! 하하하하!"

* * *

빠직.

메모리카드가 구두 굽에 밟혀 산산조각이 났다.

송나연 기자와 후배 기자는 망연자실한 표정으로 앞에 선 남자를 바라봤다.

남자가 입을 연다.

"명함."

그의 눈빛은 살인을 저지르기 직전의 사람과 같았다. 후배 기자는 몸을 떨며 지갑에서 명함을 꺼내 건넨다.

"월드 코리아 신문? 이런 곳도 있었나?"

드림일보에 있던 송나연 기자는 사장의 눈 밖에 나서 강원도로 갔다가 사표를 던졌다. 그리고 새로 들어간 곳이 월드 코리아 신문이다. 하지만 작은 언론사라 모르는 사람이 많다.

남자가 명함을 구겨 주머니에 넣으며 협박성 짙은 목소리로 입을 열었다.

"비서실장님이 마음이 좋은 분이라 경고만 하고 끝내지만 계속 이런 식으로 나오면 회사가 사라질 수도 있어. 작은 언론사 하나 없애는 것은 일도 아니야. 괜히 용감한 기자 놀이 하지 말고 집에 가서 예능 프로그램 줄거리나 작성해. 알았어?"

"네."

후배 기자는 기어들어가는 목소리로 대답했고, 남자는 몸을 돌려 그 자리를 떠났다.

후배 기자가 송나연 기자를 본다.

"내일이 되면 세상이 뒤집어지는 거죠?"

"응."

"사장님이 뭐라고 안 하실까요?"

"좋아하실걸?"
후배 기자가 몸을 부르르 떤다.
"아후, 벌써부터 겁나네요."

* * *

월드 코리아 신문.
송나연 기자가 원래 있던 드림일보와는 천지 차이다. 일단 드림일보는 알짜배기 땅에 고급스러운 사옥을 가지고 있었지만, 이들은 50평 정도 사무실을 월세로 쓰고 있었다.
사장실의 문이 열리고 송나연 기자가 들어왔다.
"아직 퇴근 안 하셨을 줄 알았어요."
"특종 올 테니 기다리라며?"
수염이 북실북실 난 사장이 씨익 웃는다. 어서 특종을 보이라는 뜻이다.
송나연 기자가 사장의 책상 앞으로 걸어가 USB를 내려 둔다.
"우선 저희가 협박당하던 CCTV 화면요."
"CCTV? 여기는 오디오가 없잖아?"
"당연히 있죠."
그녀는 운동화를 벗더니 양말 속에 숨겨 뒀던 녹음기를 꺼냈다.
사장이 장난스럽게 미간을 찌푸린다.
"발은 씻었나?"
"두 달 동안 안 씻었어요."
"마음에 드네."
사장이 곧장 USB를 들어 노트북에 연결한 후 화면을 재생하며 녹음기의 플레이 버튼을 눌렀다. 남자의 얼굴과 입 모양 그리고 녹음기에서 흐르는 음성이 정확히 일치한다.

–비서실장님이 마음이 좋은 분이라 경고만 하고 끝내지만 계속 이런 식으로 나오면 회사가 사라질 수도 있어. 작은 언론사 하나 없애는 것은 일도 아니야.

남자의 목소리를 들으며 사장은 주먹을 꽉 쥐었다.

"비서실장의 이름도 나왔고, 언론을 협박하는 장면도 나왔어. 좋네!"

자금이 부족한 작은 언론사가 쾅 뜨는 방법은 단 하나다.

위험을 무릅쓰고 진실을 알리는 것.

그게 정석이었고 가장 빨랐다.

그리고 이 사장은 메이저 업체에 있다가 독립한 사람이다. 정재계의 권력에 굴복하지 않고 진실을 알리기 위해. 그런 사람이 '회사가 사라질 수도 있어'라는 말을 들었으니 오랜만에 기자 정신에 불이 붙고 말았다. 이들은 권력의 협박을 대수롭지 않게 생각하고 있었다.

사장이 고개를 들어 송나연 기자를 본다.

"그런데 이걸로는 양념이 부족한데, 조미료 더 없나?"

"조미료는 없어요. 하지만 메인은 금방 올 거예요."

* * *

대통령 비서실장과 검찰의 관계자가 있던 VIP룸.

모두 떠난 그곳은 적막만이 들어서 있었다. 그곳의 문이 삐걱 열리고 박철우 검사가 들어선다. 성큼성큼 안으로 들어온 그는 동양화가 그려진 액자를 손에 들었다. 몰래카메라가 숨겨진 액자다.

그때 직원이 들어와 입을 연다.

"검찰총장님이 동양화를 좋아하실 줄은 몰랐어요."

박철우 검사가 슬쩍 웃으며 고개를 끄덕였다.

"아주 좋아하시죠. 그래서 저희는 힘들어요. 중요한 식사 자리가 있으면 그 전에 동양화를 걸어둬야 하니까요."

높은 위치에 있는 사람이 어딘가에 갈 때 그 사람이 좋아하는 분위기로 실내를 장식하는 것은 흔히 있는 일이었다. 박철우 검사는 그 핑계를 대고 동양화를 설치했고 호텔의 직원들은 어떤 의심도 하지 않았다.

박철우 검사가 엘리베이터를 타고 내려오자 지하 주차장엔 이한영의 차가 기다리고 있었다.

박철우 검사가 차에 오르자 이한영이 입을 연다.

"회수했어요?"

"물론이죠."

"바로 송나연 기자님께 전화 넣어주세요."

"콜."

이한영이 액셀을 밟자 박철우 검사는 휴대폰을 귀에 댄다.

"비싼 그림 들고 회사 앞으로 갈게요. 10분 정도 걸릴 것 같습니다."

* * *

다음 날.

포털사이트의 기사는 성양욱의 사건으로 도배되어 있었다.

—살인범 성양욱. 어린 딸을 죽이고도 반성이 없다

—각박한 세상에 가족의 의미를 생각해봐야 하는 사건

—성양욱 이웃 주민, 항상 친절한 사람이라 그럴 줄 몰랐다

—형부에게 살해당한 언니, 마지막 통화를 했던 동생의 눈물

—사이코패스와 함께했던 직원들

감성을 건드리는 자극적인 제목.

메이저 업체에서 하나씩 건드리기 시작하자 소규모 업체도 성양욱의 이름을 쓰기 시작했다. 그리고 포털사이트엔 성양욱의 이름이 검색어로 올랐다.

어제까지 조용했던 사건이다. 그런 사건이 한순간에 수면 위로 올라왔지만 '왜? 갑자기?'라며 의심하는 사람은 없었다.

텔레비전의 뉴스도 마찬가지였다. 아나운서가 시끄럽게 소식을 알린다.

세 살 난 딸과 아내를 살해한 살인범 성양욱의 변호를 에스로펌이 맡기로 했습니다. 성양욱은 서초동에서 10억이 넘는 아파트에 거주하고 있으며 연봉도 억대를 받고 있던 사람입니다. 우리나라에서 에스로펌이 지금껏 어떤 일을 해왔는지는 모두 알고 계실 겁니다. 법률만으로 싸운다면 법원도 이길 수 있다는 에스로펌. 성양욱은 가족을 살해한 후 반성은커녕 에스로펌에 변호를 의뢰해 빠져나갈 궁리만 하고 있습니다.

검찰과 에스로펌 앞에는 각 시민단체가 몰려와 시위를 하기 시작했다.

—에스로펌은 당장 변호를 포기하라! 포기하라!"

—법은 인간을 위한 것이지 가족을 살해한 파렴치한 짐승을 위한 것이 아니다! 에스로펌은 당장 마지막 양심을 지켜라!

삑. 텔레비전이 꺼졌다.

대통령 비서실장의 얼굴에 미소가 걸린다. 어제 만난 검사장은 국민들의 머릿속에서 비서실장의 사건이 잊히기까지 이틀을 이야기했다. 하지만 오늘로 충분하다. 모든 사람들은 대통령 비서실장과 강신진 사이의 의혹은 기억에조차 없는 것처럼 성양욱을 욕했다.

"마음에 들어."

* * *

그 시각.

성양욱은 귀를 막고 바들바들 떨고 있었다.

앞에 놓인 텔레비전에서는 자신을 신랄하게 비판하는 아나운서가 보였고, 옆에 있는 태블릿 PC에는 기사의 댓글이 보였다.

–쓰레기는 사형

–개 같은 놈

–사형선고 해놓고 세금으로 밥 주겠지? 아깝다, 퉤퉤퉤

–이한영 판사가 재판했으면 좋겠다. 시원하게 사형 때릴 텐데.

–세 살 아기를 키우는 엄마입니다. 아이가 얼마나 무서웠을까요. 생각만 해도 슬프네요.

–사형시켜주세요!

–이런 놈이 다시 사회에 나오면 안 됩니다.

–술 먹었다고 감형받겠지? 그래, 나와봐. 내가 죽여버릴 테니까.

툭.

태블릿 PC가 뒤집어졌다.

삑.

텔레비전이 꺼진다.

이재현 검사가 몸을 돌려 성양욱을 향한다. 그리고 그의 어깨를 가볍게 쥐며 입을 연다.

"사람들은 성양욱 씨가 살해한 줄 알아요."

"으, 으……."

"재판에서 이겨서 자유의 몸이 되면 뭐 해요? 다들 손가락질할 텐데. 성양욱 씨를 보며 가족을 죽인 살인범이라고 욕할 텐데. 성양욱 씨는 평생 사람들의 눈치를 보며 살아야 해요."

"그, 그냥 죽여주세요. 살고 싶지 않아요. 딸이 보고 싶어요. 아내가 보고 싶어요."

"하……."

이재현 검사는 성양욱의 모든 마음을 이해한다는 듯 무거운 한숨을 뱉으며 고개를 저었다. 하지만 그의 입은 웃고 있었다.

'됐어. 완벽해.'

성양욱의 정신을 무너뜨렸다. 이제 재판에서 사형을 선고한 후 깔끔하게 끝내면 된다.

그러던 중 문이 벌컥 열리고 한 검사가 들어왔다. 그가 새파랗게 질린 얼굴로 이재현 검사의 앞으로 다가와 속삭인다.

"어제 총장님 그리고 검사장님과 비서실장 만났다며?"

검사의 목소리가 좋지 않다. 분명 무슨 일이 생긴 거다. 이재현 검사가 딱딱하게 굳은 얼굴로 그를 본다.

"왜 그러시죠?"

그때 똑똑똑, 열린 문에서 노크 소리가 들렸다.

고개를 틀어 보니 박철우 검사가 보인다.

"재현아, 어쩌냐? 너 스타 되게 생겼다?"

박철우 검사가 휴대폰의 화면을 보여준다.

대통령 비서실장과 이재현 검사, 짜고 친 고스톱인가!

7

비스듬히 고개를 튼 이재현 검사가 다시 한번 기사의 제목을 확인한다.

"이, 이게 뭡니까?"

박철우 검사가 이재현 검사의 어깨에 손을 올리고 힘주어 쥐었다.

"재현아, 브리핑할 시간 같은데."

한없이 비꼬는 목소리.

"혹시 부부장님께서?"

"혹시 뭘?"

"아닙니다."

이재현 검사는 이 기사를 만든 배후에 박철우 검사가 있다는 걸 직감으로 느꼈다. 하지만 증거는 없다. 그가 할 수 있는 일은 턱에 힘을 준 채 박철우 검사를 쏘아보는 것뿐이었다.

박철우 검사가 이재현 검사의 옆을 스치며 입을 열었다.

"뭐 해? 기자들이 기다리고 있어. 어서 가서 변명해야 하지 않을까? 성양욱 씨의 조사는 내가 하고 있을 테니까 가봐."

이재현 검사는 머리를 쓸어 넘기며 성양욱 맞은편에 앉는 박철우 검사를 노려봤다.

"부부장님, 전 무사할 겁니다."

"그럴까?"

"총장님과 검사장님 그리고……."

박철우 검사가 픽 웃는다.

"넌 도마뱀 꼬리일 뿐이야."

이재현 검사의 입꼬리가 비스듬히 휘었다.

"도마뱀 꼬리가 먼저 잘릴까요, 아니면 튀어나온 못이 먼저 망치에 두들겨 맞을까요? 궁금해지네요."

튀어나온 못은 항상 돌발 행동을 일삼는 박철우 검사를 뜻하는 말이다. 후배 검사의 건방진 말이었지만 박철우 검사는 어깨를 으쓱해 보였다.

“나도 궁금하네. 그런데 이 검사, 난 두들겨 맞는 걸 무서워하는 검사가 아니야. 내가 무서워하는 건 너처럼 될지도 모른다는 것. 그게 두려울 뿐이야.”

이재현 검사는 굳은 표정과 함께 문밖으로 걸음을 옮겼다.

복도를 걸으며 이재현 검사는 휴대폰을 귀에 대고 검사장에게 전화를 걸었다.

수화기 너머에서 무거운 목소리가 들려온다.

—무조건 아니라고 해. 합성이라고 해!

“하, 합성요?”

이재현 검사의 눈살이 찌푸려졌다. 때아닌 합성이라니, 갑작스러운 상황에 검사장도 답이 없는 모양이었다. 이재현 검사가 그렇게 생각하고 있을 때.

—걱정하지 마. 넌 의혹을 만들고 시간을 끌어. 기사를 낸 곳은 월드 코리아라는 작은 신문사야. 검사들을 보냈으니까 적어도 2시간 후에는 바로 사과문이 올라올 거야.

인터넷에 퍼지고 있는 기사는 진짜였다. 하지만 검사장은 월드 코리아 신문을 협박해 사과문을 받아낼 생각이다. 관심을 끌기 위해 합성을 만들어냈다 어쨌다 하는 사과문이 나온다면 진실이 어찌 됐든 사람들의 관심은 다시 다른 곳으로 향할 거다. 물론 몇몇은 계속해서 의혹을 품겠지만 세상은 소수의 의견을 존중하지 않는다.

인상을 구기고 있던 이재현 검사의 얼굴에 처음으로 작은 미소가 걸렸다.

“알겠습니다.”

찰칵! 찰칵! 카메라 셔터 눌리는 소리와 함께 엄청난 플래시가 이재현 검사를 향했다.

한 기자가 손을 든다.

"대통령 비서실장과 만나 사람들의 관심을 돌리기 위해 서초동 살인 사건을 이용하려는 게 맞습니까?"

이재현 검사가 고개를 저었다.

"아닙니다. 어제 저는 퇴근 후 집에 갔고, 무엇보다 비싼 호텔의 레스토랑에서 식사를 해본 경험이 없습니다."

"동영상이 찍혀 있는데요?"

"합성 또는 비슷한 대역을 내세워 만든 영상일 뿐입니다. 검찰에서도 조사 중에 있으니 조금만 기다려주셨으면 합니다."

뻔뻔한 얼굴. 이재현 검사의 어딜 봐도 거짓을 말한다는 느낌을 받을 수 없었다.

또 다른 기자가 손을 들었다.

"대통령 비서실장에게 기자가 협박당하던 영상도 있습니다. 이것도 조작한 영상이라고 말하실 겁니까?"

"네, 영상 확인 결과 CCTV에 찍힌 것이었습니다. CCTV 영상에는 음성이 녹음될 수 없는데 그 영상에서는 소리가 나오고 있습니다. 이는 편집을 했다는 증거이므로 본 검찰은 월드 코리아라는 신문사가……."

그때.

구석에서 작은 목소리가 들렸다.

"편집을 하기는 했는데요. 제가 들고 있던 녹음기에 녹음된 음성을 덧씌웠을 뿐이에요."

이재현 검사는 물론 모든 기자들의 시선이 작은 목소리가 들린 곳으로 향했다. 송나연 기자가 보인다.

그녀가 가볍게 손을 든다.

"그리고 어디가 합성이고 대역이라는 거죠? 호텔 엘리베이터에 찍힌

CCTV에도 정확히 찍혀 있고, 주차장에 들어간 차량의 번호도 모두 일치하잖아요?"

순가 이재현 검사의 얼굴이 썩어 들어갔고 기자들은 그 순간을 놓치지 않은 채 셔터를 눌러댔다. 방송국 카메라는 모든 상황을 촬영하는 중이다.

이재현 검사가 굳은 얼굴로 입을 연다.

"월드 코리아에서 나오셨나요?"

"네, 월드 코리아 송나연 기자입니다. 경호원인지 누군지 모르겠지만 협박을 당해 메모리카드를 빼앗겼던 사람이기도 하고요."

"송 기자님, 제가 검사 생활을 하며 하나 알게 된 것이 있어요. 죄를 지은 사람들은 하나같이 논리적으로 변명을 한다는 거죠. 지금 월드 코리아 역시 합성과 대역 의혹을 피하기 위해 변명을……."

송나연 기자가 고개를 끄덕였다.

"그건 조사해보면 알 일이고, 제가 여기에 온 것은 하나 여쭤보고 싶은 게 있어서예요."

이재현 검사의 얼굴이 딱딱히 굳어간다. 여기서 송나연 기자의 입을 막지 않으면 더 큰일이 일어날 수 있다는 걸 본능으로 느껴서다.

그가 서둘러 입을 열었다.

"질문은 받지 않겠습니다. 검찰은 월드 코리아 신문을 조사할 것이며 지금 받은 모든 의혹에 대해 떳떳하다는 것을 밝히도록 하겠습니……."

이재현 검사의 말은 이어지지 못했다.

송나연 기자의 목소리가 크게 울렸기 때문이다.

"이재현 검사님! 서초동 살인 사건도 담당하고 계시죠? 에스로펌에서 피고인 성양욱의 혈중알코올농도를 조사한 것 아시나요?"

순간 분위기가 차갑게 가라앉았다. 뜬금없이 혈중알코올농도라니. 이미 사건 당일로부터 많은 날이 지난 후였다. 술에 취해 살인을 저질렀다는 주장을 하고 싶어도 검사를 해봤자 아무것도 나올 수 없었다.

모든 기자가 눈을 깜빡일 때, 이재현 검사의 얼굴은 시퍼렇게 질려가고 있었다.

"혀, 혈중알코올농도?"

"성양욱은 검사님이 변호인 없이 조사했으며, 그 과정에서 술을 먹였다는 주장을 했습니다. 검사 결과 역시 성양욱의 주장을 뒷받침해줬고요. 맞나요?"

이재현 검사는 눈을 꾹 감았다.

그 시각, 검찰은 월드 코리아 신문사 앞에 도착했다.

계단을 올라가고 입구를 막아선다. 엘리베이터도 마찬가지다.

지휘를 맡은 검사가 담배를 입에 물며 복도를 걸었다. 그의 뒤는 30여 명의 수사관과 검사들이 쫓고 있었다. 멀리 '월드 코리아 신문'이라는 간판이 보였다.

그때 그의 휴대폰이 울린다. 검사장이다.

"네, 검사장님."

–없으면 만들어내. 뭐든 좋으니까 박살 내버려.

"걱정하지 마십시오."

검사는 픽 웃으며 휴대폰을 주머니에 쑤셔 넣었다.

"이재현 이 멍청한 새끼, 피고인에게 술은 왜 먹여?"

그는 검찰의 브리핑실에서 이재현 검사가 궁지에 몰렸다는 소식을 들어 알고 있었다.

검찰의 수뇌부가 흔들릴 정도로 큰 사건. 이 사건을 덮고 다시 평화로운 검찰로 돌아가기 위해선 방법은 단 하나다. 더 큰 사건을 만들어내는 것. 그 과정에서 몇몇은 책임을 지고 옷을 벗겠지만 적어도 검찰 전체가 흔들리는 일은 피할 수 있다.

그가 월드 코리아 신문사의 문 앞에 섰다.

“열어.”

그 말에 검사들이 문을 연다.

그가 담배 연기를 내뿜는다.

“다 조져.”

검사와 수사관들이 다급히 들어갔다.

그런데…….

“아무도 없습니다!”

“컴퓨터도 없어요!”

“문서도 택시를 탔다는 영수증뿐입니다.”

그들은 이미 그 자리를 피했다.

* * *

—권력의 민낯! 청와대와 결탁한 검찰!

—검찰, 살인 사건을 이용해 비리를 은폐하려 했다

—강신진 판사에 이어 이재현 검사 게이트 열리나

—흔들리는 법조계

—야당, 특검을 요구! 대통령까지 성역 없이 수사해야!

“작은 언론사의 장점이 뭔지 알아?”

수염이 북실북실 난 월드 코리아 신문사의 사장이 기사를 보던 휴대폰을 덮으며 고개를 틀었다.

송나연 기자의 후배 기자가 보인다.

“뭔데요?”

“언제든 빠르게 튈 수 있다는 것. 흐흐.”

그들은 자신들의 사무실이 보이는 건너편 커피숍에 앉아 있었다. 느긋하게 커피를 마시며 검사들의 우왕좌왕하는 모습을 즐기면서.

후배 기자가 장난스럽게 웃는다.

"빨리 튈 수 있다는 말은 안 멋있는데요?"

"넌 멋있으려고 기자 하냐? 기자는 몸에 똥오줌 묻히며 돌아다녀야 하는 직업이야."

"네, 뭐."

신문사 사장이 아메리카노에 꽂힌 스트로를 쪽쪽 빨다가 다시 입을 연다.

"그런데 송 기자는 이제 독립하려나?"

"독립요?"

"송 기자는 스타일상 누구 밑에 있을 사람이 아니야. 천방지축 날뛰면서 위험한 기사를 손에 얻는 종군기자는 누구 밑에 있을 수 없어. 갈 곳도 없고."

"갈 곳이 없다니요? 우리가 그렇잖아요! 위험한 기사가 좋은 기사라면서요?"

"그렇지."

후배 기자의 눈빛에 불신이 가득 섞인다.

"사장님, 지금 송 기자님 자르겠다는 말씀이세요? 검찰의 표적이 되게 만들었다고요?"

신문사 사장이 고개를 젓는다.

"하, 미친놈. 내가 송 기자를 왜 잘라? 우리 신문사 마스코튼데. 내가 자르는 게 아니라 송 기자가 우리를 떠날 거야. 자꾸 그럴 것만 같네."

"왜요?"

"미안해서."

"뭐가요? 뭐가 미안한데요?"

후배 기자의 채근하는 목소리를 들으며 신문사 사장은 다시 커피잔을 들었다.

* * *

그날 밤.

세상은 또 뒤집어졌다.

검찰에 대한 대대적인 불만이 국민의 입에서 터져 나오고 있었다.

그 시각, 월드 코리아 사무실에 들어선 송나연 기자는 불을 켰다. 검찰이 대대적으로 쑤시고 돌아간 흔적이 여기저기 남아 있다. 종이는 널브러져 있고 책상과 의자도 쓰러져 있다. 그녀가 땅에 떨어진 종이를 쥐며 정리를 시작한다.

그때 그녀의 입에서 한숨이 푹 흘렀다. 분명 자신은 진실을 말했다. 대역을 쓴 것도 아니고 합성은 더더욱 아니다. 하지만 진실을 숨기고자 하는 권력자들은 무차별적으로 사무실을 흔들었다. 공권력이 사심을 갖는 순간 깡패가 되는 거다. 그녀가 빈 책상과 의자를 죽 둘러봤다.

"미안하네."

꼭 자신 때문에 이런 일이 벌어진 것만 같았다. 그리고 앞으로 더 깊숙한 어둠에 들어갈수록 권력의 주먹은 지금보다 가혹하게 그녀와 그녀의 주변을 공격할 거다.

그때. 툭, 불이 꺼졌다.

"어? 전기가 나갔나?"

갑자기 모든 전기가 나간 건물.

복도에는 한 남자가 걷고 있었다. 손에는 어둠 속에서도 번쩍이는 칼이 들려 있다. 지이잉. 그의 휴대폰이 진동을 울리며 메시지가 도착했다.

—CCTV도 멈췄다. 죽여.

남자는 휴대폰을 품에 넣으며 다시 복도를 걷는다. 그가 향하는 곳은 월드 코리아 신문 사무실이다. 그리고 그곳엔 송나연 기자가 있었다.

뚜벅뚜벅. 두려운 소리가 공간을 울렸다.

그가 신문사의 문고리를 잡는다.

끼릭, 문을 여는 순간.

콱! 그의 손목이 억센 손에 잡혔다.

"어?"

옆을 보는데 거대한 덩치의 곰 같은 석정호가 보인다. 동시에 석정호는 어마어마한 힘으로 남자의 손목을 콱, 비틀었다. 남자의 손에 들려 있던 칼이 바닥에 힘없이 떨어진다.

"끄으으윽!"

"경호 업체 대표이며 삼총사와 달타냥의 석정호라고 한다. 지금은 삼총사의 마스코트 송 기자님을 경호하는 중이고. 그러니까 지금부터 네 팔을 부러뜨릴 거다. 시끄러우니까 비명은 조금만 질러라."

까드드득. 뼈가 어긋나는 소리가 복도를 울리며…….

"끼아아아아악!"

남자의 비명도 함께 울렸다.

그 소리를 들은 송나연 기자가 밖으로 나왔다.

"정호 씨?"

그녀의 눈에 손을 터는 석정호와 팔을 잡고 바닥을 뒹구는 남자가 보였다.

다시 뉴스는 시끄러워진다.

아나운서가 힘없는 목소리로 입을 열었다.

또 충격적인 일이 벌어졌습니다. 믿기지 않게도 검사가 청부 살해를 하려고 했습니다. 이재현 검사는 사건을 밝힌 송나연 기자를 살해하기 위해…….

채널이 돌아갔다.

이재현 검사는 송나연 기자를 살해한 후 월드 코리아 신문사의 사장을 협박하려 했습니다. 목적은 월드 코리아 사장이 사과문을 올리게 하려는 것이었습니다.

삑.

텔레비전이 꺼졌다.

이한영이 고개를 틀어 박철우 검사를 향했다.

"어제 혹시 몰라서 정호한테 부탁했거든요. 그런데 진짜 이런 바보 같은 짓을 할 줄은 몰랐네요."

박철우 검사는 힘없는 표정으로 고개를 저었다.

"이재현 검사의 목표는 오로지 성공이니까요. 궁지에 몰린 상태에서 생각한 유일한 방법이 바보 같은 계획이었나 봐요. 출근해서 만나는 사람이 범죄자라 자기도 범죄자가 되었나 봅니다."

이한영이 자리에서 일어섰다.

이재현 게이트로 만들어지는 특검은 문제가 없을 거다. 대통령의 지지율은 곤두박질치고 있었고 국민은 진실을 원하고 있었으니까.

"이제 우리는 성양욱의 진실을 밝혀야겠죠?"

8

박철우 검사가 손뼉을 짝 친다.

"밝혀야죠."

그동안 이한영은 박철우 검사와 송나연 기자 그리고 석정호의 도움을 받아 성양욱의 처제를 뒷조사하고 있었다.

박철우 검사가 테이블에 놓았던 통화 기록을 손에 쥐며 말한다.

"처제는 성양욱의 죽은 아내를 쫓아다니던 스토커와 연락을 이어가고 있었어요."

"그 스토커는 성양욱에게 그의 딸이 자기 자식이라고 말한 놈이죠."

그리고 남겨질 어마어마한 유산. 짙은 범죄의 냄새가 난다.

미래를 살다 온 이한영은 그들이 범인이라는 것을 알고 있었다. 문제는 처제와 스토커가 주고받은 전화의 내용을 알 수 없다는 거다. 처제 측에서 '언니를 쫓아다니지 말라고 전화했던 거예요'라고 주장할 수도 있었다. 게다가 놈들은 사건 당일의 알리바이 역시 확실하다. 조금 더 시간이 지난다면 발전된 과학수사에 의해 덜미를 잡을 수 있지만 지금은 무리다.

이한영이 팔짱을 끼며 입을 열었다.

"어떻게 해야 할까요? 스토커의 집에 살해 도구가 있을 텐데요."

확신은 있지만 무작정 가택수색을 할 수도 없었다. 이런저런 생각을 하고 있을 때 옥탑방의 문이 슬쩍 열리며 송나연 기자가 들어왔다.

"반갑습니다!"

힘차게 말했지만 그녀의 표정은 어둡다.

어제 그녀가 다니는 회사의 사무실은 검찰에 의해 압수수색을 당했다. 그리고 밤에는 험악한 남자가 그녀를 죽이려고 찾아왔다. 그 때문에 오늘 하루 종일 경찰서를 오갔고 힘이 쭉 빠질 수밖에 없었다.

그녀가 테이블에 가방을 내려놓자 옆에 있던 박철우 검사가 재빨리 맥주를 꺼내 그녀 앞에 건넸다.

송나연 기자가 맥주를 마신 후 '탁!' 소리가 날 정도로 내려둔다.

"사표 쓰고 왔어요."

박철우 검사의 눈이 동그랗게 커졌다.

"사표?"

"네, 더 다니면 회사에 민폐 끼칠 것 같아서요. 검찰이 압수수색 했을 때도 꾹 참았는데 킬러까지 오니까 어쩔 수 없네요. 어제는 정호 씨 덕에 괜찮았지만 앞으로는 모르잖아요. 다른 사람이 다칠 수도 있고요."

이한영은 예상했다는 듯 고개를 끄덕끄덕한다.

"그럼 이제 어떻게 하실 거예요?"

그녀는 메이저 업체인 드림일보에 찍힌 몸이다. 당연히 다른 메이저 업체에 들어갈 수도 없다. 그렇다고 소규모 언론사에 들어가기도 애매하다. 그녀의 말대로 앞으로도 이런 위험은 언제든 생길 수 있으니까. 특히 소규모 업체일수록 바람이 불면 쉽게 흔들리고 뿌리까지 뽑힐 수도 있다.

송나연 기자가 복잡한 표정으로 고개를 저었다.

"모르겠어요."

처음 보는 자신감 없는 표정이다.

그때 이한영이 휴대폰을 귀에 댔다.

"순호야, 우리 돈 얼마나 남았지? 아, 그래? 그 정도면 작은 신문사는 만들 수 있겠네. 자세한 것은 내일 연락하자."

이한영이 전화를 끊자 송나연 기자가 눈을 깜빡인다.

"뭐예요?"

"송나연 기자님을 이제 대표님으로 만들어드리려고요."

"네?"

"알잖아요, 우리 돈 있는 거."

송나연 기자가 다급히 일어섰다.

"그 돈은 나중에 나쁜 놈이 나타나면 쓰기로 했잖아요!"

"나중에 나쁜 놈이 나타났을 때 정면으로 싸워 이길 수 있을 신문사를 만드는 것도 좋지 않을까요?"

송나연 기자가 황당한 표정을 짓자 이한영이 어깨를 으쓱해 보였다.

"아, 월급은 가져가시겠지만 수익 배분은 공평하게 해요. 기자님, 검사님 그리고 저와 석정호, 이순호. 다섯 명끼리 나누려면 열심히 일하셔야 할 거예요."

박철우 검사가 맥주를 들며 말한다.

"좋네요, 흐흐."

이한영과 박철우 검사는 송나연 기자를 자유롭게 풀어두면 더 멋진 기자가 되지 않을까 하는 이야기를 종종 했었다. 특히 이한영은 더 그런 마음이 컸다.

전생에서 봤던 송나연 기자는 드림일보의 팀장이었고 누구보다 멋진 여성이었지만, 이한영과 만나며 유일하게 사회적 위치가 떨어지고 말았다.

이한영과 박철우 검사의 표정을 보던 송나연 기자는 한숨을 푹 내쉬며 맥주를 마신다. 그리고.

"열심히 하겠습니다!"

다시 씩씩한 송나연 기자로 돌아왔다.

* * *

며칠 후.

이한영과 박철우 검사는 스토커의 집 앞에 있었다.

"여기죠?"

"네."

스토커는 성양육이 사는 아파트의 같은 동에 다른 사람의 이름을 빌려 거주하고 있었다.

박철우 검사가 은단을 씹으며 말한다.

"스토커는 참고인 조사를 받고 있어요. 하루 종일 붙들고 있으라고 했으니까 오늘은 안 돌아오겠죠."

집이 비어 있단 소리다.

이한영이 복도에 난 창으로 걸어가 창문을 위아래로 흔들기 시작했다. 이런 창문은 위아래로 흔들면 잠금장치가 조금씩 풀리기 마련이다.

그 모습을 물끄러미 보던 박철우 검사가 픽 웃는다.

"옛날 생각 나네."

"옛날요?"

"판사님이 단독으로 첫 사건 맡았을 때요."

"아……."

그때도 이한영은 김상진이라는 이름의 연쇄살인범을 밝히기 위해 무단 침입을 강행했었다.

박철우 검사가 말한다.

"판사님은 참 한결같아요. 그때도 좀도둑 같았는데 지금도 그래요."

그의 농담에 이한영도 슬쩍 웃는다. 그리고 옛 기억을 더듬으며 입을 열었다.

"검사님, 내가 지금 이 문을 열고 안으로 들어가서 뭔가를 발견하면 어떻게 할래요?"

"좀도둑 현행범으로 체포할래요."

"내기하죠."

"초등학생처럼 내기나 하자고요? 싫은데요?"

"부탁한 것 들어주기. 어때요?"

"마음대로 하세요."

이한영은 다시 창문을 흔들기 시작했다.

잠시 후, 창문이 열렸다.

라텍스 장갑을 끼고 안으로 들어간 이한영은 곧장 현관문을 열었다. 박철우 검사도 라텍스 장갑을 끼며 안으로 들어온다.

"이러니까 진짜 도둑 같네."

두 사람은 집 안을 샅샅이 뒤지기 시작했다.

박철우 검사가 미간을 찌푸린다.

"예상대로 스토커는 스토커가 아니었던 것 같네요."

스토커는 좋아하는 대상의 사진이나 물건을 모아 두곤 한다. 하지만 집 안의 어느 곳에서도 성양욱 아내의 흔적을 찾을 수 없었다.

이한영이 입을 열었다.

"스토커는 핑계였을 뿐이고 성양욱의 처제와 오랜 시간 동안 계획했을 거예요. 모든 사람을 죽이고 유산을 꿀꺽하기 위해서요."

"판사님의 생각으로는 이놈들이 4년이나 5년을 계획했다는 거죠?"

"네, 남겨질 유산은 80억. 그 정도 시간을 들이기엔 아깝지 않았겠죠."

그때 안방을 수색하던 이한영의 목소리가 이어졌다.

"찾았어요."

"찾았어요?"

안방으로 뛰어온 박철우 검사가 이한영을 본다.

이한영은 작은 녹음기를 손에 들고 있었다. 그가 플레이 버튼을 꾹 누르자 처제와 했던 대화가 흘러나왔다.

–10억?

–그래, 언니와 조카를 죽이면 10억 줄게. 대신 모든 죄를 형부가 뒤집어쓰게 해야 해.

–어렵지 않지, 크크크.

비록 범행 도구는 찾지 못했다. 오랜 시간이 지났기에 버렸을 가능성이 크다. 하지만 놈은 처제와의 계약을 위해 녹음을 해뒀고 그것이 이한영과 박철우 검사의 손에 들어온 것이다.

집을 벗어나 복도에 선 박철우 검사는 전화를 하고 있었다.

"난데, 지금 당장 가택수색 영장 발급 받아. 누구긴 누구야? 지금 네가 참고인 조사하는 새끼가 차명으로 사는 집이지. 건수는 네가 알아서 만들고!"

이한영도 마찬가지다.

"네, 부장님. 부탁 하나만 하려고요. 중앙지검에서 가택수색 영장이 들어오면 처리 좀 해주십시오."

두 사람은 동시에 전화를 끊었다.

그런데 박철우 검사의 휴대폰에 진동이 울린다.

―나 대검의 차장이야.

"네?"

대검찰청 차장검사는 검찰총장이 직무를 수행할 수 없을 때 대리하는 역할이다. 대통령 비서실장의 일로 검찰총장이 흔들리고 있던 중 차장검사가 검찰을 대표하고 있었다. 그런 자가 지금 박철우 검사에게 전화를 걸었다.

잠시 후 전화를 끊은 박철우 검사가 이한영을 보며 씁쓸하게 웃는다.

"이젠 진짜 유배 가게 생겼네요."

* * *

아나운서의 목소리가 울렸다.

―서초동 살인 사건의 진범이 밝혀졌습니다. 범인은 살해당한 최 모 씨의 동생과 스토커였습니다.

―풀려난 성양욱 씨는 처제가 살인을 계획했다는 소식에 말을 잇지 못했습니다. 자신은 살아도 살아 있는 게 아니라며…….

―에스로펌의 조세헌 대표는 법 앞에선 단 한 명의 억울한 사람도 있어선 안 된다며 앞으로도 진실을 위해 뛰겠다고…….

삑.

텔레비전이 꺼졌다.

옥탑방에는 이한영과 송나연 기자 그리고 석정호와 이순호가 앉아 있었다.

송나연 기자가 손목을 들어 시간을 확인한다.

"이야기가 길어지나 보네요."

이들은 박철우 검사를 기다리고 있었다. 그는 오늘 차장검사에게 불려 갔고 아마 유배를 가게 될 거다.

그때, 문이 열리고 박철우 검사가 들어왔다. 굳은 표정으로 들어온 그가 테이블에 앉는다. 대뜸 소주병을 들어 잔을 채운 후 단숨에 마신다.

"발표할 게 있어요."

모두의 눈동자는 박철우 검사에게 향해 있었다.

그가 말을 잇는다.

"유배 가게 됐어요."

송나연 기자가 안타까운 눈빛을 지었다.

이한영이 한숨을 내쉬며 묻는다.

"어디로 가세요?"

"미국으로. 바다 건너로 가네요."

"네?"

박철우 검사가 굳은 표정을 지우더니 크게 웃었다.

"나 해외 연수 가요! 아메리카!"

"해외요? 정말요?"

이한영이 눈을 깜빡였다.

해외 연수를 다녀오면 주요 요직에 들어갈 기회가 생긴다. 당연히 기쁜 일.

하지만 이해할 수 없는 일이었다. 박철우 검사는 강신진 게이트로 검찰 수뇌부는 물론 정치권에도 찍혀 있었다. 게다가 그 강신진 게이트로 인해 이재현 게이트가 만들어졌고, 대통령 비서실장은 물론 검찰총장과 검사장까지 흔들리고 있다. 조만간 대통령까지 올라갈 가능성도 존재한다.

그런데 해외 연수라니…….

박철우 검사가 씩 웃는다.

"차장님과 식사 중에 백이석 대법원장님이 오셨어요."

송나연 기자가 눈을 반짝인다.

"대법원장님이요?"

"네."

이번엔 모든 사람의 시선이 이한영에게 향했다. 백이석 대법원장에게 도움을 청한 사람은 이한영이었을 테니까.

이한영은 말없이 고개를 끄덕였고, 박철우 검사가 계속해서 말을 이었다.

"백이석 대법원장님께서 하시는 말씀이, 제 얼굴은 국민들 사이에 팔릴 대로 팔렸다, 그런 사람이 유배를 간다면, 그리고 그게 기사로 나온다면 검찰에 대한 불신으로 이어질 것은 당연하다는 거예요."

송나연 기자가 끼어들었다.

"만약에 검사님이 유배 갔으면 제가 인터넷에 도배했을 거예요. 저 이제 대표잖아요!"

박철우 검사의 목소리가 이어졌다.

"차장님이 고심하고 있는데 백이석 대법원장이 차라리 해외로 돌리면 어떠냐고 넌지시 말씀하셨어요. 1년 정도 밖에 있다가 정권이 바뀔 즈음에 돌아오면 해결될 일이니까요, 흐흐."

이한영이 박철우 검사를 향해 맥주를 들어 올렸다.

"축하드려요."

"다음에 올 때는 하버드 출신입니다, 흐흐흐."

"하버드? 대학 가는 거예요?"

연수라고 들었는데 대학 이름이 나오자 석정호가 고개를 갸웃거렸다.

대답은 이한영이 했다.

"LLM이라고 외국 법률가 등 특정 분야를 더 공부하려는 사람을 위한 과정이 있어."

송나연 기자가 눈을 깜빡이며 박철우 검사를 본다.

"검사님이 하버드에 가면 〈러브 스토리 인 하버드〉?"

〈러브 스토리 인 하버드〉, 하버드 로스쿨을 배경으로 대학생들의 이야기를 그린 드라마가 있었다.

박철우 검사가 즐거운지 낄낄거린다.

"내가 김래원이네."

이한영이 픽 웃는다.

"김태희 같은 분 만날 수 있겠네요?"

"그것도 괜찮……."

박철우 검사의 말이 작아진다.

송나연 기자가 녹음 버튼을 누르고 있어서다.

"아, 진짜!"

"장난, 장난."

"지워요. 지금 내 눈앞에서 지워요. 누구 이혼하는 꼴 보려고 하나."

"넵, 지우겠습니다. 그런데 언제 가세요?"

"한 석 달 남았어요."

"에이, 많이 남았네. 넌 또 이게 이별주라고 생각했잖아요. 마셔요, 마셔."

그들의 잔이 부딪쳤다.

* * *

이한영은 집으로 오르는 계단을 걷고 있었다.

"이제 오세요?"

오늘도 유세희가 기다리고 있다.

"집에서 공부하라니까요."

"여기가 좋아요. 한영 씨 발소리 기다리는 것도 좋고요."

"커피 한잔할까요?"

그녀는 이한영의 얼굴을 천천히 살핀다.

"술 드셨어요?"

"냄새나요?"

"조금요."

두 사람은 편의점에서 캔커피를 사 들고 놀이터의 정자에 앉았다.

도란도란 유세희의 목소리가 들려온다.

"오늘 어머님이랑 김장했어요. 김장이라는 게 이렇게 힘든 줄 몰랐네요. 그런데 김장 끝난 후에 보쌈을 만들어 주셨는데 정말 맛있었어요. 한영 씨도 들어가면 드셔보세요."

"감사해요."

"그리고 오늘 어머님이랑 같이 마트에 갔거든요?"

이한영은 조용히 미소를 그리며 커피를 입에 댔다.

지금까지는 그녀가 전생과 다르다는 생각만 하고 있었다. 그런데 문뜩, 그녀와 함께하고 싶다는 생각이 들었다. 그녀와 결혼하면 행복해질 것만 같다.

이한영이 커피를 내려두며 그녀에게 시선을 옮겼다.

"우리 결혼할래요?"

"네?"

그녀의 얼굴에 활짝 웃음꽃이 폈다.

〈마침〉